◆著者紹介

金　任仲（きむ・いむちゅん）

1961年12月　韓国光州に生まれる。
1990年 2 月　釜山外国語大学日本語科卒業。
2003年 3 月　明治大学大学院文学研究科博士課程修了。
　文学博士。中世文学・仏教文学専攻。明治大学文学部兼任
　講師を経て、現在は東京大学文学部・外国人特別研究員。

著書及び主要論文
　『日本文芸思潮史論叢』（共著、ぺりかん社、2001）
　「『華厳縁起』の成立をめぐって」（『佛教文学』29号、2005）
　「西行の和歌と華厳思想」（『佛教文学』31号、2007）
　「中世説話の和歌―和歌から説話へ」
　　（『解釈と鑑賞』72巻 5 号、2007）

現住所　〒111-0056　東京都台東区小島1-5-2-704

西行《さいぎょう》和歌《わか》と仏教《ぶっきょう》思想《しそう》

平成19(2007)年 9 月25日　初版第 1 刷発行©

著　者　金　任仲

発行者　池田つや子

装　幀　笠間書院装幀室

発行所　有限会社笠間書院

東京都千代田区猿楽町2-2-3［〒101-0064］

NDC 分類：911.142　電話　03-3295-1331　fax　03-3294-0996

ISBN978-4-305-70359-0　藤原印刷・渡辺製本

索　引

1）本書中に引用した人名・書名・事項・和歌初句に関する索引である。また、慣用の読みに従って発音を五十音順に配列し、3ページ以上連続する場合は、中間を「-」で表示し、当該ページは省略した。
2）書名索引において近代・現代研究者の書名は省略した。
3）本書中に引用した全和歌（連歌を含む）の初句索引を作成し、原歌のカタカナ・漢字は、すべてひらがなに直して五十音順に配列し、当該ページを示した。
4）和歌初句索引において各行末の数字は、その和歌を引用した当該ページを示している。なお、本書中に引用した漢詩句・和讃等は除外した。

人名索引

あ　行

敦頼（道因）　*24*
阿みだ房　*11,14,15,31,286*
家永三郎　*4,74*
池田利夫　*136*
石田吉貞　*2*
石田瑞麿　*46,63,136*
石田茂作　*133*
石田義秀　*133*
和泉式部　*33,74*
伊勢大輔　*51*
伊藤博之　*5,7,294*
伊藤嘉夫　*15,24,47,52,58,135,164,245,259*
井上光貞　*96,133*
殷富門院大輔　*24*
浮舟　*57*
臼田昭吾　*281,294*
宇津木言行　*281*
梅原猛　*91*
円位→西行
役行者（役小角）　*190,197,205*
円融法皇　*70*
横欒希運　*233*
大中臣公定　*26*
大中臣公俊　*26*
大中臣公長　*26-28*
大中臣定長　*26-28*
大中臣定範　*26*
大中臣光長　*26*
大中臣安則　*27*
大場朗　*54*
奥野陽子　*265,266*
小田匡保　*186,213,215*
尾山篤二郎　*3*

か　行

柿本人麻呂　*29,269*
覚宗　*168,170,180,212*

覚性法親王　*94*
覚鑁　*42, 51*
片野達郎　*110*
風巻景次郎　*3*
花山院　*165*
鹿野しのぶ　*270*
鎌田茂雄　*241-243*
亀井勝一郎　*287*
鴨長明　*46, 53, 226*
唐木順三　*3*
川瀬一馬　*163*
川田順　*3, 32, 217*
元暁　*51, 53, 55, 56, 96, 243, 288*
喜海　*224-227, 229*
義湘　*51, 63, 288*
久曽神昇　*244*
行尊（平等院僧正）　*170, 172, 186, 194, 199, 200, 207-209, 211, 291*
桐壺更衣　*116*
空仁（大中臣清長、空人）　*11, 17-31, 175, 286*
空也　*18*
久保木秀夫　*27*
久保田淳　*4, 8, 23, 62, 67, 76, 81, 94, 137, 223, 245, 256, 260, 268, 269-271, 278, 279*
窪田章一郎　*4, 11-15, 21, 25, 172, 195, 202, 205, 210, 211, 217, 223, 263, 280, 281*
桑原博史　*24, 26*
玄宗　*115, 116, 129*
源信　*42, 47, 51, 60, 62, 69, 98, 105, 117, 118, 124, 131, 133, 268, 269*
建春門院滋子　*116*
建礼門院徳子　*71, 82*
弘法大師（空海）　*171*
小督　*116*
小一条院敦明親王　*207*
後三条院　*216*
小島裕子　*266*
後白河院　*116, 169*
五来重　*4, 148, 149, 158, 171, 176, 212, 213*
後冷泉院　*216*
近藤潤一　*216*

さ　行

西住（源季政）　*17-19, 286*
最澄　*51*
阪口玄章　*138*
坂口博規　*26, 145, 148, 150, 163, 172, 181, 183, 185, 189-191, 194, 197, 210, 212*
坂本幸男　*241*
佐藤正英　*4*
佐藤恒雄　*280*
佐藤義清（西行）　*11-14, 19, 156, 286, 295*
実盛　*44*
似雲　*1*
慈円（慈鎮）　*67, 71, 76, 81, 83-86, 189, 238, 245-251, 254-260, 266, 268-271, 273-275, 289, 293*
寂延　*26*
寂超→藤原為経
寂念→藤原為業
寂然（藤原頼業）　*58, 67, 68, 71, 76, 77, 81, 82, 84-86, 94, 289*
寂蓮　*24, 104, 112, 131, 250, 253*
俊恵　*24, 29, 30, 188*
俊兼　*235*
淳和天皇　*89*
上覚　*223, 22*
貞慶　*139*
聖宝　*171, 189*
心源　*223, 224*
清少納言　*74*
善導　*96, 97*
宗祇　*1*
宗南坊（僧南坊）行宗　*145-147, 150, 156, 160, 163, 165, 168-172, 177,*

179, 180, 198, 210, 212, 290
増誉　169

た　行

待賢門院璋子　39, 60, 154
大弐の乳母　97
平敦盛　44, 99
平維盛　58, 99
高木豊　32
多賀宗隼　246
滝口入道　58
橘成季　162
田中久夫　224, 225
谷知子　89
谷山茂　245, 249, 250
玉城康四郎　63
多屋頼俊　133
智覬　96
澄覚法親王　72
澄観　231
塚本幸男　241
道元　51
鳥羽院　12-15, 286
頓阿　155, 224

な　行

中村元　124, 241
新間一美　116
西垣春次　27, 34
二条院宣旨　74
西田直樹　138

は　行

萩谷朴　33, 253, 278
萩原昌好　5, 39-41, 46, 62, 174, 211, 221, 240, 242
白居易　115, 129, 130, 289
芭蕉　1
畑中多忠　63, 136
八条院高倉　248
速水侑　89
光源氏　97
美福門院得子　99
平野多恵　229, 240
平泉洸　223
藤井智海　73, 80
藤岡作太郎　3
藤能成　42, 62
藤原家隆　24, 250, 253
藤原（九条）兼実　169, 246, 247
藤原清輔　24, 28, 188
藤原公衡　162, 250
藤原公能　103
藤原（後徳大寺）実定　30, 162
藤原実家　279
藤原俊成（釈阿・藤原顕広）　26, 44, 99, 154, 244, 252-253, 271, 273
藤原通憲（信西）　116
藤原定家　189, 244, 250-254, 256-258, 261-263, 270, 271
藤原成親　85
藤原成通　154, 175
藤原教長　52, 94
藤原正義　39-42, 44, 54, 62
藤原（後京極）良経　67, 68, 71, 77-79, 84-87, 289
藤原頼長　11, 154, 162, 285
藤原頼道　47
文武王　51, 288
法然　97
堀部正二　175

ま　行

松野陽一　244, 255, 259, 261, 263, 281
間中富士子　57, 62
満誓　263, 264, 268
源兼昌　265
源俊頼　30, 94, 108, 119, 131, 188

源基平　*207*
源師時　*177*
源頼朝　*156*，*162*，*234*，*235*
源頼政　*22*，*29*
宮家準　*157*，*169*，*170*，*174*，*178*，*182*，*192*，*200*，*212*
明恵　*51*，*55*，*223-227*，*291*
三好英二　*60*
村上俊雄　*151*，*166*，*176*，*194*
目崎徳衛　*4*，*32*，*168*，*175*，*223*，*254*，*260*，*264*
文覚　*155*，*223-225*，*286*

や・ら・わ　行

安田章生　*273*
安良岡康作　*149*
梁瀬一雄　*29*，*32*
山折哲雄　*49*，*62*，*65*
山木幸一　*5*，*32*，*129*，*132*，*144*，*245*，*246*，*249*，*263*
山田昭全　*4*，*39*，*62*，*63-65*，*108*，*130*，*173*，*203*，*215*，*223*，*230-232*，*247*，*263*，*264*，*266*，*275*，*283*，*287*
山本一　*245*，*249*，*250*，*261*，*270*，*273*
楊貴妃　*115*，*116*，*129*
吉原シケコ　*223*，*240*
良寛　*1*
和歌森太郎　*173*，*174*
渡部保　*60*，*65*，*101*

書名索引

あ行

赤染衛門集　74
秋篠月清集　67,88
阿漕　73
阿含経　73
明日香井集　95
吾妻鏡　156,234,235
阿弥陀経　37,44,95,117
安養集　41
今鏡　208,216
宇治拾遺物語　78
歌占　73,77
栄花物語　97,98
永久百首　265
延喜式　27,28
往生浄土用心　40
往生本縁経　40,44
往生要集　40-44, 46, 49, 53, 54, 59-61,63,69,71,73,75-78,80,83,85-87,92-94,97,98,100-102,104-111,113,117,118,120,122,123,125-128,130-132,135,289
往生西方浄土瑞応刪伝　139
往生拾因　139
大原御幸　100
大峰修行潅頂式　215
大峯七十五靡奥駆修行記　191
大峯秘所私聞書　186-189, 191, 192, 196,213
大峯峯中秘密絵巻　189,190,214
大峰山　214

か行

餓鬼草紙　71,78
春日百首草　67
柏崎　100
観心略要集　40-42,47,60
観無量寿経　40,46,60,63,95,96,98,105,106,118,121,122,128,129,134,137
観無量寿経疏　96
閑谷集　95
唐物語　136
観経曼荼羅　138
紀伊続風土記　171,178
聞書残集（残集）　11, 17, 24, 25, 30, 31,200,286
聞書集　24,37,50,59,74,79,87,91,92,95,101,105,110,124,125,130,131,137,143,154,174,216,222,223,239,240,247,267,283,285,287-289
喜撰式　265
玉葉　169,246,260
玉葉和歌集　14,71
清輔朝臣集　188
金峯山本縁起　190
金葉和歌集　28,74,190,207,208
愚管抄　40
公卿補任　252
倶舎論　69,73,78,82
決定往生縁起　40-42,47
華厳縁起（華厳宗祖師絵伝）　51,53,295
華厳経　39, 41, 51, 54, 60, 63, 102,108,114,127,130,161,215,222,235,236,238,239,287-289
華厳唯心義　41,51,55
源三位頼政集　29,32
源氏物語　33,41,57,97,115,129,213
源平盛衰記　73,78,82,129

恋重荷　76
高山寺明恵上人行状　225, 227
校註国歌大系　108
孝養集　40-43, 49, 59
国書総目録　241
極楽六時讃　98, 99, 109, 133, 134
古事談　134
後拾遺和歌集　51
後鳥羽院御集　71
古今著聞集　74, 78, 145, 147, 149, 150, 156, 160, 162, 163, 165-168, 172, 173, 179, 183, 195-198, 209, 210, 290
木葉衣　191
金剛般若経　232, 233
今昔物語　73, 78, 83, 85, 100, 204

さ　行

西行一生涯草紙　163, 164
西行記　163
西行四季物語　163
西行上人集（西行法師家集）　112, 143, 188, 191, 214
西行物語　145, 151, 153, 160, 162-168, 172, 179-181, 196, 212, 249, 283, 290
西行物語絵詞　163, 164, 194
西行物語絵巻　13, 152, 163, 164
西行法師発心記　164
西方要決　40, 43
実盛　100
三界唯心釈　41, 51
山家集　6, 12, 14, 45-47, 52, 54, 66, 94, 103, 105, 107, 108, 112, 113, 120, 131, 135, 137, 143, 144, 153, 161, 163, 165, 168, 170-173, 180, 181, 183, 185-187, 190, 192, 193, 195-200, 202, 203, 209-211, 213, 214, 247, 265, 267, 283, 285, 286, 289-291
　松屋本　6, 16, 32, 48, 139, 283
　陽明文庫本　6, 76
　六家集板本（山家和歌集）　45, 76
参軍要略抄　175
三時念仏観門式　81
三峯相承法則密記　158, 166
三宝絵詞　71
散木奇歌集　71, 94, 108, 119, 188
自行略記　41, 51
地獄草紙　71, 75, 76
治承三十六人歌合　24
慈鎮和尚自歌合　245, 246, 248
寺門伝記補録　188-190
沙石集　71, 174, 250, 268
拾遺愚草　189, 255, 261
拾遺和歌集　164, 264, 265
拾玉集　67, 71, 88, 189, 237, 245, 251, 258, 259, 270, 293
十題百首　67
十楽歌　92, 94, 95, 101, 116, 127, 128, 130-132, 290
十楽和讃　117, 120, 133, 137
修験学則　176
修験道章疏　174-177, 215
修験道史研究　174
修験道辞典　212
修験道峰中火堂書　153, 175
修験道山彦　205
修験指要弁　155, 160
出観集　94
出家作法　41, 57
出家授戒作法　41, 42
順正理論　69
條々聞書貞丈抄　149
摂大乗釈　64
正法眼蔵　41, 51
正法念処経　73, 76-78, 80, 82, 85, 87
浄土五会念仏略法事儀讃　40, 48, 60
浄土論　40
勝鬘経　63
成唯識論　64
続後撰和歌集　245
続本朝往生伝　139
諸経要集　41, 57

諸社十二巻歌合　244, 254, 255, 260, 270, 279
諸山縁起　186, 187
心経　37, 232, 283
新校群書類従　26
新古今和歌集　24, 94, 112, 114, 208, 226, 248
心地観経　161
新続古今和歌集　74
新千載和歌集　72
新撰和歌集　269
井蛙抄　155, 162, 223-225, 241, 286
誓願寺　100
清信士度人経　41, 57, 61, 62
千載和歌集　22, 24, 26, 28, 30, 52
選択本願念仏集　97
撰集抄　41, 59, 194, 209
宋高僧伝　40, 51, 288, 295
贈定家卿文　256, 257, 271, 283
曽我物語　85
尊卑分脈　12, 26

た　行

台記　2, 11, 12, 154, 162, 273, 285, 286
大皇太后宮大進清輔家歌合　24, 25, 30
大集経　41, 59, 61, 68
大正新脩大蔵経　6, 88
大乗起信論　61, 232, 234, 236, 243, 292, 295
大乗起信論疏　55, 64, 243
大乗理趣六波羅蜜多経　69
大疏百条第三重　223
大智度論　69, 72, 78, 83
大日経　230-232, 235, 275
大日経疏　230-232, 276
谷行　151
大般若経　83
大般涅槃経　56
太平記　83
大宝積経　83
大菩提山等縁起　190, 191
当麻　100
俵藤太物語　85
探玄記　225
中古雑唱集　133
註本覚讃　41, 54, 110
長恨歌　115, 116, 129, 130, 136, 289
長秋詠藻　44, 99, 252, 271
長秋記　177
定家八代抄　88
伝心法要　233, 236
天台智者大師別伝　139
栂尾明恵上人伝　55, 222, 224, 226-230, 242, 291, 293
栂尾明恵上人物語　228
年なみ草　1

な　行

中臣氏系図　26, 34
廿五三昧式　40, 81-83, 85, 87, 133
二十六人撰　269
日本往生極楽記　100
日本霊異記　71, 74
涅槃経　41
涅槃経宗要　55, 64
教長集　52

は　行

羽衣　85
般若経　282
悲華経　62
毘沙門の本地　73, 77
百人一首（小倉百人一首）　207
百錬抄　12, 248
日吉百首　250
貧道集　94
袋草紙　268
普賢経　37, 125, 161
二見浦百首（伊勢百首・御裳濯百首）

250
峰中十種修行作法　*157,161*
仏祖統記　*72*
仏本行集経　*85*
文讃　*40*
平家物語　*40, 41, 58, 64, 71, 82, 85, 90, 99, 116, 129*
弁乳母集　*74*
法苑珠林　*41, 57*
方丈記　*41, 64, 226, 241*
法門百首　*58, 64*
菩提心集　*41*
菩提心論　*41, 108, 285*
法華開経　*120, 125*
法華経　*19, 68, 83, 113, 114, 125, 158, 175, 215*
法華経二十八品歌　*37, 39, 61, 130, 154, 175, 285*
法華験記　*100, 133*
法華具経　*37*
宝性論　*63*
宝物集　*28, 40, 41, 43, 46, 48, 53, 59, 60, 78, 81, 85, 139*
発心講式　*139*
発心集　*40, 46, 53, 139, 268*
本理大綱集　*41*
本朝続文粋　*98*
本朝文集　*136*
本朝文粋　*85*

ま　行

摩訶止観　*83, 91, 96*
枕草子　*74, 213*
万法甚深最頂仏法要　*40, 44, 61, 62*
万葉集　*108, 264, 265, 267*
御裳濯河歌合　*105, 215, 244, 245, 247, 250, 252, 254, 255, 261, 274, 293*
御裳濯和歌集　*26, 28, 30*
宮河歌合　*244, 245, 249, 251-258, 261-263, 271, 273, 274, 283, 293*
明恵上人断簡　*228*
無量寿経　*37, 95, 96, 122, 137*
無量寿経宗要　*41, 56, 64, 96*
門葉記　*259*

や　行

病草紙　*71*
大和志　*189, 214*
大和名所和歌集　*214*
大和物語　*204*
山伏帳　*150, 177, 212*
唯心観行式　*41*
唯心房集　*67, 88*
遊心安楽道　*41, 56, 64*
瑜伽師地論　*69, 78, 85*
四帖秘訣　*217, 218, 275*

ら　行

来迎和讃　*98, 133*
梁塵秘抄　*99, 122, 135, 138*
両峯問答秘鈔　*169, 170*
林下集　*30, 32*
林葉集　*30, 32, 188*
類題法文和歌集注解　*52, 58, 63, 90, 112, 136*
六座念仏式　*40, 73*
六座念仏式亦名懺悔教空也集　*46*
六道絵相略縁起　*69, 79*
六道歌　*66, 68, 72, 86, 132*
六道講式　*40, 46, 73, 81-83, 85, 87*
六波羅蜜多経　*78*

わ　行

和歌色葉　*26, 223*
和歌政所一品経供養表白　*29*
和漢朗詠集　*99, 265*

事項索引

あ 行

閼伽　*157, 158*
閼伽小木　*159, 166*
暁懺法　*147, 148, 161, 210*
安芸国広島　*1*
東屋宿　*187, 196, 206, 207, 209, 291*
阿弥陀聖衆来迎図　*50, 100*
阿弥陀三尊来迎図　*100*
阿弥陀二十五菩薩来迎図　*49, 100, 111*
阿弥陀仏　*43, 44, 46-50, 97, 99-101, 104, 105, 109, 111, 118, 119, 125, 126, 129, 130, 265, 266, 289*
嵐山　*21*
阿頼耶識　*53, 64*
蟻の戸渡　*187, 189, 200, 201*
石山寺　*1*
伊勢　*30, 143, 249, 281*
伊勢神宮　*27, 34, 244, 262, 273*
一生補処の菩薩　*114, 115, 118, 120, 127, 136*
一心　*50, 51, 53, 55, 56, 231, 239, 243, 288, 295*
一心思想　*53-56, 61, 233, 239, 243, 288*
一品経　*12, 154*
一品経和歌　*20*
一品経和歌懐紙　*20, 32, 33*
引摂結縁楽　*92, 93, 112, 113, 114, 128*
有漏　*43, 63, 109*
雲火霧　*75*
穢土　*43, 63, 109*
縁覚　*67, 157, 158*
永暦　*24-26*
近江国　*1*
王舎城　*119*
大井（堰）川　*18*
大原　*136, 148*
大峰　*6, 145-148, 150, 152, 163, 165, 167, 172, 179, 180, 183, 195, 198, 201-203, 207, 208, 210, 291*
大峰奥駆修行　*167, 186, 216*
大峰修行　*6, 144, 145, 147, 150, 157, 163, 164, 168, 171-173, 179, 180, 196-198, 200, 203, 205, 210, 211, 275, 285, 290, 291*
大峰七十五靡　*152, 153, 181, 183, 186-189, 212*
小篠宿　*167, 187, 188, 194, 199*
朧の清水　*112, 113, 136*
恵心院　*268, 269*
延年　*157, 158*
伯母が峰　*188, 203, 209*
姨捨山　*188, 189, 204, 215*
園城寺　*168, 169, 208*
厭離穢土　*69, 94, 109, 131*

か 行

餓鬼道　*66, 69, 77, 78, 87, 88, 146-148, 157, 158, 160, 179, 180, 198, 210, 290*
神楽歌　*79*
月輪観　*173, 203, 210, 211, 247, 290*
鎌倉　*2, 71, 96, 97, 100, 151, 187, 235*
神路山　*255, 256, 279*
歌林苑　*29, 30*
川上村　*188, 203*
河内国葛城　*1, 208*
勧進聖　*4, 149*
観音菩薩　*1, 48, 49, 97, 98, 100, 101, 104, 105, 111, 113, 115, 118, 120-123, 136*
擬死再生　*157*

木曽の桟道　22
逆峰　152,164,171,181,183,195-198,200,209,291
行者還り　187,190,192,197,201
清田八幡宮　170
金峰山　186
空観　238,267,293
口称念仏　18
弘誓　20
求道　5,31,32,286
九品往生　98,99,106,129
九品蓮台　97,99,122
熊野　6,144,152,164-166,181,186,196,197,209,291
熊野長床宿老五流　169,170
熊野本宮　144,168,169
熊野山伏　152,168,181,207
鞍馬山　155
結縁　20,39,145,146,153-155,179,289
華厳思想　6,56,61,62,221,222,238,239,240,287,289,294
華厳教　51,61,287,289,291,294
華厳僧　51
下品下生　95,98,122
蹴鞠　154,175
快楽無退楽　92,93,98,110-112
見仏聞法楽　92,93,97,98,121,122,124,128
源平大争乱　2
小池宿　186,187,193,196,209,291
康治　27,154,155
業秤　157,158
高山寺　55,225,226,228,230
興福寺　222,228,229
高野山　4,46,100,103,171,210,211,249,273
小木　157,158
極重悪人　38,46,61
穀断　157,158
五趣（五道）　68,69,88
五趣生死輪廻図　68,88
五妙境界楽　92,93,109,135
欣求浄土　44,69,94,131,132,290
金剛界　158,159
金剛界曼荼羅　158,159

さ　行

西行堂　1
西行墳墓　2
祭主　27,28
斎料　21,22
嵯峨　18,155,275,281
左京区　113
篠宿　187,188,196,209,213,291
薩摩転び　190
三悪道　69,84,86,87,147,157,160,179,180,198,210,290
三界唯一心　41,51,52,54,224,288
懺悔　157,158,160
三業の罪　161,205,206
三十二相　106
三善道　69,87
三宝院　152,153,181
山林抖擻　143
地獄道　66,68,72,76,79,80,87,88,131,132,146-148,157,158,160,179,180,198,210,289,290
地獄ゑ　74,79,87,89-91,110,131,132,136,285
地獄屏風　74,90
四種法界　231-233,236,238,241,276,293
治承　24,25,30,245,248,249
地蔵菩薩　88,115,118,120
事法界　231-233,276
事事無礙法界　231,232,236,237,276,293
釈迦ヶ岳　191,202
釈迦如来　43,44,108,114,120,121,136,216

釈教歌　4,5,37,67,94,134,214,283,294
寂光院　113
修羅道（阿修羅）　66,68,81-83,88,90,157,158
種子　53,64
修験道　145,150-152,157,166,172,180,181,198,200,202,290,291
衆生済度　107,108,113,114,130
十如是　67,68,86,91
十楽　92,94,95,98,100,101,104,106,109,115,121,125,132,268,289
十六観　118,121,129
十界　67,68,86,91,157,158,160,289
十界修行　157,158,160,161,166,202,210
十界図　70,71,90
十種修行　157,158,160
自由無礙　5,107,287
出家授戒　57,58
須弥山　81
順峰　152,153,164,166,171,181
正灌頂　157,158,166,202,210
聖護院　153,181,196,200
聖衆倶会楽　92,93,115,116,119-121
聖衆来迎　48,100,104,111
聖衆来迎寺　69,71,90
聖衆来迎楽　92,97,101
正先達　152,166
正倉院文書　96
笙の岩屋　164,186,187,194,195,199,200,207,209,214,291
上品上生　95,98,105,106,129
聖聞　67,157,289
浄土　44,46,47,50,63,102-104,109,110,114,117,119,126-128,130,135,147,180,210,266,289,290
浄土教　61,62,96,97,116,117,119,128,130,221,287,289,294
浄土教志向者　5,287
浄土信仰　42,43,118
清涼山　48
新羅　51,64,288
神祇官　26-28,34
新客　152,166,167
神護寺　155,224-226,291
真言僧　5,223
真言密教　5,39,51,62,181,211,221,287,290,294
身相神通楽　92,93,107
深仙宿　157,186,187,194,196,202,203,206,209,210,291
神通力　107,113
随心供仏楽　92,93,124-126,128
心月輪　216,247
真如観　157
真如随縁　234,242,292
水断　157,158
数奇　4,14,32,260,286
相撲　157,158
勢至菩薩　97,98,100,101,104,105,111,115,118,120,121,136
清涼殿　89
先達　145,148,151,156,158,161,165,168,171,172,198
禅林寺　70,71
増進仏道楽　92,94,126,127,130
雙林寺　155

た　行

大宮司　28
醍醐寺　153,181
高雄山　55,155,224,291
帝釈天　82,83
大乗院　258,263,268,269,275,276,293
大焦熱地獄　75-77,87,89
胎蔵界　158,159
胎蔵界曼荼羅　158,159,203
大日如来　167,203
大普賢岳　186,190,199,291

当麻曼荼羅　*111*
田仲庄　*273*
たはぶれ歌　*22, 133, 281*
陀羅尼　*157*
知恩院　*49, 100, 111*
千草嶽　*187, 189, 201*
稚児泊　*187, 192, 197*
畜生道　*66, 69, 79-81, 88, 146-148, 157, 158, 160, 179, 180, 198, 210, 290*
中有の旅　*59*
中台八葉　*203, 210*
長恨歌画図　*116*
釣殿　*165*
天台宗　*51, 62, 96, 181, 196, 200, 221, 287, 294*
天台実相論　*86, 91, 289*
天道　*84, 88, 157*
転法輪嶽　*187, 191, 192, 206, 210*
天龍川　*160, 162*
道心　*11, 24, 53, 286*
東大寺　*30*
度衆　*152*
忉利天　*85*
当山派　*153, 171, 181, 194, 214*
床堅　*157, 158*

な　行

長床執行　*168, 170*
内侍落とし　*190*
那智　*164, 165*
難行・苦行　*146, 155, 167, 172, 179, 180*
日想観　*129, 138, 139*
如来蔵　*55, 243*
人道　*83, 87, 88*
仁和寺　*227*
念仏往生の願　*95*
念仏聖　*4, 26, 148, 149*

は　行

柱松山伏　*180, 212*
長谷寺　*100*
八大地獄　*73, 76, 77, 87, 89, 289*
八熱地獄　*72, 73, 89*
八部衆　*81*
八寒地獄　*73, 77*
春の山伏　*196, 197, 201*
播磨　*143*
比叡山　*238, 248, 249, 259, 269, 275, 293*
東山　*11, 14, 15, 31, 32, 155, 286*
備前児島　*170*
人麿影供　*29*
屏風立　*187, 190, 192, 197, 201*
比翼連理　*115, 116, 129*
平等院鳳凰堂　*98, 99, 133*
弘川寺　*1, 2, 224, 270, 273, 275, 283, 293*
琵琶湖　*264, 265, 275, 276, 293*
普賢菩薩　*114, 118, 120, 121, 125, 130, 136*
仏道修行者　*2, 31, 127, 248, 286*
仏名会　*74, 89*
古屋宿　*187, 196, 206, 207, 209, 291*
文治　*24, 132, 156, 162, 169, 224, 249-252, 258, 259, 263, 273, 293*
平安　*2, 18, 27, 57, 69, 71, 89, 96, 100, 129, 200*
平治の乱　*103, 116*
平地宿　*187, 196, 206, 209, 291*
保延　*12, 15, 27, 248*
保元の乱　*94, 103*
法照禅師　*48*
法成寺　*98, 133*
法界縁起思想　*231, 232, 234, 238, 276, 292, 294*
法輪　*17, 21*
法輪寺　*17, 19, 21, 22, 31, 155, 175,*

286
北面の武士　11, 12, 14, 157, 286
法華三部経　120
法華寺　100
法華持経者　20, 287
菩薩　67, 157, 289
発心　56, 57
本覚思想　54
本願念仏　97
本山派　153, 171, 181, 194, 196, 200, 210
菩提心　56, 57, 126

ま　行

丸木橋　22
三重の滝　187, 191, 205, 210, 216
晦山伏　180, 195, 212
御岳　186, 213
陸奥　143, 155, 162, 224
弥勒菩薩　115, 118, 120, 121, 136, 266
迎講　98, 134
紫雲　100-104
無自性　234, 292
無相観　231
無動寺　238, 247, 248, 258, 259, 263, 268, 270, 275, 293
無漏　43, 63, 109
文殊菩薩　48, 114, 118, 120, 121, 136

や　行

八上の王子　164, 165
山上ヶ岳　186, 189, 190, 209
山籠修行　186, 199, 291
山伏　145, 147-149, 151, 155, 156, 168, 174, 195-197, 200, 209
山伏の礼法　145-147, 150, 151, 160, 179, 290
唯識説　54, 56, 227, 289, 294
唯心思想　51, 227, 239, 287, 294
融通念仏僧　5, 42
吉野　6, 155, 166, 181, 186, 195, 197, 199, 200, 209, 291
四十八願　95, 109, 122, 135

ら　行

来迎引摂（聖衆来迎）の願　95, 122
来迎思想　95, 97, 98
理法界　231-233, 276
理事無礙法界　231, 232, 234, 237, 276
霊鷲山　119
流転三界中　41, 57, 58
蓮華王院　71, 89
蓮華初開楽　92, 93, 98, 104, 105
蓮華台　48-50, 97, 101, 104, 110
六道　66, 67, 69, 72, 83, 84, 86, 87, 131, 289
六道絵　71, 89, 91
六道思想　68, 69, 71

わ　行

和歌観　6, 55, 56, 61, 221-223, 230, 233, 235, 237-239, 285, 291, 292, 294
和歌起請　6, 244, 245, 251, 258-262, 268, 270, 273-276, 280, 285, 292, 293
和歌即真言観　226, 229-231, 239, 240
和歌即仏像観　55, 226, 229-231, 238-240
和歌山県　50

和歌初句索引

あ　行

あさひまつ　*265*
あさましや　*71*
あさゆふの　*66*, *77*
あだならぬ　*108*
あはれとて　*185*
あはれにぞ　*112*
あふまでの　*112*
あまくもの　*204*
あらはさぬ　*247*
ありがたき　*67*, *83*
いかにして　*184*
いかばかり　*59*
いけのうへに　*93*, *117*
いざこころ　*16*
いつかまた　*18*
いづくよりも　*84*
いとどいかに　*246*
いとひいでて　*93*, *109*, *131*
いほりさす　*184*
いまはよも　*71*
いりそめて　*39*
いりひさす　*138*
いろくづも　*38*
いろそむる　*94*, *126*
うきみこそ　*246*
うきよいでし　*246*
うけがたき　*91*
うれしさの　*93*, *104*
うろのこのみを　*135*
えだかはし　*93*, *115*
おしむとて　*14*
おそろしや　*22*
おとにのみ　*29*
おどろかす　*154*
おどろかぬ　*154*
おほかたの　*199*
おほゐがは
——かみにゐせきや　*17*
——きみがなごりの　*18*
——ふねにのりえて　*17*
おもひあれや　*216*
おもひとけば　*71*
おもひやる　*30*

か　行

かくばかり　*28*
かぐらうたに　*67*, *80*
かげさえて　*215*
かけまくも　*119*
かさねきる　*103*
かぜになびく　*112*
かみぢやま
——きみがこころの　*256*
——まつのこずゑに　*255*
かみなづき
——しぐれはるれば　*184*
——しぐれふるやに　*185*
——たににぞくもは　*184*
きみをまづ　*256*
くさのいほ　*194*, *199*
くまもなき　*204*
くものうへの　*67*, *84*
くものうへや　*278*
くもはらふ　*203*
くもををふ　*247*
こぎいでて　*267*
こくらくじようど　*138*
こけふかき　*16*
ここぞは　*185*
ここのしなに　*93*, *121*

こころから　76
こころざし　279
こころなき　215
こころをぞ　50
こずゑさす　184

さ　行

ささふかき　185
さてもあらじ　16
さととよむ　21
さとりえし　247
さまざまに　93,119
じつぽうぶつどの　122
しばのいほ　13
じようどはあまた　122
しらかはの　29
しられけり　39,239,288
しられにき　251
すてがたき　39
すてたれど　107
すみなれし　93,112,131
そのこまぞや　80
そのをりは　39
そむかずは　58
そらになる　12

た　行

たちかへり　114
たつたがは　267
たづねえて　1
たづねきつる　270
たてそむる　45
たまかけし　86
たまくしげ　30
たれもみな　84
ちどりなく　267
ちりもなき　283
つきすめば　184,247
つちのしたに　76
つみびとの　66,72
つゆもらぬ　183,291
としくれし　32

な　行

なくしかも　81
なつくさの　124
なにごとか　202
なにごとも　283
なみのうつ　139
なみわけて　38
にしのいけに　38
にしへゆく　129
にしをまつ　103,290
にほてるや
　――しがのうらわの　265
　――さくらだにより　265
　――なぎたるあさに　237,258,293
　――やばせのわたり　265
のりのみな　44

は　行

はかなくぞ　52
はちすさく　50,137
はなときくは　112
はなにのる　125
はなのかを　93,125,131
はなのいろに　283
はなまでは　52
はるあきを　257
ひとすぢに　93,101,131
ひとつねに　38,239,288
ひとりすむ　136
ひとをのみ　82
ひにそへて　112
ひまもなき　110
ひやうぶにや　185,196
ひをふれば　112
ふかくいりて　1

ふかきやまに
——こころのつきし　247
——すみけるつきを　184
ふかきやまは　16
ふたつなく　33
ふぢころも　103
ふもとまで　270
ほのぼのと　237,258,269

ま　行

まつかぜに　188
まなべより　45
みにつもる　162,185
みねのうへも　184
みねたかき　188
みよしのや　189
みわたせば　267
みをかざる　86
みをせむる　79
むかしみし
——のなかのしみず　217
——まつはおいきに　170
むくひかも　80
むつのみち
——よつのすがたに　72
——よつのちまたの　71
むらさきの　104
みぎはちかく　45
みだのちかひぞ　99
みづひたる　45
みのうさの　227
みやこだに　188
みるもうきは　45
むすびながす　255
むろをいでし　38
もゆるひも　77
もろともに　207

や　行

やくもたつ　251
やまのはに　138
やまふかく
——こころはかねて　286
——さこそこころは　222
やまみずの　255
ゆきてゆかず　93,104,131
ゆたかなる　93,110
ゆめのよに　84
よしなしな　67,81
よのなかを
——そむきはてぬと　14
——ゆめとみるみる　112
よもすがら　188
よをいとふ
——しるしもなくて　246
——なをだにもさは　13

わ　行

わがこころ　215
わけきつる　184
わけてゆく　185
わしのやま　247
わしのゐる　33
わたつうみ　33
われらがこころに　99
をばすては　184
をもきつみに　38
をりたちて　45
をろかなる　54

西行法師像　伝文覚上人作（弘川寺・西行記念館蔵）

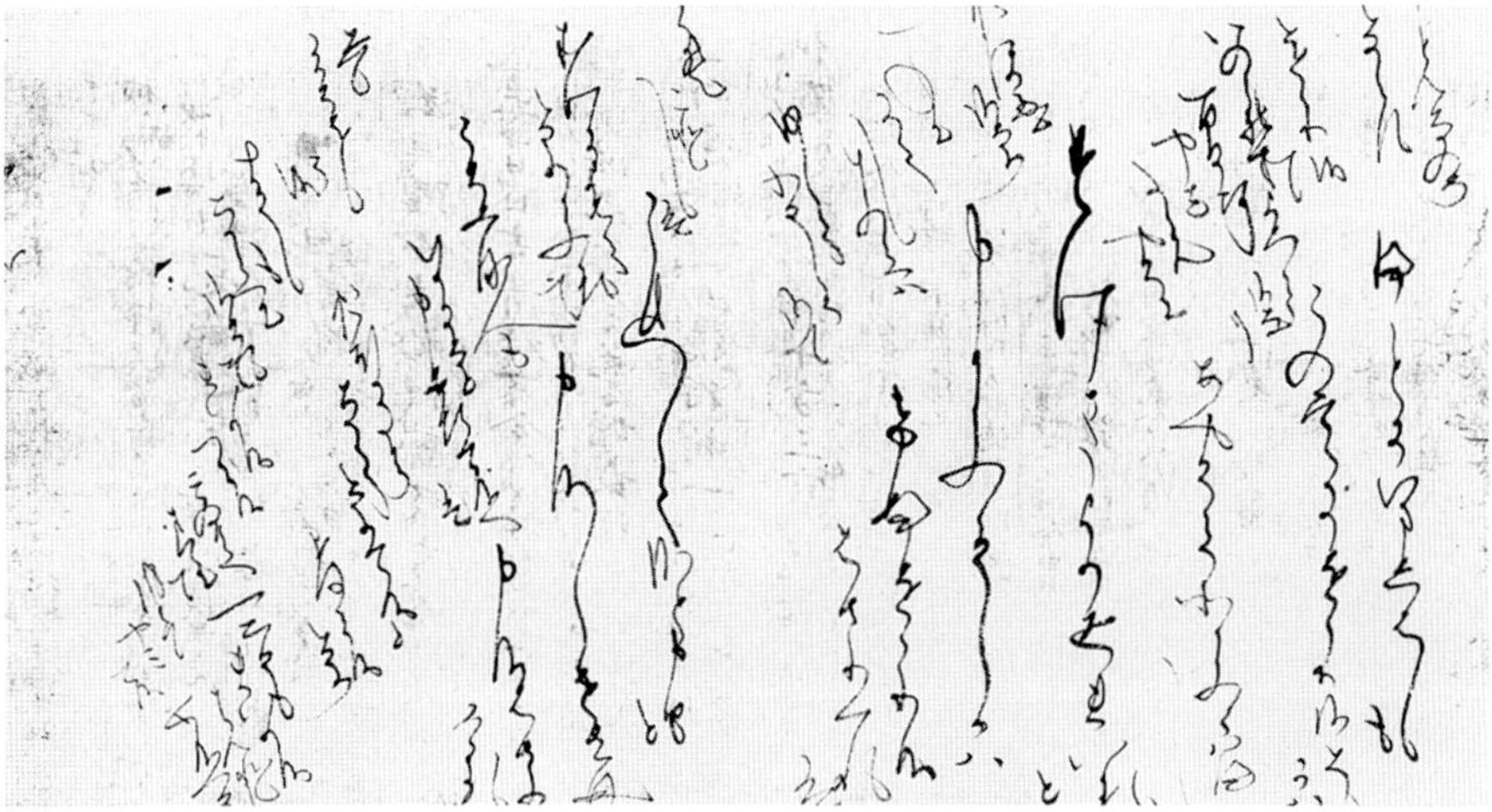

消息　伝西行筆（弘川寺・西行記念館蔵）

「すけがたより」より始まる、西行筆と伝える消息である。本消息の書風には流麗さ、軽快さが見られ、特に御物の西行書状に通じるところがある。

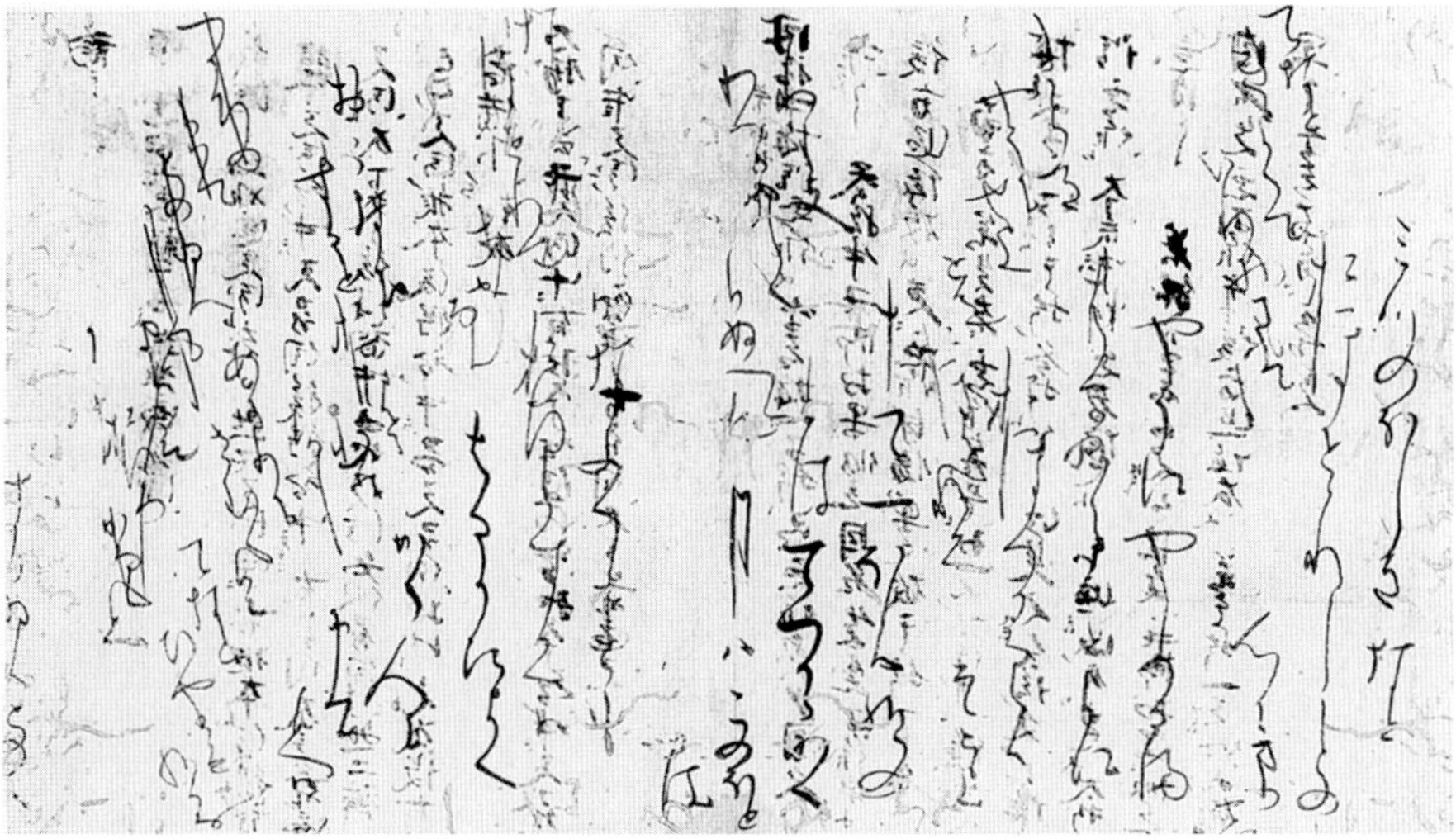

消息　伝西行筆（弘川寺・西行記念館蔵）

西行筆と伝える消息で、似雲が弘川寺に奉納したといわれる。『としなみ草』巻十八によれば、似雲は日頃西行の書を求めていたが、大和国の中村某が手を尽くして西行の書を入手し、それを似雲に寄贈したという。

序

本書の著者金任仲氏は韓国の釜山外国語大学日本語科を御卒業後、明治大学大学院文学研究科に学び、同学の大野順一教授の御指導の下日本中世文学を専攻、二〇〇三年博士（文学）の学位を授与され、現在は東京大学文学部外国人特別研究員として、和歌文学・仏教文学・中世文学の研究を続けていられる篤学の士である。そして本書は氏が明治大学大学院に提出した博士学位請求論文である。当時私は同大学に学部並びに大学院の非常勤講師として出講していたので、主査であられた原道生教授（現在は名誉教授）に求められて、副査の一人として加わり、二〇〇二年十二月におこなわれたその公開審査の場にも列席したのであった。

和歌史上の巨人である西行に関する研究は、これまでにも多くの人々によってさまざまな角度から試みられてきた。しかもなおその生涯、作品ともに余りにもわからない部分を少なからず残して、今もってその全容は明らかとは言い難い。そしてまた、和歌文学研究の領域においても釈教歌の研究はとくに難しい分野に属するであろう。もとより伝統的な表現技巧の張りめぐらされた和歌を味読しうる柔軟な感性とともに、深遠な仏教思想を解し、さらに日本仏教の特性に通暁することが求められるからである。金氏はそのような困難なテーマに果敢にいどみ、見事な成果

を挙げられたのであった。

論文を読んで私が感じたことは、論を進める手順がまことに手堅く、調査は極めて綿密周到で、けれん味がないということであった。そのようなことは学術論文としては当然であるといえばそれに違いないが、しかし若い研究者は自らの才気を恃んで、時には先学の仕事を丹念に辿り直す過程で手抜きをしかねない。しかし金氏は石橋を叩くように一つ一つ先行の研究をおさえ、それからおもむろに自身の論を進めるのである。そうして説得力のある見解を提示しているのであった。

公開審査に連なって得られた氏の印象も論文から受けたそれと異なるものではなかったが、さらに若手の研究者にふさわしい積極性や行動力にも富んでいるその人となりが知られて、氏の出現によって西行研究に新たな一石が投じられることを嬉しく思った。私個人としては、仏典にもとづく歌題の出典や西行の山伏修行の先達宗南坊行宗についてなど、この論文から教えられたことが少なくない。

大阪府南河内の弘川寺には、西行研究者の一人として私も一度ならず参詣したことがあるが、直接御住職の高志慈海師御夫妻を存じ上げてはいなかった。その高志師から、春ごとに催される同寺での西行祭で西行上人に関する話をするようにとお声を掛けて頂いたが、そのきっかけとなったのは金氏が同じ行事で話をされたことであると知らされた。私は喜んでお引受けし、二〇〇四年四月の初め、西行祭前日の同寺にうかがい、やや後に着いた金氏と連れ立ってようやく暮色

の濃くなる山道を登り、西行・似雲両上人の墓にもうで、西行記念館の傍に泊めて頂いた。そして翌日、「西行が歌った自然」という題でお話をしたのち、金氏、西行祭に参加した氏の後輩の大野順子氏と奈良へ赴き、さらに吉野の花を眺めて西行庵への山道を辿った。氏自身の実地踏査の過程で得られた写真や地図などを豊富に収めた本書の校正刷を見ると、この時のことなども楽しく思い出されるのである。

およそいかなる学問においても、研究におわりはないであろう。西行研究の場合でも、釈教歌はもとより重要なテーマに違いないが、それとの関連でいえば、西行における神の信仰はどのようなものであったか、さらに西行は自身の生きた時代社会をどのように考えていたかなど、若い研究者によって切り開かれるべきテーマはなお少なくないと思われる。それらの中には日本という国の歴史や社会を冷静に客観的に見られる海外の学者によってむしろ新たな展開が期待されるテーマもあるに違いない。そしてまた日本と韓国とは古くから密接な文化的な交流があった。これらのことを思うにつけ、本書の刊行を心から祝いつつ、金任仲氏の西行研究、中世文学研究のさらなる進展が切に望まれるのである。

二〇〇七年八月初め

久保田　淳

目次

序　……………………………………　久保田　淳　i
序説　……………………………………　1
第一章　西行の出家——空仁との関わり——　……　9
一　はじめに　……………………　11
二　西行の出家前の心境　……………　12
三　法輪における西行と空仁の贈答　……　17
四　空仁について　………………　25
五　おわりに　……………………　31

第二章　西行の釈教歌とその典拠

第一節　『聞書集』「十題十首」の歌……37
一　はじめに……37
二　歌題の出典について……40
三　「十題十首」前半の歌の解釈……43
四　「十題十首」後半の歌の解釈……50
五　おわりに……60
第二節　「六道歌」について……66
一　はじめに……66
二　六道思想との関係……68
三　六道歌の解釈……72
四　おわりに……86
第三節　「十楽歌」について……92
一　はじめに……92

二　来迎思想・十楽との関係……95
三　十楽歌の解釈……101
四　おわりに……128

第三章　西行の仏道修行

第一節　西行の大峰修行――説話を中心に――……143
一　はじめに……143
二　『古今著聞集』に見える大峰修行……145
三　『西行物語』における大峰修行……163
四　宗南坊行宗について……168
五　おわりに……172

第二節　大峰修行の歌――苛酷な修行の痕跡――……179
一　はじめに……179
二　『山家集』に見える大峰行場の比定……183

三　西行の大峰入りのルート……194
四　大峰修行の歌にみる宗教性……198
五　おわりに……208

第四章　西行の和歌観と晩年

第一節　西行の和歌観——華厳思想を中心に——……221

一　はじめに……221
二　『栂尾明恵上人伝』における西行歌論……222
三　伝記系諸本に見える西行歌論……227
四　西行歌論の典拠……230
五　おわりに……238

第二節　晩年と和歌起請……244

一　はじめに……244
二　慈円との交渉……245

三　無動寺訪問と和歌起請……258
四　最晩年の新出歌との関わり……270
五　おわりに……274
結　論……285
あとがき……297
索引（人名索引・書名索引・事項索引・和歌初句索引）……左開(1)

序　説

西行が入寂してからおよそ五百年後、江戸時代の中期頃、自他ともに「今西行」と称された似雲は、長く探し求めていた西行の墳墓を、近江国の石山寺に七日七夜参籠し、本尊である観音菩薩の霊示を得て、享保十七年（一七三二）に河内国南葛城の弘川寺で発見し、

尋ねえて袖になみだのかかるかな弘川寺にのこるふるつか　（『年なみ草』巻十六）[1]

と、その感激を歌にとどめているが、まことに胸に迫るものがある。似雲というのは、延宝元年（一六七三）正月二日、安芸国広島に生まれ、宝暦三年（一七五三）八十一歳で没するまで漂泊の生活を送った僧侶である。宝永五年（一七〇八）三十六歳の時に出家して以来、生涯を西行追慕のため歌を詠み続け、諸国を行脚しながらその事跡を調べた人物である。弘川寺で西行の古墳を発見、修理して西行堂を再建し、自分の墓も西行と向きあうようにしたが、西行を敬慕し、憧れていたのは彼だけではない。すでに室町末期の連歌師宗祇、そして近世に入ってからは、芭蕉や良寛が西行を旅の歌人の模範として仰ぐなど、今日に至るまで、ひたむきに西行を追跡している研究者は甚だ多い。

平安末期から鎌倉初期へかけて、源平大争乱という激動の時代を生き抜いた西行は、日本文学史上の数多くの歌人の中で、現代人に最もよく知られていると同時に、一番親しまれている歌人と言えよう。優れた歌人であった西行は、一方で僧形に身を包んだ仏道修行者でもあった。二十三歳のとき、「家富み年若く、心に愁ひ無き」(『台記』)にもかかわらず、敢えて出家遁世の道を選んだ西行は、七十三歳を一期に弘川寺で入寂するまで人生の大半を旅から旅の中で送るようになる。自然とともに融け合い、語り合いながら遺していった西行の和歌は、現在知られている限りでは二千九十首余りであるという。孤独な隠遁生活と度重なる旅の中で、西行はいったい何を求めて「和歌」という形式を借りて後世に伝えようとしたのか。その「和歌」に託して、表現された彼の人生観・宗教観とは、いかなるものであったろうか。

西行墳墓（弘川寺提供）

筆者が西行に惹かれたのは、西行の歌の魅力にもあるが、このような疑問を少しでも解明しようと思ったことが主たる動機になっている。

しかし、それらを突き止めるための資料は大変限られており、しかも西行には不可解な歌が甚だ多い。石田吉

貞氏は、西行和歌の独自の感情内容と表現上の不可解性を、「ひきかたのわからなくなった古代の楽器」に譬えられ、「文献学的実証的方法の成果を十分に踏まへつゝ、一歩それから出て、歴史社会学的方法・精神史的方法・美学的方法等を広汎にとりいれることが必要であらう(2)」と、提言された。つまり、文献学的実証的方法等、広汎な研究方法を多様に援用して、現代人に不可解なものになってしまった西行の和歌の内部を照射することによってはじめて、まことの意味が伝わってくる、と理解してよいであろう。

また、唐木順三氏は「西行のわかりにくさ」を、「彼自身がわけのわからぬものに動かされ、始末におへないものをもつてゐたといつていいだらう。わけのわからぬあるものを、分析的に表現するためには三十一文字では短かすぎる。しかも西行には和歌以外の表現方法がない。西行は王朝末期といふ時代の制約からはみでた人物でありながら、その表現方法は、時代の制約に従ふより外になかつた(3)」と指摘されたが、その「わけのわからぬもの」は、「一種のデモーニッシュなもの」だと言われる。唐木氏の場合は、内なるデーモンと伝統的な和歌表現の枠組みとのギャップを考えておられる点で、石田氏とはやや異なるが、はみ出たわかりにくい不可解なものなどを、西行の特性とする点では両者一致しているところである。そうした意味で、西行のわかりにくい不可解なものが何か、を追求し究明しようとするところに、今われわれの西行研究の立場もあるように思われる。

ここで、西行研究の立場について、少し見て行くことにする。西行の伝記研究に関しては、早く藤岡作太郎氏『異本山家集附録西行論』(明治三九)の「西行経歴」があって、近代における西行伝の基礎を築き上げた。昭和に入って、伝記研究は尾山篤二郎氏『西行法師評伝』(昭和九)があり、西行の伝記研究に大きな足跡を残し、川田順氏『西行』(昭和一四)・『西行研究録』(昭和一五)・『西行の伝と歌』(昭和一九)の三部作を経て、風巻景次郎氏『西行』(昭和二三)は、実証的考証に依りつつ、実生活に即して歴史的存在としての西行の人間像を究明する。

さらに、窪田章一郎氏『西行の研究』（昭和三六）は、基礎的研究を踏まえ、和歌解明を主とする研究が目立ち、以後基本的文献として多く引用されることとなり、久保田淳氏『新古今歌人の研究』（昭和四八）は、伝記上の問題点を示し、優れた作品論を併せて展開する。

　このような、国文学的な西行研究に対して、歴史学の立場から西行の隠遁思想を扱った唯一のものとして、家永三郎氏『日本思想史に於ける宗教的自然観の展開』（昭和一九）があり、そして、倫理学の立場から佐藤正英氏『隠遁の思想－西行をめぐって－』（昭和五二）と、さらに民族宗教学の側面から、西行の勧進聖念仏聖性を指摘する五来重氏『高野聖』（昭和五〇）などとあるが、やはり画期的な成果が収められたのは、目崎徳衛氏の『西行の思想史的研究』（昭和五三）である。

目崎氏は従来国文学者の眼の届かなかった諸史料を博捜しつつ、史的観点からその著書の研究目的を、「伝説的西行法師像形成の核心をなす歴史的実在としての西行について、従来閑却されていた若干の基礎的事実を究明しつつその人間像を考定することを目的」とするのである。研究姿勢としては、「その全容を歴史的に再構成するためには、西行自身が切り棄てようとした部分にも立ち入って究明することがもっとも肝要」(4)（傍点原文）であるという立場を貫いている。

　そして、西行の系累、在俗時の経済基盤、官歴、などの考証を加え、晩年の西行を「数奇より仏道へ」の脱却、という思想史的な展開に「中世思想史・文化史における西行の人間像」を見届けようとする点で、中世思想史乃至は文化史上の一事象として西行像が再構築され、国文学的の立場に立つ諸研究に新しい方向性を提示した。

　一方、西行研究には仏教との関連からみる立場がある。仏教との関連においては、何よりも釈教歌の注釈的な作業が最も重要視されているが、その意味では山田昭全氏の『西行の和歌と仏教』（昭和六二）が挙げられる。山

田氏は、西行の三十年にも及ぶ高野山での在住期間を重視し、今まで解決されなかった釈教歌を取り上げて、真言密教的な立場からこれを詳細に吟味・観察し、専ら西行を熱烈な信仰を持つ「真言僧」として描き出している。西行が若くして仏道に関心の深かったことは、異論の余地がないが、出家後の彼の信仰情況をめぐっては様々な問題を含んでいる。

すなわち、山木幸一氏のように仏法を求める純粋な「求道者」(5)という見方も、伊藤博之氏のように「浄土志向者」(6)と捉えることも、さらに萩原昌好氏のように「融通念仏者」(7)として見ることも可能である。このように、それぞれの見方が成り立つというのは、それだけ西行という人間の多様性を感じさせるのであるが、出家してから入滅するまでの彼の生涯をまとめてみる場合、筆者はやはり自由無礙《じゆうむげ》な境地に己をおいた「求道者としての西行像」を考えたいのである。

このような観点から、本書においては、西行の釈教歌を中心として、その作歌年次と典拠、題とされた経句・経文の出典などを闡明し、その作品を分析することによって、西行の思想と信仰を探ることを意図するものである。西行は七十三年にわたる生涯を通じて、多くの釈教歌を詠んでいるが、その中には自分の宗教的心境をさり気ない形で示しているものが少なくない。西行は歌人であり、僧侶でもある。西行と仏教は切り離すことのできないのは、言うまでもないことで、西行の和歌自体が仏教思想に包まれていると言っても過言ではないと思う。したがって、西行の和歌と仏教思想との関わりを考察するためには、釈教歌の持つ比重を軽視することはできない。ただし、西行と仏教との関わりをめぐっては、釈教歌だけを取り上げて解決される問題ではないと思われ、それ以外の作品にも、注意しつつ総体的に関連付けて把握することが要請されるのであろう。

さらに、その和歌を追求するにあたっては、西行の生きた時代や社会的背景などを念頭に置いて、一首一首を

的確に読み解いて行きたい。それとともに、西行の和歌と関わりを持つ経典・典籍や歴史的文献・絵巻など、諸資料を多様に援用しながら詳しく観察してみたい。

本書では、第一章は西行の出家をめぐって空仁との関わりを考察し、第二章は西行の釈教歌を中心に注釈的考察を通して、その仏教思想と信仰情況を探ってみたい。第三章は西行の大峰修行を取り上げて、主として説話と修験道との関連を考察したい。特に大峰修行の歌と詞書に記された行場と大峰入りのルートについては、筆者が直接現地調査（吉野・大峰・熊野）を行ない、大峰関係の諸史料に基づいて検討したものである。第四章は西行の特異な和歌観への華厳思想の影響関係や西行晩年と和歌起請をめぐって考察したい。結論は西行における釈教歌の位置や典拠を確認したもので、その思想的基盤と西行晩年に関わる諸問題などを整理する。

以上のように、本書における動機・目的・方法等について述べてきた。もとより、豊富かつ精緻な西行の和歌史的諸研究業績の成果を充分に摂取しなければならないが、不本意ながら先学の業績の見落としや不備な点などについては、ご批判を謙虚に受けとめて今後の研究に参照して行きたいと思うのである。

なお、本書中に用いた西行作品のすべての本文は、歌番号とともに、久保田淳編『西行全集』（日本古典文学会）に拠り、その他の歌の引用は『新編国歌大観』（角川書店）によった。ただし、『山家集』は陽明文庫本によることを原則とし、松屋本書き入れ歌については、番号の重複を避けるため歌集名だけを記した。また、経典引用の場合は、『大正新脩大蔵経』を使用し、その他は注等で記した。

【注】

（1） 一箭喜美子『今西行似雲法師生涯・歌・文』（三密堂書院、昭和三七）参照。

（2）石田吉貞「西行の歌の不可解性」（日本文学研究資料叢書『西行・定家』所収、昭和五九・一二）。

（3）唐木順三「西行」（『唐木順三全集』第六巻、筑摩書房、昭和四二・一一）二三〇頁。

（4）目崎徳衛『西行の思想史的研究』（吉川弘文館、昭和五三・一二）三・三八頁。

（5）山木幸一『西行和歌の形成と受容』（明治書院、昭和六二・五）二一五頁。

（6）伊藤博之氏は、西行の出家を『観心略要集』の観行十章成就のためと述べられ、その出家が「浄土志向の強いもの」であったと考えられていると見られる（「西行の遁世と歌」「成城国文学論集」第七輯、昭和四九・一一）。

（7）萩原昌好「西行の出家」（「国文学　言語と文芸」七八、昭和四九・五）。

第一章　西行の出家

——空仁との関わり——

一　はじめに

西行が在俗時代、仏道に心を寄せていたことは、藤原頼長の日記『台記』の記すところから察することができる。若年にして仏道に関心を持つことは、当時の時代思想であって、貴族や知識人たちが皆そうであったとしても、西行のことを「自㆓俗時㆒入㆓心於仏道㆒」と記したのは、彼の出家が仏道を求める「道心」によったものであることを、明確に示していると思われる。こうした見方には、それなりに根拠があったはずであり、当時の人々もそのように理解していたのであろう。

ところで、西行が出家する前に胸中にさまざまな迷いを抱きながらも、その本意を遂げようとする彼の生き方に、大きな影響を及ぼした空仁なる人物の存在が問題になる。窪田章一郎氏は「出家前の義清は、空仁を尊敬しているというよりも、心から慕っているといったほうが適切である」とされ、義清が将来のことを思うとき、「自分自身の在り方を空仁に見たのであろう[1]」と述べておられる。

また、久保田淳氏は「確かに、佐藤義清は北面の武士であるにも拘らず、仏道に関心の深い、変った男だったのであろう。ただ、空仁の生活や東山の『阿みだ房』の生活への憧憬を歌った作などから考えると、その関心は、主として、信仰そのもの、思想そのものではなく、むしろ出家者としての生き方にあったのではないかと思うのである[2]」と述べられ、信仰や思想よりは空仁と阿みだ房の草庵生活を通して、出家者としての在り方への憧憬にあったと言われる。

本章では、『聞書残集』に収められている西行と空仁との贈答歌を中心として、西行の出家者としての在り方に大きな影響を与えた空仁との関わりを検討し、西行の出家について考察して行きたいと思う。

二　西行の出家前の心境

鳥羽院の下北面の武士佐藤義清が出家したのは、保延六年（一一四〇）十月十五日、二十三歳の時である。西行の出家に関しては、藤原頼長の日記『台記』康治元年（一一四二）三月十五日の一節に重要な記事がある。

十五日戊申、令ニ侍共射レ弓、西行法師来云、依レ行ニ一品経一両院以下、貴所皆下給也、不レ嫌ニ料紙美悪、只可レ用ニ自筆一、余不経承諾、又余問レ答曰、廿五、去レ年出家廿三、抑西行者、本兵衛尉義清也左衛門大夫、康清子以ニ重代勇士一仕ニ法皇一、自ニ俗時一、入ニ心於仏道一、家富年若、心無レ愁、遂以遁世、人歎ニ美之一也。

また『尊卑分脈』の注記には、

歌人、鳥羽院下北面、左兵衛尉、母同ニ仲清一、依ニ道心一、俄発心、出家、所々経行、法名円位、号ニ大宝房一、又号ニ西行一。

とあり、『百錬抄』保延六年十月十五日の条には「佐藤右兵衛尉憲清出家年二十三、号西行法師」と記されている点で、西行の出家の持つ意味とその独自性を示すものとして先学によって注目されてきた。西行の出家については『台記』に「入ニ心於仏道一、家富年若、心無レ愁、遂以遁世」とある記事は、諸氏によって妥当と認められ、『尊卑分脈』に「俄発心、出家」とあるのは、西行説話などに引用されているようである。ここで、実際西行自身の述懐の歌を『山家集』から挙げてみる。

世にあらじと思たちけるころ、東山にて人〳〵、寄霞述懐と云事[3]をよめる

そらになる心は春のかすみにてよにあらじともおもひたつ哉　（七二三）

同心を

世をいとふ名をだにもさはとゞめをきてかずならぬ身のおもひでにせん（七二四）

いにしへごろ、東山にあみだ房と申ける上人の庵室にまかりてみけるに、なにとなくあはれにおぼえてよめる

しばのいほときくはくやしきなゝれどもよにこのもしきすまゐなりけり（七二五）

これらは在俗時代の歌で、出家の心がきざしたときの心境を詠んだ作品であるといわれる。七二三の「そらになる」の歌は、春霞の立つころ詠んだことになっているから、出家の決意をして遁世するまで少なくとも六カ月間の期間があったと考えられる。いわゆる西行説話では、何かの事件をきっかけにして突然の出家がなされたことになっているが、この一首を見る限り、西行の出家はすでに予期されていたと言えるだろう。

特に窪田章一郎氏は(4)、「義清にとって出家は苦渋をともなうものではなく、明るい安らかな境のものであった」と述べられているごとく、この歌を詠んだときは、

出家を思い立ち娘を床から蹴落とす義清（西行）
『西行物語絵巻』（鎌倉中期　徳川美術館蔵）

思いつめる心の状態ではなく、心は出家のこころざしに決定的に傾ききっていたのかも知れない。たなびく春の霞がどこからともなく立ち込めてくるように、出家の想いがそのまま自然に沸き立ってきて、「世にあらじ」と思い立ったのであろう。そのような感じを受けるのは、七二四の歌についても同様のことが言える。せめて出家によって、世を厭う名を現世にとどめおいてわが身の思い出にしようと、自分自身に言いかけていることから、在俗のとき出家を具体的に思い立った頃の述懐であろう。

そして、七二五は詞書が示すように「東山にあみだ房[5]」のような遁世聖の草庵での作歌だと考えられるし、七二三の「東山にて人々」という東山の地名が重複する。この東山の人々はどのような人々なのか、知ることができないが、あみだ房のような遁世者乃至出家のこころざしを持っていた人達であろうと考えられる。

西行の出家以前の草庵生活へのあこがれは、「しばのいほ」を「なにとなくあはれにおぼえて」に見出され、その基底には素朴な草庵生活への「数奇[6]」というよりも、「求道」を実践する者に対する青年義清の羨望ではなかったろうか。そうすると、鳥羽院の下北面の武士として世にあった佐藤義清には、東山のあたりの隠遁者たちが集まる草庵をしばしば訪れ、自分の胸中を披瀝してさしつかえないグループがあったと思われる。つまり、この新しいグループの人々には、すでに西行の出家の意図が知られていたことになる。しかしこれらとは別に、西行の突然の出家と思わせるような歌意を持っている作品がある。

　　鳥羽院に出家のいとま申とてよめる
おしむとておしまれぬべきこの世かはみをすてゝこそみをもたすけめ　（玉葉集・二四六七）
　　よをのがれけるおり、ゆかりありける人のもとへいひをくりける
世のなかをそむきはてぬといひをかんおもひしるべき人はなくとも　（山家集・七二六）

「おしむとて」の歌は、出家という第二の人生への決断の感懐を鳥羽院に対して詠んだものと思われる。伊藤嘉夫氏は西行が保延六年十月十五日二十三歳で出家した、その直前の歌であるとして、「詞句がいささか荒らかで、献上した歌でなく、ひそかに私懐を陳べたのであらう(7)」と述べられ、窪田氏も「院に暇乞いをするとき、ひそかに思いを述べたもので、院に奉った歌ではなかったろう(8)」とされ、この一首はひそかに自分の思いを述べたと、両氏ともにほぼ同じ見解を示しておられる。わが身を捨てて出家してこそ本当の自分を生かすことができるのだ、という出家への決断の心がごく自然に、しかも烈しい独詠の形式をもって西行の口からもれて歌ったのではなかろうか。

七二六の歌は、詞書から出家直後の作とみてよいであろう。「ゆかりありける人」は誰なのか知られないが、西行の妻ともとれるし、西行の出家の一端が恋愛説にあるとすれば、その恋の相手へ贈った歌ともとれる。いずれにしても、鳥羽院に暇乞いをしたのとは違って、西行が出家する前に俗世間において、親しく交わっていた人に与えた歌であることは確かであろう。たとえ自分以外に自分の心を理解してくれる人がいなくても、俗世間をきっぱりと背いて出家したことだけは伝えておこうという意味の歌である。自分だけが本当に自己を理解しているのなら上句のような歌いぶりをしなくてもよいはずなのに、それをあえて「ゆかりありける人」に「おもひしるべきひとは」ないといっても、その人だけには自分を理解してもらいたいという西行自身の内的矛盾が現われた歌と解釈できる。

以上を見てくると、先に述べた西行の出家を前以て知っていたと思われる「東山にて人々(9)」と「あみだ房」というグループに対し、「鳥羽院」や七二六の「ゆかりありける人」は出家という行為には直接関与しなかった人達だということがわかる。すなわち、前者のような西行の心中を理解し、共感する人々が西行の出家という行為

と密接に捉えられなくてはならないのである。勿論、後に触れる空仁なる法師もその系列に立っている人々のなかに属すると考えるべきであろう。その例証として松屋本『山家集』のみに見える次の五首が挙げられる。

おもひをのふる心五首人々よみけるに

さてもあらじいま見よ心思とりて我身は身かと我もうかれむ

いさ心花をたつぬといひなしてよし野ゝおくへふかくいりなむ

こけふかき谷の庵にすみしよりいはのかけふれ人もとひこす

ふかき山は人もとひこぬすまゐなるにおひたゝしきはむらさるの声

ふかくいりてすむかひあれと山道を心やすくもうつむこけかな

これらの五首も詞書にしたがえば、自分の思いを述べる人々と共に詠んだ歌である。この人々とは、先述した前者のグループと同一線上に立っている人達だと推定される。五首の詠まれた時期については定かではないが、第一首目の「さてもあらじ」は出家の決意を意味するわけで、久保田氏が指摘されているように[10]、七二三の「そらになる心」と内容が酷似する歌である。

「そらになる心」は、その一面では「さてもあらじ」という自己否定を伴う心であったことが両首を比べる時、はっきり読みとれるのである。後の四首は、自らの出家生活を思いやった心境での作歌であろう。しかも、「花をたづぬといひなして」「いはのかげふみひともとひこず」「ふかきやまは人もとひこぬ」「ふかくいりてすむかひあれ」といった語からは、いくら堅い決意で出家を思い立った西行とはいえ、何か寂しさが感じられるが、やはり世を捨てて出家するのは多感な彼にとって容易ではなかっただろう。

三　法輪における西行と空仁の贈答

今までは、西行の出家の心がきざしたときの心境歌を中心に述べてきたが、その出家を決意させる要因の一つとして、『聞書残集』に空仁なる人物が登場する。出家以前の西行は、親友の源季政、後年の西住と同行して法輪寺付近に籠っていた空仁を訪れていたことが、『聞書残集』に収められている一連の贈答歌によって知られる。空仁は、出家のこころざしを同じく持っていた西行・西住という同行二人にとって、まさに無縁ではあり得ず、先述したように、たぶんに西行が心を許して心中を吐露できる人々の中に属していたと思われる。次に挙げる西行と空仁との交渉を示す一連の歌は、いわば物語でも読むような構成になっている。

いまだよのがれざりけるそのかみ、西住ぐしてほうりんにまいりたりけるに、空仁法師経おぼゆとて、あんじちにこもりたりけるに、ものがたり申てかへりけるに、ふねのわたりのところへ、空仁までできてなごりをしみけるに、いかだのくだりけるを見て

空　仁

はやくいかだはこゝにきにけり　（二二）

うすらかなるかきのころもきて、かく申てたちたりける、いうにおぼえけり

おほゐがはかみにゐせきやなかりつる

かくてさしはなれてわたりけるに、ゆへあるこゑのかれたるやうなるにて、大智徳勇健、化度無量衆よみいだしたりける、いとたうとくあはれなり

おほゐがはふねにのりえてわたるかな　（二三）

西住つけゝり

ながれにさをゝさすこゝちして
　心におもふことありて、かくつけゝるなるべし

なごりはなれがたくて、さしかへして、まつのしたにをりゐておもひのべけるに

おほゐがは君がなごりのしたはれてゐせきのなみのそでにかゝれる　(二四)

かく申つゝさしはなれてかへりけるに、いつまでこもりたるべきぞと申ければ、おもひさだめたるにともはべらず、ほかへまかることもやと申ける、あはれにおぼえて

いつか又めぐりあふべきのりのわのあらしのやまを君しいでなば　(二五)

かへりごと申さむとおもひけめども、ゐせきのせきにかゝりてくだりにければ、ほいなくおぼえはべりけん

この歌群（二二〜二六）の作歌年代が、詞書によって西行の出家前に詠まれたことは知られるが、はっきりいつ頃の作品なのかは断言できないと思う。ただ、西行が出家への強い決意を内面に抱いて、西住とともに法輪（京都嵯峨、大井川右岸にあり）のほとりに庵を結んで修行に励んでいた空仁を訪ねていることを勘案すれば、出家の一年前後の作歌であろうと推定される。伊藤嘉夫氏は、空仁を訪問した時のこの一連の作について、「西行の若年のころ仏道に対するあくがれといったものを見ることが出来て、伝記上貴重な資料を提供してゐる」(11)と述べておられる。

法輪寺は昔空也上人がいた場所であると知られる。空也は「コウヤ」とも呼ばれ、平安中期の僧で、出自は未詳。空也念仏の祖。京都を中心に貴賤を問わず、口称念仏の布教を展開、市聖・阿弥陀聖と称せられた。空仁も

またしばらくこの寺のほとりの庵室に修行のため籠っていたのであろう。そこに、義清は季政を伴って訪れているのである。おそらく、この世の無常とか、出家者のあり様などについて物語り、空仁のほうが先に出家していたから、出家者の草庵生活についても、二人にアドバイスをしたのであろう。法輪寺付近での空仁の修行内容がどのようなものであったのか、詳しいことはわからないが、「ゆへあるこゑのかれたるやうなる」とあるように、経文を読む声が枯れてしまうほど仏道修行に精進していた姿が浮び上がってくるのである。

　空仁が仏道に深い知識を持った老僧であったというより、「経おぼゆとて、あんじちにこも」ったということから、まだ若い空仁の新発意によるものではないかと考えられる。いまだ俗世間に身を置いている義清にとっては、薄い柿色の衣をきて経を読誦する空仁の姿がいかにも修行僧らしく、「いうに」「いとたうとくあはれなり」と映じたのであろう。勿論、その根底をなすものは、やはり仏道修行者としての空仁の有り様に起因するもので、そこには西行の仏道に対する憧憬や好奇心は充分有り得るし、またそれ以上に、法を求める積極的意識を汲み取ることができるのであろう。

京都嵯峨の法輪寺

　次に「大智徳勇健、化度無量衆」とは、別れる時など唱え、互いに幸を祈る経文の句で、『法華経』「提婆品」[12]に次のように記されている。

大智徳勇健　化度無量衆　大智徳よ、勇健にして無量の衆を化度せり。
今此諸大会　及我皆已見　今、この諸の大会と　及びわれとは、皆、已に見たり
演暢実相義　開闡一乗法　実相の義を演暢し　一乗の法を開闡して
広導諸羣生　令速成菩提　広く諸の群生を導きて　速かに菩提を成ぜしめたるを。

とあり、空仁は法華経持経者のひとりであったことが推測される。西行にも後に、真蹟「一品経和歌懐紙」で知られる一品経和歌二首(13)があって、法華経の一品ずつを書写供養する一品経結縁の折り、結縁の品に添えて和歌を詠進している点を考慮すれば、空仁は西行の先達であったと言えよう。「無量の衆生をさとりの世界へ渡す」という経句の意味からは、西行がいよいよ世をのがれ、出家への本意をとげようとする時期が間近にきていることを暗示したものと理解される。

そして、二三の連歌「おほゐがはふねにのりえてわたるかな」の「舟」は、仏教と深くかかわりがある語である。俗界である此岸からさとりの世界の彼岸へ渡す舟を弘誓《ぐぜい》の舟と見立て、「のり」は「乗り」と「法」とを掛けて仏法を得て救いの川を渡るという気持ちが込められていると思われる。その意を受けて、西住が「ながれにさをゝさすこゝちして」とつけて、流れに棹をさすように出家への思いが順調に進んでいることを暗示している。心に期することがあって、このように付句をしたのだろうと、左注も語っていることからこの時期は彼もまだ出家していなかったであろう。

二四の歌は、空仁との別れの名残り惜しさを歌ったもので、二人はいったん渡った川を、舟を戻してまで別れを惜しんでいるわけである。空仁と会って、どのような「物語り」をしたかは、これらの歌や詞書だけではよくわからないが、仏法を求める若い義清の心が強く打たれるような話を空仁の口から聞かされたのではなかろうか。

二五の歌は、この法輪寺の嵐山をあなたが去ってしまったら、いつめぐり逢うことができるだろうかという意味で、西行のほうがウエットな感情にひたっている。空仁を見る目は、詞書で「いつまでこもりたるべきぞ」という義清の問いに対して、空仁が「おもひさだめたるにともはべらず、ほかへまかることもや」と応えているところに見出すことができる。そこには、西行が空仁を通して遁世者の具体的な姿を見てとったのであり、自分自身の将来の在り方も空仁に見ていたのであろう。

空仁がどのような人物であったかはまだはっきりしていないが、窪田章一郎氏によると歌の面ではかなり力を持った当代の歌人であったとされる。[14] 西行は空仁と会ったのち、心は出家の決意をますます固めていたと思われる。それは、仏道修行に身を置く僧侶としての空仁と、「真情を正直に、あるがままに」[15] 歌を詠む空仁の人柄そのものが、出家を起点として第二の人生を歩み始めようとする西行の脳裏に鮮明に刻みつけられたのではなかろうか。

こうして、法輪から京に戻ってきた西行は手箱に斎料（僧侶に供する食事代、布施である）を入れて、またその中に手紙を入れて空仁の居る庵室に送った。

京より、てばこにときれうをいれて、中にふみをこめてあんじちにさしをかせたりけるかへりごとを、連哥にしてつかはしたりける　　空仁

むすびこめたるふみとこそみれ　（二六）

このかへりごと、法りんへまいりける人につけてさしをかせける

さとゝよむことをば人にきかれじと

申つゞくべくもなきことなれども、空仁がいうなりしことをおもひいでゝとぞ、このごろはむかしの心わすれたるらめども、うたはかはらずとぞうけたまはる、あやまりて、むかしにはおもひあがりてもや

二六の連歌は、西行が使いの者を遣わして手紙と布施を届けさせたことに対して、空仁が返事をしたものである。「てばこにときれうをいれて」という詞書は、西行の家が富んでいたと記す『台記』などの記事がその傍証になる。「手箱のなかに結びこめられた手紙を、あなたの心を結びこめた文だと思いましたよ」という意であろうが、その裏面には「斎料の入っている、あなたの道心が込められたお手紙をたしかに拝見しましたよ」というように読みとれる。西行の贈り方が、あたかも女性との恋文のような仕立てなので、空仁もそれに応じて軽く連歌で返事したと思われるが、空仁には『千載和歌集』に、

山寺にこもりて侍りける時、心ある文を女のしば〳〵つかはし侍ければ、よみてつかはしける

おそろしやきそのかけぢのまろ木ばしふみ見るたびにおちぬべきかな　（千載集・雑下・誹諧歌・一一九五）

という、女性とのやりとりをした戯れ歌一首が見える。歌の意味は、「恐ろしいことだ、木曾の桟道の丸木橋は、踏んでみる度ごとに落ちてしまいそうだ」と解釈され、女性からの恋文を見るたびに自分は堕落してしまいそうだと、女性への戯れの返答として詠んだものである。

また、後に触れる『頼政集』にも、頼政と空仁との間に戯れ歌の形式で贈答が交わされていることなどを考慮すれば、よほど空仁の人柄がいかめしくなく、親しみやすい人物だったのであろう。西行もそのような人間的な魅力のあるところを、「いう」（優）に「あはれにおぼえ」て、心が惹かれていたと思われる。空仁とのやりとりは、さらに、また法輪寺へ行った人に付けて空仁の居るところにそっと置かせるという恋文ふうのやり方で応ず

るのである。
その返事の付句「さと〻よむことをば人にきかれじと」は、解釈が問題になっている。従来この付句を『日本古典全書』をはじめ、文明社版『西行全集』、『日本古典文学大系』等は、「さとくよむ」と読まれ、「経典を賢く読む」というふうに解釈がなされてきた。これに対し、久保田淳氏は、「本文に問題のある近世の写本で読まれてきたために、それは無理からぬ点もあるのだが、そのような読みでは、義清のこの時の心情はわからない」と考えられ、「さとくよむ」よりは、「里響《とよ》む」[16]と読むむべきであると指摘されている。さらに、この付句を、

里響《とよ》むことをば人にきかれじと

里中がどよめくようなこと、清僧に付文したということを人に聞き付けられまいと思いましてね。

と解釈され、西行が人間をどのように理解し、接したかということを考える際に、その接し方は観念的な思考によったものではなく、「多分に感覚的、感性的なものを通じて人を理解し、人と接したのである」[17]と、詳しく分析して述べられているところに注目すべきであろう。すなわち、空仁その人に対する感覚的な親和力のようなものが働いており、西行は感覚の鋭敏な人で官能に敏感な人であったことが、空仁とのやりとりを通じて垣間見ることができるという点で、極めて示唆的であると思われる。

ところが、この一連の歌群の結びにあたる次の文章は、諸氏によっていくつかの解釈がなされているが、殊に難解である。

①申つゞくべくもなきことなれども、空仁がいうなりしことをおもひいで〻とぞ、②このごろはむかしの心わすれたるらめども、うたはかはらずとぞうけたまはる、③あやまりて、むかしにはおもひあがりてもや

（番号は筆者）

これは、西行の空仁に対する評言と自己反省を兼ねた文ということになるのであろうか。最初①の文は、申し添えるべき話でもないが、この文は西行が、空仁の「優」であったことを思い出して書いた、ということである。「とぞ」とは、その下に「言ひける」の省略があると見られ、第三者が西行の言葉を言い伝えているような感じを受ける。伊藤嘉夫氏(18)は、『聞書残集』の冒頭部分にある添え状によって、西行がこの家集を人に書かせて、新古今撰者の一人である藤原家隆に送ったものとされるが、「とぞ」は、その筆録者の意識を表した箇所であると考えられる。

②の文「このごろ」は、当然『聞書残集』が執筆された時点であろう。この家集は『聞書集』とともに新古今集撰定の資料となっているが、桑原博史氏(19)は、この家集から『千載和歌集』には一首も入集せず、『新古今和歌集』には一首入集していることから、概ね西行の最晩年にあたる文治年間（一一八五〜一一八九）頃と推定されている。「むかしの心」は、空仁が昔仏道修行に励んでいた時の「道心」を指している。つまり、出家前西行の目に映った空仁の姿は、あるべき遁世者そのものであった。しかし、この頃は空仁は昔の道心はすっかり忘れてしまっているのであろうが、歌は相変らずすぐれていると伺っている、ということである。この「うたはかはらず」とは、前後の文脈から見て空仁が歌詠みであること、修行の心は変ってしまったが、歌だけは変らず上手であることを意味していると思われる。

空仁は、永暦元年（一一六〇）七月の『太皇太后宮大進清輔家歌合』(20)に、清輔・俊恵・敦頼（道因）・祐盛・殷富門院大輔など歌林苑の常連歌人と共に加わっており、俊恵・寂蓮など歌林苑の歌人たちと深いつながりを保っていた西行は、それを当然知っていたはずであろう。また、治承三年（一一七九）に成立したとされる『治承三十六人歌合』には、西行も空仁もその名を現わしている。空仁は俊恵を中心とする歌林苑グループのメンバーで、

歌人として名の通った存在であったことを、西行が聞き知っていたことは確かであろう。

③の文「あやまりて」は、空仁に対する評価を誤って、という自己反省の意が込められているのであろう。「おもひあがりてもや」の「もや」は、軽い疑問の意を表わす係助詞。昔の心を誇り高く持っているのであろうか、という意味になろう。そうすると、空仁が昔の心を忘れたという自己評価は誤りで、昔よりもっと誇りを高く持っているのであろうか、ということになろう。[21]

実際西行自身、近頃の空仁は修行の心が変質して、歌を誇り、歌人ぶりをするという世間の評判だけを聞き知って、空仁が昔の心を失っていると判断を下したが、それは誤りで、昔よりも誇り高い心を持っている、と反省したのではなかろうか。いずれにせよ、「あやまりて」以下の文は、晩年の西行が空仁に対する評価の大きな変化が見られることは事実であろう。

四　空仁について

『聞書残集』において、空仁との交渉を示す一連の歌群では、西行が出家直前の自分の目に映った空仁の姿が、いかにも修行僧らしく、「いうに」「いとたうとくあはれなり」として印象づけられたことを物語っている。

次に、その若い義清を自ら出家へと強く駆り立てた空仁がどのような人物であったのかについて、少し触れておきたい。先述した通り、空仁は修行僧として高徳であったよりも、文学的な僧であったというように考えられる。空仁の加わった歌合には、永暦元年（一一六〇）七月の『太皇太后宮大進清輔家歌合』があり、また『治承三十六に歌合』には西行も空仁も加えられている。空仁の伝記については、まだ不明なところも多いが、まず、窪田章一郎氏[22]は、

(1) 空仁の年齢、没年は明らかではないこと。
(2) 空仁は念仏僧であること。
(3) 頼政や俊恵と親愛の情を潤達な詠みぶりで贈答していて、見劣りがないこと。
(4) 永暦元年（西行四三歳）七月清輔家歌合に出席していること。
(5) 『千載集』にのみ四首採られており、俊成だけ認められた歌人であったこと。

と指摘されている。西行の出家と関連して、空仁の伝記に触れる場合、資料としては窪田氏の指摘の拠り所となった論考が多いようである。これに加えて、桑原博史氏[23]が寂延の『御裳濯和歌集』に収められている空仁の歌六首と、空仁の出家事情と関連して『中臣氏系図』の注の文章を、その伝記資料として提示されている。空仁は空人とも書かれる。俗名が大中臣清長であったことは、『新校群書類従』第三巻所収の『中臣氏系図』によって明らかになっているが、『尊卑分脈』には見当らない。その『中臣氏系図』を見ると上のようになっている。

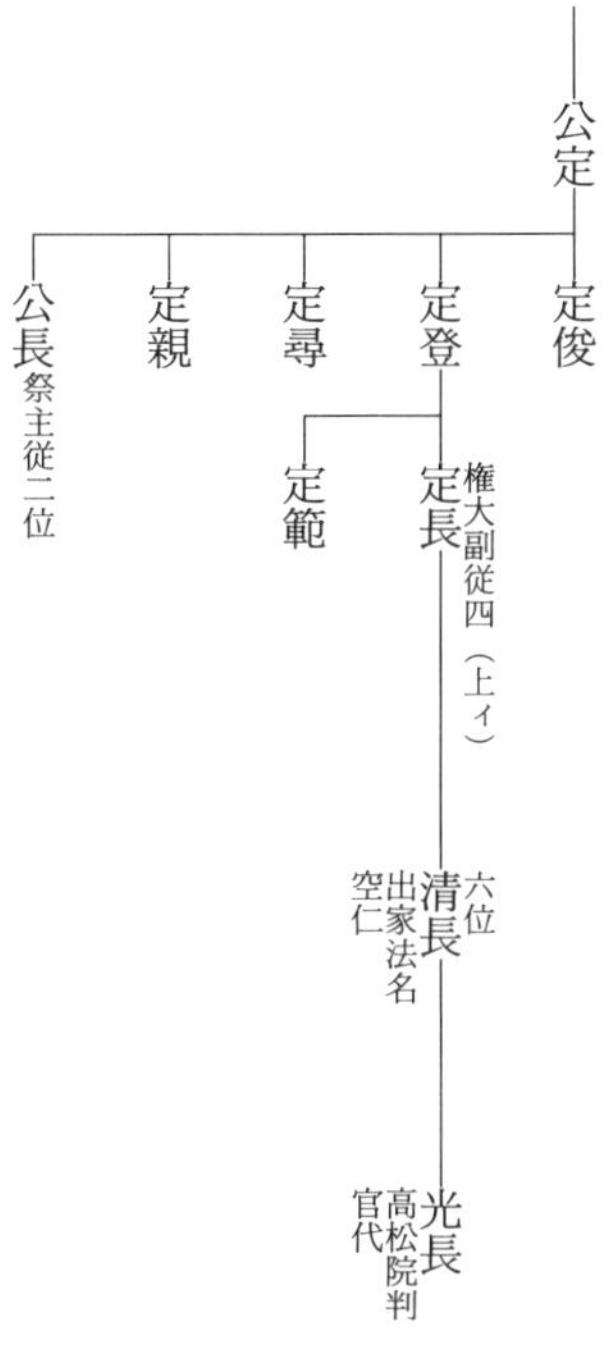

この系図中の大中臣清長すなわち空仁のところには、「六位」と注するのみで、役職は不明であるが、上覚の『和歌色葉』[24]上「六　名誉歌仙者」の「入道三十六人」では、「神祇少副入道空仁」とある。坂口博規氏の推定によると、『和歌色葉』「入道三十六人」[25]の分類基準は、「官人からの隠遁者」というものと見て大差はないとされ

る。そうすると、空仁は神祇官少副正六位にあった人物と考えられる。なお、系図中の清長の父定長の注には、

権大副従四下（上イ）、祭主公長為レ子、保延公長及二罪名之沙汰一之時、被レ止二神事供奉一、雖レ然後転二権大副一
康治元十二九卒(26)

とあり、定長はその叔父であった祭主公長の養子となっていたことがわかる。祭主というのは、中央の神祇官を本官として兼ねる伊勢神宮の最高職である。西垣春次氏は、その官職化の時期について、もともと祭主の職名がなく、『延喜式』において始めて祭主の名称が見出され、大中臣安則が「祭主、則神郡与奪始、延喜式作者」と記されていることなどから、平安初期以後であると考えておられる(27)。これが後に、神宮と氏人たちから強訴の際に、訴えの対象とせられた祭主である。

祭主であった公長が保延の頃（一一三五〜一一四一）、殺害事件によって伊勢本宮と氏人たちから訴えられ、公長が罪を問われた時、その罪が養子であった定長にまで及び、神事への供奉が差し止められたのである。その後に復官して権大副となり、康治元年（一一四二）一二月九日に没した、というのである。この殺害事件で、罪を問われたというのは、公長の注のところにさらに詳しく記されている。

祭主従二《イ三》位、無レ後依二殺害事一、有二本宮并氏人等訴一、保延四年五月公卿僉議、先停二止執務一、沙汰未レ断之間受病、九月十四日葬六十八(28)

保延四年（一一三八）五月の公卿僉議で、先ず執務停止という処分が下され、沙汰が告げられる前に病気となって、同年九月一四日六十八歳で病死した、というのである。祭主公長が、伊勢の本宮と氏人たちから訴えられたということは、どういうことであろうか。祭主の職は中央の神祇官たる大中臣氏が定められていたが、京都に在住することが多く、毎年何度か伊勢に参向するだけで、祭主と地元の禰宜以下の下級神職の人々とは、対立関

係が深まっていった。

『延喜式』では、禰宜・氏人等の補任に関しても、祭主の神祇官における地位の確立と共に、祭主の挙状により補任せられることになり、(29) その対立意識が強訴という直接行動に表現され、その対象は祭主・大宮司などの上級神職に勤める大中臣氏に向けられていたのである。

そのような、険しい対立の雰囲気のなかに起きた殺人事件のため、祭主公長が訴えられ、その責任者として罪を問われたのである。その公長は、『金葉和歌集』に五首入集しているほか、『御裳濯和歌集』にも七首入集している歌人でもあった。そういう意味で、空仁の和歌という世界を見る上に、祖父公長の存在は大きいものであろうと考えられる。

なお、この事件は、公長一家にとっては重大であったはずであり、定長の子清長はこうした一家の状況のもとで、堪えられなくなってついに世を背いたのではなかろうか。空仁の出家した原因には、今まで述べてきた事情とまったく無関係ではないように思われる。

　　よをそむかんとおもひたちけるころよめる　　　空人法師

かくばかりうき身なれどもすてはてむとおもふになればかなしかりけり　（千載集・雑中・一一一九）

詞書から出家を思い立った頃の作品であることがわかる。『千載集』に入集されている四首のうち一首であり、『宝物集』九冊本には、空仁の歌としてこの歌と他の二首、計三首が収められている。また、永暦元年七月藤原清輔家で催された歌合では、三十二番述懐の右で出詠している。

題が述懐であるために、実体験を詠んだものと見られて、「よをそむかんとおもひたちけるころよめる」という詞書が加えられたのであろう。歌を見ると、出家の時の直接原因となる内的の事情をはばからず、思うことを

率直に、あるがままに歌っているところに、人間味が現われていると受けとれる。そうした人間味のあるところが、西行に親しみを感じさせたかも知れないが、それは頼政と空仁との交わした贈答歌でも窺うことができる。

少別当入道空仁と申歌よむ者侍と、年比聞わたり侍に、かれも聞きて、たかひにいかて相みんとおもひける程に、歌林苑にて人丸影供し侍る日あひて、歌よみなとして後、程へてつかはしける

音にのみきゝきかれつゝ過〳〵て見きなわれみき其後はいかに

返し

恋〳〵て見きわれみえきそのゝちは忍そかぬる君はよにあらし　（源三位頼政集Ⅰ・六二九・六三〇）

頼政と空仁は、以前からお互いにその名を聞き知って会いたいと思っていたが、歌林苑での人麿影供の折り、二人は初めて対面して歌よみなどをしたことが詞書から知られる。贈答の内容から見て、一度会っただけでのちに頼政と空仁との間に、こうした戯れめいた歌を交わせることは、空仁の人柄が親近感を覚えさせるものであったからと思われる。

また空仁は、俊恵の歌林苑歌人の一人でもあった。歌林苑とは、京都洛外の白河にあった俊恵の僧房に道俗三六人が集まって結成され、主として地下の歌人の風流の場であった。ここに言う歌林苑の人麿影供は、簗瀬一雄氏[30]によれば、永万二年（一一六六）の『和歌政所一品経供養表白』の表白文に、人麿影供を修したと記され、歌林苑では月次《つきなみ》にこれを行なったようであるとされる。歌林苑に出入りしていた空仁は、当然この会の中心であった俊恵とも交友を持っていた。

空仁勢《（ママ）》に侍ける時、三月はかりにいひつかはしける

しら河の花も我をは思ひ出よいつれの年の春かみさりし

返し

花のみや思ひいつへき年をへて我も君には馴にし物を　（林葉集・三一・三二）

俊恵は院政期初頭の歌壇の中心人物であった源俊頼の子で、出家して東大寺僧となった人である。一生歌壇との付き合いを拒んだ西行も、『山家集』に俊恵との交友が見られるから、歌林苑とまったく接触しなかったとは言えない。空仁の歌では、白河にある俊恵の僧房の桜をなつかしく思い、俊恵もまたそれに答えて交友の長きを言っているのである。(31)

この他『林下集』にも、空仁と実定との贈答歌が次のように収められている。

空仁伊勢国候けるに、たまひし

おもひやる心やともになかむらんふたみのうらのありあけの月

返事　　　空仁

たまくしけふたみのうらの月みても我は宮このそらそこひしき　（林下集・三三三・三三四）

『聞書残集』においては、空仁が人間的魅力のある人物であったことが窺えるが、頼政・俊恵・実定との贈答歌からも、親しみやすい、明るい性格の人であったように思われる。それは、『千載集』四首、『治承三十六人歌合』一〇首、『清輔家歌合』五首、『御裳濯和歌集』入集歌など空仁の歌を合わせてみても、いずれも素直であり、人間味の流れているのを思わせる。晩年の西行が、空仁を「うたはかはらず」と評したように、歌詠みとして生涯かわらぬものを持っていたのであろう。

五　おわりに

以上、西行の出家の心がきざしたときの心境歌を考察した上に、その出家を決意させる要因の一つとして、『聞書残集』に載る西行と空仁との贈答歌を取り上げ、空仁との関わりをめぐって論じてみた。

西行の出家以前の草庵生活への憧れは、東山の阿弥陀房や法輪寺付近の空仁の庵室を訪れていることから知られる。そこには、仏道修行者として求道を実践するものに対する憧憬や好奇心は充分有り得るし、またそれ以上に、西行の法を求める積極的意識を窺うことができる。

すでに指摘したように、「東山にて人々」と「あみだ房」というグループには、西行の出家の意図が前以て知られていたことが、西行の残した和歌から推測することができる。勿論、空仁も西行が心を許して胸中を吐露できる人々の中に属していたと考えられる。空仁を訪問した時の一連の歌群では、西行が修行のため庵室に籠った空仁を通して、遁世者の具体的な姿を見てとったのであり、将来の自分自身の在り方も見ていたのであろう。

西行は空仁と会ったのち、仏道修行者として歩んで行く決意を固めていたと思われる。それは、晩年の西行が「空仁がいうなりしことをおもひいでゝ」という追憶の情を表わした文からも、出家直前の自分の目に映った空仁の姿は、忘れがたい「優」なるものとして、鮮明に印象づけられたことを物語っているのである。

【注】

（1）窪田章一郎『西行の研究』（東京堂出版、昭和三六・一）一二三〜一二四頁。

（2）久保田淳『新古今歌人の研究』（東京大学出版会、昭和四八・三）四一頁。

（3）本章において引用した西行の歌は、すべて久保田淳編『西行全集』（日本古典文学会、昭和五七）による。カッコ内の数字は歌番号である。なお、以下に挙げる『源三位頼政集』、『林葉集』、『林下集』は、和歌史研究会編『私家集大成』中古II・中世I（明治書院、昭和四九）により、その他の歌の引用は、『新編国歌大観』によった。

（4）注（1）前掲書、一二五頁。

（5）この「あみだ房」について、川田順氏は「崇徳天皇の天承二年二月示寂した良忍の法弟中であらう」と推定された（『西行の伝と歌』）が、まだそれ以上のことはわからない。

（6）山木幸一氏は、西行の出家の原因として、目崎徳衛氏によって提示された「数奇」という概念に対し、「出家の理由・原因として『数奇』を強調すれば、出家それ自体の自己目的性、すなわち、当初の求道的意志を排除してしまうことになりかねない」と述べられ、西行の出家の動機を数奇という側面よりは、「求道」的意志の実現にあったと指摘されている。（『西行の和歌の形成と受容』明治書院、昭和六二・五、二一四～二一五頁参照）。

（7）伊藤嘉夫校註『山家集』〔日本古典全書〕（朝日新聞社、昭和二二）二九〇頁。

（8）注（1）前掲書、一一七頁。

（9）西行は出家後も、この「東山にて人々」と交わっていたことが、松屋本『山家集』に見える次の歌から窺い知ることができる。

　　東山にて人々歳暮に懐を述べけるに
　としくれしそのいとなみはわすられであらぬさまなるいそぎをぞする

（10）注（2）前掲書、四二頁。

（11）注（7）前掲書、二七四頁。

（12）岩波文庫『法華経』（岩波書店、昭和三六）による。

（13）高木豊『平安時代法華仏教史研究』（平楽寺書店、昭和四八・六）二六七頁参照。西行には「一品経和歌懐紙」と呼ぶ有名な二首の自筆詠草がある。

　　薬草喩品

ふたつなくみつなきのりのあめなれどいつゝのうるひあまねかりけり
わたつうみのふかきちかひにたのみあればかのきしべにもわたらざらめや

(14)(15) 注(1)前掲書、一二四頁参照。

(16) 久保田氏はこの「里響《とよ》む」という言い方は、『万葉集』に用例があり、和泉式部も「鷺のゐる松原いかにさわぐらむしらげばうたて里とよむなり」というように用いられていると指摘される(『久保田淳著作選集』第一巻西行、岩波書店、平成一六、七二～七三頁参照)。

(17) 久保田淳『草庵と旅路に歌う西行』(新典社、平成八・四)四九～五〇頁参照。

(18) 注(7)前掲書、二六八頁。

(19) 桑原博史『西行とその周辺』(風間書房、平成元・二)一三一頁。

(20) 萩谷朴『平安朝歌合大成』第四巻(同朋舎、平成八・七)二一二〇～二一二六頁参照。

(21) 動詞「おもひあがる」については、小学館刊『古語大辞典』に、「古くは、自惚(うぬ)ぼれる、つれあがる意はなく、誇りを高く持って低俗なるものを排し、より高貴であろうとする意欲を持つ意に用いられた」とあるように、現代語とは違って、よい意味で使われたと解されている。

一品経和歌懐紙「薬草喩品」の歌二首(西行筆・京都国立博物館蔵)

例えば、『源氏物語』②（新編日本古典文学全集）「蓬生」の巻には、過去に受けた仕打ちを恨んでのその報復を企む性悪の叔母（末摘花）が登場するが、彼女を紹介する部分で「もとよりありつきたるさやうの並々の人は、なかなかよき人のまねに心をつくろひ、思ひあがれるも多かるを、やむごとなき筋ながらも、かうまで落つべき宿世ありければにや、心すこしなほなほしき御叔母にぞありける」（三三二～三三三頁）とあり、「明石」の巻でも、「いとほしう、すずろなりと思せど、人様のあくまで思ひあがりたる様のあてなるに、（後略）」（七四頁）などとある。

(22) 注（1）前掲書、一二三～一二四頁。

(23) 注（19）前掲書、一二一頁。

(24) 佐佐木信綱編『日本歌学大系』第参巻所収（風間書房、昭和三一）による。また、空仁は『勅撰作者部類』に「大中臣少副定長子」とあるように、神祇官少副にまで至ったのであろうと考えられる。

(25) なお、坂口博規氏は『宝物集』九冊本巻末「宝物集近代作者」の「紗弥《マヽ》十七人」は、僧官僧位と無縁な隠遁者ということで選定された人々と理解してよいであろうと指摘されている。（「入道西行をめぐって」「北海道駒沢大学研究紀要」十八、昭和五八・三）。ちなみに、その「宝物集近代作者」には、空仁に注して「大神宮氏人」とあり、西行は「憲清入道」と注している。

(26) 『中臣氏系図』（『群書類従』系譜部六十二所収）による。

(27) 西垣春次「律令体制の解体と伊勢神宮」（「史潮」五六、昭和三〇・三）。

(28) 注（26）前掲書、五五七頁。

(29) 注（17）に同じ。

(30) 簗瀬一雄「空仁雑感」（『中世和歌研究』所収、加藤中道館、昭和五六・六）二五二～二五三頁参照。

(31) 『西行全集』（日本古典文学会）歌番号七二九・一〇五四。

第二章　西行の釈教歌とその典拠

第一節　『聞書集』「十題十首」の歌

一　はじめに

西行の『聞書集』には、冒頭の「法華経二十八品歌」三〇首と、経名を題とする『無量義経』・『普賢経』・『心経』そして『阿弥陀経』の四経（法華具経と呼ぶ）の歌がそれぞれ一首ずつ並んでいる。その四経歌につづいて、「十題十首」と呼ばれる歌群が記されている。この十題十首は、法華経二十八品歌と異なり、出典名がなく、経文等を引用した長文の題詞を示している。このような、長文形式の題詞は、西行以前の釈教歌の歌題として引用された例は、ほとんど見当らない特徴をもっているのである。ここで、まず検討に入る前に『聞書集』から十題十首を掲げると、次の通りである。(1)

末法万年　余経悉滅

弥陀一教　利物偏増

三五　むろをいでしちかひのふねやとゞまりてのりなきをりの人をわたさん
　　一念弥陀仏　即滅無量罪
　　現受無比楽　後生清浄土

三六　いろくづもあみのひとめにかゝりてぞつみもなぎさへみちびかるべき
　　極重悪人　無他方便
　　唯称弥陀　得生極楽

三七　なみわけてよするをぶねしなかりせばいかりかなはぬなごろならまし
　　若有重業障　无生浄土因
　　乗弥陀願力　即往安楽界

三八　をもきつみにふかきそこにぞしづまましわたすいかだのゝりなかりせば
　　此界一人念仏名　西方便有一蓮生
　　但此一生成不退　此華還到此間迎

三九　にしのいけに心の花をさきだてゝわすれずのりのをしへをぞまつ
　　三界唯一心　心外无別法
　　心仏及衆生　是三无差別

四〇　ひとつねに心のたねのをひいでゝ花さきみをばむすぶなりけり
　　若人欲了知　三世一切仏
　　応当如是観　心造諸如来

四一　しられけりつみを心のつくるにておもひかへさばさとるべしとは
　　発心畢竟二无別　如是二心先心難
　　自未得度先度他　是故我礼初発心
四二　いりそめてさとりひらくるをりは又おなじかどよりいづるなりけり
　　流転三界中　恩愛不能断
　　棄恩入无為　真実報恩者
四三　すてがたきおもひなれどもすてていでむまことのみちぞまことなるべき
　　妻子珍宝及王位　臨命終時不随者
　　唯戒及弥《施》不放逸　今世後世為伴侶
四四　そのをりはたからの君もよしなきをたもつといひしことのはゞかり

以上、右に挙げた「十題十首」については、早く藤原正義氏(2)や萩原昌好氏(3)によって論証が行われ、待賢門院落飾の折り、結縁のために詠まれた「法華経二十八品歌」と一連のものとして、その詠作時期を両氏ともに出家直後まもない頃の西行二十五歳頃の作品とされた。これに対し、山田昭全氏は「西行の二十八品歌は、彼の真言密教への劇的な覚醒があったあと(4)」の成立と見て、西行の若い時期ではないであろうと述べておられる。

筆者もこの「十題十首」は、「法華経二十八品歌」と一連の作であり、またそこには当時専門の学僧の間にも難解視された『華厳経』を詠んだ歌二首が含まれていることや、『聞書集』の成立時期などを考慮すれば、出家後二年たらず二十五歳頃の西行作とするのは、少々無理があると推定される。いずれにせよ、この「十題十首」

に引かれている題詞は、諸経典・典籍から広く用いられ、西行の仏教思想と信仰情況を推察することができる唯一な手掛かりとなり、極めて重要な意味を示唆してくれると思われる。

　本節で考えてみたいのは、この「十題十首」に引用されている歌題の出典を調査して照合し、それらを比較検討するとともに、歌の表現内容の分析を通して、西行の仏教思想と信仰情況を考察して行きたいと思う。

二　歌題の出典について

　まず、十題十首の題となっている経文の出典については、従来藤原正義氏と萩原昌好氏によって考察され、かなり明らかになっている。従って、ここに出典及び引用文献を掲げるのは無用であるかも知れないが、筆者なりに調べた文献もあり、それらをまとめて確認しておくことも意味があると思って、あえて掲げることにした。

歌番号	歌　題	出　典	引用文献
三五	末法万年　余経悉滅 弥陀一教　利物偏増	西方要決（大正蔵巻四七・一〇九頁）[5]	往生要集・宝物集・愚管抄
三六	一念弥陀仏　即滅無量罪 現受無比楽　後世清浄土	往生本縁経	決定往生縁起・六座念仏式・往生要集・万法甚深最頂仏心法要・孝養集・平家物語他
三七	極重悪人　無他方便 唯称弥陀　得生極楽	観無量寿経（大正蔵巻一二・三四六頁）	往生要集・廿五三昧式・宝物集・往生浄土用心・六道講式・孝養集・発心集他
三八	若有重業障　无生浄土因 乗弥陀願力　即往安楽界	浄土論（大正蔵巻四・七頁）	観心略要集・決定往生縁起・宝物集・孝養集他
三九	此界一人念仏名　西方便有一蓮生 但此一生成不退　此華還到此間迎	浄土五会念仏略法事儀讃（大正蔵四七・四八頁）	観心略要集・決定往生縁起・文讃・宝物集・孝養集他

四〇	三界唯一心　心外无別法　心仏及衆生　是三无差別	華厳経（大正蔵巻九・四六五頁）	宋高僧伝・観心略要集・決定往生縁起・自行略記・本理大綱集・宝物集・三界唯心釈・正法眼蔵・華厳唯心義・撰集抄・方丈記他
四一	若人欲了知　三世一切仏　応当如是観　心造諸如来	華厳経（大正蔵巻九・四六六頁）	往生要集・観心略要集・註本覚讃・華厳唯心義・唯心観行式他
四二	発心畢竟二无別　如是二心先心難　自未得度先度他　是故我礼初発心	涅槃経（大正蔵巻一二・八三八頁）	遊心安楽道・無量寿経宗要・往生要集・観心略要集・出家授戒作法・安養集・菩提心論・菩提心讃・菩提心集他
四三	流転三界中　恩愛不能断　棄恩入无為　真実報恩者	清信士度人経(6)（散逸）	諸経要集・法苑珠林・源氏物語・宝物集・出家作法・孝養集・平家物語他
四四	妻子珍宝及王位　臨命終時不随者　唯戒及弥不放逸　今世後世為伴侶	大集経（大正蔵巻一三・一〇九頁）	往生要集・観心略要集・宝物集・孝養集・撰集抄他

これらの十題十首に引かれている題詞は、表から見ても諸文献にわたって広く用いられたことがわかる。歌の題詞と出典については、様々な問題を内包していると思われるが、注意したいのは、表に指摘した出典が、必ずしも西行の十題十首の題に引用されたとは限らない。それはあくまでも、経典・論疏に見えるということに過ぎず、そこから直接引用したかは、わからないという点である。まず萩原氏は、この歌群のすべての題詞が源信の著作物の中から引用されているとされ、次のように挙げられている。

三五　『往生要集』大文三
三六　『決定往生縁起』
三七　『往生要集』大文八、『廿五三昧式』
三八　『観心略要集』、『決定往生縁起』

三九　『観心略要集』
四〇　『観心略要集』、『決定往生縁起』
四一　『往生要集』大文七、『観心略要集』
四二　『往生要集』大文四、『観心略要集』、『出家授戒作法』

このように、八首の題詞の出典名を指摘されている。ただ、四三・四四の二首については四四のみ原典名として、『大集経』を指摘されている（なお、四三の題については出典名を指摘されていない。四四の題も源信作の『観心略要集』に見える）。このような観点から萩原氏は、これらの歌題が経典から直接引用されたのでなく、「源信の著作物（乃至伝源信）より抄出されたもの」であると考えられ、歌題の構成から西行が出家当時、融通念仏の僧として出発したと推察されたわけである。

一方藤原氏は、歌題が引用された諸文献との綿密な考証によって、歌題の出典は萩原氏の如く、経典・典籍に想定するのではなく、「経文読誦や和讃等によって日ごろ目にし耳にし、おそらく不断に念頭にあり口誦もしていたものを文字にしたもの」であると、述べられている。但し、藤原氏は前半の五題（三五〜三九）が、法華具経歌の末尾に置かれている阿弥陀経歌との関連性から「当代浄土宗出家・在家に共有され、西行自身の所有ともなっていたものから選び出し、それを一定の脈絡に配したもの」であるとされ、後半の五題（四〇〜四四）も「西行にはすでに熟知の偈であり、日常不断に心に反復されていたものであった」と考えられ、前半の五題を浄土系の歌と認めて、後半の五題と区別して考察されている。

さらに、藤能成氏(7)は西行の浄土信仰の立場から、十題十首のうち、三六〜三九・四三・四四の六首の題が、『孝養集』より引用されたと指摘されている。しかし、『孝養集』は著者を覚鑁に仮託した真言宗系の典籍である

といわれ、西行の浄土信仰と、その『孝養集』の中に述べられている真言密教の即身成仏とか密厳浄土が必ず一致するとは考えにくいのであろう。

以上のように、題と出典との関連について諸氏の論考を参照しながら述べてきたが、題の典拠は、西行の詠作時期と絡みあって、仏教思想や信仰情況を判断するのに、極めて重要な意味を与えてくれると思われる。もう一つ言えることは、表から見ても知られるように、『宝物集』との関連性である。十題十首のうち『宝物集』にも引用されているのが、三五・三七〜四〇・四三・四四の七題が若干の異同があるものの、内容的にはほぼ一致しており、十題十首と『宝物集』との関係も無視できないと思う。

三　「十題十首」前半の歌の解釈

今までは、十題十首の題となっている経文の出典と引用文献とのかかわりについて考えてみた。次に、本節の目的である十題十首のうち、前半の五首（三五〜三九）から検討して行きたい。

三五の題は、『西方要決』の第十一会に掲げる五種小疑の中の第五疑を説くところに記されている偈文である。『往生要集』大文三に「慈恩云」として、『西方要決』から引用されたものであり、この四句は、次に出てくる「大聖特留百歳、時経末法、満一万年、一切諸経、並従滅没、釈迦恩重、留教百年」まで含めて十一句中の最初の四句に当るものである。『宝物集』巻七にも、「末法万年、なをし弥陀の一教をたのむべし。いはんや仏法流布の時にをきてをや。末法万年にをきて、弥陀の一教をたのむべし」と見え、末法万年の時は、阿弥陀仏の一教（四十八願）だけが残っていて憑むべきであるとして、たとえを以てこの四句が用いられている。

これを念頭に置いて、題と結びつけて歌をみると、「無漏《むろ》」とは、煩悩を離れたこと。有漏《うろ》の対。穢土の対で

「浄土」とも解されることもあろう。二句目の「ちかひのふね」は、「釈迦恩重、留教百年」ということから、「釈迦の誓い」であろう。たとえば、俊成の法華具経歌のうち「阿弥陀経歌」をみると、

　　法のみなきえなん後までも弥陀の教ぞ猶のこるべき（長秋詠藻・四三四）

と、詠んでいるが、『阿弥陀経』に該当すべきところは見当たらない。しかし、この四句に当てはめると歌の意味がよくとれるのである。歌の意は、「阿弥陀仏が衆生を救済してくれるという釈迦の誓いの船は、一切の諸経が滅没してしまった、法のない末法の末の世にもとどまって、乗り遅れた衆生を乗せて煩悩のない極楽浄土へ導いてくれるのであろう」というように、受け取れる。末法の世における西行の欣求浄土への願望が内に秘められていると思われる。

次に三六の題、「一念弥陀仏　即滅無量罪」の上二句は、主に謡曲（敦盛・実盛）に見え、源信の『万法甚深最頂仏心法要』に「往生本縁経云、一念弥陀仏　即滅無量罪云々」とあるが、『往生本縁経』を調べてみても見当らない。また、『往生要集』大文十には、「問、為如臨終一念仏名、能滅八十億劫衆罪、尋常行者、亦可然耶、答、臨終心力強、能滅無量罪、尋常称名、不応如彼、然若観念成、亦滅無量罪」と見え、部分的な一致にとどまっている。藤原正義氏は四句そろって引用されているのは『六座念仏式』であるが、ただ、三句目の「現受」が「現世」となっていると指摘されている。

しかし、歌の方をみると、題の三句目の「現受無比楽」の意味が欠けているように思われる。上句の「あみのひとめ」の「一目」は「人目」を掛ける。「つみもなぎさ」は、罪もないなぎさとを掛ける。解釈してみれば、「魚だとて漁師の網の一目にかかってこそ救われ、清浄の渚に引き上げるように、まして人間もその魚のごとく、

一たび仏の名を称えれば、無量の罪が滅せられ、阿弥陀仏の救いの網にかかって清浄なる浄土へ導かれるのであろう」というふうに、読みとれる。

ここで、漁師の網によって、魚たちが救われるということがよくわからない。一般的に考えれば、魚にとって、網にかかることは命が奪われる不幸なことを意味するのであり、題の三句目の「現受無比楽」と対置されるわけである。ところが、西行の次の歌を見てみると、

みるもうきはうなはにゝぐるいろくづをのがらかさでもしたむもちあみ　（山家集・一三九五）

鵜縄に驚いて逃げようとする魚を、今度は人間の網によって逃さず掬いあげてしまう光景が、見ていても憂くつらく思われるのだと西行は歌っている。また、四国への往路或いはそこからの帰路の途中、詠んだといわれる歌、

たてそむるあみとるうらのはつさほはつみのなかにもすぐれたるこひ《かな板本》　（山家集・一三七二）

をりたちてうらたにひろふあまのこはつみよりつみをならふなりけり　（同右・一三七三）

まなべよりしはくへかよふあき人はつみをかひにて渡る成けり　（同右・一三七四）

というように、現実のなかで、なにげなく行われる罪深い所行を「つみのなかにもすぐれたるかな」とか、「つみより罪を」と、現実への関心から詠み出され、その基底には、殺生を深い罪業とする仏道修行者としての思いが込められていると受けとれる。これらの歌と三六と比べてみても、よく納得が行かないが、西行には次のような作品もある。

みづひたるいけにうるをふしたゞりを命にたのむ色くづやたれ　（山家集・一五一八）

みぎはちかくひきよせらるゝおほあみにいくせのものゝ命こもれり　（同右・一五一九）

これらは、『山家集』の末尾に収められている「無常十首」のうち二首である。諸氏によって西行の出家直後まもない頃の作品として推定されているものである。高野山入山後の四国への旅路で詠んだ歌とは、その歌いぶりが少し違うような気もする。当時、権力の争いの場からしずかに身を引いて出家した西行が、権力者たちのほしいままに行われる罪業をまのあたりにして、自分の命も魚のごとく、はかないものだと歌ったのではないかと感じとれる。

「みづひたる」の歌は、『往生要集』大文一の「無常」を説くところに引用された、「此日已過、命即減少、如小水魚、斯有何楽」を踏まえて詠んだものの、滴りを求めて命をたのむ魚――それはいったい誰なのか――は外でもないわが身なのである。これらの歌を思い出して三六に当ててみると、この世を生きて行くはかない「命」を魚にたとえて、かつて、阿弥陀仏が衆生のために敷いて置いた大網にかかって、現世に無比の楽を受けて清浄なる浄土に生まれたいのだというように看取されるのである。

三七の題は、『往生要集』大文八のところに「観経云、極重悪人、無他方便、唯称念仏、得生極楽」と記されているが、実際『観無量寿経』で調べてみても該当する経文が見当らなく、萩原氏もただ、経文の取意であると述べられているように、「極重悪人」(9)の語から判断すれば、『観無量寿経』が説く下品下生の部分の意訳と考えるべきであろう。また、題の三句目が「唯称弥陀」のに対し、『往生要集』では「唯称念仏」となっている。石田瑞麿氏は『源信』の補注において、この四句が「往生要集義記巻七には、観経の意にかなった旨」と解され、「天保十年刊の西教寺本『往生要集』では、「唯称弥陀」となっている」(10)とされ、その点西行と一致している。藤原氏も、『六道講式』や『六座念仏式亦名懺悔教空也集』でも、三七の題と同じであり、長明の『発心集』に

も見え、ここでは四句目の「極楽」が「彼国」になっていると、指摘されている。

そして、『宝物集』巻七にもまったく同様の文が記されており、藤原頼通が延暦寺に命じて往生の要文を勘《かんが》えさせたとき、学頭たちが一代の聖教から三七と三八の文を取って奏したと伝えている。但し、『宝物集』では、三七と三八の歌題が入れ替る形になっている。

歌をみると、「なみ」「をぶね」「いかり」「なごろ」といった、縁語を多様に用いて技巧が勝った歌になっている。また、歌の表現も「〜なかりせば〜まし」というふうに、次の三八と同じく、たとえを以て使われている。伊藤嘉夫氏は、題と結びつけて「波をわけて助けに来る小船のやうに、阿弥陀のすくひがなかったら、碇さへおろせない罪の海の荒波に漂はねばならぬであらう」(11)というように、解釈されている。『山家集』では、三七とは逆に「助け船」さえない、大波の沖で揺れるこの世のはかなさを歎いているような、歌も見える。


おほなみにひかれいでたる心ちしてたすけぶねなきおきにゆらるゝ　（山家集・八四七）

三八のところをみると、この題は『観心略要集』に「浄土論云」と記してこの文を引いており、『決定往生縁起』にも「又経云」として同様の文を引用しているが、迦才の『浄土論』には見当らない。また、題の四句目が『観心略要集』には、「必生安楽国」となっているが、源信の同じ作『決定往生縁起』では、西行の題詞と一致しており、その点『宝物集』も同一である。

『宝物集』には、前述した通り、三七と三八が入れ替る形になっており、それにつづいて「まことに、浄土にむまるべき因なからむ物の、弥陀の願力にのりなば、安楽国にむまれん事は、かへすぐたのもしくぞ侍るべき。」と記されており、三七・三八ともに内容について大差はなく、たとえが少し違うわけである。

歌の方をみると、上句「ふかきそこ」について、従来の注釈は概ね「深い罪の海」とか「波底」あるいは、「水底」などに解釈しているが、「底」という語は、松屋本『山家集』六大の歌のうち「水大」を詠んだ「谷川のにごれるそこをすましつつおしてる波にながしいでつる」という、歌で知られるように、罪障や濁悪の意識に関連づけて詠まれたものと見るべきであろう。下句の「いかだののり」の「乗り」は「法」を掛けて、題の「乗弥陀願力」を踏まえた表現であると思われる。訳してみれば、「無事に渡してくれる筏がなかったとしたら、重い罪のために、深い海の底に沈んでしまうように、若し阿弥陀の法がなかったならば、極楽浄土に生まれることなく、苦界の海の底に沈んでしまうことであろう」となる。

次の三九の題は、法照作といわれる『浄土五会念仏略法事儀讃』の「西方楽讃」のなかに見える頌句で、「此界一人念仏名　西方便有一蓮生」の上二句につづいて、「但使一生常不退　此花還到此間迎」となっているが、西行における下二句の「此・成・華」が、『法事儀讃』には「使・常・花」となっている。『宝物集』巻七のなかには、「法照禅師と清涼山の文殊との対面」を説明するところに、上二句が見え、それにつづいて次のように語られている。

この界にして弥陀の名号を一ぺんとなふれば、西方浄刹に一の蓮生ず。その蓮花をとりて蓮花台となして、命終の時、観音来迎したまふと侍るめれな、念仏は蓮華台となる物なり。念仏の功なからん人、なにをもてか蓮花台として、往生の宿望をとげん。なをなを弥陀の名号をとなへて、来迎の蓮台となし給べし[12]。

この「命終の時、観音来迎」について、『法事儀讃』には記されていないが、阿弥陀の脇侍として、聖衆来迎の代表者の意味で、『宝物集』の作者が書き入れたのではないか、と『宝物集』(新大系本)は解説している。こ

れによって、西方浄土への往生を願う人の臨終の時、観音菩薩が蓮花台を持って迎えに来るということが知られる。また『孝養集』でも、仏の来迎の儀式を説くところに同じ文が見え、臨終の折り、病人が阿弥陀仏を念じ唱えると、観音菩薩が御手に蓮花台を持って来迎すると記している。こうした「臨終の儀式」については、源信の『往生要集』末尾の結論の部分に詳細に論じられている。

山折哲雄氏(13)は、平安中期以後の浄土信仰の流行とともに、『往生要集』の「臨終の行儀」で死を迎える場面を眼に見えるように描いたのが「来迎図」であると、述べられている。実際「阿弥陀二十五菩薩来迎図」(京都・知恩院蔵)とか、「阿弥陀聖衆

阿弥陀二十五菩薩来迎図（早来迎）京都・知恩院蔵
『日本国宝展』（読売新聞社）より

来迎図」（和歌山県・高野山有志八幡講十八箇院蔵）を見ても、この蓮花台が阿弥陀仏・菩薩の持物であり、衆生を西方浄土へ導いてくれる乗り物であることがわかる。

西行もこれを充分に熟知した上、この歌を詠んだのではないかと思われるが、解釈してみれば、「この世で、阿弥陀仏の名号を一ぺん称えることによって、極楽浄土の池に蓮の花が咲くと経文でも説いているように、臨終の折り、それが蓮花台となって自分を必ず西方浄土へ導いてくれることを忘れずに、法の教えを待つのである」となる。そして、三九とイメージとして類似している法華具経の末尾阿弥陀経の歌をみると、

はちすさくみぎはのなみのうちいでゝとく覧のりを心にぞきく（聞書集・三四）

とあり、極楽浄土から阿弥陀仏が説かれる仏法を、そのまま心のなかにしっかりと聞きとめることだと歌って、また、同じ『聞書集』において、花に向かって極楽浄土を念ずる、次のような歌もある。

五条の三位入道、そのかみおほ宮のいゑにすまれけるをり、寂然、西住なんどまかりあひて、後世のものがたり申けるついでに、向花念浄土と申ことをよみけるに

心をぞやがてはちすにさかせつ《ゃ》るいまみる花のちるにたぐへて（聞書集・二四四）

四　「十題十首」後半の歌の解釈

これからは後半の五首（四〇～四四）を考察してみることにする。この後半の歌群は、歌題の構成からみて前半の三五～三九までを阿弥陀経関連の連作として認めて、四〇・四一が華厳系の歌ではじまるという点で、前半の五首と明確に区別することができるのである。

まず、四〇の題「三界唯一心云々」の句は、『八十華厳経』十地品「三界所有唯是一心」に由来するものとし

て、『六十華厳経』夜摩天宮品「一切世界中　無法而不造　知心仏亦爾　如仏衆生然　心仏及衆生　是三無差別」[14]とあわせて、『華厳経』の主意である唯心縁起思想を端的に表している有名な偈文であるといわれている。『宋高僧伝』[15]巻四「義湘伝」によると、この偈に関する一つの逸話として、新羅の華厳僧であった元暁（六一七～六八六）の話が記されている。新羅文武王元年（六六一）に元暁が入唐する途中、雨のために土龕に入り雨を凌ぎながら一夜過したそうである。雨のために古墳とは知らずに宿った第一夜は何事もなかったのに、翌日の朝、目がさめて見ると、それは古墳であり、そばには骸骨が散乱していたことを知った第二夜は、夢の中に鬼が現れて安眠をさまたげた。その時、元暁は「心生故種種法生、心滅故龕墳不二、三界唯心、万法唯識、心外無法」という「一心」の原理を自ら体験し、この偈を以て、仏法の根本を悟ったと伝えている。こうした『宋高僧伝』の話を、元暁に深く傾倒していたといわれる明恵は『華厳縁起』絵巻（国宝）にして成忍という弟子に、その行跡を詳しく描かせているのである。

また、『織田仏教大辞典』では、源信の『自行略記』にこの偈が見え、「是れ其の初にや」とされている。そして、伝最澄といわれる『本理大綱集』には「華厳経に云く、三界はただ一心なり、心の外に別法なし云々」と記されており、覚鑁の『三界唯心釈』でも「華厳経曰」として、まったく同じ四句が見え、偈文内容について詳細に説明している。華厳宗を再興した明恵も『華厳唯心義』において、「在家ノ女房達」「アマタノ女房親類」の乞いに応じて、平易にこの偈を説いたと記しており、道元の『正法眼蔵』にも、「三界唯心」の偈を設けて詳しく説かれている。これらによって、天台・真言・華厳・禅等にこの偈が広く用いられ、日本の思想文化に大きな影響を及ぼしていたことがわかる。

歌の方へ戻って見ると、この「三界唯一心」と同じ題で、『後拾遺集』にある伊勢大輔の歌、

　ちるはなをを《も》しまばとまれよのなかは心のほかの物とやはきく　（後拾遺集・一九一二）

と詠んでいる。また教長は、『千載集』において、「おなじ百首（久安）のとき華厳経の心をよめる」と題して、

　はかなくぞみよの仏と思ひけるわが身ひとつにありとしらずて　（千載集・一二二七、教長集・八五〇）

という歌があり、『教長集』には「極無自性、三界唯心」の題となっている。二首ともに「三界唯一心」の題通り、その意味がよく当てはまるが、西行の歌をみると、上の句における「ひとつ根」と「心の種」との関係を、どのように理解すればよいのか、非常に難解である。従来の解釈は、「一つの根から芽が出、花が咲くやうに、一つの心がもととなって、花も咲き実も結ぶのである(16)」というふうに、伊藤嘉夫氏が訳されたものを、その後も受け継いでいるようである。この解釈では、「種」を「芽」ととって下二句につなげて、意味が通るようにしているわけだが、仏教的な意味はあまり含まれていないように思われる。この一句目の「ひとつねに」の「根(17)」について、西行には次のような歌がある。

　花までは身ににざるべし朽ちはてゝ枝もなき木のねをなからしそ　（山家集・一五三九）

　これは『山家集』の千手経を詠んだ三首のうち一首である。『類題法文和歌集注解(18)』では、五句目の「根」を「根性」と解釈している。この「根性」について『新字源』では、「人の本性。人の本性は善悪すべての行ないを生じる根である(19)」というように、三界において、存在の意味として「凡夫の本性」「衆生の本性」とも解釈できるといえよう。というわけで、この「ひとつ根」は、歌題中の「心、仏及び衆生、この三、差別無し」とある句を踏まえての表現であろう。すなわち、題の三句・四句を踏まえて「心と仏と衆生」は、すべて無二であることを「ひとつ根」と隠喩して表現したのではなかろうか。また、二句目の「心の種」とは、人の心を「種」にたとえている。

仏教の唯識説(20)では、ありとあらゆる存在の種となるものが、人の心の最深層である「阿頼耶識《あらやしき》」の中に存在すると見て「種子《しゅうじ》」と呼ぶ。密教ではこの「種子」を通して仏などを観ずることを「種子観」という。ここでは、人間の本性である「一心」を「種」ととらえ、それがもととなって悟りの境地に至るという趣旨を述べている。この場合、「心の種」は下二句の「花さき実をばむすぶなりけり」と結びつけて考える時、煩悩から離れた自性清浄心を表す「一心」であることは明らかである。歌の意は、「ひとつの根から芽が出て、花が咲き実を結ぶように、三界の迷いの世界においての、あらゆる現象は、心を離れて別に存在するのではなく、一つの心が種となって悟りの境地に至るのである」というふうに、受けとれるのである。

なお、この一首は華厳の「一心思想」を踏まえて歌っている。仏教では人間の心をどのように見るかによって、肯定する心と否定する心があるようである。例えば、『往生要集』大文五「止悪修善」に「心の師とはなるとも心を師とすることなかれ」と説いて、仏道修行のさまたげになる心を煩悩の因として、人の心をまったく否定する立場にある。さらに、『宝物集』巻四にも「道心といふは、菩提心なり。菩提心といふは、大悲の心なり。千手陀羅尼経に大悲心といふ則これなり」と見え、この後に続けて次のように記されている。「万法は心の所作にして、心の外に別に法なし。心仏及衆生、差別なきが故に。心は是第一のあたなり。心に心ゆるす事なかれ」とあって、この場合も「心」は、仏教的に否定される煩悩を指していることは間違いない。

ところが、長明は『発心集』の序で、「心の師とは成るとも、心を師とする事なかれと、実なるかなこの言。一期過ぐる間に、思ひと思ふわざ、悪業に非ずと云ふ事なし(21)」と、『往生要集』の説くところに疑問を投げ掛け、心への省察を丹念に行っている。また、先に触れた『華厳縁起』では、元暁が入唐を断念し、一切の現象はすべておのれの一心の変ずるところにすぎないということを悟り、「心の外に師を求めなかった」として、人の心を

完全に肯定する立場をとっているのである。西行の場合も『山家集』に、

心におもひける事を

をろかなるこゝろにのみやまかすべきしとなることもあるなる物を（九〇六）

とあり、心の問題をめぐって自問自答を行い、人の心が「師となることもある」という唯心説の立場から「心」を肯定して歌っていることが分かる。この一首は、『華厳経』の「如心偈」に見える「三界唯一心、心外無別法」という哲理を踏まえて詠んだものであることは疑う余地がない。

四一の題も、四〇とともに『六十華厳経』夜摩天宮品に出てくる偈文であり、『往生要集』大文七にも、「如華厳経如来林菩薩偈云」として同じ文が見える。ただ、『華厳経』『往生要集』ともに一句目が「若人欲求知」に記されているのに対し、題では「若人欲了知」になっているのである。これについて、藤原氏は偈の部分が四〇の「是三無差別」につづいて、「諸仏悉了知」に始まっていることから、西行が「自己の領解と誦持のままに『欲了知』と書いたのではなかろうか」と推察されている。また、大場朗氏[22]は、西行の出家直後の天台本覚思想の立場から『註本覚讃』の末尾にも、題とまったく同一の形でこの偈が用いられている点に注目して、題の典拠を『註本覚讃』に求められている。

しかし、筆者は『八十華厳経』「昇夜摩天宮品」には題と同じく「若人欲了知」となっており、四〇の題と当時広く流布していた有名な「唯心偈」であったことから、西行も日ごろ口誦し、熟知していたものを文字にした結果起こる異同であると考えられる。さらに、歌の方も両首ともに華厳の「一心思想」に基づいて詠んでいることを勘案すれば、典籍からの引用よりむしろ経典から直接引用されたと見たほうが自然ではないかと思われる。

すなわち、題の四句目の「心造諸如来」は、華厳の「一心思想」と深くかかわりがある句である。これは、西行が晩年になって高尾を訪れ、高山寺の明恵に今まで自分の和歌に対する姿勢を、『栂尾明恵上人伝』において、

此歌即是如来ノ真ノ形躰也。去バ一首詠ミ出テハ一躰ノ尊像ヲ造ル思ヲ成ス、一句ヲ思ツヅケテハ秘密ノ真言ヲ唱フルニ同ジ。我此歌ニ依テ法ヲ得ル事有リ、我此歌ニ依テ法ヲ得事有、若爰ニ不例シテ妄ニ人此詞学ハ大ニ可入邪路ニ云々。(23)

と語ったように、和歌一首詠むのは、一躰の仏像を造るのと同じだという「和歌即仏像」の和歌観ともつながっているのである。この「心造諸如来」ついて、元暁は『大乗起信論疏』のなかに「初中言依一心法有二種門者。如経本言。寂滅者名為一心。一心者名如来蔵。此言心真如門者。即釈彼経寂滅者名為一心也。心生滅門者。是釈経中一心者名如来蔵也。(24)」と言って、「一心は如来蔵」であり、その一心によって、生滅門と真如門の二門があると述べている。この「一心」は本覚であり、この本覚が無明によって働いて生滅門を作り、その生滅門に隠れているものを「如来蔵」であると説いている。また、『涅槃経宗要』でも「仏性之体正是一心(25)」と述べて、一心の原理である如来蔵思想を強調している。そして、元暁に深く傾倒していたといわれる明恵も、『華厳唯心義』において、次のように語っている。

若人欲了知三世一切仏応当如是観心造諸如来トイフハ衆生ヲス、メテコノ唯識観ヲ修学セシムルナリイハクモシ人三世一切ノ仏躰ヲ了知セムトヲモハ、コノ唯心ノ道理ヲ観スヘシ真理ヲミルハスナハチ真仏ヲミルカユヱニスナハチ心性ヲモテ仏躰トナスヲ心造諸如来トイフナリイハクコノ道理ヲ〔サ〕トルニスナハチ心ノ相ヲ会シテ心性ニイル。(26)

心性を以て仏躰となすを「心造諸如来」と説いており、一切の諸法は「識」としての心が現わしたものにすぎ

ないという唯識論にもつながっているのである。

そして、西行においても、「罪を造るのも、如来を造るのも」すべてがこの「一心」の上に求められているのである。西行は今まで「心」というものは、仏道修行を妨げる煩悩の因としてしか思わなかった。しかし、今やっと華厳思想と出会えて、この「心」が、三世一切の諸仏を造るのと同じであることを、はじめて開悟することができた。それを、西行は歌の下句で「おもひかへさばさとるべしとは」と、一心の原理を今こそ思い知ったと、その感激を披瀝しているわけである。すなわち、万法は一心より生起するという華厳経学の真髄に西行は触れていたに相違ない。

なお、西行の和歌観にもつながる華厳思想の影響関係については、第四章第一節のところに詳しく論ずるので、ここでは重複をさけるために省略するが、要するに「心は諸の如来を造る」という句は、華厳の一心思想が深く根を下ろしていたと思うのである。歌の意は、題の四句目「心造諸如来」に重点が置かれて、「わかりましたよ。今までは我が心によって罪をつくるものであるとおもってきたが、それをよく思い返してみれば、その心が仏を造るのと同じであることを、悟ることができるとは」となる。

次に、四二の題「発心畢竟二无別　如是二心先心難　自未得度先度他　是故我礼初発心」の句は、『大般涅槃経』に記されている偈と同様である。この句は、元暁作の『遊心安楽道』や『無量寿経宗要』[27]にも記され、三輩の往生因において、発菩提心を往生の正因として、十念などを往生の助因として説いている。また、『往生要集』大文四にも、「菩提心、有如是勝利、是故迦葉菩薩礼仏偈云」につづいてこの文が引かれており、前後の部分で諸経を掲げて、「発菩提心」と「初発心」の重要性が論じられている。ただ、西行の題の二句目「先」が経典と

一致している反面、引用文献の殆どが「前」となっていることを考えれば、これも典籍からの引用ではなく、直接経典より引いた可能性が高いと推測される。西行がどこから引用したのかはともかく、題の「発心」「初発心」の語でも知られるように、自分の出家直後の心境を詠じた歌であることは、間違いないのであろう。

題と歌の表現をみると、「いりそめて」は、西行以前の勅撰集・私家集などを調べてみてもその用例がない、西行独自の歌語であることがわかる。意味は、「発菩提心」「発心」のことを表している。「さとりひらくる」は、題の「畢竟（究極の悟り）」を指している。また、下二句の「おなじかどよりいづるなりけり」とは、発心して出家し、その教門に入った当時の「出発点」ともいえよう。この歌を解釈してみれば、「発心して出家したのだが、仏道修行に励んで悟りが開ける折りは、初めて発心した時の、同じ門から出るのである。大事なのは、初めて菩提を求める心を起すことである」いうふうに、読みとれるのである。

四三の題は、出家作法の時に唱える有名な偈である。平安末期頃に成立したとされる『出家作法』(28)（曼殊院蔵）では、「流転三界中云々」の句は、出家受戒のとき、師僧がまず唱え、出家者に唱えさせると伝えている。この偈は、『諸経要集』や『法苑珠林』巻二十二にも引用され、『清信士度人経』の偈であるといわれているが、間中富士子氏によると、「此の経典は散逸したが、偈文のみ残り、剃髪得度の式に唱へる(29)」というのである。また、『源氏物語』「手習」の巻には、浮舟の出家剃髪の儀式に際して、僧都の言葉として次のように語られている。

「流転三界中」などいふにも、「断ち果ててしものを」、と思ひ出づるも、さすがなりけり。御髪も、そぎわづらひ、「のどやかに、尼君たちして、直させ給へ」と、いふ。額は、僧都ぞ、剃ぎ給ふ。「かゝる御かたち、やつし給ひて、悔い給ふな」など、尊き事ども、説き聞かせ給ふ。(30)

と見えるように、出家受戒と剃髪が同時に行われたことがわかる。ここでは、「流転三界中」一句のみ記しているが、全体の意味内容からもこの偈文を踏まえた上の、表現であることは言うまでもない。『平家物語』[31]でも、「維盛出家」の条に、維盛が八嶋からぬけだして、高野山の滝口入道のもとで出家する時、三べん唱える言葉として四句がそのまま用いられている。

歌の方に移ってみれば、西行とも交わった大原の寂然も『法門百首』のなかで、「棄恩入無為」と題して、

そむかずはいづれのよにかめぐりあひて思ひけりとも人にしられん（法門百首・五五、新古今集・一九五七）

と詠んで、「三界の中に流転するには恩愛をだむずる事あたはず恩をすてゝ仏の道にいる、これ真実の報恩なりといふ文也」[32]というふうに、自注を付けて解説している。ここで、恩を棄てて仏道に入門するのがなぜ「真実の報恩」と言うのだろうか、という疑問が生じてくる。それについて、『類題法文和歌集注解』では、「其故は仏子となりぬれば、その眷俗はいづれも天に生じてはかりなき快楽をうけつ。いはんや父母にをいてをや」[33]と解釈されている。つまり、自分一人が出家することによって、外の血縁者すべてが、天上界に生まれ変わることができるのである。しかし、恩愛の絆を断ち切って、出家したとしてもやはり断ち難いものが、恩愛の情であることを考えれば、俗世間から離れ切れないものがあっただろう。

伊藤嘉夫氏は、この歌と次の四四に対して「出家した西行の若い心の片鱗がひらめいてゐるやうである」[34]とされ、出家直後の詠歌であると見ておられる。歌の意味も、自分の出家に際して、仏道を求める強い決意を表明して詠んだ一首であるといえよう。こうした、作歌事情からみて、この一首は出家直後の自己感情の表白を歌い込めた作品とも考えられるが、この「十題十首」の詠作時期と絡んで、即断するわけにはいかない。

最後の四四の題も『大集経』第十六虚空蔵菩薩品に記されている偈文であり、『往生要集』大文一に「大集経云」として、四句そろって引かれているものである。但し、題の二句目「不随者」が経典には「無随者」となっており、『往生要集』『孝養集』ともに西行三句と同様である。また、『宝物集』巻二の死苦を説くところに、「すでに今生の縁のつきぬれば、面をならべし親子もとくすてん事をいとなみ、床を一つにせし妻男も、壁をへだてて、とをくさりぬ」と語って、この偈文を掲げている。そして、編者を西行に仮託した説話集としていわれる『撰集抄』巻一にも、「妻子珍宝及王位云々」の句は、次のように語られている。

妻子珍宝及王位、臨命終時不随身とて、三途のちまた、中有の旅には妻子珍宝身にそはざるのみならず、帰て悪趣にたゞよふ物也。さればば、此まぼろの、しばしのほどの愛着、ながく芔の戸ざしたらん、心憂に非ずや。唯戒及施不放逸、今世後世為伴侶とて、冥途悪みちには、戒施不放逸のみこそ、身をばたすくなれ。しかじ、早恩愛をふりすて、戒施の功徳をたくわへんと思侍れど。

ここで、題が示している意味内容がすべて言い尽されていると思われる。死に臨んでは、なにもわれに随うものなし、ただ、ひとりで三途の川を渡って中有の旅をするという、人間の孤独性が窺われる。言い換えれば、西行はむしろ孤独であることを自ら求めていたのかも知れない。そしてこの思いは『聞書集』末尾に「中有の心を」と題して、

いかばかりあはれなるらんゆふまぐれたゞひとりゆくたびのなかぞら　(聞書集・二三二)

と詠んでいるのであろう。西行の心には、常に死の問題が問いかけられている。「たゞひとりゆくたび」という死への自覚から、われがいかに生きるかは、西行にとって、最大の関心事でもあっただろう。死という逃れ難い人間の死苦から、一人で精いっぱい生き抜いて行こうとする迫力さえ感ずるのである。歌の意について、三好英

二氏は「臨終の折りには、如何なる宝といへどもつまらないものだ。宝を保つといっても言葉だけのことだ。死に臨んでは何にもならない」[35]と解釈されているが、渡部保氏は「保つは宝を保つの意か、不明」[36]とし、疑問は依然として残されたままである。

五　おわりに

以上、今まで述べてきた十題十首のうち、まず前半の五題（三五～三九）の典拠について、要約してみると次の通りである。

①三五の題は、『往生要集』が慈恩作の『西方要決』に典拠を求める。
②三六の題は、『万法甚深最頂仏心法要』が『往生本縁経』に典拠を求める。
③三七の題は、『往生要集』が『観無量寿経』に典拠を求める。
④三八の題は、『観心略要集』が迦才作の『浄土論』に典拠を求める。
⑤三九の題は、『宝物集』が法照作の『法事儀讃』に典拠を求める。

ここで、三五～三九の題が原典である経典本文に記されているのは、三五・三九だけであって、その他は経典に記されていないのである。また、五題のうち四題が源信の著作物よりその典拠が記されており、三九のみ『宝物集』に拠ったものである。これらによって、前半の五題が直接経典からの引用ではなく、「源信の著作物より抄出したもの」であると考えるべきであろう。

歌の表現を歌題と照合してみると、前半の五首すべてが浄土教の阿弥陀信仰と関連する歌であり、西行の浄土信仰への関心が窺える作品であると言えよう。それは、歌題において、末法万年の時は、阿弥陀仏の一教だけを

憑むべきであるとし、一たび仏の名を称えれば無量の罪が滅せられ、五逆十悪の極悪悪人でも弥陀の願力によって救われ、極楽浄土に往生が出来るという教えは、源信の著作物、特に『往生要集』で語られる「厭離穢土、欣求浄土」といった、浄土教思想との関連があり、その影響を受けて詠歌したものであると思われる。

一方、後半の五題（四〇～四四）は、経典の扱い方も一定ではなく、『華厳経』『涅槃経』『清信士度経』『大集経』といった諸経典にわたって用いられており、しかも、当時の「専門の学僧の間でも難解視された華厳経においてしかりである」[37]とされる。先述したように、この「十題十首」の詠作時期をめぐって、従来の説では待賢門院の落飾の頃、すなわち西行二十五歳の時、「法華経二十八品歌」に続いて詠まれたものとされるが、後半の五題だけをみるとき、諸経典から幅広く引用されていることから、やはりある程度年齢を重ね、経典学習を深化させた頃に詠まれたものであると考えるべきであろう。

また、もう一つここで見逃すことができないのは、四〇・四一の歌で窺える華厳の「一心思想」である。それは、四一の題「心造諸如来」の句でも知られるように、西行が一生こだわり続けてきた心の問題がこの句に集約されていると思う。これは西行の和歌観ともつながるものであり、晩年に近い頃西行が華厳思想に触れていた可能性は高いと推測される。西行はいったい、いつ、どこで、どの書物を目にして華厳思想に目覚めたのか、手許に証拠たるものはないので、まったくわからない。ただ、華厳教学の中心思想の論書である『大乗起信論』は、平安時代に入って仏教徒に盛んに愛読され、西行もその教学的な知識や教養を身につけていた可能性は十分考えられる。

このように、「十題十首」を見る限り、西行は多方面にわたる経典を用いている点からも、天台とか真言とか、あるいは浄土教とか華厳教とか、どちらかを選びとるというような生き方はしなかったと思われる。

西行の信仰的立場について、山折哲雄氏(38)は西行の生きた時代は、「まさに密教の時代から浄土教の時代へと大きな円孤を描いて移りつつある過度期であった」とされ、西行が密教とか浄土教とかに、おさまりきれない自由奔放な精神の持ち主だったと指摘しておられる。つまり、天台教学を学んでも、真言修行に参入しても、浄土信仰に導かれても、華厳思想に触れても、西行は出家当時から一宗一派にかたよらなく、自由人としてのわが道を歩んでいったと思うのである。

【注】

（1）本節において引用した西行の歌は、すべて久保田淳編『西行全集』（日本古典文学会、昭和五七）により、その他の歌の引用は、『新編国歌大観』によった。

（2）藤原正義「西行論―遁世と浄土教―」（『中世作家の方法』所収、風間書房、昭和五六・四）。

（3）萩原昌好「西行の出家」（「国文学言語と文芸」七八、昭和四九・五）。

（4）山田昭全『西行の和歌と仏教』（明治書院、昭和六二、一一八～一二二頁参照）。

（5）『謡曲集』（大系本）の補注では、源信の『万法甚深最頂仏心法要』に、「往生本念経云、一念弥陀仏、即滅無量罪云々」とあるが、「往生本縁経とは観世音菩薩浄土本縁経かも知れない」と記している（岩波書店、昭和三五、四四五頁）。なお、観世音菩薩浄土菩薩本縁経から調べてみると、四句目「即往安楽界」が「「必生安楽国」となっている（新纂大日本続蔵経巻一、三六三頁）。

（6）間中富士子氏によると、この句は「清信士度経」の偈で、経典は散逸してしまったが、偈のみ残って伝えていると指摘されている（『千載集 新古今集 釈教歌の研究』、昭和三一）。また、久保田淳氏は『新古今和歌集評釈』（昭和五二・一〇）において、『悲華経』と注されているが、筆者が調べたところ『悲華経』（大正蔵巻三）には見当たらない。

（7）藤能成「西行の浄土信仰（II）〈特に『聞書集』「十題十首」を中心として〉」（「九州龍谷短期大学紀要」四三、平成

九・三)。

(8)『勝鬘経』(大正蔵巻一二、二二一頁)、『宝性論』(大正蔵巻三一、八三四頁)には、「凡聖穢土浄土」を「有漏無漏」に、また「凡聖穢土浄土」を「非有漏非無漏」に理解して説いている。

(9)岩波文庫『観無量寿経』では、「善導はこれを凡夫人、法然は罪人、源信は極重悪人と表現し直した。親鸞は源信の用法にのっとりながら、範囲を広げて、定散二善のすべてを極重悪人ないし極悪深重の衆生と呼んだ」と、解説している(『浄土三部経』下、岩波書店、平成七、一一三頁参照)。

(10)また、石田瑞麿氏は「極重悪人」以下の文こそは、『往生要集』が『観経』の文として掲げてから広く用いられ、特に謡曲に見えると述べておられる(『源信』日本思想大系、岩波書店、昭和四五、四一九頁)。

(11)伊藤嘉夫校註『山家集』[日本古典全書](朝日新聞社、昭和二二)、二三八頁。

(12)新日本古典文学大系『宝物集』(岩波書店、平成五)、三四二頁。

(13)山折哲雄『日本人と浄土』(講談社、平成七・一一)一〇〇〜一〇二頁参照。

(14)玉城康四郎氏は、『八十華厳経』でも「心の如く仏も亦爾り。仏の如く衆生も然り。応に仏と心と体性皆尽なり。」とあり、ほぼ同じ意味として用いられていると指摘されている(『日本仏教思想論』下、平楽寺書店、昭和四九、二一六頁)。

(15)『宋高僧伝』巻四、義湘伝(大正蔵巻五〇、七二九頁)。

(16)(注11)前掲書、二三八頁。

(17)山田昭全氏は、この「根」について、『大日経疏』の文のなかの「大地は一切衆生の依りたるが如く」に拠ったものとされ、「存在の根底に対する隠喩とみなしうる場合もある」と指摘されている(「西行と六題の歌—その典拠の発見—」「豊山教学大会紀要」一二、昭和五九・一〇)。

(18)畑中多忠『類題法文和歌集注解』全五巻(古典文庫、平成五年)による。

(19)『新字源』(角川書店、昭和四三)。

(20)法相宗の根本経典である『成唯識論』巻三に「作意謂能警レ心為レ性。於二所縁境一引レ心為レ業。謂此警二覚応レ起心種一

引令レ趣レ境故名二作意一。雖三此亦能引二起心所一。心是主故但説レ引レ心。」（大正蔵巻三一、一一頁）とあり、また『摂大乗論釈』巻三に「今色纏心応下無二種子一自然而生上又過去世色纏善心。多生所レ間余識所レ隔。唯無有故。已過去故。不レ得レ為二今定心種子一。展転伝来為二今因縁一者。阿頼耶識持二彼種一故。」（大正蔵巻三一、三三三頁）等と見え、唯識文献には「心種」「心種子」という言葉を盛んに用いられている。この場合、「心種」「心種子」とは、過去の業によって、植えつけられたまま「阿頼耶識」の中に保持され、未来世の自己の形成に関与する「心」を指す。

(21) 『方丈記　発心集』（新潮日本古典集成、昭和五二）、一四八頁。

(22) 大場朗「西行雑考（その二）—出家直後の仏教思想—」（「文学・語学」一〇二、昭和五九・七）。

(23) 高山寺典籍文書総合調査団編『栂尾明恵上人伝』（『明恵上人資料第一』所収）興福寺蔵本による。

(24) 『大乗起信論疏』（大正蔵巻四四、二〇六頁）。

(25) 『涅槃経宗要』（韓国仏教全書一、八一〇頁）。

(26) 高山寺典籍文書総合調査団編『華厳唯心義』（『高山寺典籍文書の研究』所収）高山寺本による。

(27) 『遊心安楽道』（大正蔵巻四七、一一四頁）、『無量寿経宗要』（大正蔵巻三七、一二八頁）。なお元暁については、八百谷孝保「新羅僧元暁伝攷」（大正大学「大正大学学報」第三八）、本井信雄「新羅元暁の伝記について」（「大谷学報」四一・一、大谷大大谷学会）、玉山成元「浄土宗における元暁の位置」（『東アジアと日本宗教・文学編』所収、吉川弘文館、昭和六二）、韓普光『新羅浄土思想の研究』（東方出版、平成三）などに詳しい。

(28) 『出家作法』（曼殊院蔵）（京都大学国語国文資料叢書、臨川書店、昭和五五）。

(29) 間中富士子（注6）前掲書参照。

(30) 日本古典文学大系『源氏物語』（岩波書店、昭和三八）、三九〇頁。

(31) 日本古典文学大系『平家物語』（岩波書店、昭和三四）、二七五頁。

(32) 『法門百首』（『国文東方仏教叢書』巻八所収、同刊行会）。

(33) （注18）前掲書参照。

(34) （注11）前掲書、二三九頁。

（35）三好英二『西行歌集』下［新註国文学叢書］（大日本雄弁会講談社、昭和二三）、一〇頁。
（36）渡部保『西行山家集全注解』（風間書房、昭和四六）、八五二頁。
（37）山田昭全「佐藤義清と西行と－西行出家の意味」（「解釈と鑑賞」四一・八、昭和五一、六）。
（38）山折哲雄「生死の海－西行と〈仏教〉」（「国文学」三〇・四、昭和六〇・四）。

第二節　「六道歌」について

一　はじめに

西行の『山家集』中、雑部のなかには、「六道哥よみけるに」という詞書とともに六道を詠んだ六首の歌が収められている。(1)「六道」とは、衆生が生前に自ら作った業によって生死を繰返す六つの世界、すなわち、地獄・餓鬼・畜生・修羅(阿修羅とも)・人間・天のことをいっている。そこでまず、西行の『山家集』から「六道歌」を前もって挙げると、次の通りである。

地獄

①つみ人のしぬるよもなくもゆるひのたきゞなるらんことぞかなしき　(八九七)

餓鬼

②あさ夕のこをやしなひにすときけばくにすぐれてもかなしかるらん　(八九八)

畜生

③かぐらうたにくさとりかうはいたけれど猶そのこまになることは　（八九九）

修羅

④よしなしなあらそふことをたてにしていかりをのみもむすぶ心は　（九〇〇）

人

⑤ありがたき人になりけるかひありてさとりもとむる心あらなん　（九〇一）

天

⑥くものうへのたのしみとてもかひぞなきさてしもやがてすみしはてねば　（九〇二）

このように、右に挙げた西行の六道歌は、作歌年代が明らかでない歌群である。この作歌年代について、久保田淳氏は、内乱を経験した西行が出家者の立場で詠まれたそのような釈教歌の類として、「もっとも、詠まれた時期は大部分不明である。保元の乱以前の作も混じっているかもしれない」(2)とされ、保元の乱（一一五六）前後の作品であると推定されている。

西行の六道歌の他にも、同時代の寂然、慈円、良経も、六道の迷いの世界に、声聞、縁覚、菩薩、仏の四つのさとりの世界を加えた十界の歌を詠んでいる。その「十界詠」は、それぞれ『唯心房集』（書陵部蔵本）に「十法界」と題して一一～二〇番に、『拾玉集』（書陵部蔵本）に「春日百首草」のうち、「十界」として、二七四三～二七五二番に、『秋篠月清集』（定家本）に「十題百首」のうち、「釈教十首十界」として二九一～三〇〇番に収められている。なお、三人ともに天台の十界互具の思想に基づいて、「十如是」(3)の歌も詠んでいる。

ここで、注意しておきたいのは、寂然、慈円、良経の十界詠と十如是詠が、それぞれの家集に収められているのに対し、西行は六道歌のみ詠まれているわけである。これについては、後述することにする。

本節では、西行の六道歌を中心として、経典類及び他の文学作品に見える六道思想と照合しながら、寂然、慈円、良経の十界詠のうち、六道詠を結びつけて考察して行きたいと思う。

二　六道思想との関係

まず、西行の六道歌の検討に入る前に、経典類と文学作品に現れている六道思想が、どのように受容され、描かれているのかについて、触れておきたい。

タンカ「五趣生死輪廻図」（ネパール）
『生と死の図像学』（至文堂）より

六道思想は、もともと仏教に先立って古代インドで生まれたが、阿修羅を除いた五道輪廻を説くことが多く、それは「五趣生死輪廻図」(4)が描かれたということからも知られる。それが、徐々に仏教にも受容され、『法華経』の序品で「諸世界中、六道衆生」(5)と説いて、釈迦が六道の衆生の姿を示したが、六道思想の背景には法華経信仰とともに、観音による六道救済が考えられ、世に広まって行ったということである。

経典を見ると、阿修羅を除いた五道だけを説いている場合が多く目立つ。例えば、『大方等大集経』に

「所謂五道衆生」とし、世親の『倶舎論』「分別世品」には「地獄傍生鬼、人及六欲天、名二欲界一二十、（中略）自名説二五趣一」とするのである。ここで、「傍生」は「畜生」であり、「鬼」は「餓鬼」のことを指している。また、『大乗理趣六波羅蜜多経』巻三、『瑜伽師地論』巻四、『順正理論』巻二なども、同じく五趣と三界を結びつけて説いている。[6] こうした、五道説を説いている経典に対して、『大智度論』巻三十には次のような問答が見える。

問曰。経説レ有二五道一。云何言二六道一。答曰。仏去久経流遠。法伝五百年後。多有二別異一部部不レ同。或言二五道一或言二六道一若説レ五者。於二仏経一廻レ文説レ五。若説レ六者。於二仏経一廻レ文説レ六。又摩訶衍中法華経説レ有二六趣衆生一。観二諸旨応レ有二六道。[7]

「六道」とすれば、地獄、餓鬼、畜生の三悪道と、阿修羅、人、天の三善道にそれぞれ三つに分かれるが、五道だと善道が人、天二つしかないので、上中下に区別できないとして、六道をよしとされ、その根拠として『法華経』が説く「六趣衆生」を取り上げているのである。中国や日本においては、大乗仏教の影響から六道説が一般に普及しており、五道説はあまり見られないのである。

また、平安中期以後六道思想の普及に最も大きな影響を及ぼしたのは、やはり源信の『往生要集』であっただろう。その巻頭の「厭離穢土」で描かれたた六道についての記述は、様々な経典からの引用であり、六道のなかでも三悪道の生々しい描写は、当時の人々に現世における罪科の恐ろしさを認識させたに違いない。

そして、その『往生要集』のなかの六道に関する記述部分を、眼に見えるような形で示したのが絵画であった。『六道絵相略縁起』（聖衆来迎寺蔵）の序文によると、

抑モ此ノ絵相ノ由来ヲ尋ヌレバ、恵心僧都、末世／愚悪ノ凡夫ノ為ニ、厭離穢土欣求《[ゴング]》浄土ノ経教及ヒ／諸口ノ経論ノ中ヨリ、勘要ノ文意ヲ取集メ三巻ト／ナシ、往生要集ト名ツケテ、専ラ易行念仏ヲ弘道《[タウ]》勧／進シ玉

フ、此書添ケナクモ宋ニ渡リテ、真宗皇帝深ク／尊信シ玉ヒ、和漢両土ニ流布シテ、上ハ一天萬乗ノ君ヨリ下萬／民ニ至ル迄、聞レ見心覚知ノ輩尊崇ノ余リ此ノ教ニ随ずト云／者ナシ、時ニ我朝円融《ユ》院ノ御叡覧ニ献ヘ玉フ、ムベナル哉ナ、／帝尊信ノ余リ女后婦人ノ為ニ此書ノ事相ヲ絵ニ顕サント／御召レ思、即チ恵心僧都ニ談《ダ》シ、是代天下ニ名在ル巨勢金』岡ニ命シ、恵心都レ僧指揮シテ図画シ奉リ玉ヘリ。(8)

と記している。円融法皇の勅

十界図　地蔵幅（京都・禅林寺蔵）
『生と死の図像学』（至文堂）より

により、『往生要集』大文一「厭離穢土」の内容に依拠して図絵されたものが聖衆来迎寺の十界図（六道絵とも呼ばれる）であり、この絵を契機として、その以後様々な六道絵が描かれるようになる。現存するものとしては、聖衆来迎寺の十界図、禅林寺の十界図、蓮華王院の六道絵などがあり、その他に『地獄草紙』『餓鬼草紙』『病草紙』(9)などが伝えられている。

西行の六道歌も当然ながら、『往生要集』がもつ六道のイメージや、六道絵、十界図に触発されて詠まれたものであると推測されるが、それは、西行だけではなく、寂然、慈円、良経の十界詠でも、しばしば共通の認識や描写が見られるのである。

ここで、平安、鎌倉時代の文学作品に語られる六道思想について少し言及しておきたい。六道思想の全体を取り扱う場合は、やはり六道輪廻が語られることが多く目立つ。例えば、『日本霊異記』上、第二一に「畜生を見ゆると雖も、而も我が過去の父母なり。六道の四生は、我が生まれし家なり。故に、慈悲无くあるべからず」とあり、『三宝絵詞』下、巻二六にも「六道衆生ハ皆是先世ノ我父母也」と見られる。

また、『沙石集』に衆生が六道に生死を繰り返して、その眠りから目覚めないことを「六道の長夜の夢」とする。『平家物語』の潅頂巻は、建礼門院が自己の一生を回顧しながら、「六道の沙汰」と題される章段で、自分は現世において六道の世界を見たと語っている。和歌の方を見ると、「むつの道」として次のように詠まれている。

あさましやちよの法にもあはずして六のみちにもまどひぬる哉　（散木奇歌集・九一九）

今はよもまどひすてゝし六の道にかへらじものを五相成身　（拾玉集・二〇八〇）

思ひとけば心につくる六の道をいとふぞやがてまどひなりける　（後鳥羽院御集・一〇八五）

六の道よつのちまたのくるしみをいつかかはりてたすけはつべき　（玉葉集・行円・二六三七）

六の道四のすがたにさすらひてはじめもはてもしらぬかなしさ（新千載集・澄覚法親王・八二二）

この「六の道」は、おおよそ苦界の世界であると詠み込まれており、その苦界から早く厭い離れるべきものとして、受け入れられているのである。

三　六道歌の解釈

今までは、六道歌が詠まれるようになったその時代的背景と経典類と文学作品、そして和歌に見える六道思想について述べてきた。次に、本節の目的である六道歌の検討に移りたい。

地獄

①つみ人のしぬるよもなくもゆるひのたきゞなるらんことぞかなしき

罪人が死んで生まれ変わる世もなく、生前の業によって地獄の炎々たる業火の薪となって燃え続けるのを思うと、ほんとうに悲しい。

題の「地獄」は、早く六道から独立して文学作品や絵画などに取り扱われてきた。地獄の思想は、紀元前三千年の頃にチグリス＝ユーフラテス河流域に栄えたシュメール族の間に起こり、紀元前七〜八世紀の頃にインドに移入されたという。仏教にも早くから地獄の思想が導入され、特殊な地獄名の下に因果応報の業報思想のなかに包括されたということである。(10)

地獄を説いている各種の経典は数多くあるが、それぞれによって、若干のくい違いを見せている。『大智度論』や『仏祖統記』のように、「地獄有〻三。一熱。二寒。三辺。」と説いて、「熱」は八熱地獄、「寒」は八寒地獄、

そして「辺」は「三辺地獄者有レ三一。山間水間曠野。受二別業報一。此応二寒熱雑受一。」と三分するものもあれば、『阿含経』のように熱地獄を八大地獄とし、寒地獄は八大地獄に附属する十六の別所として包含させているものもある。それが、時代が下るにつれ、『正法念処経』『倶舎論』などにおいては、八大地獄・八寒地獄、さらに附属する小地獄の名と、それらの各地獄における苦悩に関する詳細な描写が見られるようになった。しかし、日本人によく知られているのは、熱地獄の八大地獄(11)であって、八寒地獄のほうはあまり馴染みがないのである。

ここで、『往生要集』における地獄描写を見てみると、八大地獄でも最も苦しみ多い阿鼻地獄（無間地獄とも）を、『瑜伽師地論』『倶舎論』『正法念処経』などによって説き終った後に、八寒地獄については「また阿部陀等の八寒地獄あり。具さには経論の如し。これを述ぶるに遑《いとま》あらず(12)」と簡単に記すのみで、地獄の記述を終えている。

ところが、藤井智海氏(13)の言われるように、『往生要集』は八寒地獄の事はあまり触れていないが、文学作品において八寒地獄はよく引用されている。例えば、『今昔物語』巻六の三四語に八寒地獄の七番目である「紅蓮地獄」の名が見え、謡曲の『歌占』『阿漕』などにも用いられている。

それはまた、後述する良経の地獄の歌でも詠み込まれている。ただ、『二十五三昧式』『六道講式(14)』には、「願《ハ》焦熱大焦熱之中。紅蓮大紅蓮之間。放《チ》二遍照之光明《ヲ》一。速《ニ》引二導《シタマエ》受苦之衆生《ヲ》一。」と、『六座念仏式』は、「八寒八熱那落伽(15)」というふうに、八大地獄と八寒地獄とを並行して語っている。

その他、『往生要集』の中には見出されない、地獄の異名もある。例えば、『今昔物語』巻九の十六語に「孤地獄」「灰地獄」、『源平盛衰記』には「峨々たる剣山」、お伽草子『毘沙門の本地』には、「八万地獄」「憍慢地獄」とあり、謡曲の『歌占』にも「斬鎚地獄」「剣樹地獄」「石割地獄」「火盆地獄」等の異名の地獄を、見出すこと

ができるのである。

当時の社会において、地獄という観念が発達してくるのに、地獄絵と地獄屏風の存在はけっして馴染みの薄いものでなかった。たとえば、清少納言の『枕草子』八五段「御仏名ノ朝」に、

御仏名ノ朝、地獄絵の御屏風取りわたして、宮御覧ぜさせたまふ。いみじうゆゆしきこと限りなし。「これ見よかし」と仰せらるれど、「さらに見はべらじ」とて、ゆゆしさにうつ臥しぬ。

という有名な一節がある。正暦四、五年（九九三、四）頃の仏名会と思われるが、仏名会の翌日に帝が持って来させた地獄絵の御屏風を、清少納言は見るのを怖がって部屋に逃げかくれた体験を記したもので、地獄屏風の絵は女性にとって、目をそむけたいような残酷なものであったことが窺われる。この地獄屏風に、どのような地獄の光景が描かれていたのか、詳しいことはわからないが、家永三郎氏[16][17]は地獄屏風の絵の様子を具体的に示すものとして、『古今著聞集』に「楼の上より桙《ほこ》をさしおろして人をさしたる鬼」の姿を地獄屏風に描いたという話を挙げられている。

和歌の詞書にも、「地獄絵につるぎのえだに人のつらぬかれたるを見てよめる」（金葉集・雑下・六三六・和泉式部）や「（前略）地ごくゑを、人々よむに、十八日つるぎに人のつらぬかれたるを」（弁乳母集・一五）などは、衆合地獄の刀葉の木に登る罪人の姿を見たものであろう。[18]その他、「ぢごくゑに、はかりに人をかけたるを見て」（赤染衛門集・二六七）があり、「地獄の絵に、しでの山を女の鬼におはれてなきてこえたるかたかきたるをみて」（新続古今集・二条院宣旨・八五八）などがある。

西行の『聞書集』にも、「地獄ゑを見て」[19]（一九八〜二二四番）という詞書を含む大連作が載せられており、八大地獄の一つ一つの情景を二七首に詠んでいるのである。この他、『日本霊異記』などの説話に出てくる地獄話は

数多くあるが、ここでは文学作品のなかで、西行の歌と関連するところを取り上げただけである。

①の歌へ戻って見ると、初句の「つみ」は、「罪」と「積み」を掛けている。また、「積み」は四句目の「薪」の縁語となっている。罪人が薪となって猛火に焼かれる有様を、実際『地獄草紙』の「雲火霧」(20)に見ると、猛火が地獄の中に燃えており、獄卒は罪人をとらえて火中へ投げ入れると、罪人の身体は焼け溶けてしまうという、惨たらしい光景を描いている。

『往生要集』は「遠く大焦熱地獄の普く大炎の燃ゆるを見、

叫喚地獄十五所別所・雲火霧《うんかむ》（『地獄草紙』・東京国立博物館蔵　部分）
Image：TNM Image Archives　Source：http//TnmArchives.jp/

また地獄の罪人の啼き哭ぶ声を聞く。」というように表現しており、西行の歌も八大地獄の七番目の大焦熱地獄[21]を詠んでいることを考えれば、これに拠ったものであろう。また、『正法念処経』巻十一にも「何況地獄焼　如焼乾薪草　火焼非是焼　悪業乃是焼　火焼則可滅　業焼不可滅」というように、説かれている。

そして、二句目の「しぬるよもなく」は、解釈が問題になっている句である。陽明文庫本は「しぬるよもなく」、六家集板本では「しめるよもなく」とするが、従来の注釈は概ね六家集板本の「しめるよもなく」によって、解釈されている。これについて、久保田淳氏は、「地獄とは罪人が獄卒のために幾度となく殺されては生き返らせられるという責苦が無限に続く世界なのである[22]」から、「しぬる世もなく」の本文に就くべきであると指摘されている。筆者もこの点で氏の意見に従いたい。

『往生要集』にも、八大地獄のうち一番目の等活地獄の描写で、「或は獄卒、手に鉄杖・鉄棒を執り、頭より足に至るまで、遍く皆打ち築くに、身体破れ砕くること、猶し沙揣《しゃだん》の如し。（中略）獄卒、鉄叉を以て地を打ち、唱へて「活々」と云ふと。」というように、罪人は永遠に生き返らせられて責苦に直面することを語っているのである。

ここで、寂然、慈円の地獄の歌を見ると、

こゝろからおのがつみおくたきゞもてこりねと身をもやくほむらかな　（寂然・一一）

つちのしたにもえてももゆるたけき火をいかなる人の思けつらん　（慈円・二七四三）

とあり、寂然の歌の「つみ」は「積み」と「罪」の、「こりね」は「樵り」と「懲り」の掛詞と、技巧の勝った歌だが、下句「こりねと身をもやくほむらかな」は、謡曲の『恋重荷』で「浅間の煙、あさましの身や、衆合地獄の、重き苦しみ、さて懲り給へや、懲り給へ」と、似たような表現が見える。また、慈円の「つちのしたに」

は、『往生要集』に「閻浮提《えんぶだい》の下、一千由旬にあり」というように、我々が住んでいる人間世界の地底に地獄があると信じられてきたからであろう。

このように、二人とも西行の作と似た発想で八熱地獄を詠んでいるのに対し、良経の歌は、

もゆるひもとづるこほりもきえずしていくよまどひぬながきよのやみ　（良経・二九一）

と、八大地獄と八寒地獄を対句にして詠み込んでいる。二句目の「とづるこほり」は、謡曲の『歌占』に「紅蓮大紅蓮の、氷に閉ぢられ」と見え、またお伽草子『毘沙門の本地』にも、「又、鐵の觜ある鳥に突かれ候は、好き物をば我が飲み喰ひ、人には惜しみたる故なり。紅蓮大紅蓮の氷に閉ぢられて歎くなり(23)」という類似表現がある。五句目の「ながきよのやみ」も、『毘沙門の本地』に「この山を南に御覧じて、焦熱大焦熱のしく［マヽ］を西へ行き給ふべし。それを過ぎて長夜の闇とて、この道こそ一切衆生の魂迷ひ歩き候なり(24)」と見える。

西行と寂然の歌が、経典、『往生要集』『地獄草紙』に見られる、惨たらしい世界をリアリスティックに詠み込んでいるのに対し、良経の歌は地獄の具体的描写が欠け、観念的な描写にとどまり、当時の貴族たちの地獄に関する精神の一面を推察することができるのである(25)。

餓鬼

②あさ夕のこをやしなひにすときけばくにすぐれてもかなしかるらん

餓鬼道では、朝夕に五子を生んで生むたびに我が身を養うため、自分の子を食べると聞いているが、それは多くの苦のなかでも一番つらくて悲しいことであろう。

「餓鬼道」については、『正法念処経』（巻一六～巻一七）の「餓鬼品」に「一切餓鬼皆為慳貪嫉妬因縁。生於彼

処。以種種心。造種種業。行種種行。種種住処。種種飢渇。自焼其身。如是説三十六種。」と記され、三十六種類の餓鬼の名を挙げて詳しく説いている。また、餓鬼の種類は『大智度論』のように二種「幣鬼と餓鬼」に分ける場合と、『瑜伽師地論』のように「又餓鬼趣略有二三種一」と三種に分けて説いているものもあり、経典によってその扱い方は様々である。餓鬼の形体は、『六波羅蜜多経』巻三に「然彼餓鬼身如大山。頭如穹盧咽細針。其髪髪下垂覆両肩。猶如利刀割切形体。」という、頭髪は垂れ下り、身体の色はどす黒く、痩せおとろえているが腹は山の如くふれ、醜悪の限りを尽くしている。鎌倉初期の作と伝えられる『餓鬼草紙』は、それを明瞭に描写している。

『往生要集』には『正法念処経』に拠って、餓鬼道の鬼のさまざまを語っている。藤井智海氏は、『往生要集』に取り入れた餓鬼だけでも一七種類を数えることができるが、「国文学中に所出された餓鬼は愍むべき醜いものでなく寧ろ畏怖すべき異類として好箇の題目とされた事である」と指摘され、その例として、『今昔物語』には「鳩槃茶鬼」・「牛頭鬼」、『宇治拾遺物語』には「羅刹鬼」、『古今著聞集』と『源平盛衰記』に「十羅刹」などを具体的に挙げられている。

②の歌を見ると、上句の「あさ夕のこをやしなひに」は、『倶舎論』に「餓鬼言二目連一曰昼生二五子一夜食レ之云々」とあり、『六波羅蜜多経』には「復有餓鬼朝産五子随産食之。夜生五子随生随食。由懐飢餓未会暫飽。」などに説く、三六種ある餓鬼道のうち、二四番目の「婆羅婆叉」という餓鬼のことを指している。『往生要集』にも「或は鬼あり。昼夜におのおの五子を生むに、生むに随ひてこれを食へども、なほ常に飢ゑて乏しい」と見え、『宝物集』にも餓鬼道の苦患を語るところに、

　或はみづから脳をやぶりてくらひ、或は子をくらひて飢をたすく。我夜生五子　随生皆自食　昼生五亦然

雖尽而不飽と申は是也。

とあって、朝夕に五人ずつの子供を生んで、飢えの苦しみから我が子さえ食べざるを得ない、恐ろしい報いであるということは、当時の人々に強いショックを与えたと思われる。

また、絵解き台本として伝えられる『六道絵相略縁起』（聖衆来迎寺蔵）には、

亦昼夜二子ヲウム／餓鬼在リ、娑婆ニ有リシ時ヨリ《可《ママ》》〔子ヲ〕愛〔スル〕コト十倍／スレトモ、業ノ作為ニ依リ、生ニ随テ是ヲ食フ。(26)

とあり、ここには昼夜に二子を生んでそれを食べる餓鬼と見え、昔継母となって先妻の子を憎んだり、妬んだ者がこの報いを受けると語っている。

そして、四句目の「くにすぐれても」については、従来の解釈が「国すぐれても」、「供にすぐれても」、「苦にすぐれても」というふうに、それぞれ分かれて注している。西行は『聞書集』なかで、「地獄ゑを見て」の連作のうち、「我かなしみのくのみをぼえて」（二一一）、「ならくがそこのく」（二二三）、「むすぶこほりのく」（二二四）というふうに、地獄の苦しみから「苦」の語を何度も用いている点で、「苦にすぐれても」ととらえるべきであると思う。良経も西行と同様に、飢えの苦しみのため、生むたびに我が子を食べる餓鬼を、

身をせむるうえのこほりにたえかねてこをゝもふみちぞわすれはてぬる　（良経・二九二）

とあって、『六道絵相略縁起』に語られる、子を愛すること十倍すれども「身をせむるうえ」にたえられず、「こをゝもふみち」も忘れて、我が子を食べざるを得ない苦しみを歌っているのである。

畜生

③かぐらうたにくさとりかうはいたけれど猶そのこまになることはうし

　神楽歌に草取り飼う駒のことを詠んでいるが、草取り飼うのはすぐれてよいけれども、それでもやはりその駒になるのはつらいことである。

「畜生」とは、地獄・餓鬼と合わせて三悪道、三趣道ともいわれており、『正法念処経』（巻一八～巻二一）の畜生品に詳しく記されている。『往生要集』の「畜生道」を説くところに、

　畜生道を明さば、その住処に二あり。根本は大海に住し、支末は人・天に雑はる。別して論ずれば、三十四億の種類あれども、惣じて論ずれば三を出でず。一には禽類、二には獣類、三には虫類なり。

と、三種に分けて畜生の種類の数を取り上げ、慳貪と嫉妬の者が墜ちるとする。藤井智海氏は、『往生要集』に取り入れた畜生は三様に説き示されているが、「文学面に取り入れられた主なるものは龍である。」と述べられている。が、和歌においては、龍を詠んだものはあまり見当らない。

③の畜生の歌を見ると、上句の「かぐらうたにくさとりかう」は、神楽歌に次のように詠まれている。

　その駒ぞや　我に　我に草乞ふ　草は取り飼はむ　水は取り　草は取り飼はむや

西行が、この歌を踏まえて詠んでいることは確かであろう。それにしても、畜生の題でなぜ馬が選ばれたのであろうか。慈円も、「むくひかも人のかざりとなるからにむまと牛とを哀れとぞみる」（二七四五）と、「馬と牛」を素材にして詠んでいる。『往生要集』には、畜生道を説くところで、

　象・馬・牛・驢・駱駄・騾等の如きは、或は鉄の鉤にてその脳を斬られ、或は鼻の中を穿たれ、或は轡を首に繋ぎ、身に常に重きを負ひて、もろもろの杖捶《じょうすい》を加へらる。ただ水・草を念ひて、余は知る所なし。また蚰蜒《ゆえん》・鼠狼等は、闇の中に生まれて闇の中に死す。

とあり、西行、慈円二人ともにこの部分を念頭において詠じたのか、よくわからない。ただ、西行の歌については、『宝物集』巻一に語られている「草を取り飼うことによって馬になったり、人に戻ったりする」(27)安楽国の商人の説話を西行は知っていたのではないだろうかと、久保田淳氏は推察されている。なお、寂然も畜生道の歌で、

なくしかもゝゆるほたるもあはれなりなにをなにかとおもひしるらん　(寂然・一三)

と詠んでいるが、その素材となった「鹿と蛍」は、『二十五三昧式』と『六道講式』に出てくる「飛レ空ヲ之鳥。不レ知ヲ二天ノ高一。(中略)山麓野麋。猶迷二東西一。」に拠ったものであろう。また、『宝物集』巻二にも、「夜もすがらもゆる蛍、日ぐらしなける蟬、夜もうらむる秋の虫、水にねぶる冬の鴛《をし》の、いづれか苦をまぬかるゝある」とあり、『三時念仏観門式』にも同文が見える。

修羅

④よしなしなあらそふことをたてにしていかりをのみもむすぶ心は

つまらないことだなあ。争うことをむねとおしたてて、怒りの種ばかり作り出す阿修羅の心は。

「阿修羅」は、絶え間なく悲惨な闘争を業とする鬼類の一種で、仏教の守護神である八部衆「天・竜・夜叉・乾闥婆・迦楼羅・緊那羅・摩睺羅迦・阿修羅」の一つに数えられたが、天界に住む帝釈天と常に戦うとされた。五道とする経典では、先述したように、阿修羅を除いて説いているが、仏教で取り入れる前は、インドで古くから信仰を受けた神であり、呼吸あるいは霊魂の意味を持っていた(28)といわれる。『往生要集』の阿修羅についての記述は、比較的簡単である。「須弥山の北の大海の底と、四大州の山中の岩石の間」という、阿修羅の二種の居住を記した後に、常に怖れおののき、敵襲の不安に寸時も心休まない苦相を語っている。

この阿修羅と帝釈天との戦いは、『倶舎論』や『正法念処経』の諸説に由来するもので、特に『正法念処経』巻一八～巻二一では、畜生の一つとして阿修羅を説いて、帝釈天との戦いを次のように記している。

阿修羅軍馳趣天衆。互共闘戦。無量悩害。無量衆生見者大怖。無等嬈乱。如是大戦。天阿修羅王。及其軍衆。互相攻伐。無量器仗。堅如金剛。共合闘戦。時天帝釈。雖見無量阿修羅衆在其前住。而不奪命。但欲破彼阿修羅衆。令退無余。時鉢呵婆毘摩質多羅阿修羅王。及其軍衆。退散敗走。(29)

この戦いの勝負については、孝養など善行を積んだ人々が天上に多く生まれていれば、天の力が強くなり阿修羅が敗れ、天上に生まれる人少なければ、天敗れることとなるわけである。

文学作品においては、阿修羅の性格上、当然軍記物語によく登場する。『源平盛衰記』巻一五に、「闘争合戦の場にして身を失って修羅の悪所にも生まれ」とか、『平家物語』の潅頂巻で、建礼門院が自己の一生を六道になぞらえる場面で、室山、水嶋の戦いに勝って、前途の希望も見えてきたのに、一の谷の敗戦で明けてもくれても絶え間ない戦いを「修羅の闘諍、帝釈の諍も、かくやとこそおぼえさぶらひしか」(30)と、語っている。また、『曽我物語』巻五「帝釈・修羅王たゝかひの事」や『太平記』巻一〇「鎌倉兵火事長崎父子武勇事」などにも見える。

④の歌を見ると、初句の「よしなしな」は、つまらないことで争うこと、「な」は詠嘆の意味。説教師の口調で他人に対して戒めるような姿勢が窺われる。下句の「いかりをのみもむすぶ心」とは、『往生要集』に「また日々三時に、苦具自ら来りて逼りて害し、種々に憂ひ苦しむこと」と見え、『二十五三昧式』『六道講式』にも、「常《ニ》含《ミ》㆓瞋恚《ヲ》㆒。鎮《ヘニ》懐《ケリ》㆓毒㆒」というように、怒りや嫉妬、怨憎の心を常に保ち、人と争いばかり好むことに拠ったものである。寂然も西行と似たような詠みぶりで、

ひとをのみうらみそねみしむくひにはくるしきうみのそこにこそすめ　（寂然・一四）

とあり、上句に因を、下句に果をあてて因果応報を示し、西行の④の「よしなしな」と同様に、いわば説教師の口調で歌っている。「うみのそこ」は、『往生要集』に「須弥山の北、巨海の底」とあり、『法華経』法師功徳品にも「諸阿修羅等　居二在大海辺一(31)」と見え、たぶんこれらに拠ったものであろう。慈円も、須弥山での帝釈天と争う阿修羅を「須弥のうへはめでたき山ときゝしかど修羅のいくさぞ猶さはがしき」（二七四六）と詠んでいる。

人

⑤ありがたき人になりけるかひありてさとりもとむる心あらなん

受け難い人の身として人界に生まれた甲斐があって、その証しに、仏道の悟りを求める心があってほしいものだ。

「人道」とは、六道のうち第五の世界、すなわち、我々が住む人間世界なのである。『往生要集』は、人間の世界を三つの相に分けて「一には不浄の相、二には苦の相、三には無常の相なり。」と記した上で、様々な経典を引用しながら、人道の真の姿について詳しく説いている。

六道を説く『大智度論』『大宝積経』『大般若経』『摩訶止観』等の、多くの経典も人道の三相を記しており、主に苦相を取り上げて、人界に生まれた証しとして仏道に勤めて、三世から早く出離すべきであることを説いている。文学作品においては、藤井智海氏の言われるように、無常相が一番多く取り上げられている。特に軍記物語によく看取され、枚挙に暇がないほどである。

⑤の歌を見ると、上句の「ありがたき人になりける(32)」は、『往生要集』に「人身を得ること甚だ難し」とあり、『二十五三昧式』『六道講式』にも、「何《ニ》況《ヤ》人身難《ク》レ受《ケ》。仏法難《シ》レ値《ヒ》」と見え、『今昔物語』巻二〇の一〇語にも、

「人界は受け難し、仏法に値ふ事又それなりも難し」という類似表現が語られており、歌の典拠を特定するのはむずかしいと思われる。例えば、慈円と良経の歌でも、

いづくよりも嬉しかりける契哉人と生まれて法にあひぬる　（慈円・二七四七）

ゆめのよに月日はかなくあけくれてまたはえがたき身をいかにせむ　（良経・二九五）

とあって、慈円は「人と生まれて法にあひぬる」とか、良経は「またはえがたき身」と詠んでおり、西行の上句と相通じる点から、当時の常識に近い観念的な言葉であったと考えられる。良経の歌は、人道の無常相をそのまま受け入れ、末句で「いかにせむ」と嘆いているような、感情を表にさらけ出している。

それに比べて、西行の歌は「人」として生まれたことを積極的に肯定し、その人界に生まれた証しとして、仏道の悟りを求める心をもってほしいという往生への志向が看取され、五句目の「心あらなん」と自己から他者にも呼びかけるように、説教師の口調で詠んでいるのである。また、寂然も西行と似たような歌いぶりで、

たれもみなつねなきよをばいとはなむ心あるをぞ人といふなる　（寂然・一五）

と詠んで、人の無常相を「つねなきよ」に喩えて、「たれも〜いとはなむ」というふうに、他者にも語りかけ、下句で「心あるをぞ人といふなる」と、西行と同様に説教師の口調で結んでいる。

天

⑥くものうへのたのしみとてもかひぞなきさてしもやがてすみしはてねば

天道に生まれ、雲の上の楽しみを極めたとしても甲斐がない。そのようにしてそのままいつまでも住み果てることができず、六道輪廻を繰り返して三悪道に墜ちることもあるのだから。

「天道」は、欲界・色界・無色界を合わせたもので、非常に広大無辺の世界であるといわれる。『往生要集』は、天道もまた願うべからざるものとして、「忉利天の如きは、快楽極りなしといへども、命終に臨む時は五衰の相現ず」と、天人の臨終の際に五衰の相が現れることを説いている。

この五衰は、『正法念処経』巻二三、『六波羅蜜多経』巻三、『仏本行集経』巻五、『瑜伽師地論』巻四などに説かれているが、その五種の衰相については経典によって相違がある。特に『正法念処経』は、歓楽をきわめた後の五衰の苦しみを、「天上欲レ退時。心生二大苦悩一。地獄衆苦毒。十六不レ及レ一。」と記し、地獄の苦しみより遙かに苦痛が大きいのだと説いている。

文学作品においても、天上での天人の五衰のことはよく扱われている。『本朝文粋』巻一四に「楽シミ尽キテ哀シミ来ル天人猶モホ逢ヘリ二五衰之日ニ一」とあり、『平家物語』巻二「成親死去」の条には、「世の変はりゆく有り様は、たゞ天人の五衰に異ならず」と見え、『曽我物語』巻一二にも、「およそ人間の八苦、天上の五衰、今にはじめぬ事にて候へども」等と、無常と結びつけて語られている。その他、『今昔物語』巻一の一語、『栄花物語』の「鶴の林」、お伽草子『俵藤太物語』、謡曲の『羽衣』などにも引用されている。

⑥の歌に移って見ると、天上での天人の五衰を詠んでいる。上句の「くものうえのたのしみ」については、『往生要集』には、欲界の六欲天のうち、下から第二番目の忉利天での快楽を例に挙げて、五衰の相を示した後「当に知るべし、天上もまた楽ふべからざるものを、」と説いており、『二十五三昧式』『六道講式』にも、「欲界ノ六天。未レ免二五衰之悲一。喜見城之勝妙ノ楽。」とあり、西行の歌もこれに拠ったのかと考えられる。

『宝物集』巻三にも、「天上を申さば、快楽無数也といへども、つゐに五衰をまぬかるゝ事なし。五衰といふは、花の鬘しぼみ、脇の下より汗いでたり、眼まじろぎ、天衣あかつき、飛行こゝろにまかせぬなり。」と見え

る。

このように、天上での楽しみもやがて消え、ここから三悪道に墜ちることもあり、天道もけっして楽園ではないことを、西行は下句で「さてしもやがてすみしはてねば」と、説教師の口調で詠んでいるわけである。

なお、寂然、良経も西行と同様に天人の五衰を次のように詠んでいる。

身をかざるはなのかつらもおとろへてつゆきえはつるおはりかなしな　(寂然・一六)

たまかけしあとにはつゆをゝきかへていろおとろふるあまのはごろも　(良経・二九六)

『往生要集』が示している五衰の相のうち、寂然は「一には、頭の上の花鬘忽ちに萎み」を、良経は「二には天衣、塵垢に著され」を、それぞれ詠み込んでいる。

四　おわりに

以上、西行の六道歌を中心として、主に経典類及び『往生要集』のなかで、典拠を探りながら、寂然、良経、慈円の六道詠と結びつけて述べてきた。

この一連の歌群は、詞書が示すように十界のうち、六道の迷いの世界を詠んだものであり、その歌の典拠を明らかにすることは、西行の仏教思想的背景を推察することができる唯一の手掛りにもなると思われる。

先述したように、同時代に生きた三人は「一念三千」(33)という天台の実相論とも関わりがある十界、十如是の歌がそれぞれの家集に収められている。これに対し、筆者の管見に入る限り、六道歌を詠んでいるのは西行だけである。

なぜ、西行は十界のうち、六道歌のみを詠んでいるのであろうか。その根拠として挙げられるのは、『往生要

集』と『二十五三昧式』『六道講式』が示している六道のイメージや、『往生要集』に基づき、製作されたという六道絵であったと思われる。そうした観点から考える時、西行はさとりの世界である四聖界よりは、むしろ迷いの世界である六道により一層の関心をよせていたのではなかろうか。それは、歌の表現からも窺い知ることができるのである。

まず、三悪道のうち、①の地獄道において、良経の歌が露骨な描写を避けて観念的にとらえているのに対し、西行は大焦熱地獄の惨たらしい光景を生々しく描いて、罪人は「しぬる世もなく」永遠に生き返らせられて、責苦に直面するという説教的な意味を含ませている。

また、②の餓鬼道においては、『正法念処経』が説く三六種の餓鬼道のうち、二四番目の婆羅婆叉という餓鬼を描き、朝夕に五人ずつの子供を生んで、飢えの苦しみから我が子を食べる、苦のなかでも一番つらい報いであると詠んでいる。寂然もこのようなあさましい餓鬼の苦しみは歌わなかった。③の畜生道では、身近な馬を取り上げ、轡を首につなぎ、重荷を負わされてむちを打たれる悲哀を描き出している。

次に、三善道の④⑤⑥の歌では、説教師の口調で他人に対して戒めるような姿勢が歌の表現で多く目立つ。④の修羅道においては、「よしなしな〜いかりをのみもむすぶ心は」という自問自答の表現から、俗世間の人々のつまらない争いを厳しい眼で見ている西行の姿が浮んでくるのである。そして、⑥の天道もけっして願うべきものでないと歌って、特に⑤の人道では、「人の身」として生を受けたことを積極的に肯定し、ここから三悪道に墜ちないよう、人界に生まれた証しに、仏道の悟りを求める心をもってほしいという往生への志向が看取され、「心あらなん」と自己から他者にも呼びかけるように詠み込んでいる。

この他、西行は『聞書集』に「地獄ゑを見て」の大連作を残しており、八大地獄の惨たらしい様相を、自己さ

らに衆生の業因と照らし合わせながら詠み上げ、墜地獄を己れに引きつけて、最後には地蔵菩薩による救済を歌っている。こうした、西行の悪道や地獄に対する関心は、自己の罪障への深い自省とともに、悪道に苦しむ罪人への共感から生まれたものであると思われる。

【注】

（1）本節において引用した西行の歌は、すべて久保田淳編『西行全集』（日本古典文学会、昭和五七）による。カッコ内の数字は歌番号である。なお、以下に挙げる『唯心房集』（書陵部蔵本）、『秋篠月清集』（定家本）、『拾玉集』（書陵部蔵本）は、和歌史研究会編『私家集大成　中世Ⅰ』（明治書院、昭和四九）により、その他の歌の引用は、『新編国歌大観』によった。また、経典・論疏などの引用は、『大正新脩大蔵経』、散文類はことわりがない限り、『日本古典文学大系』による。

（2）久保田淳『古典を読む山家集』（岩波書店、昭和五八・六）一四九頁。

（3）「十如是」は、『法華経』方便品に詳しく説かれている。久保田淳氏は、良経、定家、二条院讃岐の「十如是」の歌は、同機会に詠まれたものであろうとし、『定家八代抄』に見える詞書「後京極摂政家にて十如是の心をよみ侍りけるに、如是報」により、「実質的主催者は良経か」と推測されている。（『新古今和歌集全評釈』第八巻、講談社、昭和五二・一〇、五三九頁）。

（4）山辺習学氏によると、『根本説一切有部毘奈耶』第三四に、阿修羅を除いた、「五趣生死輪廻図」の描き方を説いていると述べられている。（『地獄の話』、講談社、昭和五六・九、五九〜六〇頁）。

（5）岩波文庫『法華経』（岩波書店、昭和三七）による。

（6）五趣は、五道ともいわれる。輪廻転生する五つのありかたで、阿修羅を除いた地獄・餓鬼・畜生・人間・天を指す。『六波羅蜜多経』巻三（大正蔵八、八七六〜八六八）、『瑜伽師地論』巻四（大正蔵三〇、二九四〜二九五頁）、『順正理論』巻二一（大正蔵二九、四五六頁）。

（7）『大智度論』巻三〇（大正蔵二五、二八〇頁）。

（8）『六道絵相略縁起』（聖衆来迎寺蔵）（林雅彦編『絵解き台本集』所収、伝承文学研究会、昭和五八・一二）二九一頁参照。

（9）小松茂美氏は、現存する『餓鬼草紙』『地獄草紙』『病草紙』が、「もと蓮華王院の六道絵の一セットとして作られたもの」であると想定されている。（「餓鬼・地獄・病草紙と六道絵」『日本絵巻大成』七、中央公論社、昭和五二・三）。

（10）岩本裕『日本仏教語辞典』（平凡社、昭和六三）。

（11）ひろさちや『仏教説話大系―地獄と極楽―』第二〇巻（すずき出版、昭和五八・六）一〇三～一〇五頁参照。なお、八大地獄は八熱地獄とも言うが、仏教の説く地獄のなかでも、最もよく知られた八種の地獄のことで、①等活地獄・②黒縄地獄・③衆合地獄・④叫喚地獄・⑤大叫喚地獄・⑥焦熱地獄・⑦大焦熱地獄・⑧阿鼻地獄（無間地獄とも）であり、以下順に層をなして最下の阿鼻に至るとされる。

（12）石田瑞麿校注『源信』（日本思想大系、岩波書店、昭和四五・九）による。

（13）藤井智海『往生要集の文化的研究』（平楽寺書店、昭和五三・七）に、詳しい御調査があり、以下引用する藤井氏の御論は、すべてこの書による。

（14）高野辰之編『日本歌謡集成』巻四（春秋社、昭和三）による。

（15）注（14）前掲書参照。

（16）「仏名会《ぶつみょうえ》」は、淳和天皇天長七年（八三〇）に行われたのが始まりで、宮中恒例の仏事となったのは承和五年（八三八）頃からだといわれる。なお、速水侑氏によると、「『往生要集』に先んじて、平安貴族社会における地獄思想形成に直接影響していたのは、毎年十二月二十日前後の三日間、年末行事として宮中清涼殿《せいりょうでん》で行われた仏名会（お仏名）であろう」と推察されている。（『地獄と極楽―『往生要集』と貴族社会―』、吉川弘文館、平成一〇・一七四～一七五頁参照）。

（17）家永三郎「地獄変と六道絵」『上代仏教思想史研究』（法蔵館、昭和四一・一一）二九七頁。

（18）谷知子氏は、この地獄絵について、『起世経』の八大地獄に附属する十六別所のうち、十四番目の「剣樹、剣葉地獄

を描いた絵を見たものであろう。」と推測されている（「西行・寂然・慈円・良経の六道の歌を読む」『和歌史の構想』和泉書院、平成二）が、筆者は『往生要集』に記されている衆合地獄を描いた絵を見たものであろうと考えたい。（聖衆来迎寺十界図のうち、衆合地獄絵参照）。

(19) かつて川田順氏は、この地獄絵連作を「東山長楽寺巨勢広高（広貴・弘高）筆の地獄絵によった」とされたが、片野達郎氏はこの連作と地獄絵との綿密な考証によって、否定的に考えられている。（「西行『聞書集』の「地獄絵を見て」について」『和歌文学研究』第二一、昭和四二・四）。

(20) 注（9）前掲書参照。

(21) 「大焦熱地獄」は、焦熱地獄の下にある第七番目の大地獄のことをいう。ここの広さは「焦熱地獄」と同じで、苦しみの相もまた変わりないが、これまでの六つの大地獄で受ける苦しみを十倍した苦しみを受けるといわれる。なお、畑中多忠『類題法文和歌集注解』全五巻（古典文庫、平成五）は、「大焦熱獄の事也。」と注している。

(22) 注（2）前掲書、一五六頁。

(23) 岩波文庫『お伽草子』（昭和一一）二一七頁。

(24) 注（23）前掲書、二一一頁。

(25) 家永三郎氏は、注（17）前掲書において、地獄絵・地獄屏風が本来もっている精神的意義と、現世的悦楽に強く耽溺していた平安貴族・知識人たちの生活の間には、超えがたい溝があったと推論された。

(26) 注（8）前掲書、三〇四頁。

(27) 注（2）前掲書、一五九～一六一頁。

(28) 阿修羅については、真保亨氏が『六道絵』の解説のところで詳しく述べられている（『六道絵』、毎日新聞社、昭和五二・六）。

(29) 『正法念処経』巻二一、（大正蔵十七、一二四）。

(30) また、『平家物語』巻三「有王」の条に、「諸阿修羅等、居住大海辺とて、修羅の三悪四趣は、深山大海のほとりにありと、」と語って、『法華経』法師功徳品の句を引用している。

（31）注（5）前掲書。
（32）『聞書集』の「地獄ゑを見て」連作のうちにも、「うけがたき人のすがたにうかみいでゝこりずやたれも又しづむべき」（二〇一）と詠んでいる。
（33）「一念三千」とは、天台実相論の基本をなす観法であり、天台三大部である『摩訶止観』『法華玄義』に解説されている。つまり、十界がそれぞれ十界を具有して百界となり、百界がそれぞれ十如を具有して千如となる。千の世界は、五陰と衆生と国土に分かれて三千界となる。（梅原猛『地獄の思想―日本精神の一系譜』中央公新社、昭和四二・六五九〜六二頁）。

第三節　「十楽歌」について

一　はじめに

西行の『聞書集』の中には、「十楽」と題する連作がある。「十楽」とは、『往生要集』の大文第二「欣求浄土」の章に語られる「聖衆来迎楽」「蓮華初開楽」「身相神通楽」「五妙境界楽」「快楽無退楽」「引接結縁楽」「聖衆倶会楽」「見仏聞法楽」「随心供仏楽」「増進仏道楽」という極楽浄土の十楽の観念を、それぞれ題とし、詠歌したものである。但し、そのうち聖衆倶会楽のみ三首配当してあるので、合計一二首になる。(1) いわゆる「十楽歌」として、完全な形をととのえた作例であると言えるだろう。ここで、まず検討に入る前に『聞書集』から十楽歌を全部抜き出してみる。

十楽

聖衆来迎楽

①ヒトスヂニコヽロノイロヲソムルカナタナビキワタルムラサキノクモ　（一四四）

蓮花初開楽

②ウレシサノナヲヤコヽロニノコラマシホドナクハナノヒラケザリセバ　（一四五）

身相神通楽

③ユキテユカズユカデモユケルミニナレバホカノサトリモホカノコトカハ　（一四六）

五妙境界楽

④イトヒイデヽムロノサカヒニイリシヨリキヽミルコトハサトリニゾナル　（一四七）

快楽無退楽

⑤ユタカナルノリノコロモノソデモナヲツヽミカヌベキワガヲモヒカナ　（一四八）

引摂結縁楽

⑥スミナレシヲボロノシミヅセクチリヲカキナガスニゾスヱハヒキケル　（一四九）

聖衆倶会楽

⑦エダカハシツバサナラベシチギリダニヨニアリガタクヲモヒシモノヲ　（一五〇）

⑧イケノウヘニハチスノイタヲシキミテヽナミヰルソデヲカゼノタヽメル　（一五一）

⑨サマ〴〵ニカヲレルハナノチルニハニメヅラシクマタナラブソデカナ　（一五二）

見仏聞法楽

⑩コヽノシナニカザルスガタヲミルノミカタヘナルノリヲキクノシラツユ　（一五三）

随心供仏楽

⑪ハナノカヲサトリノマヘニチラスカナワガコ、ロシルカゼモアリケリ（一五四）

⑫イロソムルハナノエダニモス、マレテコズヱマデサクワガコ、ロカナ（一五五）

増進仏道楽

このように、右に挙げた西行の「十楽歌」は、やはり源信の『往生要集』が説示する言葉や思想に拠って詠まれたものであることは、明らかであるが、その詠作時期に関しては未だ詳らかでない歌群である。ただ、西行の『山家集』中、雑部のなかには、「六道哥よみけるに」という詞書とともに、六道歌六首が収められており、久保田淳氏がこの六道歌の詠作時期を、保元の乱（一一五六）前後の作品であると推定されている。(2)

そうした点から推して考えると、内乱を経験した西行が出家者の立場で詠まれた釈教歌の類として、『往生要集』が示している「厭離穢土」という時代性の観点から六道歌を詠み、次いで「欣求浄土」に基づいて十楽歌を詠じたものであるとすれば、同時期の作品である可能性が高いと思える。これについては、本十楽歌の表現と思想内容を分析した上で、詠作時期を推定してみたい。

西行の十楽歌の他にも、多くの歌人がこの「十楽」を釈教歌の歌題として取り上げている。まず、源俊頼の『散木奇歌集』巻六「釈教部」に「往生要集十楽をよめる十首」と題して九六一～九七〇番にあり、十楽を歌題として詠じたものは俊頼の歌を以て嚆矢とするであろう。ほぼ同時代の藤原教長の『貧道集』(3)にも、八六四～八七五番に十楽歌があり、『新古今集』巻二〇「釈教歌」には、西行とも交流があった寂蓮の十楽歌のうち四首が一九三八～一九四一番に入集されている。

また、覚性入道親王の『出観集』に「阿弥陀講のついてに、十楽のこ、ろを人々に孔子くはりによませさせ給

ついでに、聖衆来迎楽をとり給て」という詞書があり、「十楽」を孔子くばりにして人々に詠ませられた由がわかる。十三代集にも散見し、『明日香井集』『閑谷集』にも十楽歌が見え、『往生要集』の影響のほどが推察される。

本節では、まず浄土教関連の経典及び文学作品に見える来迎思想と十楽を踏まえた上で、今まで殆んど未開拓のまま放置されている『聞書集』の十楽歌一二首を取り上げて、それらの持つ問題点を一つ一つ突き止め、指摘して行きたい。なお、この十楽歌を解釈するにあたっては、『聞書集』に収録されている『往生要集』の「十楽」とも照合しながら考察を試みたい。

二　来迎思想・十楽との関係

さて、西行の十楽歌の検討に入る前に、経典類と文学作品に現れている来迎思想と十楽がどのように受容され、展開したのかについて、言及しておきたい。

まず、来迎思想については、『無量寿経』に阿弥陀の四十八願中、第十九願に「来迎引接《らいごういんじょう》の願」が、次のように説かれている。

設我得レ仏。十方衆生。発二菩提心一。修二諸功徳一。至心発願。欲レ生二我国一。臨二寿終時一。仮令不下与二大衆一囲繞。現中其人前上者。不レ取二正覚一。[4]

とあって、「聖衆来迎《しょうじゅうらいごう》の願」ともいわれ、なかでも第十八願の「念仏往生の願」とともにその中核をなすものである。『観無量寿経』にも上品上生から下品下生までの来迎引接による九品往生が説かれており、『阿弥陀経』には、

若有二善男子善女人一。聞レ説二阿弥陀仏一。執二持名号一若一日。若二日。若三日。若四日。若五日。若六日。若七日。一心不乱。其人臨二命終時一。阿弥陀仏。与二諸聖衆一。現二在其前一。是人終時。心不二顚倒一。即得レ往二生阿弥陀仏。極楽国土一。[5]

とあり、衆生の臨終に際して、阿弥陀が多くの菩薩や聖衆とともに迎えに来る（聖衆来迎）時の有様が説かれている。中国においては、浄土教の進展とともに、燉煌に九品来迎図が描かれ、来迎思想は普及していたといわれる。

また日本においても、阿弥陀信仰の最も古い例は、舒明天皇一二年（六四〇）唐の学問僧恵隠が宮中で『無量寿経』を講じたのが嚆矢といわれる。奈良時代に入っては、『無量寿経』・『観無量寿経』・『阿弥陀経』の浄土三部経をはじめ、元暁の『無量寿経宗要』、善導の『観無量寿経疏』などの阿弥陀に関する諸経典が請来されていたことは、「正倉院文書」[6]の示すところである。特に九品の相を描いた当麻曼陀羅は、善導の『観無量寿経疏』によったもので、当時浄土教は宗派としての組織を持たなかったけれども、来迎信仰は実際行なわれていたことが知られる。

平安時代は、天台・真言の勃興とともに来迎思想は、それぞれの教義を内容としていっそうの進展をみせた。天台宗では、智顗の『摩訶止観』による四種三昧を説くが、その一つである常行三昧において、阿弥陀を念ずべきことを強調している。なお、叡山天台宗以外に南都や高野山などでもやがて念仏が起こったことは注目されるが、平安時代における浄土教展開の主流はやはり天台宗であった。

井上光貞氏は、日本浄土教成立過程について、「南都及び真言系の浄土教は、天台宗から鎌倉浄土教へという浄土教本流からいえば何といっても傍流以上の意味をもつものではなく、かつこれらの系統で思想史上重要な諸

家というものはそれほど多くはない[7]」と指摘しておられる。そして、鎌倉時代に入って法然が源信の『往生要集』をたよりに、善導の本願念仏を見出し、『選択本願念仏集』を著して、日本浄土教を大成するのである。

こうした浄土教成立史の流れのなかで、もっとも来迎思想を高め、一般に普及させたのは源信の『往生要集』である。『往生要集』大文第二「欣求浄土」の部分では、極楽浄土や阿弥陀と聖衆の優れた徳を十楽に掲げて讃嘆しているが、その第一聖衆来迎楽に、聖衆の来迎のことが詳しく説かれている。

当時の文学作品を見ても、例えば『源氏物語』「夕顔」の巻には、尼になっている大弐の乳母が、光源氏に、惜しげなき身なれど、棄てがたく思ひたまへることは、ただ、かく、御前にさぶらひ御覧ぜらるることの変りはべりなんことを口惜しく思ひたまへ、たゆたひしかど、忌むことのしるしによみがへりてなん、かく渡りおはしますを見たまへはべりぬれば、今なむ阿弥陀仏の御光も心清く侍たれはべるべき[8]。

と申し上げた、とあるのも来迎思想に基づいていると考えられる。

特に『栄花物語』のなかには、「かの往生要集の文を思」い出したと記して、阿弥陀の来迎に関する記事がかなり多く見られる。

九品蓮台の有様なり。①或は年頃の念仏により、②或は最後の十念により、③或は終の時の善知識にあひ、④或は乗急の人、⑤或は戒急の者、行の品々に従ひ（て）極楽の迎を得たり。これは聖衆来迎楽と見ゆ。弥陀如来雲に乗りて、光を放ちて行者のもとにおはします。観音・勢至蓮台を捧げて共に来り給ふ。諸々の菩薩・聖衆、音声伎楽をして喜び迎へとり給ふ。（中略）さればこれや蓮花の始めて開くる楽ならんと見えたり。或は卅二相あらたに見え、六通三明具へたり。仏を見奉り法を聞く事、瞭々分明なり。これこそは見仏聞法の楽なめれと見ゆ。よろづめでたし。処は是不退なれば、永く三途八難の恐を免れたり。命は又無量なれば、

遂に生死病死の苦しみなし。心と事とあひかなへば、愛別離の苦もなし。慈眼等しく見れば、怨憎会の苦もなし。白業の報なれば、求不得の苦もなく。金剛の身なれば、五盛陰の苦もなし。一度七宝荘厳の台着きぬれば、永く三界の苦輪の海を別れぬ。(9)

（番号及び傍線付筆者）

これは、巻一八「たまのうてな」の巻頭、法成寺の阿弥陀堂の扉絵について記した部分である。九枚の扉一面毎に阿弥陀の左右に金色の観音・勢至菩薩が居並び、九品浄土の有様が描かれていたらしく、①〜⑤まではそれぞれ上品上生、下品下生、下品中生、上品中生、中品中生の絵の説明であり、それらは言うまでもなく、『観無量寿経』の九品往生の所説に拠ったものと考えられる。(10)ここの文は、『往生要集』の影響が著しいようであり、傍線部分の「聖衆来迎楽」「蓮花の始めて開くる楽」「見仏聞法の楽」は、何れも『往生要集』における十楽のうち、第一、第二、第八に相当箇所が見出される。その上、後半の「処は是不退なれば」以下の文章は、十楽の第五「快楽無退楽」の文をそのまま摂取し、『栄花物語』の作者が『往生要集』に受けた影響のほどを窺い知ることができる。

また、『本朝続文粋』第一二には、鳥羽勝光明院供養の願文に「四面扉図=絵極楽九品往生并迎摂儀式=」(11)とあり、この種の扉絵の有様は、具体的には現存する宇治平等院鳳凰堂の扉絵によって想像することができるのである。さらに、源信作といわれる『来迎和讃』や『極楽六時讃』(12)があるが、そこには来迎思想が色濃く現れているし、阿弥陀の来迎の様相を演出した迎講も、(13)『古事談』などには源信によって始められたと記されている。ちなみに『栄花物語』巻一七「おむがく」に「体相威儀いつくしく、紫磨金の尊容は、秋の月の曇りなく、無数の光明あらたにて、国界遍く明けし。」と、阿弥陀を讃えているが、これは『極楽六時讃』「晨朝和讃」(14)のところに、

体相威儀美しく　紫磨金の尊容は　あさ《ママ》の月の曇りなく

無数の光明新にて　国家《マヽ》あまねく明けし

とあるのに、拠ったことが知られる。俊成の家集『長秋詠藻』[15]下巻にも、「故女院（美福門院）より、極楽の六時讃の絵にかゝれたるを、そのこゝろどもの歌をかゝるべきに、うたなき所どもの猶おほかるよみそへて奉れと仰せられしかば、よみてたてまつりし所々のうた」という、長い詞書とともに、一九首の「六時讃」の歌が収められているが、その歌の詞書は『六時讃』に拠ったものである。

そして、『和漢朗詠集』巻下、仏事に「十方仏土の中には、西方を以て望とす、九品蓮台の間には下品といふとも、足んぬべし」（五九〇）という、来迎引接による九品往生は、『梁塵秘抄』巻二、法文歌にも次のように歌われている。

我等が心に隙も無く、弥陀の浄土を願ふかな、輪廻の罪こそ重くとも、最後に必ず迎へたまへ　（二三六）

弥陀の誓ひぞ頼もしき、十悪五逆の人なれど、一度御名称ふれば、来迎引接疑はず　（二三七）

とあり、阿弥陀の来迎に対する強い願望が込められている。『平家物語』にも「維盛入水」の条に、維盛と同行の聖の言葉を記し、

九品来迎図（中品中生図、京都・平等院鳳凰堂）
『日本人と浄土』（講談社）より

若は十反、若は一反も唱給ふ物なれば、弥陀如来、六十万億那由多《なゆた》恒河沙《ごうがしゃ》の御身をつゞめ、丈六八尺の御かたちにて、観音勢至、無数の聖衆、化仏菩薩、百重千里に囲繞《いにょう》し、伎楽《ぎがく》歌詠じて、只今極楽の東門をいでて来迎し給はんずれば、御身こそ蒼海の底に沈むとおぼしめさるとも、紫雲のうへにのぼり給ふべし。(16)

とあり、若し十遍、一遍でも念仏を唱えれば、必ず阿弥陀が観音・勢至、無数の聖衆とともに、極楽の東門を出て来迎すると述べている。謡曲においても、『誓願寺』をはじめ、『大原御幸』『実盛』『柏崎』『当麻』等の至る所に聖衆来迎の言葉が多く見られる。この他、『法華験記』巻中・五一「楞厳院の境妙法師」、巻下・九九「比丘尼釈妙」、『日本往生極楽記』一六「僧正延昌」、『今昔物語』巻一五の二三語、巻一九の四語などに出てくる説話の中には、臨終の折り、阿弥陀を念じ唱えることによって聖衆来迎を受けるという臨終の儀式が信じられ、『往生要集』の思想に基づく来迎信仰の例が窺えるのである。

このような記事から来迎思想と十楽は、平安、鎌倉時代の文学作品の背景をなしていたと言えよう。なお、平安朝から来迎思想に基づいて阿弥陀来迎図が数多く描かれているが、現存するものとして、法華寺の阿弥陀三尊来迎図、高野山有志八幡講蔵の阿弥陀聖衆来迎図、長谷寺の阿弥陀来迎図、京都知恩院蔵の阿弥陀二十五菩薩来迎図等が挙げられる。

以上のように、西行の十楽歌も『往生要集』における極楽浄土の十楽のイメージや、和讃、来迎図などに触発されて詠まれたものであると当然考えられるが、それは西行だけではなく、阿弥陀が持つ来迎引接の救済性が文学作品のなかに、クローズアップされ、しばしば共通の認識や描写が見られるのである。

三　十楽歌の解釈

まず、この「十楽」と題する連作について、今まで諸氏の西行論において考察を試みたものは、渡部保氏の『西行山家集全注解』(17)に十楽歌の注解があるのみで、それ以外はこれらの歌群に伏在する問題にほとんど言及されたところがない。

しかし、この十楽歌は西行研究に重要な手掛かりを与えてくれるばかりでなく、仏教思想や信仰情況をはかる上で絶好の資料となると思われる。特に、形式のととのった十楽歌は、歌数がまとまっており、先述したように、他歌人にもしばしば同様の十楽歌があるのでそれらとも照合しながら、『聞書集』の中から十楽歌一二首を取り上げ、一首々々について歌意・典拠を吟味し、西行の思想ないし信仰を探ってみたいと思う。

聖衆来迎楽

①ヒトスヂニコヽロノイロヲソムルカナタナビキワタルムラサキノクモ

ひとすじに、仏道に心を染め上げることであるよ。極楽往生を願う念仏者の臨終の折り、たなびきわたる聖衆来迎の紫の雲よ。

歌題「聖衆来迎楽」は、『往生要集』が示している十楽の最初の喜びである。極楽往生を願う念仏者は、臨終の瞬間から日頃行なった念仏の功徳によって、命終の時には弥陀如来の本願を以ての故に、諸菩薩・百千の比丘衆と共に、大光明を放って行者の前に至り、大慈悲観世音は百福荘厳の手を延べ、宝蓮華の台を捧げ、大勢至菩薩は無量の聖衆とともに、手を延べて蓮台に導くと、行者はこれを見て歓喜し、あたかも禅定にも似た、身心安

楽な境地に入り、一念の間に西方極楽世界に生まれることを得る楽しみであるという。

①の歌を見ると、「イロ」「ソムル」は、五句目「ムラサキノクモ」の縁語となっている。「ムラサキノクモ」は、西方極楽浄土の聖衆が紫雲に乗って来迎するというその紫の雲の意味。阿弥陀と菩薩たちの来迎に関わる作であるが、『往生要集』の説く奇瑞や歓喜の境地には全く触れず、「ヒトスヂニコ、ロノイロヲソムルカナ」という仏道修行に臨む決意、心構えが詠み込まれている。しかも、「ムラサキノクモ」の主体は、『往生要集』に「弥陀如来以二本願一故。与二諸菩薩。百千比丘衆一。放二大光明一。皓然在二目前一。」[18]と見え、明らかに阿弥陀のことを指しているが、ここには極めて客観的な情景描写の説明に徹しており、むしろ醒めたまなざしさえ感じられる。

この歌が、『往生要集』に直接典拠を求めることができないもう一つ理由は、二句目「コ、ロノイロ」について、『往生要集』大文第六「別時念仏」には、次のように記されている。

又念我当二従レ心得一レ仏。従レ身得レ仏。仏不二心得一。不下用二心身一得上。不三用レ心得二仏色一。不三用レ色得二仏心一。何以故。心者仏無レ心。色者仏無レ色。故不下用二色心一得中三菩提上。[19]

と説いて、「心を用ても仏の色を得ず、色を用ても仏の心を得ず。何を以ての故に。心といはば仏には心なく、色といはば仏には色なし。故に色・心を用ては三藐《さんみやく》三菩提」を得ることができないと、明確に示しているわけである。しかし、西行がここで問題にしているのは、あくまでも仏道に精進する「心」であることは、明らかである。この部分に対し、『六十華厳経』の「夜摩天宮品」[20]には、

心非二彩画色一　彩画色非レ心　離レ心無二画色一
離二画色一無レ心　彼心不二常住一　無量難思議
顕二現一切色一　各各不二相知一　（中略）

心如㆓工画師㆒　画㆓種種五陰㆒

とあり、「心を離れて色なく、色を離れて心なし。心は無量にして量り知れないし、一切の色を顕現する」という、偈の意味と対応していると思われる。普通、心の色を染めるという表現は、春の花と秋の紅葉に結びつけてよく歌われている歌ことばであるが、①と同様の仏教的な意味合いを持つ歌を、『山家集』から挙げてみる。

右大将公能、父の服のうちにはゝなくなりぬときゝて、高野よりとぶらひ申しける

かさねきるふぢのころもをたよりにて心の色をそめよとぞ思ふ　（山家集・七八五）

返し　　公能

ふぢ衣かさぬる色はふかけれどあさき心のしらぬはかなさ　（山家集・七八六）

「かさねきる」歌は、西行が北面の武士として仕えた在俗の頃から出家した後も都との関わりを捨て得なかった、その感懐が露出されている一連の歌のうち、右大将公能が両親の喪に服している時に、高野山から贈った哀傷歌である。これらは風巻景次郎氏によって、保元・平治の乱後の作品として推定されている。

「心の色を染めよ」という句から、仏道に志すよう、公能に出家を勧めることを内容としたものであり、西行の仏道修行者としての立場が窺える。喪服である「藤の衣」を紫雲の色にたとえて、極楽往生の意味が込められているが、盲目的な極楽往生への救済ではなく、仏道に深く心を染め上げることによって、さとりの道へ導くという西行の姿勢がよく現れていると読みとれる。

極楽浄土をひたすらなる讃仰の対象になし得ないと自覚する時、西行には次のような歌がある。

寄藤花述懐

にしをまつ心にふぢをかけてこそそのむらさきの雲をおもはめ　（山家集・八六九）

という聖衆来迎を詠じた一首である。西方にある極楽浄土への往生を待つ心に、藤の花を紫雲の色に思いかけて、臨終の折り、聖衆がその紫の雲に乗って来迎されることを思おうよ、と解釈されるが、①の歌と結びつけて考えると、その深意は「心に藤をかけてこそ」という、極楽浄土への往生に対する留保条件は、西行にとって、仏道に心を深く染め上げることによる信仰の確立、さとりの達成がその保証への裏付けに繋がって行くのであろう。

なお、①の歌とは対照的に、寂蓮の「聖衆来迎楽」の歌を見ると、

むらさきの雲路《ぢ》にさそふ琴《こと》の音《ね》にうき世をはらふ峰の松風　（新古今集・一九三八）

とあって、紫雲がたなびき、極楽浄土へさそう聖衆のかなでる琴の音に、五句目「峰の松風」をなぞらえて、『往生要集』に見られる荘厳な聖衆来迎の有様を描き出しているように詠み込んでいる。また、玄津作の『浄土十楽和讃』には、「雲路にさそふ琴の音は憂世をはらふ松風と聞くにや」(21)とあり、寂蓮の歌と類似表現が見える。

蓮花初開楽

②ウレシサノナヲヤコ、ロニノコラマシホドナクハナノヒラケザリセバ

極楽に往生して、程なく蓮華の花が開かなかったならば、そのうれしさを現わすこともできず、やはり心の中に残っていたであろう。

歌題「蓮花初開楽」は、十楽の第二の喜びである。極楽浄土に往生して蓮華が初めて開く時、行者はすでに紫磨金色の身体となり、素晴らしい衣装や装飾品を身につけている。仏の光明を見て清浄な眼を得、前世の宿習によって諸々の法の声を聞く。色に触れ声に触れて、奇妙ならざるものがない。また弥陀如来は、宝蓮華の上に坐して宝池の中央に処《おわ》し、観音・勢至は宝華に坐して左右に侍し、無量の聖衆は恭敬して囲繞するのを、遙かに瞻

望するという楽しみである。

②の歌、初句の「ウレシサ」は、『往生要集』に「行者生二彼国一已。蓮華初開時。所有歓楽。倍前百千。猶三如盲者如得二明眼一。」[22]と見え、極楽に往生した行者が、蓮華の初めて開いた時、あたかも盲人の眼が明いたような、その喜びを指す。三句「マシ」は、反実仮想の助動詞。ここでは「〜なかりせば〜まし」というふうに、反実仮想の表現を用いている。ちなみに、このような形をとるものは、『聞書集』二六三首中三例、『山家集』一五五二首中五例、『御裳濯河歌合』初出歌の中に一例あるだけで、用例としては少ないが、主に釈教歌のなかで譬喩を以て使われている。

そして、「ハナノヒラケ」は、題の「蓮花初開楽」を踏まえた表現で、さとりの「開け」を掛ける。つまり、この一首は、極楽に往生した行者は、早くも蓮華の花が開くことによって、数々の喜びにつつまれるのであるが、蓮華の花が程なく開かなかったならば、そのうれしさがなお心の中に残っていたであろうという意味になる。

この歌は以上のような解釈で矛盾がなさそうに見えるが、しかし、一歩踏み込んで考えてみると、極楽に往生ができたのになぜ「ハナノヒラケザリセバ」というのか、またそのうれしさがどうして心の中に残るのか、という疑問が生じてくる。そのような譬喩表現を用いた理由を、源信が「蓮華初開楽」の叙述に当って依りどころとした『観無量寿経』（以下『観経』と略称する）に見る限り、往生には九品の差があって、上品と下品とは雲泥の違いがあると説かれている。

先に見たように、阿弥陀の来迎を得、観音・勢至に導かれて瞬時にして極楽に往生して仏を見奉り、菩薩の色相を現ずるのは、上品上生の念仏者の場合を言っているのである。これが、上品下生になると、

我来迎レ汝。見二此事一時、即自見レ身、坐二金蓮華一。坐已合、随二世尊後一、即得レ往二生、七宝池中一。一日一夜、

蓮華乃開、七日之中、乃得レ見レ仏。雖レ見二仏身一、於二衆相好一、心不二明了一。於二三七日後一、乃了了見。[23]

と『観経』は記し、花が開くにも一昼夜を待たなくてはならないし、開いても「七日之中」[24]は仏を見ることができず、見ることができても三七日の間は、仏の姿ははっきり捉えられない。まして、下品では、たとえ上生でも、化生（極楽浄土における生まれ方、仏の願力によって生まれるものだから「化生」という）後、花が開くには七七日を要し、中生ではなんと六劫も要する、と説かれている。

そういう意味で、②の下句「ホドナクハナノヒラケザリセバ」は、『観経』の説く九品往生の仕方を暗喩して表現したものであると考えられる。『往生要集』は、九品往生のなかで、上品上生のもっとも能力・資質の勝れた念仏者を例にとって、往生の仕方を示しているが、西行は②の歌で『観経』の説いた真の意義をしっかり認識した上に、その趣旨を踏まえて詠歌しているわけである。そこには、西行の『観経』の説く九品往生に対する精確な把握が窺えるのである。

身相神通楽

③ユキテユカズユカデモユケルミニナレバホカノサトリモホカノコトカハ

行って行かず行かないでも行ける。何事でも心のままに行える神通力を得た身であるから、他人のさとりも、単に他人のこととは思えないのだ。

歌題「身相神通楽」は、十楽の第三の喜びである。極楽の衆生は、真金色の身体を持ち、体も清浄にして、常に光明で互いに照らし合っている。衆生は仏の三十二相を具足し、遠い彼方に飛んで行ったり、遠い彼方のものを見たり、音を聞いたり、他人の心に思うことを知ったり、過去の生存の状態がすべてわかるといった、いわゆ

る五神通の力を得、心のままに十方界の姿も声も居ながらにして明鏡の中の像の如く見聞することが出来る自在無礙なる楽しみである。

③の歌は、『往生要集』の十楽のうち、「身に勝れた相と不思議な力が得られる楽しみ」を詠んだものである。上句「ユキテユカズユカデモユケル」とは、『往生要集』が「無央数之仏刹。如二咫尺一往来。凡横於二百千万億那由他国一。竪於二百千万億那由劫一。一念之中自在無礙。[25]」と示す、時空を一瞬にして往来できる五通の神通力を具体的に描き出す意味とが一体となっている。三句「ミニナレバ」の「バ」は、確定条件を表わす接続助詞。たとえば、『山家集』に、

すてたれどかくれてすまぬ人になれば猶よにあるににたる成けり　（山家集・一四一六）

という用例がある。③の歌の上句において、何事でも心のまま「自在無礙」に行なわれる神通力を得た身であるから、「他人のさとり」も、単に他人のこととは思えないのだと、西行は言っているのである。

この場合、西行にとって、極楽浄土の様相を客観的な状況として捉えているのではなく、主体的「心の構造」として受けとめようとしたのではなかろうか、と推測される。「ユキテユカズユカデモユケル」は、『往生要集』の説く極楽衆生に具える五神通の「自在無礙」の境地を意味するところを、極めて簡潔かつ分かり易く、和文に置き換えた表現である。

すなわち、「自在無礙」とは、「ユキテユカズ」であると同時に、「ユカデモユケル」という「行」と「不行」が融合統一されたさとりの境地を意味するのであろう。そこには、「ホカノサトリモホカノコトカハ」というように、西行は他人のさとりも、単に他人のこととは思えない、衆生済度への強い意志が込められていると思われる。

そうした、衆生済度への強い関心をいだいていたことは、次のような歌からも窺うことができる。

菩提心論に乃至身命而不悋惜文

あだならぬやがてさとりにかへりけり人のためにもすつる命は　（山家集・八七四）

西行の『菩提心論』関連の歌八首のうち、唯一『山家集』に所載する一首であり、真言密教歌として山田昭全氏によって、詳しく検討が加えられている。(26) 歌題の「乃至身命而不悋惜文」という句が、『菩提心論』の「行願心」の項に見える同じところに、『八十華厳経』「如来出現品」の文を、次のように引用している。

故に『華厳経』に云はく、「一衆生として而も真如智慧を具足せざるはなし。但し、妄想顚倒の執著《しゆうぢやく》をもって而も証得《しようとく》せず。もし妄想を離れぬれば、一切智・自然智《じねんち》・無礙智《むげち》、則ち現前することを得」と。(27)

と説いて、一切の衆生には真如智慧を具えているし、妄想を離れれば、自由自在にすべてを知る仏の智慧を体得することができる、という偈文の意味と、③の歌に秘められた「自在無礙」なるさとりの境地とは、極めて共通していると言えよう。つまり、ここには世を捨て、心を澄ませ、執着を払った自由無礙の境界に生きて行く西行の姿が浮かび上がってくるのである。

なお、俊頼の『散木奇歌集』に載る「身相神通楽」の歌を見ると、

あまとぶやかりのやしろに身をなしていはひし月のさかへてぞみる　（散木奇歌集・九六三）

と歌って、『校註国歌大系』が注している通り、『万葉集』第一一・二六五六番「天飛也軽乃社之斎槻幾世及将有隠嬬其毛」(28) の序詞の部分に拠ったものであろう。西行の主体的に受容する歌と比べて、上句は「空を飛ぶ仮そめの神となって」という意味から、釈教歌よりは神祇歌の雰囲気が濃厚で、下句は殊に釈迦如来の暗喩と見られる「月」が自分を神として見る、と『往生要集』の内容から逸脱し、仏教的世界をつき崩すように詠み込んでいる。

五妙境界楽

④イトヒイデ、ムロノサカヒニイリシヨリキ、ミルコトハサトリニゾナル

この俗世間を厭い離れて、煩悩を増長せしめない境地に入ってからは、見るもの聞くものすべてはさとりにつながるのだ。

歌題「五妙境界楽」は、十楽の第四の喜びである。阿弥陀の四十八願によって荘厳された浄土であるから、一切の万物は荘厳の美を極め、見る所は悉く浄妙の色であり、聞く所は解脱の声であるという。金縄界道・七重欄楯・百億の華幢瓔珞・天人伎楽・宮殿楼閣、更に七宝の浴池には八功徳水を湛え、五色の宝蓮華は池を覆い、微風が吹いてくると、華の光が乱れ動いて、華の中の菩薩・華の光の化仏が妙なる声で仏法を説き、聞く所に随って歓喜無量に、悟りの道に随順することができるという。

④の歌は、『往生要集』の説く浄土の様相[29]として、眼に見るもの耳に聞くものすべては五官の楽しみであり、それらはさとりにもつながるということを詠じたものである。初句「イトヒイデ、」は、厭離穢土の意で、俗世間を厭い離れたことをも兼ねている。二句「ムロノサカヒ」とは、題の「五妙境界楽」を踏まえた表現で、「無漏」は煩悩を増長せしめない境地。有漏の対。穢土の対で「浄土[30]」とも解される。「サカヒ」は、『往生要集』に「彼世界。以二瑠璃一為レ地。金縄界二其道一。」と見え、浄土においては、瑠璃を以て「地」となし、金の縄にその道を「境」とすると記されている。

なお、『極楽六時讃』「日中和讃補説」のところに、

或は飛梯にてもあれ　或は高楼にてもあれ　これらの音楽調つゝ　無漏の境に娯楽せむ　天冠大樹迦葉等
時々来りて証誠せむ　あるひは砂に戯れて　神通智慧を顕現し　三世の法を悟ること　自在童子の如く

せむ。[31]（傍線は筆者）

とあり、四句目「キ、ミルコトハ」[32]と同様に、視覚的・聴覚的な効果はその行間から汲み取ることができる。特に、傍線部分は④の歌で、詠み込まれた表現と対応している。また、下句「キ、ミルコトハサトリニゾナル」は、『往生要集』の「此等所有微妙五境。雖レ令二見聞覚者。身心適悦一。而不レ増二長有情貪著一。更増二無量殊勝功徳[33]。一」と、対応する。

すなわち、西行はこの歌で、極楽世界の荘厳が如何に衆生の眼に心よいものであるか、客観的に受けとめて肯定した上で、それらを見るもの聞くものすべてはさとりにつながると言っているのである。西行にとって、さとりへつながるものは、美的に荘厳された極楽浄土の有様だけでない。

たとえば、同じ『聞書集』に「地獄ゑを見て」のうち、一首を見ると、、

こゝろをゝこすえんたらば、あびのほのをのなかにてもと申すことをおもひいでゝ

ひまもなきほむらのなかのくるしみもこゝろをこせばさとりにぞなる（聞書集・二一三）

という作例があり、詞書の「こころをゝこすえんたらば、あびのほのをのなかにても」は片野達郎氏[34]のご指摘の通り、『註本覚讃』に見える「心ヲ発ス縁有バ阿鼻ノ炎ノ中ニテモ、仏ノ種トハ萌《キザシ》テム己身《ワガミ》ノ仏願ワクハ、無縁ノ大悲ヲ垂《タレ》給へ」を指している。④の歌とは対照的に絶え間なく、地獄の業火に焼かれても罪人が仏道に心をおこせば、その苦はさとりにつながるのだと詠んでいるわけである。

快楽無退楽

⑤ユタカナルノリノコロモノソデモナヲツ、ミカヌベキワガヲモヒカナ

聖衆たちのゆたかな法衣の袖であってさえも、なお包みかねるごとく、大きな自分の喜びの思いも包むことができないのだ。

歌題「快楽無退楽」は、十楽の第五の喜びである。極楽世界の快楽は尽くることなく、七宝の山に登り、雲のかけ橋を渡り、伎楽を奏で、八功徳池に浴し、寂然として読経し、講釈する。或は虚空に騰りて神通を現し、宝池の蓮台の上で互いに前世を語り、十方諸仏の利生の方便を語ったり、三有の衆生の抜苦の因縁を議し、生老病死の苦悩のない楽しさの無限なることを説いている。

⑤の歌は、『往生要集』の「快楽無退楽」を詠じたものであるが、極楽世界で受ける数々の楽しみや快楽という表現はあまり読みとれない。初句「ユタカナル」は、広く、大きくの意。そして、「ノリノコロモノソデ」の主体は、聖衆来迎の時、阿弥陀をはじめ、観音・勢至など聖衆たちが着ている領巾裾帯《ひれくんたい》の袖の法衣を指す。「ソデ」「ツ、ミ」は、二句「ノリノコロモ」の縁語となっている。

西行はあたかも聖衆来迎図の前に立って、その絵に描かれている様相をじっくりと見つめているように詠み込んでいる。実際、現在伝わっている当麻曼陀羅の「阿弥陀二十五菩薩来迎図」、京都知恩院蔵の「阿弥陀二十五菩薩来迎図」などの場面を見ても、それを想像するのに難くない。

そういう意味で、下句「ツヽミカヌベキワガヲモヒカナ」は、阿弥陀と菩薩たちが着ているゆたかな法衣の袖であってさえも、「ツ、ミカヌベキヲモヒ」を抱き、その喜びの思いを自ら見つめ詠嘆しつつ、歌を詠んだのであっただろう。この四・五句に表されている詠嘆には、西行の心の基本的な状況と姿勢が出てくると言えるのであり、深いひびきを帯びるに至っていると感じとれる。

たとえば、五句目「ワガヲモヒカナ」とか、あるいは「わが心かな」というふうに、わが思いとわが心に焦点

を当てて詠嘆している結句を有している歌を、参考までに『山歌集』から挙げておく。

はなときくはたれもさこそはうれしけれおもひしづめぬ我こゝろかな　（一四七）

日をふればたもとのあめのあしそひてはるべくもなき我心哉　（六六九）

ひにそへてうらみはいとゞおほうみのゆたかなりけるわがおもひ哉　（六八三）

世中を夢とみる〳〵はかなくも猶おどろかぬわがこゝろ哉　（七五九）

あふまでの命もがなとおもひしにくやしかりける我心かな　（一二六九）

風になびく富士のけぶりの空にきえて行ゑも知らぬわが思ひかな　（西行上人集・三四六）

などのように、見られる。これらの歌のなかには、⑤の歌の五句目「ワガヲモヒカナ」のごとく、自らの心を凝視しての詠嘆とは言えないものもあるけれども、西行が「心」を深く洞察する人間であったことは明らかであり、主としてそこから来ていることも確かであろう。

なお、『新古今集』に入集されている寂蓮の「快楽不退楽」の歌を揚げてみる。

春秋もかぎらぬ花にお《を》く露はお《を》くれ先《さき》だつ恨みやはある　（新古今集・一九四〇）

とあり、「春秋もかぎらぬ花」は、『類題法文和歌集注解』(35)が注している通り、題の「快楽不退楽」を踏まえて詠んだものである。西行の歌と比較してみると、極楽浄土の快楽の不退なることを蓮花に置く露という具体的な譬喩によって述べ、その歌いぶりはやや説教調であると言えよう。

⑥スミナレシヲボロノシミヅセクチリヲカキナガスニゾスヱハヒキケル

引摂結縁楽

住み馴れたおぼろの清水の水の流れをせきとめている塵を払い除いて、水をよく流してやると、末端までまんべんなくその水を引き入れて、生活に有用に使っている。

歌題「引摂結縁楽」は、十楽の第六の喜びである。極楽に生まれた者は、智慧高明にして神通力を持ち、六道輪廻を脱する。また、智慧高明にして神通力を備わっているので、過去の生で恩義のある人、縁のある人を心のままに引接できる。また、天眼でその人の生まれた世界を見、天耳でその人の声を聞き、宿命智でその人の恩を思い出し、他心智でその人の心を知り、神境通で姿を変え、方便力でその人を教誡・指導する。すなわち、引摂結縁楽とは極楽に往生した者が、心のままに縁のある人々を救済することができる楽しみであるという。

⑥の歌、初句「スミナレシ」は、「住み」に「澄み」を掛ける。二句「ヲボロノシミヅ」[36]は、現在京都市左京区大原町の寂光院の東南の道傍にある清水。昔から、大原の名水としての歌枕。四句「カキナガスニゾ」は、塵などを払い除いて水をよく流す。「ゾ」は、強調を示す係助詞で、「スヱハヒキケル」はその結び。五句「スヱハヒキケル」は、題の「引摂結縁楽」を踏まえた表現で、末端までまんべんなくその水を引いている。「スミ」「ナガス」「ヒキ」は、二句目「シミヅ」の縁語となって技巧が勝った歌である。

この一首、おそらく観音菩薩の神通力を祈念すれば、いかなる衆生に対しても、煩悩を除去して四弘誓願を以て衆生済度するという、『法華経』「普門品」（正しくは「観世音菩薩普門品」）から着想して説明したものと見られる。『山家集』に「あはれにぞふかきちかひのたのもしききよきながれのそこくまれつゝ」（一一八七）の清水観音の深い誓いを詠じた、一首がたいへん参考になる。この場合、傍線部分の「底汲まれつつ」と五句目「スヱハヒキケル」とは、酷似の表現であり、衆生済度への救済の意味が込められていると思われる。

ところが、⑥の歌と題を結びつけて考えると、『往生要集』が「引接結縁楽」を説くところに、生々世々に恩

を受け、縁を結んだ人々を心のままに化道して浄土へ引接することを述べようとして、『華厳経』の文を次のように引用している。

また華厳経の普賢の願に云く、「願はくは、我命終らんと欲する時に臨んで、尽《ことごと》く一切のもろもろの障害を除いて、面《まのあた》りかの仏、阿弥陀を見たてまつり、即ち安楽の刹に往生することを得ん、我既にかの国に往生し已れば、現前にこの大願を成就し、一切円満して尽く余すことなく、一切衆生を利楽《りぎよう》せん」と。(37)

これは、『華厳経』（四十巻本）に出てくる、普賢菩薩が衆生済度のためにたてた誓願を述べている一文である。普賢菩薩は、文殊菩薩とともに釈迦如来の「一生補処の菩薩」(38)として脇侍に配され、その願と修行を全うして、すべての仏の国に姿を現す菩薩である。三・四句「セクチリヲカキナガス」は、傍線部分の「尽く一切のもろもろの障害を除いて」に対応し、五句「スヱハヒキケル」は、一切衆生を極楽へ引接する意味から、傍線部分の「一切衆生を利楽せん」に対応する。

『法華経』の「普門品」の中では、観音が主役になっているが、ここで西行はみずから、一切の衆生の障害をとり除いて、悉く極楽浄土へ引接するという、『華厳経』における普賢菩薩の衆生済度への誓願を、「スヱハヒキケル」というふうに、彼自身にあてはめて主体的に詠み込んだものであろうと考えられる。

なお、寂蓮の「引摂結縁楽」の歌を挙げてみる。

立ち帰り苦しき海におく網《を》も深きえにこそ心引くらめ　（新古今集・一九四一）

「苦しき海」は煩悩に苦しむ人間世界に当て、「深きえにこそ心引くらめ」は、深き因縁があって江に引く（極楽浄土へ引接する）のであろう、というように譬喩を以て歌っている。西行の主体的に受けとめる歌と比べて、題の「引摂結縁楽」が示している通り、そのまま素直に受け入れた詠みぶりである。

聖衆倶会楽

⑦エダカハシツバサナラベシチギリダニヨニアリガタクヲモヒシモノヲ

連理の枝、比翼の鳥といった男女の深い契りでさえ世に稀にしかない無上のものと思っていたのに、かく希有なる法に会えるありがたさははかり知れないものだ。

歌題「聖衆倶会楽」は、十楽の第七の喜びである。極楽に往生した者は、多くの聖衆と一所において会うことができると説いている。とりわけ、あの普賢菩薩をはじめ、文殊菩薩・弥勒菩薩・地蔵菩薩・観音菩薩・勢至菩薩といった「一生補処の大菩薩」にお会いして、言葉を交わし、教えを聞いたり、或は菩薩の名を唱えることで、高い位のさとりを得ることができる。つまり極楽では、これらの菩薩に容易にお会いして供養し、功徳を得ることができる楽しみである。

⑦の歌は、唐突に唐の故事を引いている。上句「エダカハシツバサナラベシチギリダニ」は、連理の枝、比翼の鳥、ともに夫婦・男女間の深い契りの譬え。これは、白居易の「長恨歌」[39]（巻一二・0596）に、

七月七日長生殿　　七月七日の長生殿に
夜半無人私語時　　夜半に人無くして私語《ささめごと》せし時
在天願作比翼鳥　　天にあらば願はくは比翼の鳥作《た》らむ
在地願為連理枝　　地にあらば願はくは連理の枝為《た》らむ
天長地久有時尽　　天長く地久しき時に尽くること有れども
此恨綿綿無絶期　　此の恨み綿綿として絶ゆる期《ご》無けむ

と歌われている、玄宗と楊貴妃との悲恋を描いた故事を詠み込んだものであることは疑いない。『源氏物語』「桐

壺」の巻でも、帝は、宇多上皇が画かせた長恨歌屏風の絵を見ながら、桐壺更衣との愛と死別の悲哀を玄宗と楊貴妃に擬えて、更衣と生前に交わした「比翼連理」の誓いを思い起こしている。また、『平家物語』にも「小督」の条に、後白河院の愛した建春門院（女御平滋子、高倉天皇母）の死に際して、やはり「比翼連理」の契りを引用していることから、この故事は、当時一般にかなり流布したものである。

そして、三句「チギリダニ」の「ダニ」は、下句「ヨニアリガタクヲモヒシモノヲ」と結びつけて、程度の軽いものを取り上げて、それより重いものを類推させる副助詞。この場合、「比翼連理」といった男女間の深い契りの故事よりも、そこから類推される「聖衆たちと倶に会える楽しみ」すなわち、「一生補処の大菩薩」にお会いして、希有なる法を聞くありがたいことに、そのウェートがかけられている点に留意すべきであろう。ここで、西行はなぜ「聖衆倶会楽」の歌でこんな故事を着想したのであろうか。

新間一美氏によると、この長恨歌の物語を場合に応じては、感傷詩・諷喩詩的にも捉えられているが、「さらに浄土教を背景にする仏教的立場から読まれる場合もあった」[40]と指摘されている。特に、平安末平治元年（一一五六）に制作された「長恨歌画図」は現存しないが、藤原通憲（信西）の手になるその「跋」[41]は今に残って、「厭離穢土之志」を持つ者に福貴、栄楽は夢のごとくであることを知らせる機縁とすることで、阿弥陀に極楽往生を願う当時の浄土教思想から長恨歌の物語を見ている例となる。

しかも平治元年（一一五九）には、平治の乱が起こっており、西行四十二歳頃なのである。西行が当時この絵を実見し、それを想起して詠歌したのか、否か推定できないが、少なくともこの十楽歌の詠作時期と絡んで重要な手がかりを与えてくれると思われる。そして、「西行の中国故事への親炙の度は案外深いのである」[42]とされる点で、このような話は、朗詠好きの西行にはよく知られていたはずである。

⑧イケノウヘニハチスノイタヲシキミテ、ナミヰルソデヲカゼノタ、メル

極楽の池の上に蓮の板を一杯に敷いて、その上に並び坐っている聖衆たちの靡く袖をたたむように、風が吹きぬけて行く。

⑧の歌、初句「イケノウヘニ」の「池」は、極楽浄土にある七宝池。『阿弥陀経』に「極楽国土有㆓七宝池㆒。八功徳水充㆓満其中㆒。（中略）池中蓮華大如㆓車輪㆒。」[43]とあり、その池の中には大きい車輪のような蓮華が咲くという。二句「ハチスノイタ」は、その深意がよく読みとれない。

普通、阿弥陀と観音・勢至など聖衆たちが坐るものを「蓮の台《うてな》」（蓮華台）というが、ここでは七字の字余りを考えて「ハチスノイタ」と詠んだのであろうか。「シキミテ、」は、この蓮の板を一杯に敷いての意。このように、蓮の台を「ハチスノイタ」に受けとれる表現を、浄土教関係の経典や類似する歌を調べてみても、該当するところが見当らない。ただ、『往生要集』は極楽浄土の様相を説明するところに、

四辺階道。衆宝合成。種々宝華。弥㆓覆池中㆒。青蓮有㆓青光㆒。黄蓮有㆓黄光㆒。赤蓮白蓮各有㆓其光㆒。微風吹来華光乱転。一々華中。各有㆓菩薩㆒。一々光中。有諸化仏。[44]

と記し、西行はあるいはこうした文を念頭に置いて、池中に無量の蓮華と蓮華があい連なって、正確な円を描いて集まっていることを「ハチスノイタヲシキミテ、」というように、暗喩して表現したのかも知れない。下句「ナミヰルソデヲカゼノタ、メル」は、傍線部分からも見出され、蓮華の上に並び坐っている聖衆たちの靡く袖をたたむように、風が吹きぬけて行くの意味である。また、源信の偽作とされる『十楽和讃』[45]にも、

衆宝の羅網空にみち　種々の宝鈴掛りつゝ　自然の徳風吹きくれば　妙法の音あらはせり。

と類似表現が見え、自然の徳風が吹いてくれば、妙なる法を説くという意味から詠まれたものであると推定され

る。

この一首、西行は阿弥陀の脇侍である観音・勢至菩薩といった聖衆たちと会える楽しみを歌っていると思われる。すなわち、源信は「聖衆倶会楽」を説くところで、「一生補処の大菩薩」の徳行を普賢・文殊・弥勒・地蔵・観音・勢至の順にたたえている。この中で前の四菩薩は外の助化、後の二菩薩は内の助化[46]であると言われ、西行は浄土信仰において深く関わりがある観音菩薩と勢至菩薩を先に取り上げているのであろう。

例えば、この一首と関連づけて『観経』「十六観」中の第八の瞑想である「像想観」が挙げられる。

復当下更作二一大蓮華一。在中仏左辺上。如二前蓮華一。等無レ有レ異。復作二一大蓮華一。左二仏右辺一。想三一観世音菩薩像。坐二左華座一。亦放二金光一。如レ前無異。想三一大勢至菩薩像。坐二右華座一。此想成時。仏菩薩像。皆放二光明一。其光金色。照二諸宝樹一。一一樹下。復有二三蓮華一。諸蓮華上。各有二一仏二菩薩像一。偏二満彼国一。此想成時。行者当レ聞下。水流光明。及諸宝樹。鳧鴈鴛鴦。皆説中妙法上。[47]

この観想を行う者は、無量億劫の間、生と死に結びつける罪を免れ、この世に生きている間、心の安らぎを得ることができると説いている。『往生要集』にも念仏の観察について、別想観、総想観、雑略観の三つに分けて述べられているが、そのうち、別想観はまた二つに分けられ、直接阿弥陀の相好の観察にはいる前に、その華座の観想が説かれている。

ところで、注目したいのは、西行は⑧の歌でそれとまったく同様の構図に基づいて詠じている点である。つまり、上句「イケノウヘニハチスノイタヲシキミテ、」は、七宝の池中における無量の蓮華を観想し、蓮華の花弁に百宝の色ありと観想する「十六観」中の第七「華座観」に拠ったものであろう。そして、下句「ナミヰルソデヲカゼノタ、メル」は、大蓮華が仏の左右にあると想い、その蓮華の左に観音菩薩が、右に勢至菩薩が並び坐っ

ていて、それぞれ無量の光を放ち、無量の法を説いている、と観想する「像想観」を主体的に受けとめて着想したのではなかろうか。

こうした観想は、念仏の観察において一番レベルの高い念仏行者に要求されるもので、西行の浄土教に寄せる信仰がなみなみでなかったことを端的に示していると言えるだろう。

なお、俊頼の『散木奇歌集』に載る「聖衆倶会楽」の歌を挙げてみる。

かけまくもかしこき法のひじりとやかたじけなくもひざをまじへん　(散木奇歌集・九六七)

結句「ひざをまじへん」という口語的表現により、菩薩たちは詠作の主体である人間とまったく同次元の存在として位置づけられ、また四句までの菩薩たちに対する尊崇を示す表現と結句との結びつきはおかしみを生んでいる。

西行の宗教心の昂揚が読みとれる歌と比べて、極楽浄土や菩薩たちの聖性は無化されて行くように感じられる。ここに僧西行と在家歌人との落差の一面が窺えるのである。

⑨サマ〴〵ニカヲレルハナノチルニハニメヅラシクマタナラブソデカナ

さまざまによい芳香を放っている花の散る法の庭に、めずらしくまた聖衆たちが袖を列なってならんでいるよ。

⑨の歌、上句「サマ〴〵ニカヲレルハナノチルニハニ」は、法華経序品の冒頭部の弥勒菩薩と文殊菩薩の問答する条に、釈尊の王舎城耆闍崛山（霊鷲山）での説法に先立って、六つの奇瑞が起ったと説かれているが、ここはその中の四種の天華が降った雨華瑞に連想を馳せていると考えられる。(48)

また、法華三部経の一つで、法華開経とも呼ばれる『無量義経』「十功徳品第三」においても、同様の奇瑞が次のように説かれている。

爾時三千大千世界。六種震動。於二上空中一。復雨二種種。天華。天優鉢羅華。鉢曇摩華。拘物頭華。分陀利華一。又雨二無数種種。天香。天衣。天瓔珞。天無価宝一。於二上空中一。旋転来下。供二養於仏。及諸菩薩。声聞大衆一。(49)

釈尊が瞑想に入った時、その眉間から光明を放ち、天から四種の蓮華を降らしたという、「天優鉢羅華」は青蓮華、「鉢曇摩華」は紅蓮華、「拘物頭華」は黄蓮華、「分陀利華」は白蓮華のことである。

西行は、それら色とりどりの蓮華が降り、強い芳香を放つイメージを経文の叙述から印象づけられて詠み込んでいるわけであろう。『十楽和讃』にも「晨朝毎にさま〴〵の妙なる花を吹きちらし普ねく仏土にみち〳〵て香ばしき事限りなし(50)」という類似表現が見られる。

そして、「ハナノチルニハニ」の「庭」は、『山家集』雑部に法華経二十八品のうち、「普賢品」を詠んだ「ちりしきしはなのにほひの名残おほみたゝまうかりし法のには哉」（八九三）という作例があり、釈尊の説法の名残りが多く残っている法の庭のことを指している。下句「メヅラシクマタナラブソデカナ」は、「一生補処の大菩薩」たちが袖を列ねてその法の庭に、めずらしくまたならぶ姿をいっている。

この一首、⑦⑧の歌とともに「聖衆倶会楽」の歌である。十楽にそれぞれ一首ずつ配当してきたのが、ここで三首になっているから十楽歌は都合一二首になるわけである。どうして「聖衆倶会楽」が三首なのかが問題になる。これは、⑦の歌で玄宗と楊貴妃との悲恋を描いた故事を取り上げ、現世における福貴、栄楽は夢のごときであることを知らしめ、依って、極楽に往生した者は、普賢・文殊・弥勒・地蔵・観音・勢至といった「一生補処

の大菩薩」にお会いして、希有なる法を聞くありがたさを歌い、『往生要集』の説く「聖衆倶会楽」の全体が持つ意味が含まれている。

⑧の歌では、阿弥陀の脇侍である観音菩薩・勢至菩薩との関係がありそうである。すなわち、西行は浄土信仰と深く関わりがある観音と勢至のことを、『観経』の「十六観」中の「華座観」と「像想観」に拠って先に詠じたのに相違ない。「聖衆倶会楽」の主題からみれば、これだけでは片手落ちであろう。そこでもう一首、法華経序品に釈尊の耆闍崛山での法華経説法に先立って起った雨華瑞に連想して、それをためし、教える文殊と弥勒の問答と、法華経を受持する者を固く守護してくれるという普賢について歌ったものであろう。

この三首、よく観察してみると、緊密な連繋があり、『往生要集』の「聖衆倶会楽」に叙述される「一生補処の大菩薩」たちと一所において会える主題に、三首を配当することによって迫っていると思われる。

なお、室町時代に成立したとされる『往生要集絵巻』[51]中の「聖衆倶会楽」の絵には、極楽に集う普賢・文殊・弥勒の三菩薩と、観音・勢至の二菩薩とをはっきり分けて描かれている。

見仏聞法楽

⑩コ、ノシナニカザルスガタヲミルノミカタヘナルノリヲキクノシラツユ

九品蓮台にそれぞれ飾られて極楽往生した姿を見るだけでなく、霊妙の法までも聞くことのできる菊に置く白露よ。

歌題「見仏聞法楽」は、十楽の第八の喜びである。娑婆世界では、仏を見、法を聞くことは甚だ困難である。ところが、極楽に往生した者は、いつでも阿弥陀仏の姿を見、説法を聞く事ができるのである。清く飾った地面

の上に菩提樹があり、その下に無量の荘厳で飾った座がある。そこで阿弥陀仏が素晴らしい姿で光り輝いて座っている。菩薩・声聞・天人・大衆は一心に合掌して、阿弥陀の尊顔を瞻仰《せんごう》すれば、その時自然の微風が七宝の樹を吹き、妙なる花が四方に散り、一切の諸天はもろもろの音楽を奏でる。この時すべての者が言葉では言い表せないほどの楽しみを感じるのである。

⑩の歌は、極楽において、常に阿弥陀仏を見奉り、深妙の法を聞くことのできる楽しみを詠んだものである。上句「コヽノシナニカザルスガタヲミルノミカ」は、九品蓮台に飾られて極楽往生した姿を見るだけでなくの意。その「九品」について、『無量寿経』では上中下三種の器量に応じて極楽往生が説かれているが、『観経』ではこれを（1）衆生の行い、（2）来迎引接のさま、（3）往生をとげる様子などによって細分され、九品往生となる。

ここでは、『観経』の説く、九品にそれぞれ来迎を受けて、金剛の台、紫金の台、黄金の台など九種の宝蓮の華台に飾られて往生する姿を意味している。西行はこうした経説を念頭に置いて、詠歌していることは言うまでもない。

阿弥陀の来迎引接は、勿論『無量寿経』に説く阿弥陀の四十八願中の第十九願「来迎引接の願」に対応して、なされたものである。もっとも、『梁塵秘抄』に、

十方仏土の中には、西方をこそは望むなれ、九品蓮台の間には、下品なりとも足らんぬべし（一七九）

浄土はあまたあんなれど、弥陀の浄土ぞ勝れたる、九品なんなれば、下品下にてもありぬべし（一八〇）

のような、極楽歌があるところをみると、当時よく用いられた表現で、その思想的依拠は、『無量寿経』『観経』の経説にあることがわかる。「タヘナルノリヲキク」は、極楽浄土で阿弥陀の説く妙法を聞くの意味である。たとえば、『往生要集』の「見仏聞法楽」を説くところに、次のように記されている。

而彼国衆生。常見㆓弥陀仏㆒。恒聞㆓深妙法㆒。謂厳浄地上。有㆓菩薩樹㆒。枝葉四布。衆宝合成。樹上覆㆓宝羅網㆒。条間垂㆓珠瓔珞㆒。風動㆓枝葉㆒。声演㆓妙法㆒。其声流布。徧㆓諸仏国㆒。其有㆑聞者。得㆓深法忍㆒。住㆓不退転㆒。耳根清徹。(52)

とあり、極楽の衆生は常に阿弥陀を見奉り、「恒に深妙の法を聞く」という意味に対応していると思われる。そして「キク」に、聞くと菊を掛けた。つまり、極楽浄土において菩提樹が風に吹き動かされるとき、流れ出る音声はそのまま妙法を説き、それを聞く者は、耳は清浄となり、真実の理法にかなって深い安らぎに住することを得るという、『往生要集』の所説にのっとって詠じたものであろう。

しかし、五句目「キクノシラツユ」の「白露」は、極楽における仏が授与する記別のことを指しているが、霊妙な法までも聞くことのできる菊に置く白露のことは、いったい何を意味するのか、よくわからない。但し、『往生要集』には「時梵声猶㆑雷。八音暢㆓妙響㆒。当㆑授㆓菩薩㆓記㆒。(53)」と見え、仏が微笑する口許から無数の光明を放って十方世界を照らし、仏の周りに戻って三周してから仏の頂にはいる。何故仏は微笑されるのか、観音菩薩が問うと、その時仏は菩薩に記（将来さとりを開いて仏になるという予言）を授けるのである。

西行はこうした事実から、新しい仏の誕生が告げられる場面を主体的にとらえ、「菊」を極楽の衆生と見、仏は悉くさとりを開けるようにその記別（露）を与えるのだと、暗喩して表現したのかも知れない。

この一首は語釈上の問題はほとんどないが、その真意を読みとるのに極めて難解である。西行は九品に飾られて往生した姿を見るばかりでなくと歌い、妙なる法を「キク」に、現世の花である「菊」を掛け、仏は極楽に往生した者に悉く白珠のごとく輝く無上菩提のさとりの記別を与えることを、「キクノシラツユ」と言っているのである。

ところが、源信は「見仏聞法楽」を説く末尾の部分で、次のように重大な結論を導き出している。

況復水鳥樹林。皆演㆓妙法㆒。凡所㆑欲聞自然得㆑聞。如㆑是法楽。亦在㆓何処㆒乎。(54)

源信によると、「水鳥・樹林、みな妙法を述べ、およそ聞かんと欲する所は、自然《じねん》に聞くことを得る(55)」というのである。この文句について、中村元氏は「源信はここで日本天台の『草木国土悉皆成仏』という思想と相通じる思想をもっている(56)」とし、日本天台では精神力のない草木や国土まででも仏と成り得るということを主張するようになったと指摘しておられる。自然万物が救われる主体であるばかりでなく、救う主体であるという考え方である。

このような見方をとると、西行が表白する「タヘナルノリヲキクノシラツユ」は、的確に解釈しがたいが、こうした精神的思考力のない草木や国土までも、仏と成り得ると主張する天台の思想に拠ったものではなかろうか。すなわち、この一首は譬喩と寓意とを内に秘めた詠歌であり、自然を主体とする西行の詠風の特徴を示す一例と言えよう。

なお、自然を主体とする⑩の歌と関連づけて、『聞書集』二十八品歌のうち、「法師品」の一首がみえる。

一念随喜者我亦与授阿耨多羅三藐三菩提記

夏くさのひとはにすがるしらつゆも花のうへにはたまらざりけり　（一一）

「夏くさのひとは」を、現世の一切衆生と見、『法華経』を一念随喜して受持すれば仏は悉く「しらつゆ」（記別）を与えてさとりへ導くのだと、やはり⑩の歌と同様に自然を主体としてとらえ、詠歌していると考えられる。

随心供仏楽

⑪ハナノカヲサトリノマヘニチラスカナワガコヽロシルカゼモアリケリ

天華に盛られたよい香りを諸仏のさとりの前に散らすことよ。私のこの心をよく知って、種々の花の香りを薫らせて吹きよせる風もあったよ。

歌題「随心供仏楽」は、十楽の第九の喜びである。極楽の衆生は昼夜六時に、種々の天華を以て阿弥陀仏を供養し奉る。また、心に他方の世界の諸々の仏を供養しようと思えば、阿弥陀仏にその旨を申しあげるとこれを許す。皆大いに歓喜し、雲に乗って八方の無数の諸仏のみもとに到り、礼拝して恭敬し、正法を聞くことができるのである。つまり、随心供仏楽とは、心に従って十方の諸仏を直に供養することができる喜びである。

⑪の歌は、極楽の衆生は昼夜六時に天華を持ち、心の欲するままに諸仏を供養することができる楽しみを歌っている。初句「ハナノカヲ」は、天華のよい香り。「ハナ」は前出⑨で、天から四種の華が降ったという天華に通じる。したがって、この場合天華を想定すべきであろう。「カ」は、極楽浄土におけるさとりの世界が放出する芳香。「サトリノマヘニチラスカナ」は、八方の諸仏のさとりの前に天華の香りを散らすことよという意味で、たとえば『聞書集』中の『普賢経』（法華経の開経と呼ばれる）を詠んだ、

花にのるさとりをよもにちらしてや人の心にかをばしむらん　（聞書集・三二）

という作例と表現が酷似する。ここでは、普賢菩薩が『法華経』の弘通に多大の神力を発揮することを説いているところから、「ちらす」の主語は普賢菩薩であろうが、⑪の歌で「チラス」の主語は、作者自身ととらえたい。なお『往生要集』にも、「如レ是毎日晨朝。各以二衣裓一。盛二衆妙華一。供二養他方十万億仏[57]一」と見え、極楽の衆生はいつでも種々の天華を持ち、諸仏の前に供養し奉るという意味から詠まれた表現であろう。

そして、「ワガコヽロシルカゼ」の「心」は、題の「随心供養楽」の「心」に通わせてある。「風」は、前出⑧

で詠み込んでいる「風」と同様に、極楽において妙なる法を説くという自然の徳風の意。つまり、私のこの心をよく知って、種々の花の香りを薫らせて吹きよせる風のことを意味している。

この一首の意は、花に盛られた香り（さとりの境地）を八方の諸仏のさとりの前に散らすことによって法楽を得、ひたぶるに仏道修行に専念した自分はその花の香りが風に乗って四方に伝わることであろう、というふうに読みとれる。「ハナ」「カ」「チラス」は縁語関係にあるばかりでなく、『往生要集』の説く「随心供仏楽」の趣旨を自然に託して、総括的に歌う西行の特徴を見ることができるであろう。

増進仏道楽

⑫イロソムルハナノエダニモス、マレテコズヱマデサクワガコ、ロカナ

極楽浄土で説く教説を花の枝にまで染めることとで、自然に進むことができて、自ずと無上菩提を得、梢まで咲く何と喜びのわが心よ。

歌題「増進仏道楽」は、十楽の第一〇の喜びである。極楽に往生した者は、不退転の位に住するのだが、それは五つの因縁による。一つに、極楽は阿弥陀仏の悲願の力によって摂められているからである。二つに、極楽は阿弥陀仏の慈悲の光がつねに輝いて、菩提心を増大してくださるからである。三つに、水鳥・樹林・風鈴などの声がいつも、念仏、念僧、念法を生ぜさせるからである。四つに、諸々の菩薩たちが教えの善い友となり、外には悪縁や内には激しい煩悩を除いてくれるからである。五つに、寿命は永遠で仏と同じだから、仏道を修め習うにも生死の間隔がないからである。このように、仏道を増進して速やかに無上菩提を証するに至る楽しみを得ることができるのである。

⑫の歌、初句「イロソムル」の「色」は、色彩のほかに調子、趣向の意味がある。題の「増進仏道楽」の趣向ととれば、極楽における阿弥陀と菩薩たちが説く教えという意味であろう。「ソムル」はその深妙の教えに染める。「ハナノエダニモス、マレテ」は、花の枝にまで自然に進むことができた。つまり、極楽の衆生は先に取り上げた五つの因縁によって、退転することなく、自ずと仏道に増進していつの日か必ず一生補処の位に至り、仏として無上菩提を得ることができるという内容をおさえながら、「コズヱマデサクワガコ、ロカナ」と表現している。

この場合、「コズヱマデサク」は無上菩提を開くに相当し、「ワガコ、ロカナ」はいつの日か、世の人々のために、みずから仏として姿を示し、清浄の仏国土を建てて法を説き、さとりに導くことができるという期待の喜びが込められているであろう。

このように、考えてくると、この一首は歌題の趣旨を自然に託し、たくみに取り入れた歌である。『往生要集』が歌題を説くために引用する『華厳経』(58)の文脈の中に置くとき「もろもろの衆生に於て大悲心を得、自然に増進して、無生忍を悟り、究竟して必ず一生補処に至る。乃至、速かに無上菩提を証す」という意味に解せられる。西行はここで「自然増進」に相当するところを「ス、マレテ」と置き、「証無上菩提」を「コズヱマデサク」に、「悟無生忍」「一生補処至」を「ワガコ、ロカナ」と置きかえてこの一首を歌っている。

すなわち、極楽浄土で自然に仏道を増進してさとりを開くことができるという「増進仏道楽」の趣旨は、この一首の中に明らかに盛られているのである。その点で、この歌いぶりは「十楽歌」の主題にもかなっていると思われる。言わば、西行においては極楽浄土に往生したとしても、仏道に修行してさとりの道へ進んでいくことがそのポイントとなっているのである。そこには、仏道修行者としての西行の主体性が窺われるのである。

四　おわりに

本節では、西行の「十楽歌」一二首について、主に『往生要集』のなかに語られる極楽浄土の十楽の観念と、浄土教関連の経典とを結びつけて考察を試みたが、以上からどのようなことが引き出せるであろうか、それを要約しておきたい。

まず、西行の十楽歌に用いられた典拠の問題を取り上げて触れなくてはならない。③④は確実に『往生要集』に拠って詠じた歌だと考える。③の場合は、『往生要集』の説く極楽衆生に具える五神通の「自在無礙《じざいむげ》」の境地を、積極的に詠み込んでいたところがその証拠となる。④は極楽浄土の様相として、眼に見るもの耳に聞くものすべては五官の楽しみであり、それらはさとりにもつながるということを詠んだものの、③④ともに歌題と歌意との連続性が認められるからである。

そして、⑥⑩⑪は③④に比べて、確実な証拠はないが、『往生要集』との関連性が考えられる。そのうち、⑥の「スヱハヒキケル」は、歌題「引摂結縁楽」を踏まえた表現であり、⑩の上句「コヽノシナニカザルスガタヲミルノミカ」は、「見仏」と、下句「タヘナルノリヲキクノシラツユ」は「聞法」というふうに、歌題「見仏聞法楽」を歌中に歌い込んでいる。⑪も「ワガコヽロシルカゼ」の「コヽロ」は、歌題「随心供養楽」の「心」に通わせ、⑥⑩とまったく軌を一にした詠法である。勿論、この十楽歌は『往生要集』の十楽を題材とする詠歌であるから、十楽と歌とは密接な関係にあるのは至極当然のことであろう。

しかし、この十楽と歌との内面的相互関係を探って行くと、そこには作者の個性に応じた種々の対応の仕方がみえてくる。そうした意味で、②⑧は『観経』を典拠にしていると思われる。②は『往生要集』が九品往生のな

かで、一番勝れた上品上生の念仏者を例にとって、往生の仕方を示しているが、西行は『観経』の説く九品往生の全体的意味と重ね合わせ、その真意をしっかり認識した上で、歌っているのである。それだけ西行の『観経』に対する精確な把握が窺えると言えよう。⑧は典拠に使ったという証拠はないが、歌意からみて考えれば、『観経』の「十六観」に基づいて歌ったものであろうと推測している。西行は『山家集』に、『観経』の説く「十六観」中の「日想観」[59]を詠じた一首が見える。

易往無人の文の心を
西へ行月をやよそにおもふらん心にいらぬ人のためには　（山家集・八七二）

詞書「易往無人」[60]の句は、『無量寿経』に「必得㆔超絶去㆒。往㆓生安要国㆒。横裁㆓五悪趣㆒。悪趣自然閉。昇㆑道無㆓窮極㆒。易㆑往而無㆑人。」[61]とある偈文の一部で、「極楽浄土のある西の方をさして行く月を、よそごとのように思っているのだろうか、阿弥陀の教えが心に入らぬ人にとっては」という意味の歌である。

西方を見て極楽浄土を念じ、落日を見て来迎を慕うという一種の観念聯想によって心を一つに統一させることで、身も心も全世界をもその一想念の中に融け込ませることができるのである。西行はこうした極楽浄土を観想する行法を、早くから開眼していたのではなかろうかと思われる。

⑦は白居易の「長恨歌」の二句を典拠にしていることは明らかである。山木幸一氏は、西行和歌における朗詠詩句はほとんど「和漢・新撰朗詠集所載のもの」だが、この「在㆑天願作㆓比翼鳥㆒。在㆑地願為㆓連理枝㆒。」という詩句は、和漢・新撰朗詠集に収められていないが「著名詩句であり誦詠される可能性が高い」[62]とされた。まさしく、『源氏物語』「桐壺」の巻に、『平家物語』「小督」の条に、『源平盛衰記』巻二十五「前後相違無常事」等に見え、玄宗と楊貴妃との悲恋を描いた故事は、平安中期以後知識人の間に注目され、流布していたことが推測さ

れる。

⑩の場合は、妙なる法を「キク」に、現世の花である「菊」を連想させているところに、精神的思考力のない草木や国土までも仏と成り得ると主張する天台思想の影響を受けて詠じたものであろう。こうした詠法は、『聞書集』に法華経二十八品歌のうち、「薬王品」「妙音品」の歌にも見え、山田昭全氏は「宗教的自然観が西行の内部にあることを示すまことにユニークな詠法だと思う(63)」と指摘されている。

⑫は『往生要集』が歌題「増進仏道楽」説くために引用する『華厳経』を典拠とする。歌題の趣旨を自然景象に託し、「自ずと仏道に増進して必ず一生補処の位に至り、仏として無上菩提を証す」という『華厳経』の偈の意味とダブらせて歌っている。⑥も⑫と同じ手法で、『華厳経』における普賢菩薩の衆生済度への誓願を歌中に照らし合わせていることから『華厳経』に拠ったものであろうと考えられる。

このように、西行の十楽歌に用いられた典拠の存在を観察してみたが、この事実は西行研究の上にかなり重要な問題を提起する。というのは、西行がこの十楽を歌題に取り上げるにあたって、『往生要集』、浄土教関連の経典、『華厳経』、「長恨歌」等を典拠に使っていることである。しかも、白居易の長恨歌は当時、阿弥陀に極楽往生を願う浄土教を背景とする仏教的立場からとらえていた点で、西行の浄土教思想によせる関心が並々ならぬことを端的に示していると言えよう。そのような意味で、西行は『往生要集』の説く十楽の題にとどまらず、浄土教思想と関連する重要典籍を次々と学習し、理解を深めて行ったと推定される。

次に、西行の十楽歌における表現の特色を見てみると、まず一二首中に「心」の語が四回、「さとり」の語が三回も詠み込まれているところに、注目しなくてはならない。西行がここで問題にしているのは、あくまでも「心」であることは明瞭である。先に見た俊頼、寂連の十楽歌では、西方極楽浄土の種々の具体的様相を言葉に

再現して詠歌による欣救浄土を目指そうとする表現がかなり見られる。

しかし、西行においては、仏道に深く心を染め上げることによる信仰の確立、さとりの達成、仏道増進が極楽往生への救済につながっているのである（①④⑫）。言わば、貴族たちの美的静止的な極楽往生の観念とは対照的に、心のさとりを一歩一歩確かめようとする西行の思索の態度が、この十楽歌にはよく表われていると思われる。

①ヒトスヂニコヽロノイロヲソムルカナタナビキワタルムラサキノクモ
③ユキテユカズユカデモユケルミニナレバホカノサトリモホカノコトカハ
④イトヒイデヽムロノサカヒニイリシヨリキ、ミルコトハサトリニゾナル
⑥スミナレシオボロノシミヅセクチリヲカキナガスニゾスヾハヒキケル
⑪ハナノカヲサトリノマヘニチラスカナワガコヽロシルカゼモアリケリ

傍線を引いたところ、決意、意志、教化、願望などすべて西行自身にかかわる問題として受けとめている。西行は十楽歌の歌題を前にして、『往生要集』が示す極楽浄土の十楽の具体相にはあまり触れず、それを説く経文のところを自己の内部で確かめ、実践して行こうとする姿勢が顕著である。これは、俊頼、寂連ら他歌人の十楽歌に比べると非常に目立つ表現であり、そこに求道者としての西行の人間像がはっきりと浮かび上がってくるのである。

以上、西行の「十楽歌」にかかわる典拠と表現上の特色について、整理して述べてみた。西行はこの十楽歌だけでなく、『山家集』に「六道哥よみけるに」(64)という詞書とともに、地獄をはじめとする六道歌六首が収められており、更に『聞書集』に「地獄ゑを見て」の大連作を遺している。極楽往生を説いて後世にまで多大な影響を及ぼした源信の『往生要集』は、先ず「厭離穢土・欣救浄土」を説くが、そこには六道、特に地獄と極楽浄土の

有様を対照させて印象的に描き出している。西行の六道歌・十楽歌、そして「地獄ゑを見て」の歌も『往生要集』から思想的影響を受けて、詠まれた作品であることは否定できないと思う。

先述した通り、西行の十楽歌の他にも、多くの歌人がこの十楽を歌題として取り上げているが、筆者の管見に入る限り、六道歌と十楽歌をワンセットにして詠んでいるのは、西行のみである。すなわち、西行が罪業の世界である六道と、さとりの世界である極楽浄土における「十楽」を歌題として取り上げて詠じたのは、注目に価する。換言すれば、西行は『往生要集』の示す極楽浄土の喜びも、地獄の苦と罪も、それらの救済をも、みなわが身に引きつけて受けとめていたのであった。それは、宗教者である歌人西行の面目とも言えるだろう。

【注】

（1）本節において引用した西行の歌は、すべて久保田淳編『西行全集』（日本古典文学会、昭和五七）による。カッコ内の数字は歌番号である。なお、以下に挙げる『散木奇歌集』、『貧道集』、『出観集』は、和歌史研究会編『私家集大成』中古II・中世I（明治書院、昭和四九）により、その他の歌の引用は『新編国歌大観』によった。また、散文類はことわりがない限り、『日本古典文学大系』による。

（2）久保田淳『古典を読む　山家集』（岩波書店、昭和五八・六）一四九頁。

（3）山木幸一氏は、西行と寂蓮との交渉について、「文治五年には寂蓮（当時五十一歳）が嵯峨に住んでいたことは確実であり、そこでの西行との交渉は明らかではないけれども、それより以前から相互交渉が存した」のであり、その時期前後の交渉は当然あったとされ、西行晩年に至るまでの相互交渉をうかがわせる事実を、次のように挙げられている。（『西行和歌の形成と受容』明治書院、昭和六二、一八二頁参照）。

1　西行が熊野にこもっていたころ、寂蓮との間に贈答歌がある（山家集二一〇三〜二一〇五。寂蓮法師集）。

2　円位法師勧進とある二見百首の一部と思われる歌が家集に見える（寂蓮法師集）。

3　寂蓮のもとに同宿していた家隆に、西行が両宮歌合を託したという説話伝承がある（古今著聞集）。
4　「たはぶれ歌」歌群中の「高尾寺」の歌は歌句の一部を改めて京紫野今宮鎮花祭歌の冒頭歌詞として揚げられており（中古雑唱集）、その詞書に次のごとく説明がある。

京紫野ノ今宮ニ鎮花祭アリ、春三月十日也　其時ノ謡歌アリ神楽ノ早歌ノ類ト聞エタリ、其歌本寂蓮法師ガ真蹟ナリ、今宮ノ社司某ガ家ニ歳メテ今ニアリ、祭ノ時壁ニ掛クト云フ（下略）、

5　「たはぶれ歌」を収める聞書集は伝寂蓮筆である。

（4）『無量寿経』（浄土宗全書第一巻、山喜房仏書林、昭和四七）七〜八頁。
（5）『阿弥陀経』注（4）前掲書、五四頁。
（6）石田茂作氏は、正倉院の写経文書から当時の写経について詳しく述べておられる（「奈良時代の写経について」『奈良時代文化雑考』所収、創元社、昭和一九）。
（7）井上光貞『日本浄土教成立史の研究』（山川出版社、昭和三一・八）三三六頁参照。
（8）新編日本古典文学全集『源氏物語』①（小学館、平成六）一三七〜一三八頁。
（9）日本古典文学大系『栄花物語』（岩波書店、昭和四〇）八三〜八四頁。
（10）石橋義秀氏は、『栄花物語』に記されている法成寺の阿弥陀堂の扉絵に対して、「平等院の鳳凰堂の扉には、『観無量寿経』による九品来迎図が描かれている」とされ、「鳳凰堂は建築様式から見て『観無量寿経』に説かれている上品上生（それは宮殿楼閣が仏とともに来迎する）の立体化である」と指摘されている。（「平安朝における来迎信仰の展開」『阿弥陀信仰』所収、雄山閣出版社、昭和五九、一八九頁）。
（11）『本朝続文粋』（国史大系第二九巻下）二一一頁。
（12）源信が念仏に関する和讃を作ったことはすでに知られるところで、多屋頼俊氏によると、『来迎和讃』や『極楽六時讃』は源信の作であろうと述べられているが、『十楽和讃』、『二十五菩薩和讃』の源信作という点については、偽作であると結論づけておられる。（『和讃史概説』第二章、第二節参照、法蔵館、平成四）。
（13）『法華験記』巻下・八三に、源信僧都は「弥陀迎接の相を構へて、極楽荘厳の儀を顕せり〈世に迎講と云ふ〉」（日本

思想大系、一六〇頁）とあり、『古事談』第三には「迎講者。恵心僧都始給事也。三寸小仏ヲ脇足ノ上ニ立テ。脇足ノ足ニ付レ緒テ引寄々々シテ沸泣給ケリ。寛印供奉ソレヲ見テ智発シテ。丹後迎講ヲバ始行云々」（国史大系巻一八、六〇頁）とあり、『沙石集』巻一〇「迎講の事」に「又恵心僧都ノ脇足ノ上ニテ、箸ヲヲリテ、仏ノ来迎トテ、ヒキヨセシテ、案ジ始タリト云侍」（日本古典文学大系、四二六頁）とある。

なお、迎講については、伊藤真徹氏が詳しく論述しておられる（「迎講の一考察」『仏教文学研究』四、法蔵館、昭和三六）が、近年は日向一雅氏によって、海上の迎講にも『往生要集』大文第五「対治懈怠」に依拠するところがあったとされ、「源信の創始した迎講は、その著『往生要集』に基づいて海上の迎講という新しい形をも産み落としたのである」と指摘されている（「浄土教文化の日韓比較」『神話・宗教・巫俗―日韓比較文化の試み』風響社、平成一二・一、五〇～五二頁参照）。

(14)『極楽六時讃』（恵心僧都全集第一巻、昭和二）六〇四頁。

(15)俊成は、この『六時讃』に見える句を歌題として釈教歌（四三五番から四五三番までの歌）を詠んでいる。（『長秋詠藻』日本古典文学大系、岩波書店、昭和四八、三四一～三四五頁）。

(16)日本古典文学大系『平家物語』（岩波書店、昭和三五）二八三～二八四頁。

(17)渡部保『西行山家集全注解』（風間書房、昭和四六）八九三八九七頁。

(18)『往生要集』（恵心僧都全集第一巻、昭和二）四〇頁。以下引用する『往生要集』の本文は、すべてこの書による。

(19)同右、一六七頁。

(20)『六十華厳経』巻一〇（大正蔵巻九、四六五）。

(21)高野辰之編『日本歌謡集成』巻四（春秋社、昭和三）三三七頁。

(22)注（18）前掲書、四一頁。

(23)『観無量寿経』注（4）前掲書、四八頁。

(24)なお、源信作『極楽六時讃』にも、『観経』とほぼ同じ意味で次のように記されている。

つひに引接し給ひて　金蓮台に坐せしめて　則ち仏後に随従ひて　安養浄土に往生せむ

一日一夜に華ひらけ　一七日にはほとけを見　三七日に了々に　見仏開法具足せむ
『観経』の説く「上品下生」のところには、念仏者が極楽に往生して、仏を見ることができるのは「七日之中」となっているが、ここには「一七日」となっている。(『極楽六時讃』注（14）前掲書、六〇二頁参照)。

(25) 注（18）前掲書、四三頁。

(26) 山田昭全『西行の和歌と仏教』(明治書院、昭和六二・五)二九頁。

(27) 福田亮成訳注『菩提心論』(空海全集第八巻、筑摩書房、昭和六〇)によった。

(28) 関根慶子、古屋孝子『散木奇歌集　集注編下巻』(風間書房、平成一一・二)九五頁。

(29) 『往生要集』では極楽浄土の様相について、「五妙境界の楽とは、四十八願もて浄土を荘厳したまへば、一切の万物、美を窮め妙を極めたり。見る所、悉くこれ浄妙の色にして、聞く所、解脱の声ならざることなし。香・味・触の境も亦またかく如し」と記され、極楽がいかに美しく麗しいところであるかということを、源信は詳しく説いている(石田瑞麿校注『源信』、日本思想大系、岩波書店、昭和四五、五七頁参照)。

(30) 『勝鬘経』(大正蔵巻一二、二二二頁)、『宝性論』(大正蔵巻三一、八三四頁)には、「穢土と浄土」を「有漏と無漏」に理解して説かれている。なお、西行も『聞書集』に「むろをいでしちかひのふねとゞまりてのりなきをりの人をわたさん」(三五)と詠んでおり、また『梁塵秘抄』巻二「法文歌」にも、

有漏のこの身を捨て棄てて、無漏の身にこそならむずれ、
阿弥陀ほとけの誓ひあれば、弥陀に近づきぬるぞかし　(二一一)

とあり、有漏を穢土に無漏を浄土に当て、対句にして詠み込んでいる。

(31) 注（14）前掲書、六一三頁。

(32) 伊藤嘉夫校註『山家集』(日本古典全書)は、この部分が「□□みることは」となっており、「二字読むことが出来ない」と注している。その反面、久保田淳編『西行全集』(日本古典文学会)では、第四句が「ききみることは」となっており、これは歌意からみても、また『往生要集』の「五妙境界楽」の文と照合してみても、「ききみることは」ととらえ、解釈して差し支えないであろうと考えられる。

(33) 注(18)前掲書、四七〜四八頁。
(34) 片野達郎「西行『聞書集』の「地獄絵を見て」について」(「和歌文学研究」第二一、昭和四二・四)。
(35) 畑中多忠『類題法文和歌集注解』全五巻(古典文庫、平成五)は、「此歌の春秋もかぎらぬ花は不退転の快楽の事也。」と解釈している。
(36) 『山家集』の中にも、西行が高野から大原の寂然に贈った初句統一の一〇首に対し、寂然の結句統一の返歌一〇首のうち一首、

ひとりすむおぼろのしみづともとては月をぞすますおほはらのさと　(一二〇九)

とあり、大原が隠者の聖域のイメージを持つ歌枕としてよく歌われた。
(37) この文は、『華厳経』(四十巻本)巻四〇(大正蔵巻一〇、八四八頁)に記されている。なお、読み下し文の引用は、注(29)前掲書、石田瑞麿校注『源信』、六五頁参照。
(38) 「一生補処の菩薩」とは、釈迦仏の後を継いでつぎには仏として生まれて来る位にある菩薩のことで、あの普賢菩薩をはじめ、文殊菩薩・弥勒菩薩・地蔵菩薩・観音菩薩・勢至菩薩と言われる。普通は弥勒菩薩を指すが、ここでは弥勒だけに留まらないと解釈している。(石田瑞麿『極楽浄土への誘い―『往生要集』の場合―』評論社、昭和五一・三、一六六頁参照)。
(39) 「長恨歌」(金沢文庫本)の引用は、太田次男『旧鈔本を中心とする白氏文集の研究』中巻(勉誠社、平成九・二)に、同本の翻字があるのを参照した。
(40) 新間一美「白居易の長恨歌―日本における受容に関連して―」『白居易の文学と人生』(白居易研究講座第二巻、勉誠社、平成五・二)。
(41) 『本朝文集』(国史大系第三十巻)巻五九所収。また『唐物語』の第十八話は、長恨歌の物語の和文版であるが、その末尾にやはり浄土教思想が見られる。池田利夫氏は、文化六年(一八〇九)と七年に、江戸の清水浜臣、京の賀茂秀鷹は時を同じくして唐物語の校訂本を印行したが、秀鷹は寛政五年(一七九三)写本の奥書に、
西行上人の新筆をはからずえて、橘千蔭とともに一わたりよみあはせて、西上人《ママ》のことなるを千蔭朱すみもてかた

へにしるしつけ侍る也

と記しとどめているし、浜臣もその本を十年も以前に見て写したと『唐物語提要』で言っている点から、西行筆の写本が「文化年間まで存在していたことになる」と推定された。これが事実であるならば、『唐物語』と西行の「十楽歌」との関連をめぐって、注目したいところである。（『日中比較文学の基礎研究－翻訳説話とその典拠－』風間書房、昭和四九、九～一二頁参照）。

(42) 久保田淳『新古今歌人の研究』（東京大学出版会、昭和四八・三）二七八頁。

(43) 『阿弥陀経』注（4）前掲書、五二頁。

(44) 注（18）前掲書、四四～四五頁。なお、この文は『阿弥陀経』に「四辺階道。金銀瑠璃。玻瓈合成。上有㆓楼閣㆒。亦以㆓金銀瑠璃玻瓈硨磲赤珠碼碯㆒。而厳㆓飾之㆒。池中蓮華大如㆓車輪㆒。青色青光。黄色黄光。赤色赤光。白色白光。微妙香潔。」と見え、源信がこれを引用して極楽浄土の様相を述べていることが知られる。（『阿弥陀経』注（4）前掲書、五二頁）。

(45) 『十楽和讃』注（18）前掲書、六四八～六四九頁。また、西行の「法華経二十八品歌」のうち『阿弥陀経』の歌に、

はちすさくみぎはのなみのうちいでゝとく覧のりを心にぞきく　（聞書集・三四）

と歌って、極楽にある池の汀にうち寄せる波の音は、そのまま仏の妙なる法が説かれると詠まれている点で、「波の音」「風の音」は仏の妙法の音を表した表現であることがわかる。

(46) 福原蓮月氏は、これらの内外の菩薩であるが、「その余の十方恒沙の無量の菩薩も亦倶会同学であり、その倶会の目的は、同一に仏道を進むことに存する」と述べられている。（『往生要集の研究』永田文昌堂、昭和六〇・一一、三四頁参照）。

(47) 『観無量寿経』注（4）前掲書、四三頁。

(48) このような表現と関連づけて、久保田淳氏は『山家集』巻末「釈教十首」のうち「無量義経三首」の解釈のところで、それら色とりどりの蓮華が降るイメージは「西行の場合も種々の蓮華が散りかかるという経文の叙述から受けた印象が、日本的な早春の景へと変容して表現されたとも解されないであろうか」と考えておられる。（「仏教と和歌－西行釈教歌

注釈賛言―」「仏教文学」第八、昭和五九・三)。

(49)『無量義経』「十功徳品第三」(大正蔵巻九、三八九頁)。

(50)『十楽和讃』注(18)前掲書、六五〇頁。

(51)西田直樹氏は、『往生要集絵巻』中の「聖衆倶会楽」の絵は『観経曼陀羅』に拠っているが、「宮殿の中の普賢菩薩と文殊菩薩は、釈迦三尊の脇侍として描かれる事が多い」とされ、絵巻における菩薩たちの配置は「一見して極楽に三菩薩(普賢・文殊・弥勒)が訪れている」というような、独自の構図をとっていると述べられている。(『往生要集絵巻詞章と絵の研究』和泉書院、平成一二・二、二一四〜二一五頁参照)。

(52)注(18)前掲書、五六〜五七頁。

(53)同右、五八頁。

(54)同右、五八〜五九頁。

(55)『梁塵秘抄』の「極楽歌六首」のうち、次の歌はこの部分に拠っていることが知られる。

極楽浄土のめでたさは、一つもあだなることぞなき、吹く風、立つ波、鳥もみな、妙なる法をぞ唱ふなる　(梁塵秘抄・一七七)

(56)中村元『往生要集』(岩波書店、昭和五八・五)一二五〜一二六頁参照。

(57)注(18)前掲書、五九頁。

(58)『華厳経』(八十巻本)巻二(大正蔵巻一〇、九頁)。

(59)阪口玄章氏は、この歌と共に『山家集』の「山端にかくるゝ月をながむればわれと心のにしにいるかな」(八七〇)という二首を取り上げ、西行が『観経』に説く「十六観」中の「日想観」に拠って、詠じたものであると指摘しておられる。(「往生要集と中世文学―文学に現はれた浄土教について―」「国語と国文学」八・一〇、昭和六・一〇)。この他にも、『山家集』に「日想観」を詠んだものとして、次の歌がある。

いり日さすやまのあなたはしらねども心をかねてをくりをくつる　(九四二)

日のいるつゞみのごとし

浪のうつをとをつゞみにまがふれば入日のかげのうちてゆらふゝ　（一四四七）

（60）松屋本『山家集』の詞書には、「無量寿経易往無人の文の心を」となっている。

（61）『無量寿経』注（4）前掲書、二四頁。また、この句は『天台智者大師別伝』（大正蔵巻五十、一九六）、『往生西方浄土瑞応刪伝』（浄土宗全書第一六巻）にも見え、『往生拾因』一〇に「行業雖レ疎乗ニ弥陀願ニ十念得レ往。易往無人斯之謂焉。」とあり、『続本朝往生伝』序に「花池宝閣は往き易くして人なし」とあり、貞慶作の『発心講式』、『宝物集』巻七、『発心集』巻六等広く引用されている。

（62）注（3）前掲書、三九頁。

（63）注（26）前掲書、一一七頁。

（64）第二章第二節「六道歌について」参照。

第三章　西行の仏道修行

第一節　西行の大峰修行
——説話を中心に——

一　はじめに

西行の家集を見ると、その歌の詞書に「修行」という語が旅行く行為と結び付いて、用いられている場合が多く目立つ。この語を彼の遺した家集から調べてみると、『山家集』中に一五例、『聞書集』一例（法華経随喜品の歌題中一句）、その他『西行上人集』三例が見え、計一九例が数えられる。その詞書中、「とをく修行して」（六例）、あるいは「修行してとをく」（一例）の表現があり、「伊勢に」（一〇九四）、「四国のかたへ」（一〇九五）、「播磨の書写へ」（一〇九六）、「西の国の方へ」（一一〇三）、「みちのくにへ」（一一二六）[1]など、概ね遠い国へ向けての旅の意味合いとして「修行」が用いられ、西行自身の愛好した用語とみてもよいと思われる。

この「修行」という語意は、「廻国巡礼などするを云なり。修行はもと行住坐臥に通じ、又身口意の三業にわたれども、日本の俗昔より山林抖擻の身となりて托鉢遊行するを修行と云なり」（『望月仏教大辞典』）とあるように、もともと頭陀苦行、または廻国巡礼する意味もあるとすれば、そこに抖擻行脚の大小の規模の差異こそはあれ、

西行の場合の「修行」を理解することができるであろう。

　こうした西行の仏道修行が持つ側面に対して、山木幸一氏は「修行とは旅であると同時に、求道の過程そのものとして自覚されていた」[2]と理解され、西行の「修行」は旅であって、その内面は「求道」の意志の実現にあったと考えておられる。すなわち、西行における「修行」という求道的態度は、自身の旅行体験、ないしは山岳踏破の修行体験がかかわっている実践的なところにあると言えよう。

　また、この「修行」の他に、家集の詞書中に「まいる」「まかる」の語が多く見られ、修行の旅の途次、あるいはその旅先において、主に用いられているようである。例えば『山家集』に、

　夏、熊野へまいりけるに、いはたと申所にすゞみて、下向しける人につけて、京へ西住上人のもとへつかはしける　（一〇七七・詞書）

　修行してとをくまかりけるをり、人の思へだてたるやうなるやう《マヽ》なる事の侍ければ　（一一二〇・詞書）

とある。「まいる」の語が、熊野本宮（或いは熊野三山）への聖域参詣のためであることを示し、その旅先の場所、つまり旅の目的地をはっきりと明かしているのに対して、「まかる」の場合は、どこか遠方への修行の途次で、その場所が不明である広域の意味として用いられているのである。そうした意味で、西行の「修行」を考えるとき、「まいる」「まかる」の語と総合してはじめて、西行における修行の旅の全貌を把握することができるであろう。

　このように、西行の修行の旅が求道を実践する体験的な側面にあると考えてみたが、本節で取り上げる西行の大峰修行も、確かに「求道」の心の工夫が潜んでいると思われる。この西行の大峰修行については、『山家集』中雑九一七・九一八番二首と、下雑一一〇四～一一一九番の一六首、計一八首の峰中歌が収められており、西行

が大峰修行を実際行ったことを裏づけているのである。

また、西行の大峰修行の話を伝えるものとして、『古今著聞集』『西行物語』などがあり、西行研究・修験道研究の両側から注目され、これまでしばしば言及されてきた。特に、その中でこれを詳しく考察したものとして、坂口博規氏の「西行大峰入りの歌をめぐって」(3)をはじめ、諸論考を挙げることができる。(4)(5)なお氏は、『古今著聞集』に語られる西行の大峰修行の説話的要素を解体し、修験道関連の史料を中心として詳細に分析して考察されたが、まだ検討する余地は充分に残っていると思える。

本節では、こうした従来の研究をもとに西行の大峰修行がいかなるものであったのか、その修行内容を踏まえた上で、『古今著聞集』と『西行物語』に語られる西行の大峰修行を中心に考察を試みたい。そこでまず、西行の大峰修行の説話を取り上げるにあたっては、西行の伝記上未開拓の部分に注目して、修験道関係の史料とも照合しながら、いくつかの問題点を提示し、私見を述べて行きたいと思う。

二　『古今著聞集』に見える大峰修行

まず、西行の大峰修行を伝える『古今著聞集』巻第二（釈教第二）、「西行法師大峰に入り難行苦行の事」(6)と題する説話について、触れておきたい。『古今著聞集』によると、西行は二度も大峰修行を体験している。彼が最初に大峰入りしたときの先達は、「宗南坊僧都行宗」という山伏であった。

西行法師、大峰をとをらんと思ふ志深かりけれども、①入道の身にてはつねならぬ事なれば、思煩て過侍けるに、②宗南坊僧都行宗、其事を聞て、「何かくるしからん。結縁のためにはさのみこそあれ」といひければ、悦て思立けり。③「かやうに候非人の、山臥の礼法たゞしうして、とをり候はん事は、すべて叶べから

ず。たゞ何事をもめんじ給ふべきならば、御ともつかまつらん」といひければ、宗南房、「其事はみな存知し侍り。人によるべき事也。疑あるべからず」といひければ、悦て、④すでにぐして入けり。

（以下番号及び傍線付筆者）

西行はかねてから大峰入峰を志していたが、遁世者の身では慣れぬことも多く、つつがなく勤め終えるかどうか迷っていたところ、宗南坊行宗がこれを聞いて、その心配には及ばないので、結縁のために参加しなさいと勧めてくれたという。

そこで西行は「自分は本来の山伏でもない世捨人にすぎず、山伏の礼法を正しく守って抖擻することは、とても出来ないので、厳しい修行を免除して頂けるならお供したい」と申し出ると、行宗は「それは人によることだから安心してついてきなさい」と言ったので、西行は悦んで入峰に従った。

ところが、それを承知した筈の行宗は約束と違って、礼法を厳しくして他人よりことに西行を責めたので、西行は涙を流して、

我は本より名聞をこのまず、利養を思はず。⑤只結縁の為にとこそ思つる事を、かゝる憍慢の職にて侍けるをしらで、身をくるしめ心をくだく事こそ悔しけれ。

と、約束に反して身を苦しめ心をくだくのは悔しいと西行が強く抗議すると、行宗は次のように諌めた。

⑥「上人道心堅固にして、難行苦行し給事は、世以しれり。人以帰せり。其やんごとなきにこそ此峰をばゆるしたてまつれ。⑦先達の命に随て身をくるしめて、木をこり水をくみ、或は勘発の詞をきゝ或は杖木を蒙る、これ則地獄の苦をつぐのふ也。日食すこしきにして、うへ忍びがたきは、餓鬼のかなしみをむくふ也。又おもき荷をかけて、さかしき嶺をこえ深き谷をわくるは、畜生の報をはたす也。かくひねもすに夜もすが

ら身をしぼりて、⑧暁懺法をよみて、罪障を消除するは已に三悪道の苦患をはたして、早無垢無悩の宝土にうつる心也。上人出離生死の思ありといへども、此心をわきまへずして、みだりがはしく名聞利養の職也といへる事、甚愚也」と恥しめければ、西行掌を合て随喜の涙をながしけり。「誠に愚癡にして、此心をしらざりけり」とて、とがを悔てしりぞきぬ。

先達の命に従って、身を苦しめ木をきり水を汲み、勘発の言葉を聞き、杖木を被ることは、地獄の苦をつぐなうものであり、飢えを忍ぶのは餓鬼の苦しみをむくうものである。また、重い荷を背負って嶮しい峰を超え、深い谷を分けるのは畜生の報いを果し、暁に懺法を読んで罪障を消滅するのは、すでに三悪道の苦患を果して、早く無垢無悩の極楽浄土に移る心であると、厳しく説教した。すると、西行は随喜の涙を流して「誠に愚癡にして、此心をしらざりけり」と承服し、以後は行宗の厳しい指南に従い、甲斐甲斐しく作法を守って苦行を実践したという。そして、西行はその後もう一度入峰をとげ、「大峰二度の行者」となった。

其後はことにをきて、すくよかにかひぐしくぞ振舞ける。⑨もとより身はしたゝかなれば、人よりもことにぞつかへける。此詞を帰伏して、又後にもとをりたりけるとぞ。⑩大峰二度の行者也。

以上の記事によって、『古今著聞集』における西行の大峰修行の内容が概ね察せられるが、これはもとより説話である点、その事実性が問題となろう。前掲文からその留意すべき点を、次のように示しておく。

①西行は大峰修行を「入道の身にてはつねならぬ事」であるということ。
②最初に大峰入りした時の先達は、「宗南坊僧都行宗」であったこと。
③自分は本来の山伏でもない遁世者にすぎず（自身を「かやうに候非人」と呼ぶ）、「山臥の礼法」を正しく守って抖擻することは、とても出来ないということ。

④西行は悦んで、「すでにぐして入けり」ということ。
⑤自分が大峰入りを決意したのは、「只結縁の為にとこそ思つる事」であったこと。
⑥西行が大峰入りを果す前に、「難行苦行」をした修行者として山伏たちの間にもその名が知られ、尊敬されていたということ。
⑦峰中修行に臨んでは、先達の命に従って「地獄の苦」「餓鬼のかなしみ」「畜生の報」といった「三悪道の苦患」を果すということ。
⑧暁、懺法を読んで罪障を消滅するということ。
⑨西行は「もとより身はしたゝかなれば」と評されること。
⑩「大峰二度の行者也」ということ。

さて、ここに示した一〇項の問題点に着目して、一つ一つ検討してみよう。まず①の、大峰修行に際して西行が「入道の身にてはつねならぬ事」という点は極めて重要である。保延六年（一一四〇）[7]の秋に二十三歳で、普通の出家を遂げた西行にとっては、当時の在家・出家的独自の立場にあった山伏衆の専門的な礼法に従って、大峰入りすることの困難を憂えた由を語るものである。それは、先達を介しての山伏衆の教団的拘束を厭わしく思ったからであろう。西行が大峰修行の以前にどのような修行を行なったのか、まだ明らかでないが、これは西行の信仰体系や伝記にも関わるものであり、さまざまな問題を含んでいる。

西行の大峰修行以前、つまり出家直後から高野山入山までの信仰情況に対して、坂口博規氏は「良忍の大原系の別所聖の多かった花背《はなせ》別所か芹生《せりよう》の別所」[8]で、西行が別所聖たちのあいだにまじわっていたのであろうと推定される五来重氏の見解を支持して、「一応念仏聖」[9]としての修行であると理解しておられる。だが、氏の言われ

る「念仏聖」説は、西行の初期信仰体系につながるものであり、ここで簡単に言及することは避けたい。[10] 但し、五来氏は西行がこの時期に念仏聖や勧進聖の群に身を投じていたことは指摘されたものの、西行には「念仏聖」という語を用いてはいない。その活動的側面に、念仏聖勧進聖性を指摘されたわけである。

なお、当面の『古今著聞集』において、西行が「入道」「上人」と称される点から考えれば、⑥の山伏たちの間にも「難行苦行」をした仏道修行者としてその名が知られ、尊敬されていたことがわかる。例えば、この「入道」という語意について、『條々聞書貞丈抄』第四には、

剃髪の人を他人よりうやまひて入道といふ。我身剃髪したるをば、人に対しては身をへりくだりて沙弥といふなり。人の方へ遣はす状には、我事を入道とは書ざる事也。我子又は内の者などにつかはす状には、我事をも入道と書也。[11]（傍線は筆者）

とあり、「入道」とは一種の敬称の意味として用いられていたことが知られる。『宝物集』九冊本巻末には、「宝物集近代作家」として、「紗弥（ママ）十七人」を挙げ、西行に注して「憲清入道」とあり、また上覚の『和歌色葉』[12]には「六　名誉歌仙者」として、「入道三十六人」を挙げているが、その中に、

続詞　右兵衛尉入道西行　〔始円位〕俗名〔藤〕範清〔左衛門尉康清息〕

と記されている。こうした西行の社会的位置に注目して、安良岡康作氏は「彼（西行）が、いままで漠然と考えられて来たような、真言宗内の僧侶ではなく」て、「沙弥であり、入道であり、遁世者であった」[13]と述べておられる。この大峰修行も西行のごとく、一般の出家の僧たちには、馴染み難い「つねならぬ事」になっていたと推定される。

すなわち、厳密には遁世者の風体や生活と、山伏とは異なり、山伏は俗でもなく僧でもない、言わば半俗半僧

の独特の意識と生活をもっていたのである。そして、西行の場合も大峰入りを「入道の身」で鬱陶しいものに思っていたが、宗南坊行宗が「結縁のために」と勧めたので、それに応じて大峰入りを決意したとみたほうが自然ではなかろうか。

次に②は、西行が最初に大峰入りした時に、先達をつとめた「宗南坊僧都行宗」という人物の存在が問題になる。行宗の伝記については、坂口博規氏によって詳しく考察され、その経歴の一部がかなり明らかになっている。ここに登場する宗南坊行宗は、熊野先達としてよく知られており、熊野本宮の長床《ながとこ》執行(14)まで務めた有名な山伏である。名山伏たちを記録したものとして、室町時代に成立したとされる『山伏帳』(15)巻下の中に、行宗が三カ所ほど顔を出しており、この他修験道関係の史料にも行宗の名が見え、実在の人物であることはまず間違いない。この宗南坊行宗について、『古今著聞集』（大系本）の頭注には、

伝未審。西行物語には「僧南坊の僧都、その時廿八度せんだちにて」とある。彦山修験伝法嗣法譜には、「行宗〈僧南坊〉」、山伏帳の直任執行の項には、「行宗〈僧南房僧都〉」。

とあり、「宗南坊行宗」は、「僧南坊行宗」あるいは「僧南房行宗」とも書かれる。『古今著聞集』においては、「宗南坊僧都行宗」となっており、筆者はそれに従って以下「宗南坊《そうなんぼう》行宗《ぎょうしゅう》」と記すことにする。

③において、西行は自身を「非人」と呼び、大峰入りにあたり「山伏の礼法」を正しく守って実践出来ないことを案じている。ここに言う「非人」とは、本格的な山伏修行者でもない世捨人にすぎないという意。つまり、西行は自分を謙遜し、山伏の礼法について何事も無理解のために、粗末をすることがあってもお許しいただきたい、というのである。

こうした、大峰修行を積んだ先達山伏を尊重した態度は、まったく峰入りの度数の如何にかかっていたとされ

るが、和歌森太郎氏によると、鎌倉時代あたりには、たとえば五度の入峰経験者でなければ、先達とはいわない傾向もあったと言われる。[16] 入峰修行の経験の深浅に基づいて、山伏の身分が定められ、また尊重されたことはごく自然であると思われるが、それほど先達が山伏入峰の指導者として、権威を有していた点でその存在意義は大いなるものであったと言えよう。

また、ここで西行の語る「山伏の礼法」という言葉が当時に存在したほどに、彼らの間に特殊な規律、作法があったことが窺える。それが西行のような一般の出家の僧たちには、馴染み難いものであったことを考えれば、その規律は厳重であり、説話中に「西行涙を流し」たほどに、少しも容赦しなかったのであろう。山伏の修行の厳しさは謡曲『谷行』に、先達阿闍梨が葛城山の行場において、「此の道（山伏修行の道）に出でてかやうに病気する者をば、谷行とて遥かの谷に落とし入れ、忽ち命を失ふ事、これ昔よりの大法なり」[17] と見える。修行の途中で病気になったりすると、「谷行《たにこう》」といって山間の谷間に落とされてしまうのだといわれる。

つまり、苦行にたえられずに病気になるのは、前世・現世の罪業が重いから、その罪を滅ぼすために、死ななければならないのである。これが果たして事実行われたか否か疑わしいが、西行が峰入りを躊躇したのは、少なくともこのような厳格な作法に従って、大峰修行を無事に勤め終えるかどうかを憂えたからであろう。

④においては、行宗が西行に大峰入峰を勧めて、結縁のためというならば、苦行も大目にみようという約束で誘ったので、西行は悦んで峰入りをしたという。その傍線部「すでにぐして入けり」は、文明一二年（一一八〇）奥書がある『西行物語』には、「俄すみ染をぬぎかへて、山伏のしやうぞくになりて、大峯へいりぬ」となっており、俄かに墨染めの衣をぬいで山伏の装束になり、一行に交じったと語られている。

当時の山伏の装束がどのようなものであったのかよくわからないが、村上俊雄氏[18]によると、修験道では、入峰

前七日になると入峰する新客（初入峰者）・度衆（入峰の経験者）が正先達（峰の指導者）の庵室に集まり、それぞれ一定の資格と任務が与えられ、用意すべき道具や衣などが定められていたと述べておられる。すなわち、修験道は一定の儀式にはかって大峰山中において作法が行われたことが窺える。

鎌倉時代の頃に成立したとされる『西行物語絵巻』大原本（蜂須賀家本とも）の図に見える山伏は、有髪に表現しており、絵巻の筆者が西行の先達を熊野山伏に見做していることは明らかである。しかし、絵巻には西行の入滅後伝説化された部分が著しいといわれており、無条件には信じ得ないであろう。

ところで、ここに言う西行の峰入りは、いわゆる順峰・逆峰いずれも語っていない。周知の通り、大峰の春の峰入りは熊野から入って北上して吉野へ出る修行で百日を要した「順峰（順の峰入り）」と、秋の峰入りは反対に、吉野から入って七十五日で熊野へ出るもので「逆峰（逆の峰入り）」という。

そして、熊野から吉野までの間に「七十五靡《なびき》」という多数の行場が設けられ、そこに泊まって勤行や潅頂が

頭巾をかぶった山伏達
（『西行物語絵巻』・萬野美術館蔵『日本の絵巻』19・中央公論社より）

行われた。文明本『西行物語』では、西行の道筋について明確に記されていないが、桜のころ熊野から僧南坊僧都につれられて入峰したと伝えている。つまり、熊野から吉野へ抜ける順の峰入りをしたと理解されるが、これに関しては後述することにする。大永七年（一五二七）奥書がある『修験道峰中火堂書』(19)下巻には、

順峰修行ハ金剛界之修行也。秋八月晦日ノ入峰ハ熊野山那智瀧ノ本宿ヨリ大峰ヘ入リ。十月初八日萬歳峰ヘ駈出也。逆峰修行ハ胎蔵界之修行也。春三月十八日ハ吉野金峰山ヨリ大峰ヘ入リ。五月一日萬歳峰ヘ駈出。互相順逆ノ笈ヲハ萬歳峰渡シ請取ルト云。順峰ハ役君三論天台宗等ヨリ始ル。故ニ出札山門流ト書ク也。逆峰ハ真言宗ヨリ始ル。故ニ出札東寺流ト書ク也。

とあり、順峰・逆峰の方式と因縁などが記されている。この順峰・逆峰の両方式は、天台宗寺門に属する聖護院本山派修験と、真言宗醍醐寺に属する三宝院当山派修験の成立以後であるといわれ、室町時代になると、修験集団としての形態をととのえて本山派と当山派が対立し合うようになった。

また、本山派は「七十五靡」を熊野から吉野へ進む「順峰」を、当山派は吉野から熊野へ進む「逆峰」をそれぞれ旨として行ったが、南北朝時代以後は熊野本宮から入る順の峰入りはなくなり、逆の峰入りが支配的になったといわれる。従って、西行の生きた時代はこうした教団としての組織が固まっておらず、西行が熊野山伏の峰入りの方式をとったとは断定できないと思われる。

次に⑤は、西行の大峰入りが結縁ということと深く関わるものであることを意味する。「結縁《けちえん》」とは、仏道にその縁を結ぶことによって自他の極楽往生の利益となすもので、西行の入峰修行はまさしく「結縁の峰」であったことを明確に示していると言えよう。それは、西行の結縁歌を調べてみても、かなりの数量に達していることに気づくのは容易であり、かつ結縁の主体者が西行であったことからも理解されるであろう。『山家集』中、雑

のなかに収められている、述懐の贈答歌を中心とした歌群（七三〇〜七五五）がそれに当たると思われる。

侍従大納言成通のもとへ、のちのよの事おどろかし申たりける返事に

おどろかすきみによりてぞながきよのひさしきゆめはさむべかりける　（七三〇）

返事

おどろかぬ心なりせばよの中を夢ぞとかたるかひなからまし　（七三一）

とあり、右は一例にすぎない。蹴鞠の名手であった侍従大納言成通に対して、西行が出離遁世を勧めていることが知られる。この時西行は四十二歳、藤原成通は六十三歳である。二十歳以上も年下の西行にあたかも師に対するごとき、厚い信頼感があり、それに応じる西行も堂々としている。[20] こうした点を考慮すれば、二十三歳で出家した北面の武士西行が上級貴族たちと交わっていることがわかり、なお世間から尊崇を受けていたことも推測されるのである。

また、康治元年（一一四二）に待賢門院落飾のために、法華経二十八品を題とした結縁歌三十四首が『聞書集』の冒頭に収められており、諸氏によって俊成の『長秋詠藻』下に収められた「康治のころほひ待賢門院の中納言の君法華経二十八品の歌、結縁のため人々に詠ますとて侍りしかば詠みて贈りし歌」三二首と同時期の作品と推定されている。[21] その傍証としてよく取り上げられている、頼長の日記『台記』康治元年三月十五日の条に、

十五日戊申、令二侍共射一レ弓、西行法師来云、依レ行二一品経一両院以下、貴所皆下給也不レ嫌二料紙美悪一、只可レ用二自筆一、余不軽承諾、又余問レ答曰、廿五、去レ年出家廿三、抑西行者、本兵衛尉義清也左衛門大夫、康清子以二重代勇士一仕二法皇一、自二俗時一入二心於仏道一、家富年若、心無レ愁、遂以遁世、人歎二美之一也。

と記され、頼長は西行の勧進に応じて「不軽品」を書写することを承諾している。すなわち、待賢門院落飾の機

に結縁のため、西行が積極的に参加して勧進を行ったものと考えるべきであろう。なお、頓阿の『井蛙抄《せいあしよう》』巻六にも、神護寺の文覚との有名な説話が見えるが、あるとき西行が高雄の法華会に訪ねて「西行と申ものにて候。法華結縁のために参りて候。今は日くれ候。一夜此御庵室に候はんとて参りて候(22)」と、彼自ら法華結縁のために参ったと語っているのである。

このように、西行は数々の結縁のために足を運んでいることから考えると、自分が大峰修行を決意したのは「只結縁の為にてとこそ思つる事」であったと、強く抗議する西行の言葉は充分に理解し得ることであろう。

⑥は、西行が山伏たちの間にも「難行苦行」をした仏道修行者として知られ、尊敬されている点である。まず、西行の大峰修行以前に行われたものとして、出家直後に東山（長楽寺、雙林寺）、嵯峨（法輪寺）、鞍馬山など洛外の草庵生活での仏道修行の形跡があり(23)、この他に草庵を離れて遠くへ修行したこともあったろうと考えられる。しかし、これらを以て難行苦行を行った修行僧として、山伏たちの間に敬重されるべきものであったのか否かは判断できないと思う。

ただ、その中で一番厳しい修行と考えられるのは、初度陸奥への長途の旅が挙げられる。初度陸奥行の時期については、主に康治二年（一一四三）西行二十六歳頃とする説と、久安三年（一一四七）三〇歳頃とする説と二つに分かれている。その初度陸奥行が大峰修行以前の二十六歳頃とする説に従って言うならば、東国への厳しい長旅の修行が、抖擻家的性格の強い山伏たちの間に難行・苦行をした修行者としてその名が知られ、西行に対する尊崇の念を抱かせたかも知れない。これと関連づけて、『修験指要弁』には西行を高徳の法師と称し、次のように記されている。

西行法師ハ家ニ在テハ弓馬ノ上手又歌道ニ上達シ。出家ノ後苦行功ヲ積ミ勧行五品ノ位ニ至ル。カク高徳ノ

法師ヲ感涙セシムル程ノ示教セシ先達モ古ニハアリ。凡ソ先達トハ先規賢聖ノ道ニ通達スルノ義ナリ。阿闍梨ト云ト同ジ。阿闍梨ハ梵語。翻シテ軌範師ト云。大日経ニ云。応三発二菩提心一妙慧兼綜二衆芸一。善巧修二心一信二諸仏菩薩一。得二伝教潅頂等一妙解二曼荼羅画一。其惟調柔離二我執一。於二真言行一善得二決定一。究二習瑜伽一住二勇健菩薩心一。云々又曰。阿闍梨有二千九人一。而今所レ出則是第一未見諦人。自余千八人都是已見諦耳。等閑ノ人ニ非ス。然レハ先達ハ必古法ニ通達シテ迷昧ノ働アルベカラス。殊ニ衆人ヲ路ニ引導スヘシ。(24)

とあり、西行が「歌道ニ上達シ」たことは当然考えられる。「カク高徳ノ法師ヲ感涙セシムル程ノ示教セシ先達」とは、西行の先達をつとめた「宗南坊行宗」のことを指しているようで、「出家ノ後苦行」を積んだということなど、『古今著聞集』の説話が伝えるものと通うところがある。

なお、西行が「家ニ在テハ弓馬ノ上手」であったというのは、おそらく出家前の北面の武士として世にあった佐藤義清のことを語ったものであろう。それは『吾妻鏡』文治二年（一一八六）八月十五日の条に、

歌道并びに弓馬の事に就きて、条々尋ね仰せらるる事有り。西行申して云ふ。弓馬の事は、在俗の当初、憖《なまじい》に家風を伝ふと雖も、保延三年八月遁世の時、秀郷朝臣以来九代の嫡家相承の兵法は焼失す。（中略）然れども恩問等閑ならざるの間、弓馬の事にて於ては、具に以て之を申す。即ち俊兼をして其詞を記し置かしめ給ふ。綷《こと》終夜を専にせらると云々。

と記されたように、頼朝の強い関心に応じ、弓馬の事について夜を徹して語ったほど西行の兵法に関する造詣が深かったことを、(25)ここで思い合わせることができよう。

いずれにしても、西行が名の高い歌人として、仏道修行を積んだ修行者として、また在俗においては兵法に造詣の深かった武士として、山伏たちの間に知られて「入道」「上人」と尊敬されていた点を考えれば、大峰修行

の説話はさまざまな側面から西行の特性を浮かび上がらせてくると感じられる。そこには、西行という人間の真面目も見えているし、当時「異類異形」とされる山伏に向おうとする精神の緊張も感じとることができるであろう。

⑦のところは、西行の峰中修行が地獄道・餓鬼道・畜生道といった三悪道（三悪趣）の苦しみを、身をもって体験したことが知られる。この体験は、大峰修行の伝統を踏まえたもののようで、当時の修験道の性格を窺い知る好個の資料として、早く修験道研究側から注目されてきた(26)。山中に入って一旦死に、地獄をはじめとする六道の苦をなめて、その苦行による滅罪をして、新しい生命として再生する「擬死再生」こそ修験道の本義であるとされる。こうした修行は、天台の十界思想を取り入れ、峰中で行われる修験道独自の十種の儀礼に構成したもので、次のようになる。

十界―一、地獄道　二、餓鬼道　三、畜生道　四、修羅道　五、人道　六、天道（以上六道）　七、声聞　八、縁覚　九、菩薩　十、仏　（以上四聖）

十種修行―一、床堅《とこがため》　二、懺悔《さんげ》　三、業秤《ごうのはかり》　四、水断《すいだん》　五、閼伽《あか》　六、相撲　七、延年　八、小木《こぎ》　九、穀断《こくだん》　十、正潅頂　（『峰中十種修行作法』による(27)）

この十界修行は、十界がそれぞれの十界を互具（十界一如）していることを悟ることが、修験道では成仏であるとされる。すなわちこれは、仏も衆生も十界を互具しているという天台思想の影響を受けて成立した真如観である。こうした山岳修行として行われた十界修行について、宮家準氏は次のように述べておられる。

修験道の峰入は、当初は山中の窟などに独居して、法華経や陀羅尼を誦えたり、抖擻を中核とするものであった。しかし、集団入峰がなされるようになると、精進潔斎のうえで山麓の社寺に参詣して山に入り、山中

で成仏過程になぞらえた地獄・餓鬼・畜生・修羅・人・天・声聞・縁覚・菩薩・仏の十界のそれぞれに充当された床堅（自己の仏性を覚るためにする坐法）・懺悔・業秤（秤にかけて修行者の業をはかる行法）・水断・閼伽（汲水の作法）・相撲・延年（舞）・小木（護摩木の採集作法）・穀断（七日間の断食）・正潅頂（秘印を授ける秘法）から成る十界修行が行なわれるようになった[28]。

とあり、最後の正潅頂において金剛界・胎蔵界の秘印を授かることによって、即身成仏を確信するとされる。真言密教では、金剛界と胎蔵界と対をなして「両部」ともいわれ、金剛界を主体、すなわち「智」（智慧）とするのに対し、胎蔵界を客体、すなわち「理」（真理・道理）とし、智と理を不二であると説く。それらを表現したものが、「金剛界曼荼羅」「胎蔵界曼荼羅」である。

しかし、この十界修行と十種修行は、それぞれの行法が対応すべきであるが、五来重氏[29]によると修験道では正確な対応がなく、仏教教理的に充分消化されていないことを指摘しておられる。なお、『古今著聞集』において、行宗が西行に十界修行の意味を説く言葉のうち、「木をこり水をくみ」というのは、『法華経』[30]「提婆達多品第十二」に、

王聞二仙言一。歓喜踊躍。即随二仙人一。供二給所須一。採レ菓汲レ水。拾レ薪設レ食。乃至以レ身。而為二床座一。身心無レ倦。于レ時奉事。経二於千歳一。為二於法一故。精勤給侍。令レ無レ所レ乏。

とあるのによったもので、十種修行の五と八に当たる「閼伽小木」[31]の修行である。この作法について、『三峯相承法則密記』[32]は詳しく説いているが、「閼伽《あか》」は峰入りの諸宿において新客が毎日水を汲んでおさめることであり、「小木」は護摩木や燃料や採暖の薪を採ることである。すなわち、その作法の宗教的意味は、煩悩の垢を洗い、煩悩の薪を滅尽する法水たる閼伽と乳木たる小木とを先達に捧げ、修行の要所を占める護摩潅頂の儀を果た

金剛界

胎蔵界

両界曼荼羅図（伝真言院曼荼羅）京都・教王護国寺蔵　『日本国宝展』（読売新聞社）より

すために新客が用意するといわれる。

そして、先達はこれを精査し不十分と認めれば叱咤し、固打木《こうちぎ》（小打木）を以て打つという。『古今著聞集』が伝えるところによると、西行も容赦なく、腹を減らしながら重い荷を負わされ、杖で叩かれ薪を伐り、水汲みなどをして、先達から呵責の言葉をうけたことがわかる。『修験指要弁』には、

十界十如ノ理ハ広ク法華ニ説。且胎蔵界ハ十界互具ノ曼荼羅ナリ。此等ノ形儀ハ新ナル標相ナレトモ。顕密ノ経説ニ依レハ不可ナルニハ非ス。本山ニ古来ヨリ有コトニテ。西行法師入峰ノ時。宗南坊僧都行宗ト云先達引導シテ十界ノ修行ヲ示スニ。西行ノ感涙シ玉フコトアリ。此等ハ尤ノ形儀ナレトモ。先達ノ意拠ニテ鈍根ノ修行ニ便スルノ挽入ニテ。瀧窟相承ノコトニ非ス。此餘中古ノ建立断テ依容スヘカラス。仮令深文秘印ヲ集ムト雖モ。凡夫ノ臆立ニシテ更ニ取リニタラズ。(33)

と見え、西行の入峰のとき、「宗南坊僧都行宗」という先達が十界修行に引導したことを伝えている。しかし『古今著聞集』の説話では、先達行宗は山伏の礼法にしたがって厳しい苦行を強いてきたという。西行が約束に反するとしてこれに強く抗議すると、行宗はこれはあなたの堕ちるかも知れない地獄道・餓鬼道・畜生道といった三悪道の苦患を、いま果たされているのだと十界修行の意義を説くと、西行は翻然とさとって「掌を合て随喜の涙をながし」、以後甲斐甲斐しく苦行を無事に実践したという。

『西行物語』における天竜川の渡しで武士に頭を鞭で打たれても、「修行をせんには、これにまさることこそおほくあらんずれよ」と屈辱に堪えていたという話とは違って、十界修行の厳しさに堪えかねて泣き声をあげて先達に強く抗議したというところが、いかにも人間らしくて面白く感じられる。また、行宗に十界修行の意味を教えさとされて「誠に愚癡にして、此心をしらざりけり」と、厳粛に受けとめる西行の言葉には「西行らしさ」が

見えて、深く心を打たれるのである。

次に⑧は、西行が滅罪生善・後生菩提のために暁懺法を行ったことを端的に示している。懺法は法華懺法のことで、天台では朝には法華経読誦のうちに罪障の懺悔を行い、併せて現世安穏を祈り、後世の善処を願うものであった。修験道の十界修行では、この懺悔は六道のうち人道の行に当たり、新客が五体を地に投じて三礼し、三業（身・口・意）の犯した罪障を懺悔せしめるという。その時に華厳の懺悔要文を授けるとされるが、『峰中十種修行作法』[34]には、

華厳経曰

我昔所㆑造諸悪業　皆由㆓無始貪瞋癡㆒

従㆓身語意之所生㆒　一切我今皆懺悔

普賢経曰

一切業障海　皆従妄想生　若欲㆓懺悔㆒者　端坐思㆓実相㆒

心地観経曰

一切罪障性皆如　顛倒因縁忘心《ヨリ》起

如是罪障本来空　三世之中無㆓所得㆒

とある。自ら罪の意識を深く持って、先達の前で懺悔を行うのは宗教的行事として意義があるといわれる。当時こうした作法が体系化されて行われたのか否か不明であるが、西行は『山家集』に収められている峰中歌のなかに、

三重のたきををがみけるにことにたうとくおぼえて、三業のつみもすゝがるゝこゝちしければ、

身につもることばのつみもあらはれて心すみぬるみかさねのたき（一一一八）

と歌って、拠る所があると考えられる。詞書の「三業のつみ」とは、身業（身体的行為）・口業（言語表現、言葉の罪）・意業（心の作用）という三業の罪のことを意味している。三重《みかさね》に「三業」を当て、西行の歌ではそのうち、とくに「ことばのつみ」を取りあげて詠じたのは、歌詠みであることを意識してわが身に積もる口業を滅罪するために、「三重の滝」[35]というところで修行したのであろう。

⑨は、西行を「もとより身はしたゝかなれば」と評している点である。藤原頼長は『台記』にて西行を「重代の勇士」と評しており、出家後二度にわたって陸奥行を決行するほど強靱な体の持ち主であったことは周知の通りである。また前述した『西行物語』における天竜川での屈辱にじっと堪えていた話、『吾妻鏡』文治二年八月十五日の条に頼朝の懇望を断ちがたく「於二弓馬事一具以申之」した記事、『井蛙抄』において「あらいふかひなの法師どもや。あれは文覚にうたれんずる者のつらやうか。文覚をこそうちてんずる者なれ」と言った文覚との有名な逸話などを思い合わせれば、まさしく西行の武門としての風貌を窺い知ることができる。そうした意味で、この「もとより身はしたゝかなれば」と評したのは、説話ながら西行をもっとも的確に表わしたものであると思われる。

なお、これと関連づけて『古今著聞集』の編者橘成季は、巻第一五（宿執第二十三）の「西行法師後徳大寺左大臣実定中将公衡等の在所を尋ぬる事」と題する説話においても、西行の気質を「世をのがれ身をすてたれども、心はなをむかしにかはらず、たてだてしかりけるなり」[36]と評する。「たてだてし」とは、気性が激しい、意地が強いというような意味の形容詞であるが、西行は晩年になっても心は昔と変わらず、そのような強く激しい一面をも持ち続けていたのであろう。

最後に⑩の、西行を「大峰二度の行者也」とすることである。まず『山家集』中・雑の二首と、下・雑の一六首の二つの歌群が、もし別々の峰入りの際詠まれたものであるとすれば、『古今著聞集』の説話とよく照応するが、逆に峰中歌が二群に分かれて収録されていたところから、「二度の行者」とする記述も考えられるので、この二度という度数は定かではない。

坂口氏は、峰中歌一八首すべてを一時期の作品として考えられ、一度の大峰入りとみておられる(37)が、これは『山家集』における峰中歌一八首の配列の問題ともかかわりがあり、またその歌と詞書を検討しなければならない。ただ一つ言えるのは、『古今著聞集』が「二度の行者」と伝えている点を考えるとき、たとえ説話とはいえ、それなりに根拠があったはずであり、現存資料から西行の「大峰二度の行者」を否定することはできないのではなかろうか。

以上のように、『古今著聞集』における西行の大峰修行について、いくつかの問題点を取り上げて考えてみた。その説話の伝えるところから、先達となった宗南坊行宗に厳しく強いられ、西行は「さめざめ」と涙を流したほど入峰修行が苦しいものであったことが知られる。なお、『西行物語』にも西行の峰入りの話が記述されているので、それについて少し触れておきたい。

三　『西行物語』における大峰修行

『西行物語』といっても、世に伝わっているものにはおびただしい伝本が存在する。この『西行物語』は、別に『西行記』『西行一生涯草紙』『西行四季物語』『西行物語絵巻』『西行物語絵詞』など、数種の別称を持って伝えられている。『西行物語』の本文系統については、早く川瀬一馬氏(39)によって、第一類本（通行本）・第二類本（西

行発心記）・第三類本（絵巻四巻本）・第四類本（西行一生涯草紙）・第五類本（神宮文庫本）の五系統に分けられたが、ここでは便宜上伊藤嘉夫氏の三系統の分類に基づいて(39)、西行の大峰修行について言及しておきたいと思う。

A類系は、徳川本・大原本（蜂須賀本）『西行物語絵巻』の詞の系統と、文明十二年（一四八〇）奥書がある『西行物語』（続群書類従巻九百四十二所収）・『西行一生涯草紙』（史籍集覧所収）の系統。

B類系は、伝阿仏尼筆本（静嘉堂文庫蔵）『西行物語』の系統の、正保三年板本・宝永二年板本、神宮文庫本『西行法師発心記』の系統。

C類系は、海田釆女絵『西行物語絵詞』の詞の系統のもので、宝永五年刊『西行四季物語』、天和二年刊『西行和歌之修行』の系統。

この三系統のうち、西行の大峰修行を語るものは、A類系とC類系の系統の『西行物語』である。まず、C類系統の『西行物語絵詞』の詞章をもとに検討してみる。後白河院熊野御幸の翌日にあたる承安元年（一一七一）六月二日に、西行は住吉の釣殿《つりどの》に参り、その年はそのまま住吉に籠り、「還る年」すなわち、翌年の春都へ向う途中、津の国難波辺りを過ぎて、洛外の「広沢の庵室」に籠ったりして都に戻る。そして、詞章は突然都から「大峰の持経者の宿」に移って大峰修行の話が語られ、続いて「笙の岩屋」に籠り、「八上の王子」（中辺路）、さらに「那智に参りて」、三の滝である「如意輪の滝」を経て「花山院の御庵室」の跡の桜を見、「心に任せぬ命なりければ、都に帰り来たりて見れば」とあって、那智から都へ戻っている。

その道筋は、住吉→津国→広沢→都→大峰→笙の岩屋→八上の王子→那智→都の順になっており、順峰・逆峰いずれも推定できない極めて不自然なコースである。また、大峰入りの場所・時節もまったく不明であり、C類系統の『西行物語』は、西行の大峰修行に関して参考になる有効なものはあまり見当たらない。但し、その内容

は不明確でありながら大峰修行の道筋が記述されており、しかもその修行の時期が承安二年以後、つまり西行五十五歳頃行われたかのように表わしていることは注目されるのである。

次に、A類系統の文明一二年本『西行物語』の伝えるところを見てみると、C類系に比べてかなり詳細に取り上げられている。西行は現世の恩愛の絆を断ち切って吉野山に登り、桜花をめでて歌を詠み、そして熊野参詣を思い立ち、そこから八上王子、紀の国の千里の浜を経て那智に詣でている。さらに那智の千手の滝で「百日こもりて」修行し、一、二の滝をまず参詣して三の滝と呼ばれる如意輪の滝を拝み、その前にあった花山院御庵室の跡の桜を見、「この山にとし久」しく、籠ったという。次いで大峰入峰を志していたところ、僧南坊僧都に勧められるが、その時行宗は二十八度目の先達であった。

大峯へいらんと思ふところに、こゝに僧南坊の僧都、その時廾八度せんだちにて申様、いらんとおぼしめさばいらせ給へ。おほ峯のひしよどもおがませまいらすべきよし申されければ、よろこびていりける程に、あはれささこそとおぼえけめ。俄すみ染をぬぎかへて、山ぶしのしやうぞくになりて、大峯へいりぬ。

とあり、西行は俄かに墨染めの衣をぬいで山伏の装束になり、大峰入りをとげたという。その入峰場所については、『古今著聞集』と同様に明確には記されていないが、道筋の前後内容をみて熊野から入っていることが理解される。また、『古今著聞集』とA類系『西行物語』は共に西行の峰入りの際、先達が宗南坊（僧南坊）僧都になっている。なお、これに続いてA類系『西行物語』は大峰山中における修行の話が出てくるが、そこに見える行場宿所名は概ね『山家集』所収の峰中歌と詞書に即して配列している。

このような記述を踏まえて、A類系『西行物語』は明確に推定し得ないが、大筋で西行が那智の滝において百日参籠をとげ、その後行宗の誘いを受けて熊野から入峰して吉野へ進むという、いわゆる順の峰入りを語るもの

であろうと考えられる。ところが、このA類系『西行物語』は、『古今著聞集』の説話に見えぬ出峰に関して、次のように語っている。

その時、そうなん坊を本尊にて、百日同心合力の同行教主とおがみて、ざいしやうせうめつのけうけにあづかりて、ふかき谷の氷をたゝきて水をくみ、高峯のた木ゝをとりてひさげをあたゝめて、しゆくにつきてはたどる〳〵せんだちの御あしあらひて、金剛秘密坐禅入定の秘所をゝしへ給ひて恭敬礼拝のゆへには、極楽浄土ののぞみ、すでにとげ侍りぬとおぼえき。

十界修行のうち最上の仏界にまで無事に実践し、同行の者と別れてただ一人もとの墨染めになって住吉へ参詣している。右の文中に「百日」とは、二月はじめに熊野から入峰して、百日かけて五月半ばに吉野で出峰するという順峰を語るもので、春の峰入りであったことが窺われる。

また「ふかき谷の氷をたゝきて水をくみ、高峯のた木ゝをとりて」とあり、『古今著聞集』の説話と同じく、西行は「閼伽小木」の厳しい行法を行っているのである。その出峰の時「そうなん坊を本尊に」して拝むという作法は、如何なるものであったのかよくわからないが、村上俊雄氏(40)によると修験道では、入峰修行の最後に行われる正潅頂の折、新客などは正先達（正潅頂の先達）の前にいたって五体を地に投じて礼拝する儀式があるといわれる。『三峯相承法則密記』には、その時の新客の潅頂誓誡の文が、次のように記されている。

夫入峯修行者十界一如内証即身即仏極意也。然者則新客名実於二出峯以後一。若知行道徳輩。若師匠同法。若雖レ為二一親兄弟一。対二未修行人一峯中行儀并秘契密言等縦雖二一事二言一全不レ可レ語レ之。若背二此誓誡一聊以令二顕露一者。至二于師匠同法父母兄弟并六親眷属等一皆悉可レ堕二在無間地獄一者也。（中略）仍奉レ対二正先達一凝二大日如来想一発二無二信心一唱二誓言一。各以二小木採一打二不動一三度。今此金打響上聞二有頂天一。下徹二阿鼻獄一。可レ怖

可レ慎。現当冥罰不レ可レ有レ疑[41]。

これが終わると新客などは再び五体を地に投じて三礼するという。普通の潅頂とは、修行者が大先達（入峰九度以上の先達）から秘儀を授けられ、法体である大日如来と同体になったことを証明されるのである。大峰山では、大先達から修行者に授ける潅頂を「深仙」の宿と「小篠」の宿で行ったが、当時「しゆ〳〵につきてはたどる〳〵せんだちの御あしをあらひて」というほどの作法であったのかは、明らかではない。

以上のように、A類系・C類系の『西行物語』における西行の大峰修行について述べてみたが、そこには『古今著聞集』に見えぬ入峰の順路が語られている。特にC類系は、その大峰修行の時期を承安二年（一一七二）以後と見做しているようだが、承安二年といえば西行五十五歳にあたり、当時難行・苦行と呼ばれた「大峰奥駈け」の修行を、果たしてこの時期に実践できるのであろうか、その年齢のことを考えると少々無理がある。

なお、A類系『西行物語』の方は、入峰場所について明確には記されていないが、その道筋の内容をみて熊野からの順

大峰修行を終えて先達たちと別れる西行
（『西行物語絵巻』・萬野美術館蔵　『日本の絵巻』19・中央公論社より）

の峰入りをとげたことが知られる。またA類系は、西行の峰入りの時、行宗は「二十八度の先達」とするが、これは信じる資料も否定する資料も存在しないのが現状である。ただ、行宗は生涯三十五度（三十八度説もあり）に及んだ入峰経験を有しており、西行の峰入りの時は少なくとも九度以上の大先達の地位に至るほどの山伏であったかも知れない。

四　宗南坊行宗について

先述したように、西行の大峰入りについて『古今著聞集』の説話、A類系『西行物語』は共に、宗南坊（僧南坊）僧都行宗を先達として入峰したと伝えている。先達の行宗は、大治二年（一一二七）に生まれ、その後園城寺（三井寺）長吏覚宗の弟子となり、熊野本宮の長床執行となった人物である。行宗の伝記については、まだ不明なところも多いが、目崎徳衛氏は西行の大峰修行と関連して、

> 行宗は大峰修行三十五度に及んだ熊野山伏で西行より九歳年下に当たる実在の人物なることは、修験道関係の史料で明らかであり、また『山家集』には大峰山中での作が多くみえるから、二度の大峰修行は確かな事実である。西行はしばしば流行の熊野詣でをし、那智に籠って滝修行などもしたらしいから、そうした機会に行宗の誘いを受けたのであろう。[42]

とされ、先達行宗は大峰修行三十五度に及んだ熊野山伏で、実在の人物であることは、明らかであると指摘されている。行宗の大峰修行三十五度に関しては、「熊野長床宿老五流」[43]の筆頭に、次のように記されている。

> 尊隆院行宗　僧南坊前少僧都。長床執行。峰修行三十五度。晦日山伏。前大僧正覚宗弟子。承元五年二月四日卒。春秋八十五歳。

とあり、目崎氏の指摘されるごとく、行宗は「峰修行三十五度」の山伏で、「承元五年二月四日卒」であること

から逆算してみると、その生まれは大治二年（一一二七）となり、西行は元永元年（一一一八）の生まれなので、行宗は西行より九歳年下に当たることがわかる。また、室町時代に成立したとされる『両峯問答秘鈔』(44)巻上によると、行宗は嘉応二年（一一七〇）四十四歳で長床（直任）執行、そして兼実の『玉葉』文治三年（一一八七）四月十五日の条に、後白河院の病気を治した功により熊野験者「行宗任二律師一事也」と見え、文治三年四月には「律師」となっている。(45)特に宮家準氏は、行宗が熊野本宮の長床衆であったことと関連づけて、次のように述べておられる。

熊野本宮の長床

　この熊野本宮長床衆は、大治三年（一一二八）の記録によると、長床執行にひきいられた三十カ寺の山伏で、百五十町歩の社領を有して天下の山伏の司と称していた。長床執行職は保延三年（一一三七）相泉坊相澄がなったのを初出とし、尊滝院行宗がこれをついでいる。尊滝院行宗は僧南坊と号し、建徳院定慶千光坊、伝法院玄印滝印坊、報恩院覚南覚如坊、太法院定仁真龍坊と共に、熊野長床宿老五流と称していた。ちなみに長床宿老五流は、尊滝院義学、太法院義玄、建徳院義真、伝法院は寿元、報恩院は芳元というように、役行者の五大弟師の流れをくむとしている。(46)

熊野長床（社殿）は園城寺の増誉が寛治四年（一〇九〇）正月、白河上皇の熊野詣に際して先達を勧めた功により、熊野三山検校職に任ぜ

られて以来、園城寺の管轄下にゆだねられるようになっていた。熊野三山検校職に補せられた増誉は、康和二年（一一〇〇）園城寺長吏に任命される。増誉のあとを継いで行尊・覚宗等も熊野三山検校職と園城寺の長吏を兼ねているが、西行の時代は行宗ら熊野修験者が活躍した時代ということになる。

なお、『両峯問答秘鈔』巻上によると、長床執行職は保延三年相泉坊相澄がなったのを初出とし、尊滝院行宗によって継承されているが、その後、五流の筆頭尊滝院の重代職となっている。注目したいのは、中世期になると、この熊野長床宿老五流の名称が、熊野から遠くはなれた瀬戸内海の備前の児島に見られ、天台本山派修験の重要な担い手となるということである。この熊野長床五流と備前児島の長床五流との両者関係は定かではないが、宮家氏は客僧（修験者）として本宮長床で修行した児島の山伏たちは、何らかの契機で熊野本宮を追われ、再びその本拠の備前児島に移らざるを得なくなったと推測されている。(47)

ところが、大峰入りをした際の先達を勤めた行宗と備前児島の長床五流とのこうしたつながりがあったためか、はっきりわからないが、西行は西国への修行の旅の途中、備前の児島を訪れ、清田《きよた》八幡宮の社殿(48)に参籠して、次のような歌を詠んでいる。

西国へ修行してまかりけるをり、こじまと申所に八幡のいはゝれたまひたりけるに、こもりたりけり、としへて又そのやしろを見けるに、松どものふるきになりたりけるをみて

むかし見し松はおい木に成りにけり我としへたるほどもしられて（山家集・一一四五）

この歌は、諸氏によって仁安年間（一一六六〜一一六九）すなわち、西行五十歳頃の作であると推定されている。詞書と歌の「としへて」「むかし見し松はおい木に」といわれるほど、遠い以前にも備前の「児島」を通ったということになり、先に述べた大峰入りをした折り、先達行宗と児島長床五流とのつながりを想起すれば、この歌

は西行の大峰修行とまったく無関係ではないように思われる。

　このように、行宗が有力な熊野修験者とされる点で、天台本山派系の流れを汲む山伏とも考えられるが、しかし五来重氏によると、宗南坊の名前は、行宗（行窓）というふうに高野山の記録にも出てくるとされ、「西行の入峰の大先達は宗南坊行崇《ママ》で、高野山行人出身の著名な山伏である[49]」と指摘されている。しかも、小篠の宿の大師堂は彼の建てたもので、今は聖宝理源大師の大師堂とされているが、はじめは弘法大師の大師堂だったに違いないとされる。

　なお、氏の言われる宗南坊行宗が高野山の山伏であったことは、『紀伊続風土記』「高野山之部」に高野両先達として、「即今の小篠高野宿は高倉院承安元年行窓僧都旧跡なり[50]」と記されている。当時高野山には、高野両先達といって大峰先達と葛城先達の二つの先達があったと見え、宗南坊行宗（行窓）は高野山の出した名山伏といわれる。これは、先達行宗が高野山の山伏であったのか、あるいは本山・当山派どちらかであったのかによって、西行の大峰修行における時期・道筋・時節などが推定できる手掛かりになるという点で、極めて重要な意味を与えてくれると思われる。

　若し、宗南坊行宗が高野山出身の山伏であったとするならば、高野山での生活が長かった西行とも当然面識があったはずであり、そうした関係で行宗の誘いを受けて大峰入りをしたという可能性は、充分あり得ると思えるのである。また、『山家集』に所載されている峰中歌は、おおむね秋から冬にかけての作品であり、西行の峰入りもその季節に合わせて想定すれば、吉野から入って熊野に抜ける秋の峰入り、つまり真言修験の当山派が旨とする「逆峰」であったことになる。しかし、西行の大峰修行の歌と詞書、入峰ルートによる歌の配列の問題などを検討しない限り、ここからは順峰・逆峰いずれも定めがたい。

五　おわりに

以上、明確にならない点も多々あったが、『古今著聞集』と『西行物語』に語られる西行の大峰修行説話を中心として論じてみた。『古今著聞集』の伝えるところから、その大峰入りは普通の出家をとげた西行にとって、如何に馴染みがたい異質のものであったかが実感される。さらに、西行の先達は「宗南坊僧都行宗」であったということ、峰中での修行が苦しみの堪えがたいものであったこと、山伏たちの間に、西行が難行・苦行をした修行者として「入道」「上人」と尊敬されていたこと、西行を大峰二度の行者とすることなどを、窺い知ることができる。勿論、この記事が説話である以上、全面的に事実そのものであるとは認め難いが、厳しい自然に身を投じて、そこで身と心を浄化し、自己を高めようという西行の側面をよく伝えていると思われる。

一方、A類系・C類系『西行物語』においては、『古今著聞集』に見えぬ入峰の順路が記述されている。特にA類系『西行物語』の方は、『古今著聞集』と同様に先達を僧南坊（宗南坊）僧都とするが、修験道関係の史料から実在の人物であることが認められる。しかも西行の大峰入りの時、行宗は二十八度目の先達とする。

こうした異例の行動の根底には、神聖な雰囲気をもつ大峰一帯の自然に対する深い関心に基づく山林抖擻修行への関心、また『山家集』の峰中歌に見える行尊僧正への敬慕などがあったと思われる。そして身をもって体験した大峰修行を通して、精神的にも宗教的にも深まりを見せ、その後の西行の自然美を歌う作歌態度に少なからず、影響を与えたに違いない。

そして、西行の大峰修行の時期について、窪田章一郎氏(51)は西行の高野入山後、久安五年（一一四九）三十二歳頃と見ておられる。これに対し、坂口氏(52)は西行二十六歳頃の初度陸奥旅行以後、久安三年（一一四七）三〇歳頃

で高野入山前と推定されている。いずれにしても、大峰修行は西行三〇歳前後に行われたとみるべきであろう。ただ、西行が大峰山中で「月輪観法」を修したという山田昭全氏の見解[53]に従って考えれば、高野入山以降何年かの歳月が経過し、真言教理の学習を深化させたころとみたほうがよいのではなかろうか。

この他、西行の大峰修行と関連して、その時期・道筋・時節など残された問題は甚だ多い。『山家集』には、中雑九一七・九一八番の二首、下雑一一〇四〜一一一九番の一六首、計一八首の月を中心とした峰中歌があり、西行自ら大峰修行について語っているわけである。これらの峰中歌に関しては、次の第二節のところで、項を改めて検討してみたいと思う。

【注】

（1）本節において引用した西行作品の本文及び歌番号は、すべて久保田淳編『西行全集』（日本古典文学会、昭和五七）による。

（2）山木幸一『西行の和歌の形成と受容』（明治書院、昭和六二・五）二一四頁。

（3）坂口博規「西行大峰入りの歌をめぐって」（「駒沢国文」一五、昭和五三・三）。

（4）同「西行の大峰修行説話について―『古今著聞集』を中心に―」（『渡辺三男博士古希記念日中語文交渉史論叢』桜楓社、昭和五四）。

（5）同「西行と月輪観―大峰修行の時期を求めて―」（「駒沢国文」一七、昭和五五・三）。

（6）日本古典文学大系『古今著聞集』（岩波書店、昭和四一）九三〜九四頁。

（7）すなわち、当時の山伏たちの在家・出家的立場による異類異形的外貌がととのったことと関連して、和歌森太郎氏は「仏徒に似て実は仏徒に非ずとの自覚が明らかとなった結果、自然妻帯も黙認されるといふ一転路を開かしめるに至った」とされ、根本は仏僧でありながら一般僧侶とは趣を異にして「山林跋渉に都合のよいやうに特殊な装束をつけたた

め、在家風の姿をまじってきたのである」と述べておられる（『修験道史研究』河出書房、昭和一八・一、二九頁〜一八一二参照。この書は後に東洋文庫に再録、平凡社、昭和四七・六）。

（8）例えば、『沙石集』巻六の「九、説戒ノ悪口ノ利益ノ事」に、「ナマジイニ法師トハ名ケ、布施ヲトリ、供養ヲウケナガラ、不可思議ノ異類・異形ノ法師、国ニミチテ、仏弟子ノ名ヲケガシ、一戒モ不ㇾ持。或妻子ヲ帯シ、或ハ兵杖ヲヨコタヘ、狩リ漁リヲシ、合戦・殺害ヲスコシモ不ㇾ憚。」と、説教の席に同座した山伏をみて栄朝上人が皮肉って言ったという話がある（日本古典文学大系、二七〇頁）。

（9）五来重『増補高野聖』（角川書店、昭和五〇・六）一六〇〜一六一頁参照。

坂口氏前掲論文、注（4）。これと関連して、萩原昌好氏は西行の出家後の信仰体系を「融通念仏の僧」として出発し（「西行の出家」「国文学　言語と文芸」七八、昭和四九・五）、高野入山後も「融通念仏僧としての基本的性格は生涯変わらなかったものと思われる」と指摘された（「高野期の西行―高野入山とその密教的側面―」『峯村文人先生退官記念論集　和歌と中世文学』、一六三頁）。

（10）西行の信仰情況については、第二章第一節「『聞書集』十題十首の歌」参照。

（11）伊勢貞丈『條々聞書貞丈抄』第四、出版社・出版年不明。

（12）佐佐木信綱編『日本歌学大系』第参巻所収（風間書房、昭和三一）一四一頁。

（13）安良岡康作『中世的文学の探求』（有精堂、昭和四五・一〇）二八五頁。

（14）宮家準氏によると、熊野本宮の本殿前には長床が設けられており、熊野本宮を修行道場とした熊野本宮長床衆と呼ばれる熊野修験の拠点となっていたとされる。また、この長床衆は熊野本宮長床執行によって取り仕切られていたと言われる（『熊野修験』吉川弘文館、平成四・九、二七三〜二七四頁参照）。

（15）『山伏帳』巻下（日本大蔵経『修験道章疏』三所収）三八七・三八九・三九一頁参照。ちなみに、修験道関係の故実と伝承を記録したものが、日本大蔵経の宗典部『修験道章疏』全三巻（大正八年刊）にまとめられている。

（16）和歌森太郎『山伏』（中公新書、昭和三九・八）六六〜六七頁。

（17）野上豊一朗編『謡曲選集』（岩波書店、昭和一〇）四一三頁。なお、中山太郎編『日本民族学辞典』には、「山伏谷

行」として羽黒山伏におけるこの種の厳格な作法の実践が説明されている。
(18) 村上俊雄「修験道の行事作法」(一)(『仏教考古学講座』所収、雄山閣)一三〜一四頁。
(19) 『修験道峰中火堂書』下巻(『修験道章疏』一)二〇五頁。
(20) 成通と西行が「蹴鞠の道を通じて」深い交際を結んでいたことは、堀部正二氏によって指摘された(「西行と蹴鞠」『西行・定家』所収、日本文学研究資料叢書)。この他にも、中院右大臣雅定・宮内大輔定信・京極太政大臣宗輔などにも、単なる俗縁にのみよるのではなく、身分も年齢も劣る西行が仏法の先達として尊敬されていることは注目すべきであろう(日本古典文学会『西行全集』歌番号、四六六・七三二・八五八参照)。
(21) 伊藤嘉夫氏は、西行の「法華経二十八品歌」に対し、康治元年(一一四二)二月二十六日に待賢門院が落飾されたおり、二十八品歌の勧進があったが、これに応じて詠じたものの手控えがこの『聞書集』巻頭の二十八品歌であろうとされた(日本古典全書『山家集』、一三二頁頭注参照)。この説を受けて、窪田章一郎氏、風巻景次郎氏、石原清志氏などに肯定的に継承されている(窪田章一郎『西行の研究』一五〇〜一五一頁、風巻景次郎『西行』第九章、石原清志『釈教歌の研究』五四頁)。
(22) 佐佐木信綱編『日本歌学大系』第五巻所収(風間書房、昭和三二)一〇六頁。
(23) 西行の出家直後の仏道修行の比重について、目崎徳衛氏は「空仁が法輪寺にこもって経文の研修にはげんでいたさまは、後進の西行や『同行』たる西住の遁世生活を彷彿せしめるものである」とされ、洛外の草庵生活においても歌道と仏道とのバランスが見失われていなかったことを指摘されている(『西行の思想史的研究』吉川弘文館、昭和五三、一四四頁)。
(24) 『修験指要弁』(『修験道章疏』三)八二頁。
(25) 目崎徳衛氏によると、北面の武士の故実を記した『参軍要略抄』という書物があり、ある作法について西行が太鼓判を押した記事が見え、晩年に至るまで弓馬の故実に対して関心を見失わなかったこと、およびその言説が京においても鎌倉においても傾聴さるべき権威とされたことなどについて、詳しく述べておられる(注(23)前掲書、第三章「佐藤義清の官歴」参照)。

(26) 和歌森氏著前掲書、注（7）第二章「修験道の成立と特性」参照。五来重『修験道の歴史と旅』（宗教民俗集成1、角川書店、平成六・四）一六五〜一六六頁。宮家準『修験道思想の研究』（春秋社、昭和六〇・二）二九〇〜二九一頁。

(27)『峰中十種修行作法』（『修験道章疏』一）二六二頁。なお、五来重氏は大峰山の入峰方式が一つの規範となり、「十種修行」という修行階梯ができあがったとされ、『峰中十種修行作法』は大峰山の方式を記していると指摘された（注(26) 五来氏著前掲書、一六二頁）。

(28) 宮家準『大峰修験道の研究』（佼成出版社、昭和六三・一）二一二頁。

(29) 五来氏著前掲書、注（26）一六四頁。

(30)『法華経』「提婆達多品第十二」（大正蔵巻九、三四頁）。

(31) 村上俊雄氏によると、この「閼伽小木」の修行は生起死滅の行法であるとされ、新客が峰中において毎日行うもので、修験道では、たいへん重要視される供養法であると述べておられる（「修験道行事作法」（一）、注（18）前掲書、四七〜四八頁）。

(32)『三峯相承法則密記』巻上（『修験道章疏』二）四六三〜四六四頁参照。

(33)『修験指要弁』（『修験道章疏』三）八一頁。

(34)『峰中十種修行作法』（『修験道章疏』一）二六三頁。また、『修験学則』にも、「朝ニハ法華懺法。黄昏ニハ弥陀経ヲ用ユベキナリ。真言陀羅尼ヲ誦スルモヨケレトモ。」と見え、『法華経』『阿弥陀経』など、一般的に重要視される経典が勤行の対象となっていたことがわかる（『修験道章疏』三、九二頁）。

(35)「三重の滝」について、日本古典全書『山家集』はこれを「那智の瀧」と解しており、また『西行上人集』では、同じ歌に「熊野へまうで侍けるとて、那智の滝をみて」という詞書があることから、那智とも捉えられるが、ここでは『木葉衣』に「前鬼山に不動の滝（百九十九尋）、馬頭の滝（九十九尋）、千手の滝（七十五尋）を三重の滝」というのに従いたい。五来重編注『木葉衣・踏雲録事他―修験道史料1』（東洋文庫、昭和五〇・七）一七八頁。

(36) 注（6）前掲書、三九四頁。

(37) 坂口氏前掲論文、注（4）。

（38）川瀬一馬「西行物語の研究」（『日本書誌学之研究』大日本雄弁会講談社、昭和一八）。

（39）伊藤嘉夫「『西行物語』のたねとしくみ」（『跡見学園国語科紀要』一五、昭和三九・三）。

（40）村上俊雄「修験道の行事作法」（二）、注（18）前掲書、五〇～五一頁参照。

（41）注（32）前掲書、四六五～四六六頁。

（42）目崎徳衛『出家遁世』（中央新書、昭和五一・九）一八七頁。

（43）「熊野長床宿老五流」（『修験道章疏』三）三六〇頁。また、『山伏帳』巻下（『修験道章疏』三、三九一頁）にも、

一、文治三年晦山伏被レ次第

慶猷美濃　入二装束等一於二御所一令二着用一。則下給之故。装束役人信盛。親成。幣申覚成阿闍梨。一負従二御所一至二于柳本一。一院被レ遊之。二負至二于船津一道仁法印于レ時御先達。中乗行宗律師。僧南房。船渡夏一定慶阿闍梨。所司道宗阿闍梨。其仁可レ有二賞翫沙汰一乎。次於二御幸臨幸一役人等縦雖レ為二入峰之最中一召出之。令二供奉一之條先例也。其間者在二旅宿一。不レ可レ入二自室一。

とあり、行宗はここで「律師」として見えるが、これは『玉葉』文治三年四月五・十三・十五日の条に、後白河院の病気を治癒した功によって、熊野験者行宗は律師に任ぜられたとする記事と一致し、「宗南房行宗」は、熊野山伏の有力者として実在した人物であることは明らかである。

（44）また『両峯問答秘鈔』巻上には、行宗の大峰修行は「峯三十八度」と記されている（『修験道章疏』二、五九六頁）。

（45）源師時の日記『長秋記』長承三年（一一三四）二月一日の条に、鳥羽上皇第三度目の熊野御幸の際、熊野本宮で待賢門院とともに山伏の大峰入りの次第を叡覧したという記事がある。

此間山臥入大峯、仍上皇女院具出御、々礼殿西南庭、先可入山臥出自庵室、城門房取幣前行、其次心円房立、可立祝者也其次行者宗南房経礼殿前奉幣、此間自庵室取士負立、鶏山房、勝明房、式部阿闍梨三人荷負、立礼殿前庭、行者奉幣了、（下略）。

この時「行者宗南房」が、礼殿前を経て奉幣を勤めたとするが、前引の「熊野長床宿老五流」によると、行宗は「承元五年二月四日卒」であるから、逆算してみると長承三年は八歳となり、この「行者宗南房」を同一人とするには、無

理がある。
(46) 注(28)前掲書、五三七頁。
(47) 同右、五三八頁。
(48) 西行は仁安年間(一一六六〜六九)に備前国児島の清田八幡宮を訪れているが、宮家氏の調査によると、同社境内には西行の腰掛岩があり、ここで詠んだとされる「昔みし松は老木となりにけり我が年経たるほども知られて」(山家集・一一四五)の歌を刻んだ歌碑が立てられていると述べておられる(注(28)前掲書、五七五頁参照)。
(49) 五来氏著前掲書、注(26)一六七頁。
(50) 『紀伊続風土記』「高野山之部總分方巻之十四高野両先達」には、高野山先達をめぐって「即今の小篠高野宿は高倉院承安元年行窓僧都旧跡なり、高野宿の棟札の銘に日常宿者行窓僧都之旧跡苦修練行之砌也自彼草創以来春秋七十二歳風霧滋冐漸令朽損爰法眼和尚位長窓旦廉師跡之不絶且思斗藪之有便寛三年之暦彫して以下は闕たり安永年中実實積院秀浅旭大峯正大先達兼務の時此棟檄を写して奥書を加ふ其書今興山官寺に蔵む」とあり、宗南坊行宗(行窓)と小篠の高野宿に関する由来が詳しく記されている(歴史図書社、昭和四五、二六三頁参照)。
(51) 窪田章一郎氏は、西行の大峰修行を「高野の生活のはじまった壮年期」であり、「陸奥の旅から帰って、ひきつづき方面をかえて」心身の鍛錬を試みるために、大峰への修行の旅をしたと推定された(『西行の研究』二四八・七七〇頁)。
(52) 坂口氏前掲論文、注(5)。
(53) 山田昭全「西行新論(十五)」(「明日香」昭和五一・五)、同「西行の大峰修行」(「国文学解釈と鑑賞」六五・三、平成一二・三)。

第二節　大峰修行の歌

――苛酷な修行の痕跡――

一　はじめに

筆者は本章第一節において、西行の大峰修行の話を伝える『古今著聞集』と『西行物語』を中心に考察してみた。『古今著聞集』巻第二（釈教第二）の「西行法師大峰に入り難行苦行の事」と題する説話によると、西行が最初に大峰入りをした時の先達は「宗南坊僧都行宗」(1)という山伏であった。西行はかねてから大峰入峰を志したが、入道の身では慣れぬことも多く、「山伏の礼法」を正しく守って無事に勤め終えるかどうか迷っていたところ、宗南坊行宗が「結縁のため」という資格ならば、苦行も大目にみようという約束で誘ったので、西行は悦んで入峰に従った。

ところが、実際山に入ってみると行宗は約束と違って、他人よりも厳しい苦行を強いてきたので、西行はくやしい涙を流し、行宗に対して「名聞利養の職」と強く抗議したというのである。これを行宗が聞いて、「上人は道心堅固」でその苦行は世人の敬服するところだからこそ、峰入りを許したのに、地獄・餓鬼・畜生の三悪道の

苦しみを果たして無苦無悩の極楽浄土へ移るという大峰修行の意義を心得ず、自分を恨むことは甚だ愚かであると諫めた。すると西行は随喜の涙を流しておのれを恥じ、以後は甲斐甲斐しく苦行を実践し、「大峰二度の行者」となった。

このように、『古今著聞集』に見える西行の大峰修行の内容について要約してみたが、これはもとより説話である点、その事実性が問題となる。まず、西行の大峰修行については、『山家集』中・雑に二首と、下・雑に一六首、計一八首の峰中歌が収録されており、西行が大峰修行を直接体験したことを裏付けているのである。

先達の行宗は、大治二年（一一二七）に生まれ、園城寺（三井寺）長吏覚宗の弟子となり、嘉応二年（一一七〇）四十四歳で熊野本宮の長床執行となった人物であることが、修験道関係の史料から事実と認められる。行宗の峰入りは、三十五度（三十八度説もあり）に及んだ晦《みそか》山伏(2)（または、つごもり山伏とも）であり、柱松《はしらまつ》山伏(3)ともいわれる。そして西行の峰中修行であるが、地獄道・餓鬼道・畜生道といった三悪道（三悪趣とも）の苦しみを、身をもって体験し、滅罪生善・後生菩提のために暁懺法を行なったという点である。この体験は、大峰修行の伝統を踏まえたもののようで、当時の修験道の性格を窺い知る好個の資料として、早く修験道研究側から注目され、その信憑性がかなり認められている。

特に西行が大峰山中で罪障消滅のために、暁懺法を行なったことを、『山家集』の峰中歌のうち、「三重の滝」を詠んだ歌と照らし合わせば、拠る所があると考えられる。さらに、宗南坊行宗が西行の先達をつとめたということ、山伏たちの間に西行が難行・苦行をした修行者として、「入道」「上人」と尊敬されていたこと、西行を「大峰二度の行者」とすることなどは、『山家集』の峰中歌と詞書から証明することができないが、厳しい自然に身を投じて、そこで心身を浄化し、自己を高めようという西行の側面をよく伝えていると思われる。

一方、『西行物語』においては、『古今著聞集』に見えぬ入峰の順路が語られている。その入峰場所について、『西行物語』では明確に記されていないが、その道筋の前後内容から判断すれば、僧南坊行宗という先達につれられて、熊野からの順の峰入りをとげたことが知られる。

なお、ここで入峰修行の方式を見て行くことにするが、周知の通り、大峰の春の峰入りは二月はじめに熊野から入峰して、百日かけて五月半ばに吉野へ出る「順峰（順の峰入り）」と、秋の峰入りは反対に、吉野から入って七十五日で熊野へ出るもので「逆峰（逆の峰入り）」という。この順峰・逆峰両方式は、天台宗寺門に属する聖護院本山派修験と、真言宗醍醐寺に属する三宝院当山派修験の成立以後であるという。室町時代になると、それぞれ修験集団としての形態をととのえて、本山派は「順峰」を、当山派は「逆峰」を旨として行なったが、南北朝時代以後は熊野から入る順の峰入りはなくなり、逆の峰入りが支配的になったといわれる。従って、西行が生きた時代はこうした教団としての組織が固まっておらず、西行の峰入りが熊野山伏の方式を取ったと即断するわけにはいかない。

ちなみに大峰山というのは、南にある熊野から北の吉野まで連なる大峰山脈全体を指すのであって、熊野本宮から主な山に玉置山・笠捨山・釈迦ヶ岳・弥山・八経ヶ岳・行者還岳・大普賢ヶ岳・山上ヶ岳などがある。大峰山は、古代から現代に至るまで、修験道の入峰修行の根本道場とされ、熊野から吉野までの間に「大峯七十五靡《なびき》」という多数の行場が設けられ、そこに泊まって勤行や潅頂が行なわれた。（【図1】「大峰七十五靡地図」参照）

西行も『山家集』の峰中歌の詞書に、その歌の詠まれた行場の名前を記しているが、その地名の配列は、近世になってまとめられたという「七十五靡」(4)を参照するかぎり、いわゆる順峰・逆峰のいずれも従っていない。これに対し、坂口博規氏は「『山家集』の一八首の峰中歌を一時期の作と見るのも可能であり、峰入りは吉野から

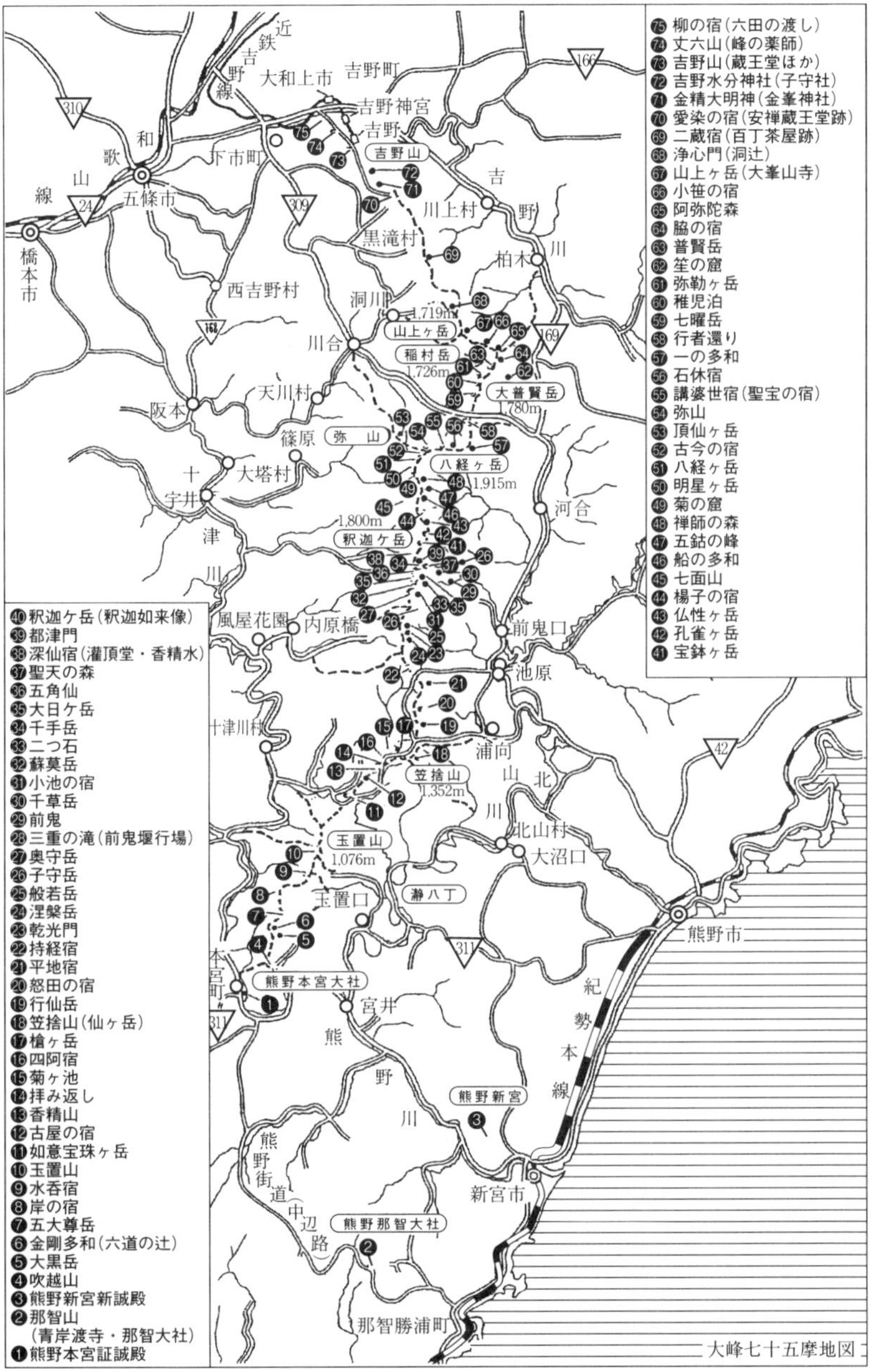

【図1】「大峰七十五靡」（宮家準『大峰修験道の研究』より、佼成出版社）

逆峰、秋から冬（晩秋から初冬か）にかけての峰中修行である」[5]とされ、西行の峰入りの道筋は「逆峰」で、峰中歌一八首を一時期の作品と結論づけておられる。しかし、大峰関係の修験道史料を見てみると、主に七十五靡を利用されている坂口氏の比定[6]には、いくつかの疑問点がある。また『山家集』の中・雑二首と、下・雑一六首の峰中歌すべてを、一時期の作と見るか、あるいは別々の峰入りの際に詠まれたものにするかが問題となる。これは、『古今著聞集』が伝える「大峰二度の行者」ともかかわりがあり、注目したいところである。

そこで本節では、『山家集』の峰中歌の詞書に記された行場の地名に対して、従来行なった比定を検討した上で、西行の峰入りルートについて推定してみたい。これは『山家集』の峰中歌を入峰の順序に従って配列する作業でもある。それとともに、西行の峰中歌の表現内容を通して、西行の大峰修行における宗教的意味を探ってみたいと思う。

二　『山家集』に見える大峰行場の比定

西行が大峰で詠んだ歌が『山家集』中・雑に二首、下・雑に一六首収められている。大峰各行場の地名は、主にその歌の詞書に見えるが、まず『山家集』から峰中歌一八首を配列順に全部抜き出してみる（傍線部はその地名である）。

［中・雑］

みたけより生のいはやへまいりけるに、もらぬいはやももとありけんおり、おもひいでられて

①露もらぬいはやもそではぬれけりときかずばいかゞあやしからまし（九一七）[7]

をざゝのとまりと申所にて、つゆのしげかりければ

②分きつるをざゝのつゆにそぼちつゝほしぞわづらふすみぞめの袖　（九一八）

［下・雑］

大みねのしむせんと申所にて、月をみてよみける

③ふかき山にすみける月を見ざりせば思出もなき我身ならまし　（一一〇四）

④みねのうへもおなじ月こそてらすらめ所がらなるあわれなるべし　（一一〇五）

⑤月すめばたにゝぞくもはしづむめるみね吹はらふ風にしかれて　（一一〇六）

をばすてのみねと申所のみわたされて、思なしにや、月ことに見えければ

⑥をばすてはしなのならねどいづくにも月すむみねの名にこそ有けれ　（一一〇七）

こいけと申すくにて

⑦いかにしてこずゑのひまをもとめえてこいけにこよひ月のすむらん　（一一〇八）

さゝのすくにて

⑧いほりさすくさのまくらに友なひてさゝの露にもやどる月かな　（一一〇九）

へいちと申すくにて月をみけるに、こずゑの露のたもとにかゝりければ

⑨こずゑもる月もあはれをおもふべしひかりにぐして露のこぼるゝ　（一一一〇）

あづまやと申所にて、しぐれのゝち月をみて

⑩神無月しぐれはるればあづまやの峯にぞ月はむねとすみける　（一一一一）

⑪かみな月たにゝぞ雲はしぐるめる月すむ峯はあきにかはらで　（一一一二）

ふるやと申すくにて

⑫神無月しぐれふるやにすむ月はくもらぬかげもたのまれぬ哉　（二一一三）

平等院《行尊僧正也》の名かゝれたるそとばに、もみぢのちりかゝりけるをみて、はなよりほかのとありけるひとむかしと、あはれにおほえてよめる

⑬あはれとてはなみしみねになをとめてもみぢぞけふはともにふりける　（二一一四）

千ぐさのたけにて

⑭わけて行色のみならずこずえさへ千ぐさのたけは心そみけり　（二一一五）

ありのとわたりと申所にて

⑮さゝふかみきりこすくきをあさたちてなびきわづらふありのとわたり　（二一一六）

行者がへり、ちごのとまり、つゞきたるすくなり、春のやまぶしはびやうぶだてと申所をたひらかにすぎんことをたゞ思て、行者ちごのとまりにて思はづらふなるべし

⑯びやうぶにや心をたてゝおもひけん行者はかへりちごはとまりぬ　（二一一七）

三重のたきをがみけるに、ことにたうとくおぼえて、三業のつみもすゝがるゝこゝちしければ

⑰身につもることばのつみもあらはれて心すみぬるみかさねのたき　（二一一八）

天ほうれんのたけと申所にて、釈迦の説法の座のいしと申所をがみて

⑱こゝこそはのりとかれける所よときくさとりをもえつるけふ哉　（二一一九）

右の峰中歌に記された地名について、従来の『山家集』の注釈書や坂口氏の論考では、近世以降に成立したと

される「大峰七十五靡」を主に用いられている。ところが、小田匡保氏は「『山家集』に見る山岳聖域大峰の構造」[8]において、西行が大峰で詠んだ歌に見える地名を比定する場合、近世の「七十五靡」を用いるのは問題があるとされ、『諸山縁起』所収の「大峯宿名百廿所」と、『大峯秘所私聞書』の中世の史料に基づいて、現地比定を行なわれている。

これは、西行の峰入りルートを考える時、『山家集』とほぼ同時代の史料を利用して現地比定を行なった点で、たいへん信憑性のあるものと考えられる。

そして、『山家集』の峰中歌に記された地名を、小田氏の現地比定により、『諸山縁起』[9]・『大峯秘所私聞書』[10]・「大峯七十五靡」の中の宿名と対照させてみると、次のようになる。

【表1】に掲げた宿名は、『諸山縁起』・『大峯秘所私聞書』両史料ともに南の熊野から北の吉野への順峰の方向に従って配列されている。逆の峰入りは、その番号の逆の順ということになる。なお、近世末以降になって、峰中の宿の数が定められたという「大峯七十五靡」は、従来の『山家集』の注釈書や坂口氏の論考で用いられたものである。

さて、これから【表1】に従って、峰中歌の詞書に見える地名について検討してみたい。まず、①の「みたけ」と「生のいはや」は、両史料に該当する名前が見当たらないが、平安時代より修行場としてよく知られた地名である。「みたけ」とは、吉野の金峰山の異名で、のちには大峰山ヶ岳（67）を「御岳《みたけ》」と言い、そこに詣でるための厳しい精進を行なったとされる。[11]「生のいはや」は、大峰奥駆修行路の大巖峰、大普賢ヶ岳の中腹にあり、行尊等の山籠修行で有名な「笙《しよう》の窟《いわや》」（62）であることは、言うまでもない。この他、七十五靡名に拠っている坂口氏の比定のままでよいと思われるのは、③「しむせん」（＝深仙宿・38）、⑦「こいけ」（＝小池・31）、⑨

【表1】『山家集』所収地名と大峰関係史料との対照

歌順	『山家集』・詞書	『諸山縁起』（大峰宿名廿所）	『大峯秘所私聞書』	大峰七十五靡
①	みたけ			山上ヶ岳（67）
	生のいはや			笙の窟（62）
②	をざゝのとまり	小篠宿（41・65）大篠宿（64）	小篠宿（49）大篠宿（12）	小篠宿（66）
③	しむせん	武清宿［神仙宿］（45）	深仙（24）	深仙宿（38）
⑥	をばすてのみね			
⑦	こいけ	小池宿（56）	小池宿（16）	小池宿（31）
⑧	さゝのすく	小篠宿（41・65）大篠宿（12）	小篠宿（49）大篠宿（12）	
⑨	へいち	平地宿（37）	平地宿（11）	平地宿（11）
⑩	あづまや	東屋宿（27）	東屋嶽（8）	四阿宿（16）
⑫	ふるや	古屋宿（21）	古屋宿（6）	古屋宿（12）
⑭	千ぐさのたけ	千種宿（58）	千種嶽（45）	千草岳（30）
⑮	ありのとわたり		蟻戸渡（46）	
⑯	行者がへり	少行者宿（59）		行者還り（58）
	ちごのとまり	児宿（62）		稚児泊（60）
	びやうぶだて			
⑰	三重のたき		三重滝（35）	三重滝（28）
⑱	天ほうれんのたけ		転法輪嶽（10）	

「へいち」（＝平地・21）、⑩「あづまや」（＝四阿宿・16）、⑫「ふるや」（＝古屋・12）、⑯「ちごのとまり」（＝稚児泊・60）である。

ただし、これらは近世期の七十五靡名との対応であって、鎌倉時代に成立した『諸山縁起』所収の「峯宿」・「大峯宿名百廿所」と比べて、その宿名・場所などの点で、大きな相違があるといわれる。[12]

②「をざゝのとまり」と⑧「さゝのすく」の二地点については、日本古典全書[13]をはじめ、日本古典文学大系[14]・新潮日本古典集成[15]・坂口氏ともに、七十五靡の「小篠宿」(66)とされる。ところが、表1から見てわかるように、「大峯宿名百廿所」のうちには、「小篠宿」(41)・「大篠宿」(64)・「小篠宿」(65)と、「篠」のつく地名が三つある。さらに、室町時代の応永四年(一三九五)頃に編まれた『寺門伝記補録[16]』所収の「峯中宿次第」では、「小篠宿」(59)・「篠宿」(38)というふうに、二地名をはっきりと分けて記されている。

このように見てくると、②「をざゝのとまり」と⑧「さゝのすく」の両地点を単純に現在の「小篠宿」に当てるのは、少々無理がある。なぜならば、西行が同一の場所を異なった名称で呼んでいるとは思わないからである。とすると、②と⑧はどの地点に比定すればよいのであろうか。まず②「をざゝのとまり」は、従来の通り、大峰山上ヶ岳の東南一里にある七十五靡の「小篠宿」(66)に比定し、⑧「さゝのすく」については、中世の史料である『寺門伝記補録』所収の「峯中宿次第」に従って、「篠宿」(38)に当てるのが適当であると考えられる。なお、篠宿の位置は「峯中宿次第」を見る限り、平地宿の北すなわち、多宝宿(持経者宿・35)―箱宿(36)―朴宿(如来宿・37)―篠宿(38)となり、七十五靡ではおおよそ持経宿(22)の北ということになる[17]。

次に⑥の「をばすてのみね」は、『西行上人集』の詞書には、「をばが峯」となっており、大系・集成・坂口氏も、川上村の「伯母が峰」に当てられている。この山名は、大峰関係の史料の上ではあまり見当たらないが、例えば歌の方を見ると、

峰たかきをばすて山の木末よりさしいづる月の光をぞみる　(散木奇歌集・俊頼・九四七)

夜もすがらをばすて山の月をみてむかしにかよふわが心かな　(清輔朝臣集・一二九)

宮こだになぐさめかぬる月影はいかがすむらんをばすての山　(林葉集・俊恵・五〇二)

松かぜにうきたる雲をはらはせて暮行く空はをばすての山　（拾玉集・慈円・四七七五）

三吉のやをばすて山の春秋もひとつにかすむ雪の曙　（拾遺愚草・定家・二四七二）

とあり、歌ことばとしてよく歌われている。西行はこの吉野の伯母捨から、信濃国の歌枕で月の名所の姨捨を連想していると思われるが、詞書には「をばすてのみね」が見渡されるところで詠んだというだけで、その作歌場所についてはは全く触れていないので位置不明としておきたい。

⑭の「千ぐさのたけ」の位置について、表1の「大峯宿名百廿所」では「小池宿」・「横尾宿」・「千種宿」・「少行者宿」・「剣御山宿」・「七池宿」・「児宿」という順序になっている。集成・坂口氏によると、七十五靡の三〇番「千草岳」に当てられ、大日ヶ岳の近くと推定されている。しかし、「大峯宿名百廿所」や『寺門伝記補録』には、はるかにはなれた北の方に「千種宿」があり、『大峯秘所私聞書』にも同じところに「千草嶽」が記されている。したがって、『山家集』の「千ぐさのたけ」は、七十五靡の「千草岳」とは明らかに異なっていると言えよう。その位置を七十五靡から見ると、北から稚児泊（児泊）・七曜ヶ岳・行者還り（少行者宿）よりも南ということになる。

次に⑮の「ありのとわたり」[18]は、全書・大系・集成・坂口氏ともに、山上ヶ岳裏行場にある「蟻の門渡り」を考えている。しかし、『大峯秘所私聞書』には、南から「千草ノ嶽」・「蟻ノ戸渡」・「脇宿」・「小篠」という順序で記述があり、しかも「蟻ノ戸渡」の項に聖宝が大蛇を退治したという「七ツ池」があると記されている。

また近世末期天明七年（一七八七）に、大峰山の行所を画いた絵図として代表的なものといわれる『大峯峯中秘密絵巻』[19]（桜本坊蔵）には、「普賢嶽宿」（七十五靡・63）と「児留宿」（同・60）の間に「蟻戸渡」が描かれている。山上ヶ岳裏行場の「蟻門渡」も、近世にはすでに認知され、『大和志』[20]に「在レ南ニ曰二涌出岩ト一在二東北一曰蟻ノ門ト

渡《ワタリト》ニ」とあり、『山家集』の「ありのとわたり」の場所に比定されていたことがわかる[21]。だが、『大峯秘所私聞書』と『秘密絵巻』から推定すれば、「ありのとわたり」の位置は、七十五靡の「稚児泊」(60)北の難所を指している可能性が高いと思われる。

次に⑯の「行者がへり」と「びやうぶだて」について検討してみる。まず「行者がへり」とは、行者帰岳（一五四六メートル）のことで、熊野から北に向ってきた役行者がこの断崖を登らずに還ったという伝説がある。「大峯宿名百廿所」には、「験法宿〈大行者宿〉」(51)と「少行者宿」(59)の二つあるが、詞書に「ちごのとまり」に続いている宿と記されている点で、「少行者宿」を指していると考えられる。

なお「びやうぶだて」は、その場所が問題となっている。全書の注には「行者還嶽から稚児泊・屛風岩を経て小篠に出る」とし、大系も同じく「行者還岳。稚児泊・屛風立岩を経て小笹に出る」と注しているのに対して、坂口氏は山上ヶ岳裏行場にある「屛風岩」に当てている。しかし、詞書や歌から推定すると、氏の比定したところは稚児泊から七靡もあって離れすぎている。

【表1】に挙げた二史料には、これに該当する地名は見えないが、長承二年（一一三三）の『金峯山本縁起[22]』の「大峯宿員　凡一百二十」には、「智恵宿（小行者宿）」・「険御山宿」・「屛風宿（児ノ宿）」・「七池宿」という順になっており、『大菩提山等縁起[23]』の「峯宿之次第」にも「険御山宿」・「屛風宿」・「三石屋宿（チコノトマリ）」とある。さらに、『寺門伝記補録』の「次峯中宿次第」にも、同じところに「剣御山児　又云ニ屛風ニ」と記されている。

すなわち、「びやうぶだて」は現在の「稚児泊」の付近とする従来の解釈のままでよいと思われる。特にこの辺りは、逆峰で入峰した場合、大普賢ヶ岳（普賢ヶ岳・63）から行者還岳(58)までのあいだに、弥勒ヶ岳(61)の中腹に「内侍落とし」「薩摩転び」など、転落山伏の名をのこす急坂があり、稚児泊(60)七曜岳（国見岳・59）す

ぎると、「行者還り」の絶壁にぶつかり、大変な難所が多いところといわれる。そして、三地名の位置関係は『大菩提山等縁起』から判断すると、南から「行者がへり」・「びやうぶだて」・「ちごのとまり」という配列になると思われるので、筆者は「びやうぶだて」を行者還りと稚児泊の間に置くことにした。

⑰の「三重のたき」は、釈迦ヶ岳・深仙とともに、峰中三大行場の一つに数えられる霊地である。全書はこれを「那智の瀧」と解しており、『西行上人集』では同じ歌に「熊野へまうで侍けるとて、那智の滝をみて」という詞書があることから、那智とも捉えられるが、ここでは『木葉衣』に「前鬼山に不動の滝（百九十九尋）、馬頭の滝（九十九尋）、千手の滝（七十五尋）を三重の滝[24]」というのに従いたい。

　すでに、坂口氏が指摘されたように、この一首だけを那智の滝での詠とするのは不自然であり、「下・雑」の一六首は大峰山中での作歌として一連のものと見るべきであろう。表1に挙げた『大峯秘所私聞書』では、「三重の滝」を釈迦ヶ岳の東南、深山の東三里に位置する佐多那川の谷の北にある霊地としている。さらに『大峯七十五靡奥駆修行記[25]』には、

　　二十八　三重瀧

　是ハ前鬼山裏行場ニ有ルナリ。馬頭瀧六十間、千手瀧八十間、不動瀧百二十間アリ三重瀧ト言フ垢離《コリ》取リノ行場。屏風ノ横駆。三十八宿ノ鎮守アリ。閼伽井。両界窟アリ。特別霊地場也。現在前鬼山ヨリ牛抱坂ヲ下ツテ前鬼口ニ出ル東熊野街道ニテ池原経由、池峯神社へ参拝スル也。

と記されているように、前鬼山裏行場にある「三重の滝」と比定することができる。

　最後に⑱の「天ほうれんのたけ」の位置である。「天ほうれんのたけ」には、おそらく転法輪の岳の字を宛てるべきであろう。全書・大系・集成ともに、「釈迦ヶ岳の別名」としているのに対して、坂口氏は「（平地の宿）

近所には、釈迦の説法石がある転法輪ヶ岳、倶利伽羅明王をまつった倶利伽羅岳などがある」[26]という宮家準氏の見解に従い、「転法輪の岳」を平地の宿の近くに置いている。

『大峯秘所私聞書』にも、「怒多《ヌタ》」（七十五靡・20）項の次に「転法輪嶽（中略）同頂ニ釈迦坐シ給フ」と見え、「平地宿」（同・21）に続いている。また近世の「大峯四十二宿地」は、これを踏襲したように平地宿の項に、「(平地宿より南へ）行きて転法輪ヶ嶽あり（中略）山頂に釈迦如来説法の座石あり」[27]と記している。したがって、宮家氏の依拠されている史料も、同系統のものと見られるので、「天ほうれんのたけ」は、平地宿と怒田宿の間にあると考えられる。

以上のように、『山家集』の峰中歌の詞書に見える行場の位置について検討してみたが、それをまとめたものが【図2】『山家集』所収大峰地名の位置である。なお、西行の峰入りルートの推定を行なうためには、峰中歌の作歌場所を確認する必要があるだろう。

一八首の峰中歌のうち、①⑥⑬⑯を除いた一四首については、それぞれの詞書に記された地名をそのまま作歌場所とみることができる。残りの四首のうち、まず①の歌は、詞書の内容から判断して「笙の窟」での作である。⑥は、「をばすてのみね」が見渡されるところを、どこに定めればよいのか全くわからないので、位置不明とするほかない。また⑯は、「びやうぶだて」の位置と歌の詠まれた場所が問題となる。

先に見たように、その位置関係を行者還り→屏風宿→稚児泊という形で考える時、三地点は近接しており、いずれの作とも定めがたい。ただし、詞書には行者還りと稚児泊の間にある「びやうぶだて（屏風宿）」の難所を無事に通過できるかどうかを思い煩っていることから、西行は逆峰で入峰し、稚児泊で歌ったものと推定される。

次に、⑬の歌の詞書に「平等院の名かゝれたるそとば」と記した場所について、全書は「小池宿」とし、大

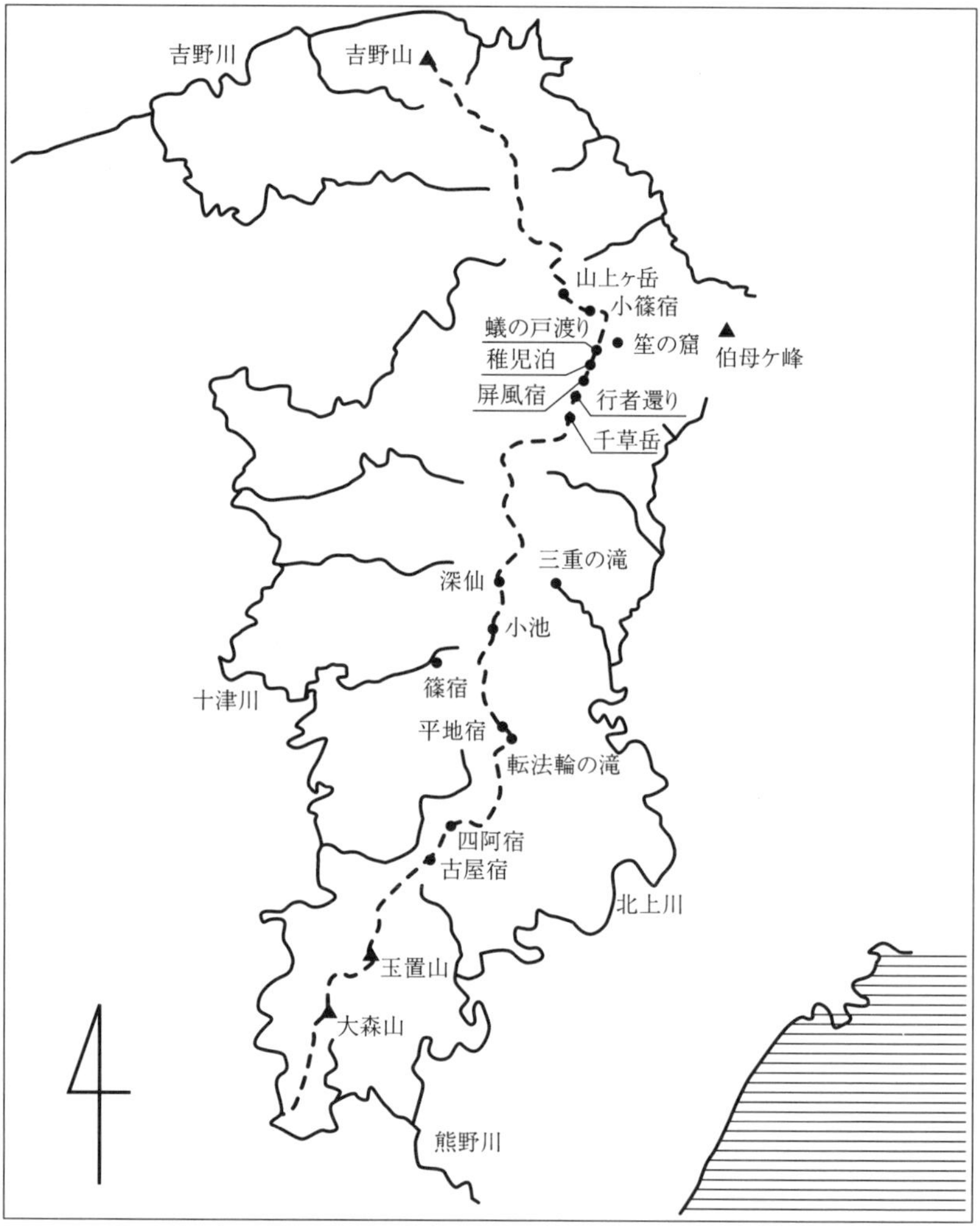

【図２】『山家集』所収大峰地名の位置

系・集成・坂口氏は「小篠宿」に当てている。すなわち、作歌場所がいずれなのかということになろう。坂口氏によると、その根拠を「後世小篠のヒデと呼んで、本山当山両院の各門主が各入峯の年月を証の碑として大木碑を立てたのは修行記念の卒都婆《ママ》である」[28]という村上俊雄氏の説かれるところに従い、「小篠宿」とされた。

確かに小篠には、近世門跡の入峰に際して、「碑伝《ひで》」が立てられたが、これを以て行尊（一〇五五〜一一三五）の卒塔婆の位置を小篠に比定するのは、少々無理があると考えられる。碑伝は、修験者の峰入りの証として、小篠の他深仙などの宿にも立てられた長さ五尺（一五二センチ）、幅九寸（二七センチ）、厚さ五寸（一五センチ）の角柱で、卒塔婆を意味するという。つまり、⑬の歌は大峰中台深仙宿で詠まれたものとも推定されるのである。行尊僧正の入山年月日を書いた卒塔婆を、どこに立てたかが問題となるが、『撰集抄』（巻第八）によると、

> 笙の岩屋に籠りて、香は禅心よりして、火なきに煙たえず。花は合掌に開て、春にもよらずして、三とせを送れり。天のかご山にこもりて、無量の化仏を現じ、香薫をいほの内に満て、三年をすごす。行徳の一方にかぎり給はず。笙の岩屋の卒塔婆に、
>
> 　草のいほ何露けしとおもひけんもらぬ岩屋も袖はぬれけり

とあり、笙の窟にも行尊の卒塔婆が立てられていた可能性があると考えられる。また、『西行物語絵詞』[29]にも、「大峯の持経者の宿に平等院の名かゝれたる率都婆侍りけるに」と見え、行尊の卒塔婆を立てた位置が明らかではないのが現状である。従って、⑬の歌の詠まれた場所は、位置不明とすべきものであろう。

三　西行の大峰入りのルート

このように峰中歌の詞書に見える行場について検討してみたが、次にはその比定結果を踏まえて、西行の大峰

入りのルートを推定してみたい。まず、第一に考えねばならぬことは、『山家集』所収の中・雑二首と、下・雑一六首の峰中歌を同一時期の作と見るか、あるいは別々の作と見るかということである。いずれかと断定するのは極めて困難であるが、『古今著聞集』の説話は西行の入峰度数について「大峰二度の行者也」と伝える。若し別々の峰入りの際に詠まれたものであるとすれば、この「二度の行者」とよく照応するが、しかしこれが説話である以上、その内容の事実性が問題となろう。

ここで、『山家集』の中・雑二首と、下・雑一六首との関係を考えてみたい。まず、中・雑二首のうち、①の歌の詞書に「みたけより生のいはやへまいりけるに」とあり、先述したように、「御岳」とは金峰山の異名で、大峰山上ヶ岳を指すという。とすると、西行はこの時、吉野の方から入峰して「生のいはや」へとやってきたことになり、その道筋はいわゆる「逆峰」をたどったことになる。しかも、中・雑二首の詞書に見える「生のいはや」と「をざゝのとまり」は、かつて大峰山中で越年する晦山伏の冬峰入りの修行が行なわれた道場として有名であった。

山伏の冬の峰入りは、笙の窟の冬籠にしても、晦山伏にしても決死の修行であるといわれる[30]。西行がここで冬籠修行を行なったか否かは不明としても、これらの歌を下・雑一六首と同一時期の作と見るのは、『山家集』の編集上の問題と絡んで、甚だ疑問が残る。

また、下・雑一六首の歌の配列に関しては、すでに窪田章一郎氏[31]が指摘されているように、③から⑫までの一〇首は、すべて月の歌だけをひとまとめにされている点で、非常に意図的な印象を受ける。そして、後の六首も意図的かどうかわからないが、⑬と⑭の二首は「紅葉」を詠じた歌とすれば、季節は秋ということになる。ただ、⑩～⑫の歌の初句が「神無月」になっていることから、秋から初冬にかけて詠まれたものと推定される。

西行の大峰修行もその季節に合わせて想定すれば、秋の峰入りをしてもはや冬に入っていることになる。次の二首⑮⑯は難所、最後の⑰⑱は拝所に関わる歌である。こうした主題の配列が、全体として作歌順序の配列に優先していることを考慮すれば、西行は大峰修行後、編集にあたって意図的に月の歌を前半にまとめ、その他の歌を後半にして『山家集』に収めたかも知れない。

このように考えて見ると、月の歌の作歌場所について、【表1】の『大峯秘所私聞書』を参照するかぎり、「深仙」(24)「小池宿」(16)「篠宿」(12)「平地宿」(11)「東屋」(8)「古屋」(6)となっており、『山家集』の中の配列も、そのまま北から南の方、すなわち逆峰の方向になっていることがわかる。また難所の歌⑮⑯、拝所の歌⑰⑱も同様に逆峰方向に並んでいる。これらの結果から、西行が順の峰入りをとげたという結論を導き出すことは、極めて困難であると思える。

ところが、西行のたどったコースを考える時、⑯の歌の解釈が注目される。

行者がへり、ちごのとまり、つゞきたるすくなり、春のやまぶしはびやうぶだてと申所をたひらかにすぎんことをたゞ思て、行者ちごのとまりにて思はづらふなるべし

びやうぶにや心をたてゝおもひけん行者はかへりちごはとまりぬ

右の歌の詞書に見える「春のやまぶし」について、全書の頭注には「天台宗聖護院に属する本山派の山伏、有髪のもので熊野から大峯に峯入りする」とあり、春三月熊野から大峰に入る順峰の山伏と解釈されている。そうすると、西行の峰入りも春三月熊野から吉野へ進む天台本山派の入峰方式をとったことになる。

なお、文明十二年本『西行物語』では、西行の入峰の時、僧南坊僧都という先達に勧められ、熊野からの順の峰入りをとげたと語る。しかし、『山家集』所収の峰中歌は概ね秋から冬にかけての歌であり、西行の峰入りも

当然その時節にそって詠まれたものと考えるべきであろう。従って、「春のやまぶし」を西行の先達とするのは無理がある。

これに対して坂口氏は、「詞書は西行自身の体験として書いたものではない」とされ、「思はづらふなるべし」の「べし」は西行自身に向けられたものではなく、天台山伏に出会ったと考えられ、西行は逆峰、春の山伏は順峰であったと見ておられる。(32)これは注目される見解であるが、氏の言われる西行が大峰修行中に天台系山伏に出会ったかどうかは別に、「思はづらふなるべし」の「べし」は、確信をもって推量の意を表す助動詞であり、筆者は「春のやまぶし」だけでなく、西行自身にも向けられた客観性の強い表白であると考えたい。詞書の「行者がへり、ちごのとまり、つゞきたるすくなり」という表現は、春の山伏のたどるコースを示したものと見られる。すなわち、西行は逆峰で入峰し、熊野から北に向ってきた役行者でさえ大岩壁の凄さに還ったという難所を思い浮かび、これから進んで行く「びやうぶだて（屏風岩）」をつつがなく踏破できるかどうかを稚児泊でめいめいと自問し、春の山伏は行者還りで、西行自身は稚児泊で困惑していることを歌ったものと思われる。

以上のように、これらの結果を踏まえて言うならば、西行は吉野から秋の峰入りをとげた「逆峰」であったこと、また『山家集』の中・雑二首と、下・雑一六首は同一時期のものではなく、別々の大峰入りの際、つまり複数回にわたって詠まれた秋から冬にかけての作であると推定される。そうした意味で、『古今著聞集』の説話が伝えるごとく、「大峰二度の行者也」ということになるが、筆者は西行の大峰修行は少なくとも二度以上行なったものであろうと考えている。

四　大峰修行の歌にみる宗教性

今までは、『山家集』所収の峰中歌の詞書に見える大峰各行場の地名に対して、主に大峰関係の史料と照合しながら、西行の峰入りのルートを推定してみた。次に、大峰修行の歌にみる宗教的意味について検討してみたい。西行の大峰山中での歌には、具体的な修行内容について直接触れている歌は見えないが、宗教的な深層を感じさせるものが少なくない。勿論、大峰は修験道の根本道場であったから、峰中歌が宗教的なものに結びつくのは、至極当然であると言えるだろう。それを推定させるものとして、『古今著聞集』巻第二（釈教第二）「西行法師大峰に入り難行苦行の事」の説話が挙げられる。

先達の命に随て身をくるしめて、木をこり水をくみ、或は勘発の詞をきゝ或は杖木を蒙る、これ則地獄の苦をつぐのふ也。日食すこしきにして、うへ忍びがたきは、餓鬼のかなしみをむくふ也。又おもき荷をかけて、さかしき嶺をこえ深き谷をわくるは、畜生の報をはたす也。かくひねもすに夜もすがら身をしぼりて、暁懺法をよみて、罪障を消除するは、已に三悪道の苦患をはたして、早無垢無悩の宝土にうつる心也。

と記され、先達となった宗南坊行宗に厳しい苦行を強いられ、食をへらしながら重い荷を負わされ、杖で叩かれ薪を伐り、水汲みなどをしたことから、西行の峰中修行が地獄道・餓鬼道・畜生道といった三悪道の苦しみを、身をもって体験したという点である。

ここでは、このような修行体験を前提として、峰中歌の内容を分析した上で、その歌の詠まれた場所の状況や西行の心境を汲みとってみたいと思う。なお、西行の入峰修行を「逆峰」という推定に従って、地理的に一番北にあると思われる『山家集』中・雑の二首（九一七・九一八）から検討して行きたい。

まず、吉野側から一番近い②の「をざゝのとまり」の歌では、大峰に分けて来て露にびっしょりぬれながら墨染の袖を干しわずらう西行の様子が浮かんでくる。二句の「をざゝ」に地名の「小篠」を掛けている。詞書の「つゆのしげかりければ」と、二・三句の「つゆにそぼちつゝ」の「露」は、『山家集』の中に、次のように詠まれている。

露を

おほかたの露にはなにのなるならんたもとにをくはなみだなりけり（二九四）[33]

という作例と表現があり、西行自身の涙に袖がぬれることをも意味している。それは、宗南坊僧都行宗に厳しい修行をさせられ、西行が「さめざめと泣」いたという『古今著聞集』の記事が想起されるのである。

次に①の歌は、詞書に「みたけより生のいはやへまいりけるに」と示すところに注目すべきであろう。ここで、「まかる」ではなく「まいる」を用いたことから、「笙の窟」が山上ヶ岳よりさらに奥の神聖な聖域として扱われている点である。この歌は、『金葉和歌集』巻第九雑・上に採られた、

大峰の生のいはやにてよめる　　僧正行尊

くさのいほなにつゆけしとおもひけんもらぬいはやも袖はぬれけり（五三三）

というのを、本歌としていると推定される。「笙の窟」とは、大普賢岳の中腹に開口する窟で、かつて行尊が三年間の山籠修行をしたところである。岩屋そのものは洞窟なので雨にはぬれないが、そのつらさ苦しさの涙で袖がぬれるのだ、というのである。西行もそれを偲んで①の歌を詠んでいると思われる。歌の意は「露も漏れない笙の窟でも、修行のつらさに袖はぬれてしまったという行尊僧正の歌を聞かなかったならば、ここで修行して自分の袖がぬれたことがどんなに不審に思ったであろう」というように、行尊への敬慕が読みとれるのである。平

安時代後期の天台本山派聖護院系の有名な山伏行尊でさえも、この「笙の窟」で涙を流したことだと西行が想いをはせているところに、笙の窟での厳しい修行の状況が窺える。

　これからは、『山家集』下・雑の一六首（一一〇四〜一一一九）を考察してみることにする。筆者はこの一六首について、中・雑二首とは別々の峰入りの時、詠まれた作であろうと考えてみた。そして、これらの歌も先述したように、吉野から入峰する「逆峰」という推定に従って、北から順に峰中歌を検討していくことにしよう。

　吉野から峰入りするとして、最初に出てくる行場は⑮の「ありのとわたり」である。初句の「さゝふかみ」からは、依然として篠が深く、霧にも視野をさえぎられ、「ありのとわたり」（稚児泊付近）という険阻な地形のためにわずらっていることが想像される。二句の「きりこすくきを」の「くき」は、山の洞穴、洞穴のある山の意。和歌ではめずらしい言葉であると思われるが、西行はこの他にも『聞書残集』に「雨中郭公」と題して、

　　ほとゝぎすさ月のあめをわづらひておのへのくきのすぎになくなり　（聞書残集・八）

と歌っている。このような言葉は西行が山岳修行の体験を通して、自然に身について得られたものであっただろう。そして、「くきをあさたちて」とは、大峰修行中にその窟（岩屋）で一夜明かしたか、あるいは窟籠りを何日間した後、朝出発することを暗示したものと理解されるのである。

　ところが、従来の注釈書はこの歌を「笹が深いので、霧が越えてゆく洞穴の多い山を行くべく朝早く出発しても、笹と霧のために行きなやむ蟻の門渡りだよ」(34)と解釈している。また、三句目「なびきわづらふ」の「なびき」は、「霧」の縁語で、「笹と霧のために行きなやむ」と訳している。しかし宮家氏によると(35)、修験道ではこの「靡《なびき》」の語の初出は『大峯秘所私聞書』であるとされ、「靡《ヨリ》順《ニハ》」「左手ナビキノツラ宿《ニ》方《ノ》向《ヘテ》」「左手靡面《ノツラニ》石像《ノ》不動」「靡《ノ》中《ニ》有レ之件《ノ》唐櫃《ノ》上《ヲ》靡《ニテ》通也」「靡面《ノツラ》右手《ニ》聖天」「右手《ニ》靡《ヨリ》近《グ》水《アリ》」という用例があり、中世期には靡が「道」

「路」と同義に用いられていたと述べておられる。

すなわち、「なびきわづらふ」とは、険しい峰通り（道・路）に難渋していることであり、[36]その場所が大峰の難所のひとつ「蟻の戸渡り」を指していると思えるのである。なお、末句「ありのとわたり」の地名からは、断崖絶壁を岩にへばりつきながら少しずつ前進する、西行自身を含む山伏の一行を、蟻の行列になぞらえているのであろう。

⑯の歌は、詞書に「行者がへり」「ちごのとまり」「びやうぶだて」とあるように、「びやうぶだて」という難所を無事に越えることは難しいと思って、「春のやまぶし」は行者還りで、西行自身は稚児泊で思いわずらっていることを歌ったものであろう。この場合「行者ちごのとまりにて」の「行者」は、修行者ではなく、「行者還り」のことであろう。

歌の方を見てみると、二句の「心をたてゝ」の「立て」は「屛風」の縁語。屛風立という険所で心を立てて（決心して）の意。下句の「行者はかへりちごはとまりぬ」は、屛風立のあまりの険しさに役行者でさえ引き返し、稚児は立ち止まるほどだというように、地名をそのまま歌に詠み込んでいる。

次に⑭「千ぐさのたけ」の歌は、初句「わけて行」という言葉から西行が大峰修行中ではあるが、同時に歌人らしく草花の「色」や、「こずゑ」の紅葉にも眼が向けられている。「色のみならず」の「色」は、草花の色。末句「心そみけり」の「染み」は、「色」の縁語。「千ぐさ」の色だけでなく、木々の梢さえも、とりどりに紅葉して、「心」までその色に染みることだというのである。先に見た⑮⑯の二首においては、険阻な地形・篠・霧などの大峰の苛酷な自然のために、「わづらひ」つつ通らなければならなかったが、ここでは「千草の岳」という地名から、千草を分けて行くという風流なイメージを思い描いている。

③④⑤の三首は、深仙で月を見て詠んだ歌である。この他に⑥から⑫まで連続してすべて月が詠み込まれており、大峰山中で西行が月に並々ならぬ思いをよせていたことがわかる。なお、ここからは大峰修行の厳しさの伝わってくる難所での歌は見当たらなくなる。まず③の歌は、初句「ふかき山」に、「深山」と「深仙」とを掛けている。「深仙の、深い山に澄んだ月を見なかったならば、この世に何の思い出もないわが身であったことであろう」というように解釈される単純明快な歌である。

しかし、この深仙（神仙）の宿は、修験道の十界修行の最終段階に行われる正潅頂の施される聖地なのである。俗界を離れた聖域大峰で見る月は格別に鮮烈な印象を受けたのであろう。例えば、『山家集』末尾の「月十首」のうち、一首、

なにごとかこのよにへたるおもひ出をとへかし人に月をしへん（一四七九）

と歌って、この世に生きたことの思い出は何かと問われると、それは「月」であると語っているのである。窪田章一郎氏は、③の歌は深仙での月を見て深く身に沁みる思いを歌ったものとされ、「『思い出』となる月の美を享受したことを、生きる価値の第一としているといえる」(37)と述べておられる。つまり、西行はこの地で眺めた月を生涯の思い出となる月としているのである。こうした生涯の思い出となる月の歌を、中・雑の峰中歌の冒頭に配したところに、西行の大峰修行に占める「月」の存在の大きさを窺い知ることができる。

次に④の歌をみると、上句の「みねのうへもおなじ月こそてらすらめ」とあり、この歌の作歌地点が峰の下に位置することを示している。深仙は「釈迦ヶ岳」の南の方にあり、歌の中に出てくる「みね」とは、おそらく「釈迦ヶ岳」のことであろう。実際深仙から、釈迦ヶ岳の南面が月の光に照らされているのが見えるのである。そして、その峰の頂きをも同じ月が照らしていることであろうが、ここ深仙に照る月が殊に「あわれ」に感じら

れるのは、深仙という「所がら」によると言っている。

これは、深仙が大峰の中で特別な地位を占めていることを暗示したものと思われる。深仙は、天台密教からいえば胎蔵界曼荼羅の中台八葉とされ、大日如来の座にあたる峰中で最も重要な霊場である。[38] すなわち、ここに言う「あわれ」というのは、単なる「あわれ」ではなく、深仙という場所柄による「あわれ」であって、西行の深い宗教的境地に根ざしたものであると考える。

⑤の歌は、上句の「月すめばたにゝぞくもはしづむめる」という表現から、澄んだ月を悟りの境地（真如の月）に、雲を煩悩になぞらえて詠み込んでいる。「みね吹はらふ風」のごとく、西行は入峰修行することによって、煩悩の「くも」を谷底に吹き払い、「心」を円満清浄なる月（悟りの境地）に没入することができたであろう。『山家集』には、「月哥あまたよみけるに」と題して、その中に、

雲はらふあらしに月のみがかれてひかりえてすむあきの空かな　（三七四）

という歌が見え、煩悩の雲を吹きはらう嵐によって、月が磨かれて一層光が澄みわたるのだという。すなわち、西行がここにいう「月すめば」とは、「心すめば」[39]という意味に解釈できると思われる。深仙という神聖な地に至って、西行の心は澄んだ月のように澄みわたっているのである。山田昭全氏[40]は、特に深仙で「月」を詠んだこの三首に注目され、西行が大峰山中において、「月輪観《がちりんかん》」を修したことを示していると解釈されている。

⑥の歌は、先述した通り、詞書に「をばすてのみね」が見渡されるところで詠んだというだけで、その作歌場所が全くわからない位置不明の歌である。しかし、「月すむみね」を歌っている点で、深仙での歌③④⑤と共通している。「をばすてのみね」は、大峰山中の一峰で現在は川上村の伯母が峰。この「をばすてのみね」から、信濃の歌枕で月の名所の姨捨を連想している。厳しい大峰修行をしながらも、歌枕を偲ぶ心を窺うことができる。

西行はこの他にも、『山家集』に、

くまもなき月のひかりをながむればまづをばすてのやまぞこひしき　(三七五)

勧持品

あまぐものはるゝみそらの月影にうらみなぐさむをばすての山　(八八六)

という姨捨山の月の歌があり、いずれも姨捨の伝説(41)が連想されている。昔、信濃の国、更級に住む男が親代わりの姨を養っていたが、結婚して妻の勧めに従い姨を近くの山の中に捨てて帰った後、皓々たる月を見つめて後悔に堪えなかったという話が『大和物語』百五十六段と、『今昔物語』巻三〇の九語に所載されている。⑥の歌も、これらの説話を踏まえて詠んだものと推定されるが、詞書の「思なしや、月ことに見えければ」も、月の名所である姨捨の名から殊にそう思われるのか、という表現であろう。

⑦の「小池」の歌では、月の光が身近なものにまでまんべんなく澄みわたっていることを詠じたものであろう。二句「こずゑのひまを」の「を」は、間投助詞で鬱蒼と繁った樹木の梢の隙をという意。下句の「こいけにこよひ月のすむらん」とは、「小池」に小さい池と地名の小池を掛ける。また、月を擬人して小池の宿に住むとし、月がその池に澄むという意を掛ける。つまり、「どのようにして月が鬱蒼と繁った木々の梢の隙を求めることができて、小さな池にまで光を届かせるのであろうか」という驚嘆とともに、そこに映じている月（恐らく釈迦の譬喩であろう(42)）が仏の行者である自分を、空から加護してくれる大きな存在として解釈が可能となり、西行はその月に出会えたことを喜んでいるのであろう。

次に⑧の歌は、地名の「さゝのすく」から植物の篠を連想し、その「さゝの露にも」月が宿るといって、修行中である西行がしばし美の世界に耽っている。初句「いほりさす」は、旅先での仮の庵を結ぶ。二句の「くさの

まくらに」は、草を枕として旅寝をするという意味から、西行が大峰修行中であることを示している。なお、陽明文庫本は「まくらに伴ひて」の意味を、「まくらに友なひて」の「友」の字を当てているところに注目したい。これは「月」という大きな存在が、厳しい大峰修行中に草を枕として旅寝する西行に澄んだ光を照らし、大峰の修行路を辿る自分を加護してくれることを暗喩して表現したものと思われる。[43]

⑨「へいち」の歌では、「露」を月の涙と見立て、先に見た⑦とともに月を擬人化して歌っている。下句の「ひかりにぐして露のこぼるゝ」とは、月の光に伴って、その光を宿した露がこぼれ落ちる様子。「ひかりにぐして」の「具す」という動詞は、歌語とは思われないが、西行が愛好して用いる言葉である。歌の意は、「木々の梢を洩れくる月もあわれを感じているのであろう。月の光とともに露がこぼれ落ちるよ」となる。すなわち、「梢」も「月」も西行も、それぞれ「あはれ」を思っているのである。

このような表現に対し、窪田氏は「表現方法のもっとも興味あるもので、月を擬人して、自然の美しい姿を具象化している」[44]とされ、月を素材に詠んだ一〇首中、細かさがあり、一番すぐれた一首であると述べておられる。「こずゑの露」「こずゑもる月」、また⑦の「こずゑのひまを」からは、鬱蒼と繁った樹林の中を修行のため辿っている西行の姿が浮かんでくるのである。

次に、⑰「三重のたき」と⑱「天ほうれんのたけ」の歌二首は、拝所で詠じたものである。まず、⑰の「三重のたき」は、深仙とも地理的に隣接しており、『修験道山彦』[45]に「冬籠者深山三重滝也、那智ニハアラス前鬼也」と記されているように、役行者がここで冬籠修行をはじめたといわれ、早くから知られていた。西行もここで「三重の滝」を拝み、三業の罪を滅罪するために修行したのであろう。この時の西行にとって、「三重の滝」は景観（行場）そのものだけではなく、尊いものとして崇拝対象なのであり、心境もそれに相応して、濁りのない無

垢の宗教的境地を表しているのである。詞書にいう「三業のつみ」は、身・口・意の三業で作る罪のことであるが、歌ではそのうち「ことばのつみ」（口業）を取り上げて、それが三重の滝に洗われて心が澄みわたった思いがすると歌っているのは、歌詠みであることを意識した表現であろう。(46)

⑱の歌は、「転法輪の岳」の釈迦の説法石を拝み、見仏聞法の悟りの境地を得ることができたことを歌っている。「転法輪」とは、仏が教え（法）を説くという意で、山名自体が神聖な雰囲気をかもし出している。下句の「きくさとりをもえつるけふ哉」からは、仏を目で拝し、仏法を耳で聞いて悟ることで、「見仏聞法」の悟りの境地をも得たことを意味する。同じ大峰の中にあっても、北の「ありのとわたり」や「びやうぶだて」の行場が、西行にとって苦行・難行を課す場であったのに対し、南の「三重のたき」・「天ほうれんのたけ」では、滝・山・石それ自体が「をがみ」の対象として神聖なものと知覚され、そこで「さとり」を得ているのである。先に見た月の歌（③〜⑨）と結び付けて考えれば、深仙から平地宿までは、澄んだ「月」を見、そして⑰⑱では「拝所」を拝んで、悟りの境地に至っていることであろう。

⑩⑪「あづまや」の二首と、⑫「ふるや」の歌は、その初句が「神無月」となっている点で、大峰入りをして秋から初冬へと時間が経過していることがわかる。また、「時雨」「月」を詠んでいる。神無月は陰暦一〇月、「時雨」の枕詞。時雨は秋から冬にかけて降る雨。⑩の歌は、時雨が晴れた後、峰には「月」がかかり、澄んだ光を照らしているという情景が詠まれ、「すみける」「月」にまだ重点が置かれている。ところが、⑪の歌では、神無月になって、山上から見おろす谷には雲が俗界に「時雨」を降らせているようだと想像して、「あき」の「月すむ峯」から谷の雲のほうに視線が移動している。しとしととそぼ降る神無月の時雨は、冬一〇月の到来を示すとともに、秋の峰入りをとげて、ふっと気付いたらもう冬になってしまったことをも暗示している。また、

ここ「四阿宿」に至って谷には雲が時雨を降らせているようだが、峰には秋に変わることなく、依然として月が澄んだ光を落としていると歌って、自分の澄んだ心を峰に澄み渡る月にたとえていると思われる。

⑫の「ふるや」は、一二番の行場で峰中歌のうち、一番南にある。二句の「しぐれふるや」に時雨が「降る」と、地名の「古屋」とを掛けている。それと同時に、荒れ果てて古くなった家の意味をも含んでいる。この歌は、同じく月の歌ながら、俗界の間近いことを感じさせるものである。それは「古屋」という地名自体も、なんとなく里に近い俗界の印象を受ける。「神無月に、時雨が降るという古屋の澄んだ月は、いつ時雨が降るかも知れないので、曇らぬ光をあてにできないことだ」と解釈するならば、大峰から出峰が近づくにつれ、神無月になってしまった時雨の折には、いつまでも美しい月を見ることはできぬという推測も可能となろう。すなわち、西行は聖域大峰から出峰し、俗界に戻ることによって、自分を守護してくれる円満清浄なる月を見ることができなくなり、同様に自分の澄んだ心も雲のように曇ってしまうのではないかという不安な心境が窺えるのである。

最後に、その作歌場所が不明であると考えた⑬の歌では、熊野山伏の大立者なる行尊僧正に対する西行の敬慕を、①「生のいはや」の歌と合わせて窺い知ることができる。詞書に見える「はなよりほかの」とは、行尊が大峰山中で桜を見て詠んだ、

大峰にておもひがけずさくらのはなを見てよめる　　僧正行尊
もろともにあはれとおもへ山ざくらはなよりほかのしる人もなし　（金葉集・雑上・五二一）[47]

の歌を思い起こしている。なお、この歌は『百人一首』にも選ばれている。桜花に語りかけるしかすべのない修行時の孤独な作者の姿が思い浮かんでくる。

行尊は平等院僧正ともよばれる。天喜三年（一〇五五）に、小一条院敦明親王（三条天皇の皇子）の孫、参議源基

平の子として生まれ、一二歳の時園城寺において出家した。若年から苦行をつづけたが、一七歳で修行に出、一八年間にわたって諸国を遍歴した。この間、大峰・葛城・熊野三山等で修行し、『今鏡』（御子たち第八）には、「平等院僧正行尊とて、三井寺におはせしこそ、名高き験者にておはせししか」と見え、修験者として有名である。一方和歌のほうも堪能で、『金葉集』・『新古今集』などの勅撰集に四十七首が入集されており、家集『行尊大僧正集』がある。天永四年（一一一三）園城寺長吏となり、天王寺別当・天台座主・大僧正に補せられ、保延元年（一一三五）八十一歳で没した。

勅撰歌人行尊が「西行に先行する抖擻歌人」であったことは、すでに諸氏によって指摘されているところだが、(48) この⑬の歌からも西行は先達として修行した行尊に心を惹かれているのである。初句の「あはれとて」は、行尊の歌を指す。三句目「なをとめて」は、詞書に「平等院の名かゝれたるそとば」とあるように、行尊の歌と入山年月を記した卒塔婆によりその名を残していることを意味する。その古びた卒塔婆に、秋である今日は桜のかわりに、紅葉が降りかかっているよと歌っているのである。苦しみの耐えがたい修行の間に、西行の念頭を常に去来したのは、行尊の面影と歌であり、また精神的な先達だったのであろう。行尊が出家の身でありながら歌道にも通じ、苛酷をきわめた大峰修行の先達であったことから、西行は強い親近感と尊敬の念を抱いていたものと考えられる。

五　おわりに

本節では、『山家集』の大峰修行の歌の詞書に記された行場の地名を、大峰関係の修験道史料と照合しながら、西行の峰入りのルートについて検討してみた。それとともに、峰中歌の表現内容を通して、西行の大峰山中での

宗教的な深層を探ってみた。

今まで述べてきたところを整理してみると、概ね次のようにまとめることができる。『山家集』の峰中歌の検討によって、西行の峰入りは吉野から入って熊野へ出る「逆峰」であり、また中・雑二首と下・雑一六首は同一時期のものではなく、別々の峰入りの折り詠まれたものと思われる。とすると、西行は『古今著聞集』の説話が伝えるごとく、「大峰二度の行者也」ということになるが、筆者は西行の峰入りは少なくとも二度以上行なったものと推定される。

さらに言えば、中・雑二首（①②）の詞書に見える「笙の窟」と「小篠宿」は、かつて山伏の冬の峰入りの修行が行なわれた道場とされる。冬の峰入りは、専門修験者の山伏においても決死の修行であるという。行尊が笙の窟で冬籠修行を行なったことは、『古今著聞集』巻第二（釈教第二）「平等院僧正行尊霊験の事」や『撰集抄』（巻第八）等によって知られる。西行がここ笙の窟で冬籠修行をしたという確証はないが、①の歌から受ける印象は、行尊僧正でさえも「漏らぬ岩屋も袖はぬれけり」と詠んだ歌を聞かなかったならば、この山籠の辛さに自分は耐えられなかっただろう、という自身の修行体験に基づいた深い感慨、そのものではなかろうか。すなわち、西行は吉野から秋の峰入りをとげた逆峰とは別の機会に、行尊の跡を偲んで一度は山上ヶ岳より笙の窟に入って冬籠修行を行なったと見るのも可能であろう。

そして、下・雑の一六首に関しては、中・雑二首と一時期のものではなく、別々の峰入りの時、詠まれた作であろうと考えた。この下・雑の一六首も、吉野から入峰する「逆峰」と見て、まず入口から近い⑮⑯は、それぞれの歌と詞書に「なびきわづらふ」「思はづらふ」とあるように、難所での厳しい修行の情況が窺える。③〜⑫までは、深仙、伯母が峰、小池、篠宿、平地、東屋、古屋の七箇所で「月」を詠んだ歌がひとまとめにされてお

り、大峰山中で西行が月に並々ならぬ思いをよせていたことがわかる。

特に深仙では、月を詠んだ歌三首（③④⑤）を残しているが、この深仙の宿は、峰中の中台とされ、本山派では十界修行の最終段階の正潅頂を行なう峰中で最も重要な行場である。西行はこの地で眺めた月を生涯の思い出となる月としているわけである。また、この近くの⑰「三重の滝」では、三業の罪を懺悔滅罪するためにここで修行したのであろう。⑱の「転法輪の岳」は、平地宿と怒田宿の間にあると考えられ、この辺りの一円は極楽浄土とされている場であるといわれる。(49) 西行もここで釈迦の説法石を拝み、見仏聞法の悟りの境地を得たと詠んでいるのである。

このように、西行の大峰修行の歌を考えてみると、逆に『古今著聞集』の説話が事実に近いものであることを裏づけているのではないかと思われる。『古今著聞集』では、西行が最初に大峰入りをした時の先達は、「宗南坊僧都行宗」という山伏であったと伝える。西行の先達をつとめた宗南坊行宗は、実在の人物であることが修験道関係の史料から事実と認められる。峰中での修行があまりにも苦しいことに、西行が泣き声をあげて強く抗議すると、行宗は「大峰修行は先達の命に従って暁に懺法を読んで罪障を消滅し、地獄道・餓鬼道・畜生道といった三悪道の苦しみを、身をもって味わい、極楽浄土へ移ろうという志によって行なうものだ」と諌めると、西行は随喜の涙を流し、その後は苦行を無事に実践したという。こうした西行の大峰修行を伝える『古今著聞集』の説話を、『山家集』の峰中歌と思いあわせれば、やはり通じるところがある。

なお、西行の大峰修行の時期をめぐって、窪田章一郎氏は「西行年譜」のところで、「高野山の生活に親しんだ若い時期」(50) であるとされ、西行の高野入山後の久安五年（一一四九）三十二歳頃と考えておられる。これに対し、坂口氏は「西行と月輪観─大峰修行の時期を求めて─」(51) において、『聞書集』所収「論の三種の菩提心のこ

ころ」と題する三首を、「それぞれ自己の体験に即して述べている」[52]とされる萩原昌好氏の見解を肯定して、大峰修行の時期を初度奥州旅行の後、高野入山前の久安三年（一一四七）三〇歳頃と推定されている。筆者もやはり大峰修行の時期は、西行の若い時期に求めるべきであると思う。

ところが、この大峰修行の時期を考える上で、⑬の歌の詞書に「はなよりほかのとありけるひとむかしと、あはれにおぼえてよめる」と記された、「ひとむかし」[53]という言葉が注目される。これは、すでに窪田氏によって、行尊没年は長承四年（一一三五）二月五日（八十一歳）で、この年西行は一八歳であったことから、大まかに一昔ととって三十代のはじめと指摘された。この「ひとむかし」とは、普通十年以前をいうが、一七年・二十一年・三十三年・六十六年以前をさしても用いられたことがあるといわれる。[54]窪田氏が三〇代のはじめとされるのは、「ひとむかし」を一七年と見て推定されているのだろうか。[55]

仮に、この「ひとむかし」を一七年ととって考えれば、行尊没年は西行一八歳であったから、三十四、五歳にあたり、高野入山後三、四年くらいの歳月が経過したということになる。また、大峰修行中に西行が月輪観を修したという点で、高野入山以降すくなくとも二、三年が経過し、真言教理の学習を深化させたころとみたほうが自然ではなかろうか。いずれにしても、現存資料から西行の大峰修行の時期を特定するのは困難であろう。この大峰修行の時期に関しては、西行の伝記上の様々な問題を含んでおり、今後さらに検討する必要があると思われる。

以上、『山家集』に所載する西行の大峰修行の歌一八首について考察してみた。この大峰修行の歌は、実際自分の修行体験[56]を通して得た作品であり、世を捨てた人間として、より強い精神を求めようとした西行の表現でもあったと言えるだろう。

【注】

（1）宗南坊行宗は、西行とともに入峰したとき、二十八度目の先達だったと『西行物語』は伝えている。また、西行の先達行宗は「熊野長床宿老五流」に、園城寺長吏覚宗の弟師で、熊野本宮の長床執行まで勤めた有名な山伏である（『修験道章疏』巻三、三六〇頁）。第三章第一節「西行の大峰修行―説話を中心に―」参照。

（2）「晦山伏」とは、冬から春にかけて山岳に籠って修行した山伏をいう。山中で大晦日を過す山伏ゆえ、晦山伏と呼ばれた。晦山伏はとくに呪験力が秀れているとされ、中世から近世にかけて熊野山や金峰山でその修行が盛んになされ、出峰後は必ず験競《げんくら》べを行なった（『修験道辞典』、東京堂出版、昭和六一）。

なお『山伏帳』巻下によると、文治三年（一一八七）に一院（後白河法皇）が晦山伏の大峰入りの次第を叡覧したと記録しているが、その中に「中乗ハ行宗律師。僧南坊。」と見え、行宗は「晦山伏」として入峰している（『修験道章疏』三所収、三九一頁参照）。

（3）『山伏帳』巻下には、行宗のほか「桂松先達」六名の名前が列挙されているが、「桂松先達」は「柱松先達」の誤りであろう。宮家準氏は、これを「柱松《はしらまつ》山伏　覚宗僧正ほか六名」と表記しておられる（『熊野修験』吉川弘文館、平成四・九、四六頁）。なお「柱松山伏」については、五来重氏の『修験道入門』に詳しい（角川書店、昭和五五・八、一七四～一七八頁参照）。

（4）室町時代以降、修験教団が成立されてくるとともに、大峰山中の宿は「靡《なびき》」と呼ばれたという。宮家氏によると、「大峰七十五靡」の初出は一五世紀後半頃に成立した本山派の教義書『修験指南鈔』に「峯中七十五靡所々金剛童子守護神也」という記載であると言われる（『大峰修験道の研究』佼成出版社、昭和六三・一、三四七頁）。

（5）坂口博規「西行大峰入りの歌をめぐって」（「駒沢国文」一五、昭和五三・三）。

（6）坂口氏の現地比定に使われている主なものは、ご自身も認めているように近世以降になって成立した「七十五靡」であるが、『山家集』に記された地名は平安末期ということになり、比定史料として用いるのは問題があろう。

（7）本節において引用した西行の歌は、すべて久保田淳編『西行全集』（日本古典文学会、昭和五七）による。カッコ内の数字は歌番号である。その他の歌の引用は、『新編国歌大観』によった。

（8）小田氏の論考は、地理学の観点から山岳聖域大峰の構造を、西行の『山家集』所収の峰中歌を用いて考察されたものであるが（「『山家集』に見る山岳聖域大峰の構造」「史林」七〇・三、昭和六二・五）、本節の大峰行場の比定においては、小田氏説によったところが多い。
（9）『寺社縁起』（日本思想大系20、岩波書店、昭和五〇）三五〇～三五一頁参照。
（10）小田氏の注記によると、『大峯秘所私聞書』（京都大学付属図書館蔵、島田文庫）は、弘安六（一二八三）年、徳治二（一三〇七）年、宝永元（一七〇四）年書写とされる。なお、『大峯秘所私聞書』の中の宿名の順序は、小田氏の「大峰霊地伝承史料とその系譜―秘所一覧と四十二宿一覧を中心に―」を参照した（「山岳修験」四、昭和六三・一〇）。
（11）五来氏は、「御嶽」に詣でるために一定の期間、「罪障を懺悔して清らかな心身すなわち六根清浄にして詣でなければ、祟りやわざわいがあると信じられた」と述べておられる（『木葉衣・踏雲録事他―修験道史料1』東洋文庫、昭和五〇・七、八三頁）。
例えば、『源氏物語』「夕顔」の巻に、「御岳精進にやあらん、ただ翁びたる声に額づくぞ聞こゆる。起居のけはひたへがたげに行ふ、いとあはれに、朝の露にことならぬ世を、何をむさぼる身の祈りにかと聞きたまふ。南無当来導師とぞ拝むなる」（新編日本古典文学全集、一五八頁）とあり、また『枕草子』（一一四段）に「よきおとこの若きが、御嶽精進したる。たてへだてゐて、うちおこなひたる暁の額、いみじうあはれなり」（新日本古典文学大系、一五三頁）と見え、平安時代中期の御岳精進の有様が窺えるが、西行も勿論心身を清めてから御岳に詣でたのであろう。
（12）宮家氏著前掲書、注（4）二九二～二九六頁参照。
（13）伊藤嘉夫校註『山家集』［日本古典全書］（朝日新聞社、昭和二二）一五三・一七八頁。
（14）風巻景次郎校注『山家集・金槐和歌集』（日本古典文学大系、岩波書店、昭和三六）一六三・一九五頁。
（15）後藤重郎校注『山家集』（新潮日本古典集成、新潮社、昭和五七）二五八・三二二頁。
（16）『寺門伝記補録』（大日本仏教全書、昭和七）二八一頁。
（17）小田氏は、『大峯秘所私聞書』に記された「篠宿」に当て、その位置を「持経宿」（七十五靡・二二）の北、尾根筋より西に下った花瀬付近と考えられている。小田氏前掲論文、注（8）参照。

(18)『西行上人集』の詞書には、「ありのとあたり」を「蟻の戸わたり」と表記している。
(19) 宮家氏は、『大峯峯中秘密絵巻』の成立について、桜本坊五十一世快済法印が天明七年（一七八七）に吉野から山上ヶ岳までを上巻に、小笹から熊野までを下巻とし、当山派の逆峰にそって霊地を画かせたと述べておられる（注（4）前掲書、四七七頁）。
(20)『大和名所和歌集・大和志他』（奈良県史料第三巻、豊住書店、昭和五三）三六二頁。
(21)『大和名所和歌集』には、「蟻の戸渡　後ロ入道の道也、山上の内なり」と記され、⑮の歌を挙げている（注（20）前掲書、六九頁）。
(22)『金峯山本縁起』（『修験道史料集』所収、山岳宗教史研究叢書18、名著出版、昭和五九）一二〇〜一二一頁。
(23)『大菩提山等縁起』、注（22）前掲書所収、一二八〜一三〇頁参照。
(24) 五来氏編注前掲書、注（11）一七八頁。また、日本古典文学大系『山家集』も「三重の滝」の位置について、「那智の滝をも言うが、ここは、なお大峰山中の滝名」と注している（一九六頁）。
(25)『大峯七十五靡奥駆修行記』、注（22）前掲書所収、一四二頁。
(26) 宮家準『山伏―その行動と組織―』（評論社、昭和四八・一一）一六五頁。
(27)「大峯四十二宿地」（『大峯山』所収、吉野熊野国立公園協会奈良県支部、昭和一九）一六九頁。
(28) 村上俊雄『修験道の発達』（畝傍書店、昭和一八・三）一六五頁。
(29)『西行物語絵詞』（『続群書類従』三二上・雑部）三六〇頁。
(30)「笙の窟」での冬籠は、大峰山中で最も厳しい修行として知られていた。和歌などにも多く詠まれ、とくに日蔵や行尊の笙の窟での歌は有名である（『新古今集』巻第二〇釈教歌・一九二三番、『金葉集』巻第九雑・上・五三三番）。
(31) 窪田章一郎氏は、③から⑫までの一〇首は、すべて月の歌で統一されているところに注目され、「これは作者の計画であり、文学意識のさせていることである」と指摘されている（『西行の研究』東京堂出版、昭和三六・一、二四八頁）。
(32) 坂口氏前掲論文、注（5）。

（33）この歌は、『御裳濯河歌合』十八番左に、「心なき身にもあはれは知られけり鴫たつ沢の秋の夕暮」（四七〇）と番えられ、勝となったことで有名である。なお、俊成は「露には何のといへる詞、あさきに似て心ことに深し」と評した。

（34）注（15）前掲書、三一四頁。

（35）注（4）前掲書、三四八頁。

（36）この「靡」の語義について、小田氏は「道」・「路」の以外に「里」の意味を含ませていたとされ、詳しく考察されている（「大峰の「ナビキ」考」『人文地理学の視圏』大明堂、昭和六一）。

（37）注（31）前掲書、二四八頁。

（38）『大峰修行潅頂式』には、「当峯深山者八葉中台也。已入二曼荼羅中院一証二即身成仏覚位一。是名二潅頂一。」と記されている（『修験道章疏』二、五七頁参照）。

（39）例えば、西行の『山家集』の中には、次のような「月」の歌がある。

かげさえてまことに月のあかきよは心も空にうかれてぞすむ　（山家集・三六五）

月の光の冴えわたった明るい夜は、心も空に住む（澄むを掛ける）かのようになり、月が澄むごとく自分の心も澄みわたることだと歌っているのである。

（40）山田昭全氏は、この「月」の歌から西行が大峰山中で円満清浄なる月に向って対座し、自己内面の清浄なる心月輪《しんがちりん》の観法を修したと指摘された（「西行新論（十五）」「明日香」昭和五一・五、「西行の大峰修行」「国文学解釈と鑑賞」六五・三、平成一二・三）。

（41）『法華経』「観持品第十三」の経文に、「爾時仏姨母摩訶波闍波提比丘尼。六千人倶。従座而起。一心合掌。瞻仰尊顔。目不暫捨。於時世尊。」（岩波文庫『法華経』中、二二八頁）とあり、釈迦の姨母、摩訶波闍波提《まかはじゃはだい》比丘尼が、阿耨多羅三藐三菩提の授記を受けなかったことを恨みに思った話がある。また、『古今集』雑上・「読人しらず」として、「わが心慰めかねつ更級や姨捨山に照る月をみて」（八七八）とあり、「姨捨山」に釈迦の姨母を掛けて歌っている。

（42）『華厳経』には、「月」の語が、「無礙如来満月」（華厳経巻一三・偈頌）、「具二足清白行一　譬如二月盛満一」（同巻九・偈頌）、妙身顕現猶二満月一」（同巻二・偈頌）とあるように、物象的な月に映らず、「釈迦」の譬喩として説かれてい

ると思う。例えば、西行は『聞書集』の二十八品歌のうち、「化城喩品」の歌で、「月」を釈迦如来に譬えているのである。

第十六我尺迦牟尼仏於娑婆国中成阿耨多羅三藐三菩提
おもひあれやもちにひとよのかげをそへてわしのみ山に月のいりける（聞書集・八）

第二、三句の「もちにひとよのかげをそへて」を、山田昭全氏は「衆生本有の心月輪の所在を明示してくれた釈迦という意味に解することができる」と指摘されている（『西行の和歌と仏教』明治書院、昭和六二・五、三一～三二頁参照）。

(43)　尾崎久弥氏は、四句目「さゝの露にも」の「も」に注目して、「彼がいかにこの露にもやどる月の博大さに感謝したるかを、知るにたるべし」と指摘されている（『類聚西行上人歌集新釈』修文館、大正一二、二三九頁）。
(44)　注（31）前掲書、二四八頁。
(45)　『修験道山彦』（東京大学図書館蔵）。
(46)　五来重氏は、ご自身の二度にわたる大峰奥駆修行の体験を踏まえて、この⑰「三重の滝」の歌を取り上げて、「西行も和歌の文学的表現のために、不妄語《ふもうご》戒や不綺《ふ》き語《ご》戒を犯したことを自覚して、その罪業をほろぼすために前鬼裏行場の修行をしたことがわかる」と述べておられる（『山の宗教　修験道』淡交社、昭和四五・八、二一一頁）。
(47)　近藤潤一氏によると、この歌は『今鏡』尾張徳川黎明本では、「後冷泉院失せさせ給ひて、世の憂き事など思ひ乱れて籠り居て侍りけるに、後三条院位に即かせ給ひて後、七月七日参るべき仰せられければ詠める」という一節を増補した中にあるが、このとき行尊は十三歳であったことから、「後人の誤伝であろう」とされ、「後三条院崩御の年は十九歳で、あるいはその頃の詠であるかも知れない」と推定されている（「行尊大僧正論」（上）「北海道大学人文科学論集」一〇、昭和四八・一二）。
(48)　近藤氏前掲論文、注（47）七六頁。
(49)　宮家準『修験道思想の研究』（春秋社、昭和六〇・二）二九一頁。
(50)　注（31）前掲書、七七〇頁。

(51)　坂口博規「西行と月輪観—大峰修行の時期を求めて—」(「駒沢国文」一七、昭和五五・三)。

(52)　萩原昌好「高野期の西行—高野入山とその密教的側面—」(『峯村文人先生退官記念論集 和歌と中世文学』所収、東京教育大学中世文学談話会、昭和五二・三)。

(53)　窪田氏は、流布本の詞書が「花よりほかのとありけむ人ぞかし、あはれに」となっており、異同のある箇所であるから強くいうことは控えるべきであると躊躇しておられる。注(31)前掲書、二四八頁。

(54)　『日本国語大辞典』(小学館刊、昭和五〇)。

(55)　この「ひとむかし」は、『山家集』中の詞書に二例が見え、そのうち、

はりまの書写へまいるとて、野中のし水をみける事、ひとむかしになりにけり、としへてのち、修行すとてとをりけるに、おなじさまにてかはらざりければ

むかし見しのなかのし水かはらねばわがかげをもや思出らん　(一〇九六)

とあり、川田順氏がこの歌を安芸の宮島に詣でた西国への旅の思い出とされ、五〇歳の旅から「ひとむかし」前というのを西行三五、六歳にあたる仁平二、三年(一一五二、三)のことではないかと考察された(『西行の伝と歌』)。これを窪田氏も肯定されていることから、「一昔」を大よそ十七年と見て推定されているのではないかと思われる(注(31)前掲書、二四二頁)。

(56)　なお『四帖秘決』(続天台宗全書・密教3)は、西行が大峰修行の体験を慈円に語ったことを示した資料である。

寛助僧正被レ行二孔雀経法《ヲ》一ケルニ、道場《ノ》辺《ニ》キツネノ頻《ニ》ナキケリ。大阿闍梨・助修等甚恐怖シケリ。孔雀経ノ一ノ本ニ、成二就此法一時《ニハ》、尸頻頻可レ鳴、行者不レ驚トイフ文アリ。不レ見二此文《ヲ》一歟トテ、時人ワラヒケリ。尸頻トハ野干ノ名也。大峯《ニ》シハノ宿トイフ所アリ。キツネ多カナリ。依レ之名ルト、故西行法師ノイヒケリ云々。(第三帖の五十七の「野干尸頻《シハ》事」)

この『四帖秘決』は、慈賢が師の慈円より面授(面受とも。師より弟子が口づたえに秘伝を受けること)した口伝・秘伝類を書き留めた慈円の語録で、西田長男氏が「慈円伝の一齣—その語録『四帖秘決』を中心に—」と題する論文で紹介しておられる(古田紹欽博士古希記念会編『仏教の歴史的展開に見る諸形態』所収、創文社、昭和五六)。山田昭

全氏は、この『四帖秘決』の一節を取り上げて、「西行は慈円に対して大峯入りの体験を語ったのであろう」と推測され、「そうした体験を慈円に語っていた事実は、この資料によってはじめて実証されたのである」と指摘されている（注（42）前掲書、二八二頁参照）。

第四章　西行の和歌観と晩年

第一節　西行の和歌観

——華厳思想を中心に——

一　はじめに

西行の和歌観がいかなるものであったのかを推考するとき、西行の内面を形成する仏教思想が、いかなる意味合いをもって彼の歌とかかわっていたのかについて、既に多くの先学によって多角的に論究されてきた。西行と仏教は切り離すことのできないのは言うまでもないことで、仏教に対する関心が和歌に対する関心と同じく、西行の歌自体がすでに仏教思想に包まれていると言っても過言ではないと思う。にもかかわらず、西行の信仰情況において、天台、真言、浄土教などの関連をめぐり、これまで多くの議論がなされてきたが、西行における華厳思想の影響の有無については、あまり考慮されなかったように思える。

西行と華厳思想とのかかわりについては、萩原昌好氏が「華厳法華の宇宙は、自然の内なる真理と心が円かに融けあう所に在る」とされ、西行が「この宇宙観をその出発点に得た」(1)と指摘されているが、具体的西行の和歌または和歌観への華厳思想の影響を論じたものは、実にわずかである(2)。

第二章第一節でも言及したように、西行には『華厳経』を詠んだ歌が、『聞書集』「十題十首」と呼ばれる歌群のうち、二首収められており、歌の数としては少ないけれども、華厳教学の核心である有名な「如心偈」（唯心偈ともいう）を歌題にして取り上げたこと自体、すでに西行が華厳思想に触れていたことを示唆していると言えよう。

そこで、本節では、『栂尾明恵上人伝』に語られている西行歌論について、異なる本文を持つ諸本との関係をふまえた上で、華厳思想とのかかわりを取り上げ、西行の和歌観への思想的影響の可能性をめぐって考察してみたいと思う。

二　『栂尾明恵上人伝』における西行歌論

西行が最晩年のときに高雄を訪れ、今まで自分の和歌に対する姿勢を語ったとして、『栂尾明恵上人伝』（興福寺蔵本に拠る。以下『明恵上人伝』と略称する）に、次のような記事が記されている。

①西行上人常来物語《ニテ》云《シテ》、我哥《ヲ》読事《ハ》遙世《ノ》常《ニ》異也、花郭公月雲都《テ》万物《ノ》〔三〕興向《テ》モ、凡所有相皆是虚妄ナル事眼《ニ》サヒキリ耳《ニ》満《リ》、又読出所《ノ》哥句ハ皆是真言非ヤ、花《ヲ》読共ケニ花《ト》思事無、月詠スレ共実《ニ》月共不存、如是《シテ》任縁《セ》一随興《テ》二一読置所也、紅虹《コウコウ》タナ引ハ虚空イロトレルニ似タリ、白日嚇《ケハ》虚空明《ラカニ》似タリ、然共虚空《ハ》本明ナル物《ニモ》非、又イロトレル物ニモ非、我又此虚空如ナル心《ノ》上《ニ》於種々風情《ヲ》イロトルト雖更《ニ》蹤跡無、此哥即是如来《ノ》真《ノ》形躰也、去《ハ》我此哥《ニ》依《テ》法《ヲ》得事有、若爰《ニ》不例《シテ》妄人《ニ》此詞学《ハ》大《ニ》可入邪路二一云々、②サテ読ケル、

山深《ク》サコソ心通《ハカヨフ》トモスマテ哀ハ知《ム》モノカハ

③喜海其座末《ニテ》有聞及《シ》任《ニ》注之一、（3）

（番号及び傍線付筆者）

西行が高雄を訪れ、自分の和歌に対する姿勢を高山寺の明恵に語ったとされる歌論である。この歌論を、果たして西行が語ったのかどうかについてその真偽が問われている。まず、久保田淳氏は、この記事が明恵伝記のうち、もっとも信頼できる行状系諸本には見当らず、それより後に色々伝承が加わったとされるいわゆる伝記系諸本のみに見え、「この伝承に対しては慎重な態度が要請されるであろう(4)」と指摘されている。

これに対し、窪田章一郎氏は、「西行七一歳のときとすれば、明恵十六歳ということになり、この前後を、この文章の伝える時期と推定しようと思う(5)」として、肯定的に捉えておられる。この説を受けて目崎徳衛氏も、七〇歳を超えた老西行が直接に幼い明恵を訪ねて「物語」をしたとは考えにくいが、「師の上覚（または文覚）を高尾に訪ねた際の談話とすれば、ありえない事ではない(6)」とされ、その有力な証拠として『聞書集』に見える一連の「たはぶれ歌」のうち、「やすらい歌」を挙げられている。

山田昭全氏は、さらに一歩進んで、この記事の真偽を証する決定的な資料が欠けていることを認めながらも、『井蛙抄《せいあしょう》』に見える西行と文覚との対談の話を語ったという「心源上人」が『大疏百条第三重』第六巻のなかに、「心源上人明慧弟子」であることを発見し、『井蛙抄』に見える話が事実であるとされた。そうした理由で山田氏は、高雄の法華会における「やすらい祭」なるものを西行が実見し、詠歌している資料に基づいて「『和歌色葉集』の著者上覚房行慈のような僧を相手にその和歌観を披瀝することはあり得た(7)」と考えられ、そのような見地から既存の幾つかの資料と結びつけて、詳しい分析を加えておられる。

しかし、明恵研究側からはやや否定的な見方を示している。吉原シケコ氏は、この歌論部分について、華厳経の如心偈と和歌真言説との思想的共通性を指摘した上で、明恵伝記編者が真言僧にして和歌にも秀でた西行の言としてこれを伝記に加え、「明恵の和歌に宗教的尊厳を附加しようとした(8)」と推定されている。平泉洸氏も、こ

の話は正しい史実ではなく、「西行法師も明恵上人も逸話の多い人であったから、訛伝となって『伝記』の中に採用せられたのであろう(9)」とされ、その年代を喜海の没後数一〇年のことと考えられている。

このように、『明恵上人伝』に載る西行歌論について、諸氏の見解が分かれるところなのだが、この記事を実際西行が明恵と出会って、和歌の話をしたと信じるとすれば、可能性としては充分にあり得ることであると考える。というのは、西行が陸奥の旅より帰ってきて、弘川寺に入るまでおおむね洛外嵯峨の草庵にいたとされるが、それは文治三年（一一八七）～文治五年（一一八九）の間である。

一方、明恵は九歳のとき神護寺に入って文治四年十六歳で、叔父上覚（文覚の弟子で、明恵の師）について出家していたのであり、田中久夫氏(10)の推定によると、喜海は明恵より五歳下であるといわれる。とすると、西行と明恵・喜海との接触は、彼らの十六・七歳及び十一・二歳の頃となるのである。また、嵯峨から高雄までは距離的にさほど遠くはなく、西行が高雄の神護寺の法華会における「やすらい祭」に行き、そのことを詠歌(11)していることなどから、この二人の対面はそう不自然ではないと考えられる。もし、文治四年の時点で西行と明恵・喜海との接触があったとすれば、西行七一歳明恵十六歳、喜海十一歳の頃なのである。

ここで、信憑性の問題として疑問視されるのが、第一に、歌論部分の傍線部①「西行上人常ニ来テ物語シテ云」ということである。当時、西行が神護寺の文覚の許にいた明恵のところに来て物語ったという意味であろう。西行と文覚との関係を伝える頓阿の『井蛙抄』第六に、

心源上人語云、文覚上人は西行をにくまれけり。其故は遁世の身とならば、一すぢに仏道修行外不レ可二他事一。数寄をたてゝ、こゝかしこに、うそぶきありく条、にくき法師也。いづくにても見あひたらば、かしら打わるべきよし、つねのあらましにて有りけり。弟子ども、西行は天下の名人也。ものさしたる事あらば可レ

為二珍事一となげきけるに、或時、高尾法華会に西行参りて、花の陰など詠ありきける、弟子共是かまへて上人にしらせじと思ひて、法華会もはてゝ坊へ帰りたりけるに、庭に物申候はんと云人あり。上人たそととはれたりければ、西行と申ものにて候。法華結縁のために参りて候。(12)

という、有名な説話であるが、弟子どもは天下の名人である西行に、もしさしたることでもあらば、大変な出来事になると嘆いていたところ、ある時西行が神護寺の法華会に参ったが、その時の結果は周知の通りである。

西行が神護寺に行ったのは、この時がはじめてのようである。こうした話が事実で、それが晩年のことであるならば、『井蛙抄』の話との脈絡から想定してその以後、文覚とも親しくなった西行が「常ニ」神護寺を訪れ、華厳教学の若き学び手の明恵に和歌の話をしたという、いかにもありそうな場面である。

第二に、西行が和歌の話をするとき、傍線部③「喜海其座末ニ有テ聞及シ任ニ注之一」したものとされることは、きわめて重要である。明恵の高弟といわれる喜海は建長二年（一二五〇）十二月に、七三歳で没しており、師の明恵とは五歳しか違わない。喜海が初めて登場するのは、明恵の根本伝記とされる『高山寺明恵上人行状』（以下『明恵上人行状』と略称する）において、建久九年（一一九八）の秋頃である。

建久九年十月十八日、親受附属ノ尺[釈]迦ノ御前ニシテ唯心観行ノ修行ヲ始メ、并ニ大願ノ文ヲ誦ス、（中略）「喜海給仕シテ彼ノ修行軌儀ヲマナムテ、同ク唯心観行ノ三時ノ修行ヲ此始ム、其暇ノ櫟他事ニ雑ヲセス、上人ニ対シテ奉、探玄記第二巻コレヲ談ス。(13)

と見え、明恵が建久年間に華厳教学の研究に励んでいたことは、建久二年から建久六年にかけて、明恵が書写あるいは校正した聖教が、かなり多く伝わっていることから窺える。田中久夫氏は、これらの聖教に注目して、明恵がこの時期から華厳教学の研究に手をつけていたと推察されている。そして、喜海も『探玄記』の奥書に「喜海法師は、もとこれ華厳法師の同学なり(14)」と記されており、この頃から仲間であったらしいと考えられている。

若し、『明恵上人伝』に乗る西行歌論が文治五年（一一八九）頃、西行が高雄の神護寺で明恵に語ったもので、それを弟子喜海が「其座末《ニ》有《テ》聞及《シ》任《ニ》注之」したものとすれば、明恵は十七歳、また喜海はわずか十二歳ということになる。この時、十一、二歳の喜海が「座ノ末」にあって、実際話を聞いたとして、それがどの程度、正しく伝えられたかという点になると、いささかその信憑性には一抹の疑問を残すと思われる。

第三に、傍線部②「サテ読ケル」として「山深クサコソ心ハ通トモスマテ哀ハ知ムモノカハ」という歌と西行歌論との関連性である。この歌は西行の家集類には見当たらず、『新古今集』雑中に「題しらず」として収められている。「奥深い山の中にどれほど心を通わしても、実際そこに住まない者には、奥山のまことのあわれを知ることができない」という歌意が、果たして歌論部分で展開された和歌即真言、和歌即仏像観の深意が込められているのだろうか。歌だけを見てみると、「スマテ哀ハ知ムモノカハ」という、山里でのきびしい仏道修行を通じて得られた宗教的境地を端的に示している。なお、歌論部分で西行が明恵に和歌が単に和歌として在るのではなく、もっと深い仏法の深淵に源を発することを説いており、それは自己体験的な実践行為によってかちとったものと語っていることを、「山深ク」の歌と思いあわせば、歌と歌論との連続性が認められる。

すなわち、「山深ク」の歌は、西行の詠であったということになる。そして、『方丈記』の末尾には、西行歌と似通っている次のような一文がある。

もし、人この云へる事を疑はば、魚と鳥とのありさまを見よ。魚は水に飽かず。魚にあらざれば、その心を知らず。鳥は林を願ふ。鳥にあらざれば、その心を知らず。閑居の気味もまた同じ。住まずして、たれかさとらむ。[15]

これは、長明が日野の山における五年の草庵生活のなかで、体験を通して獲得した境地が見いだされる。傍線

部分の「住まずして、たれかさとらむ」は、西行歌の「スマテ哀ハ知ムモノカハ」を強く意識したもので、万物の存在形態そのものは、すべて心が決定づけているところに、『華厳経』「如心偈」の「三界唯一心、心外無別法、心仏及衆生、是三無差別」という、華厳の「唯心思想」を引いて、『方丈記』のしめくくりを結んでいることは非常に興味深い。西行も『山家集』に、「身の憂さの隠れ家にせん山里は心ありてぞ住むべかりける（九一〇）」と、「心を離れては三界も万物も存在しない、すべて心が決定づける」という唯心説に基づいて歌っているのである。

三　伝記系諸本に見える西行歌論

今までは、『明恵上人伝』に載る西行歌論について、諸氏の論考を参照しながら、いくつかの疑問点を取り上げて私見を述べてきた。次に、伝記系諸本に見える西行歌論部分の異同について、少し言及しておきたい。

明恵の伝記として、行状系と伝記系の二種類があるが、前者が根本的資料として重視され、後者は後世の増補と思われる箇所が多く見え、比較的軽視される傾向が普通であるとされる。そして、『明恵上人行状』には、「仮名行状」と「漢文行状」があり、明恵の高弟喜海が撰した「仮名行状」を仁和寺の隆澄が漢訳し、さらに高信が加筆したものが「漢文行状」[16]であることは、その奥書によって窺い知る。それに対し、『明恵上人伝』は行状系諸本に基づいて編んだもので、極めて説話的に構成されており、奥書には喜海の名はあるものの、明らかに喜海没後に成立したと思われる説話も見え[17]、全面的に事実とは認めがたいが、何かある原形が改訂、増補されたのではないかと想定される。

ここで、『栂尾明恵上人伝』の写本・版本を挙げると、次の通りである。

［写本］
六　『栂尾明恵上人伝　上』　一帖　興福寺蔵　康正二年（一四五六）
七　『栂尾明恵上人物語』　一冊　高山寺蔵
八　『栂尾明恵上人伝　上下』　二帖　高山寺蔵　慶長十四年（一六〇九）書写
九　『栂尾明恵上人伝記　巻下』　残缺　一帖　高山寺蔵
十　『栂尾明恵上人伝記』　一冊　高山寺蔵　慶長四年（一五九九）書写
十五　『明恵上人断簡』　一巻　高山寺蔵
［版本］　寛文五年版（一六六五）・宝永六年版（一七〇九）・寛政三年版（一七九一）・版年不明
＊なお、ここに挙げた六～十五の番号は、『明恵上人資料　第一』（東京大学出版会）の中で使われているものを、そのままで引用した。(18)

右の写本のなかで、最初に掲げた西行歌論部分は、一番古いとされる興福寺蔵本に拠ったものだが、それと異なる本文を持つ慶長四年（一五九九）書写の奥書がある高山寺蔵本（以下、高山寺慶長本と略称する）には、次のように記されている。

又西行上人常《ニ》来《テ》云、我哥ヲヨムハ世ノ常《ニ》異ナリ、花郭公月雪万物ノ興ニムカヒテモ凡所有相皆是霊妄ナル事眼ニサイキリ耳ニミテリ、ケニ花ヲヨメトモ花ト思ハス、月ヲ詠スレトモ誠ニ月トモ不存、只任縁随興テヨミオクナリ、紅虹タナヒケハ虚空ヲ色ドルニ似タリ、白日カ、ヤケハ虚空明ナルニ似タリ、シカレトモ虚空ハ本ヨキラカナル物《ニ》モアラス、又色トレル物ニモアラス、我又此霊空ノコトクナル心ノウヘニヲキテ種々ノ風情ヲイロトルトイヘトモ更《ニ》蹤跡モナシ、モシコ、ニイタラスシテ此哥ヲマナハ、、邪路《ニ》入ヘシ。

（『栂尾明恵上人伝記』高山寺慶長本・傍点筆者）

これと前掲の興福寺蔵本と比較して見ると、ところどころに省略されている部分があることに気づく。その省略された部分を、次のように挙げておく。

（A）「又読出所ノ哥句ハ皆是真言非ヤ」のこと。

（B）「此哥即是如来ノ真ノ形躰也、去ハ一首詠出テハ一躰ノ尊像ヲ造ル思ヲ成ス、一句ヲ思ツヽケテハ秘密ノ真言ヲ唱ニ同、我此哥ニ依テ法ヲ得事有」のこと。

（C）「サテ読ケル」と、歌論に付随している「山深クサコソ心ハ通トモスマテ哀ハ知ムモノカハ」の歌のこと。

（D）「喜海其座末ニ有テ聞及シ任ニ注之ニ」のこと。

という、四カ所である。なお、他の伝記系諸本では「虚妄」と「虚空」になっている部分が、高山寺慶長本ではそれぞれ傍点部分の「霊妄」と「霊空」になっているところが二カ所ある。特に、この（A）（B）の部分は、和歌即真言観、和歌即仏像観に該当するところであり、（C）（D）の方は、その信憑性の問題が問われている点などを考えるとき、この部分が後人の増補なのではないかと思われる。この部分について平野多恵氏によると、高山寺慶長本では見られない部分の文章は説話的でこなれているとし、和歌即真言観・仏像観等の部分の本文が省略されたことを考えると、「この部分の西行の言説が後人の付け足しではないか」[19]と指摘されている。これは傾聴すべき見解であろう。

ここで、西行歌論の内容を見ると、前半のあらゆるものは虚妄であると認識した上で、虚空に基づいての歌の詠み方・事物の捉え方を語った部分と、後半の和歌即真言観、和歌即仏像観という二つに分けて構成されている。

しかし、前半の虚空の如くなる心の上に立って、事物の捉え方を述べる途中に、「又読出所ノ哥句ハ皆是真言非ヤ」という和歌即真言説が記されている。仮に、この高山寺慶長本が諸伝本のうち、古態本に一番近い形態を保っていると想定すれば、西行の和歌観における和歌即真言説は、最初からくずれるわけで、再検討する必要があると考えられる。勿論、『明恵上人伝』は写本を多く存しており、この箇所だけで増補であるか、省略であるかは諸伝本の系統を詳しく調査しない限り、公正に判断できないと思うが、『明恵上人伝』に載る西行歌論部分において、写本間の異同が存在する点は、非常に注目されるところである。

四　西行歌論の典拠

『明恵上人伝』に載る西行歌論について、その典拠を詳しく論じたものとして、山田昭全氏のご論[20]がある。山田氏は、この歌論を西行の高雄歌論と名づけて、西行晩年に到達した和歌観の究極の境地と認められた。そして、西行歌論の典拠として、『大日経』と『大日経疏』を挙げられている。以下、山田氏の論考によりながら、その論を要約して次のように挙げておく。

(1)外界の事象はすべて仮相（＝虚妄）にすぎぬとする空観に立脚して、あらゆる事象は無相であるとする見方は、『大日経』と共通する。

(2)「紅虹タナ引バ虚空イロドルニ似タリ、（中略）我又此ノ虚空如ナル心ノ上ニ於テ種々ノ風情ヲイロドルト雖モ更ニ蹤跡無シ」は、虚空を引喩しつつ心象世界の無相を論じているが、これは『大日経』『大日経疏』に示されている。

(3)和歌即仏像、和歌即真言という西行の主張は、『大日経』の「心と虚空界と菩提との三種は無二なり」と

いう部分に、その論拠がある。この「三種は無二」だということは、われわれの心性と仏の悟りの境地とあらゆる現象を含蔵するところに、虚空界（＝法界）とが融通無碍の状態にある。だとすると、我々の心性から発する言句は仏の発するところの言句と変るところがなく、ここに和歌即仏像、和歌即真言の基礎的な論拠を見出すことができる。

このように、山田氏は西行歌論に見える思想的基盤が、『大日経』と『大日経疏』から導かれた無相観に拠って和歌即仏像観、和歌即真言観が成り立ったと推論されている。勿論、氏の言われる通り、西行が『大日経』や『大日経疏』を学んでおり、西行歌論で語られる思想に通うところがあるかも知れない。しかし、西行歌論の思想内容が、必ずしも『大日経』や『大日経疏』だけに拠ったものとは言えないであろう。筆者は、この西行歌論の思想的背景として、華厳教学の根本理念の一つである「法界縁起思想」からその意を汲んだものであろうと考えている。

まず華厳教において、究極の教えである法界縁起思想(21)について触れておきたい。華厳の法界縁起は、空の思想を根底にふまえつつ、あらゆる個物の相依相関のあり方を「円融無礙《えんにゆうむげ》」なる自由な関係性にありとみて、相依相関の全体性を把握しようとするのである。そうした、法界の世界観を成立させるための基礎となるべき、現実の事象を意味する「事」と真理の存在を示す「理」との関係をとらえて、華厳法界縁起の究極として完成したのが、「四種《ししゅ》法界(22)」の教えである。

「四種法界」の体系を確立したのは、中国華厳宗第四祖澄観であるが、人間の心の真理状態として自性清浄心たるべき「一心」と、現実に存在する一切のものとの関係交渉を明らかにするために、四種法界の体系を組織したとされる。四種法界とは、「事法界」「理法界」「理事無礙法界」「事事無礙法界」をいう。

はじめの「事法界《じほっかい》」というのは、現実の世界、現象の世界である。すなわち、山川草木・人間など、存在する一切のものをいう。「理法界《りほっかい》」とは、理性《りしょう》（実体）の世界、空の世界である。『般若心経』に「色即是空、空即是色」と示されているように、一切法がすべて空であるということを説く。

次に「理事無礙法界《りじむげほっかい》」とは、理性と現象が相即無礙なることを顕した世界であるという。『大乗起信論』に「如来法身畢竟寂寞、猶如虚空」[23]という真如随縁の考え方を適用して、これが一つの思想の根拠になっている。真如は理にあたり、真如が随縁して諸法を成しているのだという考え方で、随縁を事象と考える。

最後に「事事無礙法界《じじむげほっかい》」とは、現象している個物と個物とが円融無礙なる関係にあるという。すなわち、一切諸法が相互に妨げることなしに、一法が一切を包容し、一切法が一法の中に含まれる関係にあるのが、事事無礙といわれる。

このように、華厳の法界縁起思想について簡略に述べてきたが、こうした四種法界思想が、前掲の『明恵上人伝』に乗る西行歌論とどう結びつくのだろうか。これからは四種法界思想と西行の和歌観とを直接関連づけて、その典拠を探って行きたいと思う。

まず第一に、西行の歌論「花郭公月雪都テ万物ノ興ニ向テモ、凡所有相皆是虚妄ナル事眼ニサヒキリ耳ニ満リ」の部分について検討してみる。山田氏はこの部分に関して、現象界の個々の差別相を「虚妄」とみるのはまさに『大日経』に共通するとされ、『大日経疏』の文中に「凡そ有相の者は、皆是れ虚妄なり。云何が能く無上菩提を見ん」（傍点原文）という一文を取り上げ、傍点部分と不思議な一致を見せていると指摘された。

しかし、『金剛般若経』に「如来所説身相。即非身相。仏告須菩提。凡所有相皆是虚妄。若見諸相非相。則見如来」[24]と見え、これに拠っていることは明らかである。つまり、『大日経疏』の文中に「凡そ有相《うそう》の者」は、存

在するものだけの意であって、『金剛般若経』の説く「凡そ所有《あらゆる》相」は、存在するもの、存在しないものすべてを意味し、西行の言説と完全に一致するわけである。また、『華厳経』の十地品に「三界虚妄、但是心作」と見え、華厳の有名な「如心偈」で、三界が虚妄であることは『金剛般若経』が説く「空」を指している。なお、禅宗の語録であり華厳の一心思想を説く黄檗希運（?～八五九?）の『伝心法要』にも、「万法尽由心変。所以、我心空故諸法空」に続いて、次のように記されている。

　云心既無相、豈得全無三十二相八十種好化度衆生耶。師云三十二相属相、凡所有相皆是虚妄。八十種好属色、若以色見我、是人行邪道、不能見如来。(25)

とあり、『金剛般若経』の句を引いて、万法は心によって生じ、我が心も空であり、諸法も空であることを示して、あらゆる相《すがた》は虚妄である唯心的な立場から説いているのである。西行歌論においても、歌の素材となる「花・郭公・月・雪・都ての万物」を、四種法界のうち、現象はすべて仮の相《すがた》である「事法界」として認識した上で、その差別の相である「現象界」（虚妄）を「理法界」としてとらえ、その絶対的境地から詠ずる限り、歌を「読出所ノ哥句ハ皆是真言非ヤ」という論理構造が成り立つわけである。

　このような見方をとると、西行が「我哥ヲ読事ハ遙世ノ常ニ異也」と語った理由がはっきりわかってくる。すなわち、森羅万象のありのままの相は、あなたたち凡人には見ることができないし、自我の我執・我見のものを捨てない限り、これを見ることができないという、西行の晩年に到達した特異な和歌観の究極の境地を明確に示しているのである。

　第二に、このような西行の特異な和歌観の思想的基盤が、四種法界観から生まれたものであろうと推定されるのは、次の「花ヲ読共ケニ花ト思事無、月ヲ詠スレ共実ニ月共不存、如是シテ任セ縁ニ随テ興ニ読置所也」とい

う西行の言句からも窺える。法界縁起思想では、縁起している一切のものは、縁起の理法によって成り立っているので、どこまでもそのもの古有の存在を持たない、無自性・空として把握する。そうした、無自性《むじしょう》・空である理法界が、現象界の事と真如随縁して諸法を成しているのが「理事無礙法界」であるという。『大乗起信論』(26)では、この「真如随縁」について、

是の故に、一切の法は、本より已来、言説《ごんぜつ》の相を離れ、名字の相を離れ、心縁の相を離れ、畢竟平等にして、変異あること無く、破壊《はえ》すべからず、唯是れ一心なるのみなれば、故《ことさ》らに真如と名づく。一切の言説は仮《け》名《みょう》にして実無く、但妄念に随うのみにして、不可得なるを以ての故に、真如と言うも亦相あること無く、言説の極《ごく》、言に因って言を遣るを謂う。(27)

と説いて、一切の言説の性格を示し、「言説の極、言に因《よ》って言を遣《や》る」という、言説の極言として「真如」と名付けているのである。こうした、「真如随縁」に基づいて西行は「縁に任せ、興に従って(28)」花月を詠ずるのである。つまり、花も空であり、月も空である。花と月に真如（理）が随縁して相即無礙なる理事無礙法界が顕われてくるのである。「花を詠むとも実に花と思うことなく、月を詠ずれども実に月と思わず」という境地から発するところの言句は、仏が発する絶対表現の真如（言句）と変わるところがないことになるのである。

このような、西行の和歌観と一脈通じるのは、文治二年（一一八六）西行六十九歳のとき、東大寺の復興事業に協力して、砂金勧進のため奥州への再度の旅の途中に、鎌倉の頼朝と謁して懇談した折、和歌に関する話が『吾妻鏡』（文治二年八月十五日条）に、次のように記されている。

詠歌は、花月に対して動感の折節、僅かに卅一字を作る計なり。全く奥旨を知らず。然れば、是れ彼れ報じ申さんと欲する所無しと云々。然れども恩問等閑ならざるの間、弓馬の事に於ては、具さに以て之を申す。

即ち俊兼をして其詞を記し置かしめ給ふ。綷終夜を専にせらると。云々。

和歌に関する話は、極めて短い記述にすぎないが、花と月に対して感興がおこるままに歌を詠ずるのだと西行は述べている。それは、歌論部分で「如是シテ任セ縁㆒随興ニ㆒読置所也」と披瀝した部分と、鎌倉の頼朝の前で「詠歌は、花月に対して動感の折節、僅かに卅一字を作る計なり」と照らし合わせば、相通じるところがある。しかし、ここには西行の和歌観に対する深い思想的意味は見られず、『吾妻鏡』も「然れば、是れ彼れ報じ申さんと欲する所無し」と記録している点から、和歌のことはあまり語らなかったようである。

第三に、「紅虹タナ引ハ虚空イロトルに似タリ、白日嚇ケハ虚空明ラカニ似タリ、然共虚空ハ本明ナル物ニモ非、又イロトレル物ニモ非、我又此虚空如ナル心ノ上ニ於種々ノ風情ヲイロトルト雖更ニ蹤跡無」について検討してみる。

山田氏はこの部分の典拠として、『大日経』の「虚空相はこれ菩提なり」、「虚空相の心は、諸分別と無分別とを離れたり」「心と虚空界と菩提との三種は無二なり」の説示に極めて近いとされたが、筆者はこの部分の典拠を、『華厳経』の夜摩天宮品に説く「如心偈」[29]を踏まえたものであろうと思われる。

譬如㆔工画師　分㆓布諸彩色㆒　虚妄取㆓異色㆒　四大無㆓差別㆒
四大非㆓彩色㆒　彩色非㆓四大㆒　不㆘離㆓四大体㆒　而別有中彩色㆖
心非㆓彩画色㆒　彩画色非㆑心　離㆑心無㆓画色㆒　離㆓画色㆒無㆑心
（中略）
心如㆓工画師㆒　画㆓種種五陰㆒　一切世界中　無㆓法而不㆒㆑造
如㆑心仏亦爾　如㆑仏衆生然　心仏及衆生　是三無㆓差別㆒

と説いて、経典における引喩（〜如し）と否定（〜非ず）が、歌論部分の西行の言句と極めて共通しており、内容面においても、「紅虹タナ引ハ虚空イロトレルニ似タリ」のところは、如心偈の「譬如㆔工画師　分㆓布諸彩色㆒　虚妄取㆓異色㆒　四大無㆓差別㆒」という、たくみな画師の彩色を引喩して、虚空の差別相を離れたことを示しているのと対応する。また、「然共虚空ハ本明ナル物ニモ非、又イロトレル物ニモ非」は、同じ『華厳経』の如心偈「如㆘虚空清浄　非㆑色不㆑可㆑見　能現㆓一切色㆒　其性不㆖可㆑見」において、「虚空は清浄にして、見ることができない。あらゆる色がよく現われるがその本性は見えない」という、偈の意味と対応している。

さらに、「我又此虚空如ナル心ノ上ニ於種々ノ風情ヲイロトルト雖更ニ蹤跡無」のなかの、「虚空如ナル心」は『大乗起信論』によれば、

如来の法身は畢竟して寂寞なること、猶虚空の如し。（中略）一切の境界は唯心のみが妄に起るが故に有なるも、若し心にして妄に動くことを離るるときは、則ち一切の境界は滅し、唯一真心のみにして偏せざる所無し、此を如来の広大性智の究竟の義と謂う、虚空の相の如くには非ざるが故なり。[30]

と説いて、一切の境界は心の妄動によって起り、心の妄動を離れれば一切法に偏満するという徹底した唯識説から理解することができよう。ここで、傍線部分の「一切の境界」は、西行歌論部分の「種々の風情を色どる」に、「唯一真心のみにして偏せざる所無し」は、「更に蹤跡なし」にそれぞれ置き換えて表現され、虚空から唯心への論理展開は両者一致するところである。また、『伝心法要』にも、「心本是仏、仏本是心、心如虚空、所以云、仏真法身猶如虚空[31]」と見え、「心と虚空と仏」は無二であることを説いている。

このように、『華厳経』の「如心偈」からその典拠を示してみたが、ここにもやはり四種法界のうち、事事無礙法界観が現われている。「赤色の虹がたなびくと空は色どられたように見え、明るい太陽が輝くと空が明るく

なったように感じられる」のは、事法界における世間一般の凡夫の眼に映された現象の世界である。しかし、西行の眼には「然共虚空ハ本明ナル物ニモ非、又イロトレル物ニモ非」という、事事無礙法界観に基づく仏の知恵、悟りの知恵によって見られた絶対の境地なのである。形や姿の上では、両者はまったく同じものである。

しかしながら、同じ事象を見る見方の次元が異なるのである。前者は、存在している事象をそのまま受け取る見方、後者は、存在する事象は個物として独立して、互いに融通していると見るのである。理事無礙法界を踏まえてさらに徹底した思想を展開させたのが、この事事無礙法界であり、法界縁起の究極的世界像がそこに開かれるのである。

西行はこうした究極の世界である事事無礙法界を最終段階に置いて、「我又此虚空如ナル心ノ上ニ」詠む歌は仏の知恵、悟りの知恵によって詠まれたものだから「種々ノ風情ヲイロトルト雖更ニ蹤跡無」という、最晩年に到達した自負にあふれる究極の和歌観を語っているわけである。いわば、「虚空如ナル心ノ上ニ」詠み出す歌句は、そのまま一躰の仏像であり、真言なのである。

なお、この「我又此の虚空の如くなる心の上に於いて、種々の風情を色どると雖も、更に蹤跡なし」という部分は、西行の「にほてるや」(32)の歌と照合して似通っているところがある。

円位上人無動寺へのぼりて、大乗院のはなちでにうみをみやりて

にほてるやなぎたる朝に見渡せばこぎ行く跡の浪だにもなし

かへりなんとてあしたの事にてほどもありしに、今は歌と申ことは思たえたれど、結句をばこれにてこそつかうまつるべかりけれとてよみたりしかば、ただにすぎがたくて和し侍りし

ほのぼのとあふみのうみをこぐ舟の跡なきかたに行こころかな　（拾玉集、五四二二・五四二三）

この歌は、晩年の西行が比叡山無動寺の慈円を訪ね、大乗院の放出から琵琶湖を観望しながら「空」を詠んだものである。西行の辞世歌とも言えるこの「にほてるや」の歌は、「こぎ行く跡の浪だにもなし」の句を西行歌論の文脈中に置くと、大乗院の放出から見晴らした琵琶湖の風景は、虹や太陽のごとく、「種種の風情を色どると雖も」、それは実体がないものであって、空観《くうがん》の認識に立ってみると、湖上の上にある船も、またその跡の白波もまったく「蹤跡」が無いのである。

すなわち、四種法界観に基づいて、あらゆる事象のありのままの真実・本質を見たという悟りの境地を表したものと考えている。続いて「此の歌、即ち是れ如来の真の形体なり、一首読み出でては、一体の仏像を造る思ひを成す、一句を思ひつづけては、秘密の真言を唱ふるに同じ」とは、前掲の『華厳経』夜摩天宮品に説く「如心偈」の中に、「まさにかくの如く観ずべし、心もろもろの如来を造る」、(「応当如是観、心造諸如来」)という、「和歌即仏像観」の部分に論拠を見出すことができる。

このように考えてみると、西行が四種法界観に基づいて、自分の和歌観を披瀝したことがはっきり見えてくると言えよう。歌論部分で見られる西行晩年の和歌観が形成される根底には、こうした法界縁起思想を踏まえており、そこには西行の和歌観がより具体的に現われていると思われる。

五　おわりに

本節では、『栂尾明恵上人伝』に載る西行歌論について、伝記系諸本との関係を比較した上に、西行の和歌観の思想的基底として、華厳の法界縁起思想を取り上げて論じてみた。西行における華厳思想の影響の有無を窺い知るものとして、絶好の証拠となるのが、次に挙げる『華厳経』の歌二首である。

三界唯一心　心外无別法　心仏及衆生　是三无差別
ひとつねに心のたねをひいでゝ花さきみをばむすぶなりけり　（聞書集・四〇）
若人欲了知　三世一切仏　応当如是観　心造諸如来
しられけりつみを心のつくるにておもひかへさばさとるべしとは　（聞書集・四一）

これらは、『聞書集』の「十題十首」[33]のうち、二首であり、諸氏らによって西行の出家直後まもない頃の作品として推定されているが、筆者は西行が華厳思想に目覚めたのは、晩年に近い頃と考えている。また、西行の仏教思想と信仰情況を推察することができる手がかりにもなる歌である。

歌題に引かれている『華厳経』の「如心偈」の句は『華厳経』の核心となる唯心縁起思想を端的に表わしているものである。四〇の歌題「心仏及衆生、是三无差別」と、四一の「応当如是観、心造諸如来」は、西行歌論における「此哥即是如来ノ真ノ形躰也、去ハ一首詠出テハ一躰ノ尊像ヲ造ル思ヲ成ス、一句ヲ思ツゝケテハ秘密ノ真言ヲ唱ニ同」という、和歌即仏像観、和歌即真言観の部分の論拠を見出すことができると思われる。

特に注目したいのは、「心は諸の如来を造る」という句である。これは華厳の一心思想[34]と深くかかわりがあり、西行にとって、「罪を造るのも如来を造るのも」すべて、この「一心」の上に求められているのである。今までは、仏道修行を妨げる煩悩の因としてしか思わなかったこの「心」が、やっと華厳思想と出会って悟ることができたことを、西行は下の句で「おもひかへさばさとるべしとは」と、その感激を披瀝しているわけである。

西行が一生こだわり続けてきた心の問題が、すべてこの「心造諸如来」の句に集約されていると言っても過言ではないと思う。これは西行の和歌観とも繋がるもので、その思想的基盤に華厳思想の影響が窺える点で極めて重要な意味を示唆してくれるのである。このように見てくると、西行の和歌観における「心」の重視を理解され

よう。それは万法は一心より生起するとなす華厳思想から求めなければならないのである。

【注】

（1）萩原昌好氏は、西行の出家当初の信仰体系を融通念仏の僧として出発した観点から、西行における華厳思想の影響を認められている（「西行の出家」「国文学　言語と文芸」七八、昭和四九・五）。

（2）伊藤博之「心の自覚の深化と中世文学―西行歌を中心として―」（「成城国文学」七、平成三・三）。同「西行」『仏教文学講座』第四巻（勉誠社、平成七）。萩原昌好「西行と雪月花―西行の自然観―」（「国文学　解釈と鑑賞」六五・三、平成一二・三）。なお、平野多恵氏は『栂尾明恵上人伝』に載る和歌即仏像観、和歌即真言観の挿話について、諸本を丹念に検討し、この挿話は「西行自身が語ったというより、むしろ中世という時代が西行に語らせた和歌観」であるという立場から、西行歌話における華厳経の思想的影響を追及している（「『栂尾明恵上人伝』における西行歌話の再検討」「国語と国文学」七七・四、平成十二・四）。

（3）高山寺典籍文書総合調査団編『明恵上人資料第一』所収（東京大学出版会、昭和四六）興福寺蔵本の本文による。

（4）久保田淳『新古今歌人の研究』（東京大学出版会、昭和四八・三）九六頁。

（5）窪田章一郎『西行の研究』（東京堂出版、昭和三六・一）四一六頁。

（6）目崎徳衛『西行の思想史的研究』（吉川弘文館、昭和五三・一二）四〇〇〜四〇一頁参照。

（7）山田昭全『西行の和歌と仏教』（明治書院、昭和六二・五）二五一頁。

（8）吉原シケコ『明恵上人歌集の研究』（桜楓社、昭和五一・九）二一一〜二一二頁。

（9）平泉洸全訳注『明恵上人伝記』（講談社、昭和五五・一一）一七六頁。

（10）田中久夫『明恵』（吉川弘文館、昭和三六・二）二五〇頁。

（11）『聞書集』の所載「たはぶれ歌」十三首のうち一首

嵯峨にすみけるに、たはぶれ哥とて人々よみけるを

たかをでらあはれなりけるつとめかなやすらい花とつゞみうつなり
(12)『井蛙抄』(日本歌学大系第五巻、風間書房、昭和三二)一〇六～一〇七頁。
(13) 注(3)前掲書、四一～四二頁。
(14) 田中久夫氏は、喜海が明恵に随身したのは建久頃からだと推定された。注(10)前掲書、二八頁参照。
(15) また、『方丈記』(新潮日本古典集成、三八頁)の末尾の部分に、
夫三界はただひとつなり。心若やすからずは、象馬・七珍もよしなく、高殿・楼閣も望みなし。今、さびしきすまひ、一間の庵、みづからこれを愛す。おのづから、都に出でて、身の乞匃となれる事を恥づといへども、帰りてここに居る時は、他の俗塵に馳する事をあはれむ。

とあり、一切は心がすべてを決定するという、『方丈記』に見られる極端な心優先の思想は、『華厳経』からその答えを求めなければならないのである。
(16) 注(3)前掲書奥田勲氏解説、七〇四～七〇五頁参照。
(17) 注(3)前掲書奥田氏解説、七一六参照。
(18) ここでは、『明恵上人資料第一』に載せられた写本のみ引用したが、『明恵上人伝』の伝本はこの他にも存しており、『国書総目録』を参照していただきたい。
(19) 注(2)平野氏前掲論文。
(20) 注(7)前掲書、二五四～二五九頁。以下引用する山田氏のご論は、すべてこの書による。
(21)「法界縁起思想」に関しては、主に鎌田茂雄「法界縁起と存在論」(『講座仏教思想』第一巻、理想社、昭和四九・四)、鎌田茂雄・上山春平『無限の世界観〈華厳〉』(角川書店、昭和四四・一)、坂本幸男「法界縁起の歴史的形成」(『仏教の根本真理』、三省堂、昭和三一・一一)、同『華厳教学の研究』(平楽寺書店、昭和三一・三)、中村元編『華厳思想』(法蔵館、昭和三五・一)等を参照した。
(22) 塚本幸男氏は、この「四種法界」について、新羅の元暁(六一七～六八六)は、有為法界・無為法界・有為無為法界・非有為非無為法界の四法界を立て、法蔵(六四三～七一二)は無障無礙法界を加えて五法界を説いたと述べられて

いる。（「法界縁起の歴史的形成」注（21）前掲書所収）、九〇〇～九〇一頁。
（23）岩波文庫『大乗起信論』（岩波書店、平成六）、七〇頁。
（24）岩波文庫『般若心経　金剛般若経』（岩波書店、昭和三五）、四八頁。なお、この「凡所有相、皆是虚妄」というのは、既に萩原昌好氏によって、『金剛般若経』の経句を踏まえたものであろうと指摘されている（「西行の和歌と仏教」「国文学　言語と文芸」五七、昭和四三・三）。
（25）岩波文庫『伝心法要』（岩波書店、昭和一一）、六〇頁。
（26）理によってどうして事が成ずるかについて、鎌田茂雄氏によると二つの解釈があるとされる。その一つは、『華厳経』「夜摩天宮中偈讃品」の「心如工画師、能画諸世間」の唯心偈を引用して、唯心の立場から、あらゆる世間の存在も唯心の所現であるとみ、理を心にあてはめれば、理によって事を成ずるということになるわけで、一切法が唯心、すなわち、理の所現とみるのであるとする。第二の解釈は、『大乗起信論』の真如随縁の思想を適用して、この門を解釈すると、真如が随縁して諸法と成ることを、理によりて事を成ずるというのであり、真如が随縁して事と成ったからといって、決して真如そのものがなくなるわけではなく、随縁して事となっても理としての自性はなくならないのであると述べられている。ここでは、『大乗起信論』の中、「真如随縁」の思想を適用したという、後者の解釈を取って西行歌論と結びつけたものである。（「法界縁起と存在論」注（21）前掲書所収）、一一二～一一五頁参照。
（27）注（23）前掲書、二四頁。
（28）高山寺蔵慶長一四年（一六〇九）書写の『栂尾明恵上人伝』には、この部分が「随縁随興」となっている。注（3）前掲書、三八五頁参照。
（29）『華厳経』巻一〇（大正蔵巻九、四六五）。
（30）注（23）前掲書、七〇頁。
（31）注（25）前掲書、五四頁。
（32）なお、西行と慈円の贈答歌については、第四章第二節「晩年と和歌起請」参照。
（33）第二章第一節「『聞書集』「十題十首」の歌」参照。

（34）元暁はこの「一心」について、『大乗起信論疏』（大正蔵巻四四、二〇六）の中に、
初中言依一心法有二種門者。如経本言。寂滅者名為一心。一心者名如来蔵。此言心真如門者。即釈彼経寂滅者名為一心也。生滅門者。是釈経中一心者名如来蔵也。

と説いて、一心は如来蔵であり、その一心によって二門を立て、二門のうち、真如門を中観、生滅門を唯識に対応させて『大乗起信論』を述べている。元暁の「一心思想」に関しては、鎌田茂雄氏の「新羅元暁の唯識思想」（『伊藤真城・田中順照両教授頌徳記念　仏教学論文集』所収、東方出版、昭和五四）に詳しい。

第二節　晩年と和歌起請

一　はじめに

『御裳濯河歌合』・『宮河歌合』は、西行が晩年に及んで、これまで詠み続けてきた作品の中から自信作を選りすぐって、歌合の形式として、伊勢大神宮に奉納した自歌合である。それぞれ七十二首の歌を三十六番に番え、俊成・定家父子が判を加えた。久曽神昇氏(1)によると、種々の歌合の影響を受けてできたらしく、自歌合と呼ばれている、現存のものとして最古のものであると言われる。なお、この両自歌合と関連して、慈円が大きく関与していること、西行の生涯の総決算というべき意義を持っていることなどは、既に先学によって、しばしば指摘が行なわれている。

ところで、西行の「和歌起請」は、『御裳濯河歌合』・『宮河歌合』の両自歌合の成立と絡んで、深く関わりがあると思われる。この西行の「和歌起請」と関連して、松野陽一氏は『御裳濯河歌合』や『宮河歌合』の両自歌合以外に、同じく伊勢大神宮の摂社への奉納を目的とする「諸社十二巻歌合」の計画とも関わりがあるとされ、

和歌起請の問題を具体的に考証されている。(2)

本節では、西行晩年の「和歌起請」をめぐって考察してみたい。そこでまず、西行と慈円との伝記上の交渉を検討した上で、無動寺大乗院における西行と慈円の贈答歌を取り上げて、「和歌起請」に関わる問題を中心に、私見を述べて行きたいと思う。

二　慈円との交渉

さて、西行と慈円との伝記上の交渉に関しては、早く伊藤嘉夫氏(3)や谷山茂氏(4)によって言及された。そして、山木幸一氏は西行と慈円との交渉が治承年間に遡ること、二人の関係は「現世的な僧界地位の隔たりなどは超えた交わりで、内的な求道的立場からいえば両者は先進と後進という形であったにちがいない(5)」とされ、内面の求道的側面から捉えておられる。また、山本一氏は「西行晩年の面影―慈円との交流から―(6)」において、『続後撰集』『拾玉集』『慈鎮和尚自歌合』などの何れも慈円側の資料から、二人の贈答歌を詳細に考察し、西行と慈円の親交の親密さを鮮明に提示された。さらに、久保田淳氏(7)は『御裳濯河歌合』『宮河歌合』の成立それ自体に、慈円が深く関与していたことを跡付けられている。

このように、研究史を概観してみても晩年の西行と慈円との関係が深かったことは、大方の認めるところであるが、それは次のような資料によって知られる。

①『続後撰集』雑中・一一三二、一一三三

前大僧正慈鎮無動寺にすみ侍りけるころ、申しつかはしける

西行法師

いとどいかに山をいでじとおもふらん心の月をひとりすまして

返し　　前大僧正慈鎮

うき身こそ猶山かげにしづめども心にうかぶ月を見せばや

②『慈鎮和尚自歌合』小比叡十三番右・五七

世をいとふ心ふかきよしなどかたりし事をおもひいでて、円位上人がもとへ遣しける

世をいとふしるしもなくて過ぎこしを君やあはれと三輪の山もと

③『慈鎮和尚自歌合』十禅師十三番左・一八〇

円位上人横川よりこのたびまかり出づる事のむかし出家し侍りしその月日にあたりて侍ると申したりける返事に

うき世出でし月日の影のめぐりきてかはらぬ道をまたてらすらん

西行と慈円との交渉の有った時期について、具体的にいつの年のことであるかまだ明らかではないが、山木幸一氏[8]は①の贈答歌を慈円が道快と号した若き日、無動寺に登って千日入堂の苦行を重ねていた頃と見て、安元元年（一一七五）から治承三年（一一七九）までに限定して推定されている。しかし、多賀宗隼氏は慈円の千日入堂は「安元二年から治承三年まで二十二歳から二十五歳にかけての修行」[9]であると言われる。『玉葉』（治承三年四月二日の条）によると、

二日、庚寅、晴、午刻法性寺座主道快被来、千日入堂了、去廿四日下京、今日始被来也、条々有被示合事等、大略世間事無益、有隠居思由也、余加制止了。

と見え、慈円は千日入堂修行後ただちに兼実を訪ねて「大略世間事無レ益、有二隠居之思一由也」と「隠居」の志

を告げており、下山時期の確実な治承三年三月から逆算すれば、安元二年四月ということになる。[10]そうすれば、二人の交渉も千日入堂期に遡ると考えればよいであろう。いずれにせよ、千日入堂の期間と同じ頃、西行にも隠遁の意思を語っていると思われるが、西行の歌の上句もその入堂時の慈円を励ました表現と見られる。「心の月」とは心月輪《しんがちりん》の意味で、心が円満で明るく澄んでいる状態を月にたとえる。西行が密教観法の一つである月輪観を修したことは、すでに山田昭全氏によって指摘されている。[11]例えば、西行の心月輪を詠んだ歌を挙げるとすれば、

さとりえし心の月のあらはれてわしのたかねにすむにぞ有りける　（山家集・八八九）[12]

月すめばたにゝぞくもはしづむめるみねふきはらふ風にしかれて　（同右・一一〇六）

ふかき山に心の月しすみぬればかゞみによものさとりをぞみる　（聞書集・一五）

クモヲ、フ、タカミヤマノ月カゲハコ、ロニスムヤミルニハアルラム　（同右・一四一）

わしの山おもひやるこそとをければど心にすむをありあけの月　（御裳濯河歌合・三三番左）

あらはさぬ我こゝろをぞうらむべき月やはうときおばすてのやま　（同右・三三番右）

とあり、それを窺うことができる。①は円満清浄な月を心に澄ませて（心月輪）、身はひたすらなる隠遁志向を願う慈円の求道的姿勢と覚悟に対して、それに大きく共感し、苦しい修行を積み、悟りをすすめ、山を出ようとは思っていないであろう、と彼を思いやって激励する大先輩西行の言葉からも、千日入堂修行の際、二人の贈答であると考えるべきであろう。

②は詞書と歌の内容からみて、慈円が厭離遁世の意思をかつて西行に語ったことのある事実を示したもので、以降いくらかの期間が経過し、その決意を実行に移せなかったことを思い出して、慈円が西行のもとへ理解を求めて送った歌ということになる。慈円は千日入堂を完了して兄兼実に切実な隠棲の志を述べている。また、千日

入堂中、治承二年（二四歳）法性寺座主、養和元年（二七歳）法印、寿永元年（二八歳）無動寺検校に補せられるなど、身の栄達とは逆にたびたび隠遁を願っている。

当時叡山は学生と堂衆の争いが激烈を極め、争闘は山外の勢力ともむすびついて混乱していたという外部的要因もあったろうが、西行に厭離の志を表明して「世をいとふ心ふかきよし」などと語られたのも、おそらく『玉葉』に慈円の隠遁意思表明が記された、治承三、四年の頃と見てよいであろう。そして、②の歌は、かつて遁世の志をあなたに告げたにもかかわらず、現在のわたくしの身は、自分の意志とは反対に、世俗的な僧位僧官などで飾られた生活に押し込められている、その姿をあなたはあわれとも苦々しいとも思われるでしょう、というように読みとれるのである。この贈歌は、厭離への願望を依然として断ち切れない自嘲的な響きが感じられ、慈円が法印に任じられた後に諸寺諸院の別当や検校の要職に兼任されている頃の詠であろうか。

③は、『新古今集』の流布本等では八条院高倉の歌（巻一八・一七八四）となっているが、『慈鎮和尚自歌合』中の「十禅師十五番」の十三番左に見えるので、明らかに慈円の作であることが知られる。俊成の判詞には、「左、月日の影のめぐりきてと侍る、言葉の露、今すこし光あるやうに見え侍り」と記され、勝となっている。

西行が出家したのは、『百錬抄』に保延六年（一一四〇）十月十五日と記されている。「うき世いでし月日の影」は、西行が横川より出てきた日が丁度昔出家した二三歳の十月十五日の日にあたっていたことであり、下の句は出家して以来一筋に仏の道を歩んできた老西行に対する讃仰と尊敬の念とを込めている。慈円が西行を尊敬しているのは、仏道修行者としてであるが、また歌人としてのその生き方に対しても、尊敬の念を抱いていたにちがいない。なお、西行自身もその日を「むかし出家し侍りしその月日にあた」るなどと言うから、何か特別な感慨ぶかいものがあっただろう。

この贈答の成立時期について、山木幸一氏は『宮河歌合』と関連づけて、文治五年十月とされるが、根拠は定かではない。また谷山茂氏は、「かりに出家後十年目毎の区切りをつけてみると、治承三年は西行の出家後ちょうど三十年目（六二歳）にあたる」とされ、伊勢移住直前の準備行動として、「一時この横川にも参籠したのではあるまいか」[13]と推定されている。

西行は治承四年（一一八〇）には、高野から伊勢に居を移しており、福原遷都も伊勢で知り、作歌しているので[14]、治承三年までの数年の間である蓋然性が大であろう。ただし、この時期に西行がなぜ横川に参籠したのかが気になる。この問題と関連して、山本一氏は西行の出家場所がこの「横川」（比叡山東塔）であった可能性を提起されている。

西行の出家場所については、『西行物語』が「西山の麓の聖」のもととするのみで、同時代の確実な資料が見出されていない以上、断定できないと思われるが、「仮に西行の出家（受戒・剃髪）の地を横川とすれば、同月日にその地を踏んだ西行の感慨、それを聞いた慈円の感動がよく理解でき、歌の表現も含みを持つものとして味わうことができる」[15]という氏の見解は、注目すべきであろう。

このように、西行と慈円が歌などを通し、胸襟を開いてかなり深く語り合っていることが確かめられる。前引①～③の贈答を見る限り、少なくとも治承・養和以前のより早い時点で、すでに両者の接触があったかも知れない。西行が生まれたのは元永元年（一一一八）であるのに対して、慈円は久寿二年（一一五五）の誕生なので、二人の間には三十七年ほどの年齢差がある。すなわち、西行との交渉があったのは、慈円の二〇代はじめころということになろう。

そして、西行と慈円との和歌の特質、とりわけ二人の影響関係については、諸氏によってこれまでしばしば言

及されてきたことであり、ここでは触れないが、谷山氏のように「慈円の初学時代の和歌への関心は、俊成によってではなく、西行によって触発されたものと考え、それが『おほやう西行がふり』と評される慈円的な詠風の方向をも決定した[16]」と推測されるほどである。慈円の歌に対する西行の投影であるが、これまで頻繁に取り上げられてきた、『沙石集』巻五に、

　西行法師遁世ノ後、天台ノ真言ノ大事ヲ伝テ侍リケルヲ、吉水ノ慈鎮和尚伝ベキヨシ仰ラレケレバ、「先和歌ヲ御稽古候。歌御心エナクハ、真言ノ大事ハ、御心エ候ハジ」ト申ケル故ニ、和歌ヲ稽古シ給テ後、伝シメ給ケルト云ヘリ。（古典文学大系本による）

と見える説話は、真偽のほどはともかく、西行によって触発・影響されて、慈円の歌は深まっていったとすれば、その背景には二人の交流の深さを充分理解でき、いかにも有り得そうな話である。

　また、文治二年（一一八六）の西行は、再度の陸奥の旅に出る前に、伊勢社奉納のため、慈円・寂蓮・定家・家隆・隆信・公衡たちに『二見浦百首』を勧めて詠ませている[17]。ところが、他の歌人の勧進がほとんど同年に行なわれたにもかかわらず、慈円の詠作は文治四年秋まで遅れている[18]。遅延した事情については確かめにくいが、山本氏によると、「歌人としての経歴の不十分さや伊勢への奉納百首についての慈円の躊躇を推測し、同題の『日吉百首』をまず詠作することで、この躊躇が乗り越えられた[19]」と指摘されている。慈円に詠ませた「御裳濯百首」（二見とも称する）は、「依二円位聖人勧進一、文治四年詠レ之、為二大神宮法楽一世云々、只結縁也」（『拾玉集』巻第一）と見える百首歌があるのはこれで、定家の『二見浦百首』は、「文治二年円位上人勧進之」（『拾遺愚草』巻第二）とあって、その作品が伝えられるが、西行のものは伝わっていない。

　次に、西行が自信作をすぐって、「自歌合」という形式にまとめ、『御裳濯河歌合』と共に伊勢大神宮への奉納

を目的とした『宮河歌合』の成立にも慈円が深く関与していたことが、『拾玉集』の関連記事によって知られる。

（A）円位上人宮川歌合、定家侍従判して、①おくに歌よみたりけるを、上人和歌起請の後なれど、これは伊勢御かみの御事思企てし事のひとつなごりにあらむを、非可黙止とてかへししたりければ、その文をつたへつかはしたりし返事に、定家申たりし

八雲たつ神代ひさしくへだゝれど猶わがみちはたえせざりけり

たちかへり返に申やる

しられにきいすずかはらに玉しきてたえせぬみちをみがくべしとは

その判の奥書に、ひさしく拾遺にて年へぬるうらみなどをほのめかしたりしに、其後三十日にだにもたらずやありけむに程なく少将になりたれば、ひとへに御神のめぐみと思けり。②上人も判を見て、このめぐみにかならずおもふ事かなふべしなどかたりしに、ことばもあらはになりにけり。上人願念叶神慮かとおぼゆる事おほかる中に、これもあらたにこそ。（校本拾玉集・第五冊、五四六六・五四六七）[20]

右の詞書・左注の傍線部分①②は、無動寺における西行の「和歌起請」と関係するという点で、後に触れることにする。これは、慈円と定家との間の贈答歌であるが、『宮河歌合』に関連して、西行と定家とのやりとりを慈円が仲介していることを示した資料と思われる。『宮河歌合』の成立に関しては、現存する幾つかの伝本（北岡文庫蔵幽斎本・内閣文庫蔵浅草文庫本・群書類従本等）の奥書に、「文治五年八月日書写之。清書伊経朝臣云々、銘左大将殿」とあって、文治五年「八月日」となっている。

しかし、（A）左注の「其後三十日にだにもたらずやありけむに程なく少将になりたれば」という記事を信ず

るならば、定家が少将に昇進した日（『公卿補任』には、文治五年十一月十三日となっている）より、三十日足らずほど以前、すなわち文治五年十月中旬頃と見るのが、妥当であると考えられる。(21)

なお、この贈答歌の詞書と左注の文章に注意しながら、既知の幾つかの資料により、これ以前の状況を確認しておきたい。西行は文治三年春の頃、二度目の奥州旅行から帰ってくると、「生涯の総決算」ともいうべき、『御裳濯河歌合』と『宮河歌合』を自分で編集し、前者は俊成、後者は定家に送り、判詞を求めた。ところが、俊成の判詞は、間もなく出来上がったが、定家の判詞は遅れたため、再三催促した結果、ようやく文治五年一〇月中旬頃完成したものであると考えられる。

定家は西行から加判を委嘱されたことを、その『宮河歌合』の跋文において、「神風宮河の哥合、かちまけをしるしつくべきよし侍し事は、たまくしげふたとせあまりにもなりぬれど」と記している。「ふたとせあまり」とあるように、定家判詞成立より二年余りということになるので、西行が『宮河歌合』を結構したのは、文治三年十月以前ということになろう。『長秋詠藻』（古典文庫本による）には、西行が両自歌合の加判を俊成・定家父子に相次いで依頼したところ、俊成の判詞が先行して完成したことが知られる。

円位ひじり《西行也》がうたどもをいせ内宮の哥合とて判うけ侍しのち、又おなじき外宮の哥合とて、「おもふ心あり。新少将にかならず判して」と申ければ、しるしつけて侍りける程に、そのとし《去年文治五年》河内のひろかはといふ山寺にてわづらふ事ありとき〻て、いそぎつかはしたりしかば、かぎりなくよろこび、つかはしてのちすこしよろしく成て、としのはてのころ、京にのぼりたりと申しほどに、二月十六日になんかくれ侍りける。

歌合の形式のみをかりたものとして構想した両自歌合を、俊成・定家父子に加判を依頼した西行の意図は何だったのだろうか。俊成は西行よりも四歳年長の七十四歳。当時、名実共に歌壇の第一人者であり、『御裳濯河歌

合』の序文に俊成は「上人円位、しやうねんのむかしより、たがひにをのれをしれるによりて、二世のちぎりをむすびをはりにき。をのく老にのぞみてのち、かの離居は山川をへたてたりといへども、こけの芳契は旦暮に忘るゝ事なし」と記しているように、深い友情に結ばれていたから、加判を依頼するのは当然であると考えられる。それならば、『宮河歌合』の方は定家へ依頼しなくても、家隆・寂蓮など西行と親交をもつ他の歌人もいたはずで、その人たちに頼んでもよさそうである。

西行が自歌合の判者に定家を指定したことは、定家の将来に対して大きな期待をかけていたこと、また定家の天才を見抜いていたからであろう。定家は当時二十六歳の青年で、勿論歌道にも才能を示していたと思われるが、判詞の完成までに、なぜ二年あまりの歳月を費やしたのであろうか。それは、七〇歳にも達する老大家から判を求められたのだから、定家にとって、その栄誉と責任が大きな重荷となったはずであり、そうした西行への畏敬が、むしろ定家の気持を抑圧する主因となったのではなかろうか。

さらに考えられるのは、『宮河歌合』の跋文の部分で定家は「よはひいまだみそぢにをよばず、くらゐ猶いつゝのしなにしづみて、三笠山の雲のほかに、ひとり拾遺の名をはぢ、九重の月のもとに、ひさしく陸沈のうれへにくだけたる」と述べ、長年官位昇進はなされず、位は五位の侍従にとどまり、宮廷においても久しく出世できないことを仄めかしている点で、若輩定家の「心の憂い」も、その要因の一つだったかも知れない。

このように、定家の加判が予想外に遅れて、大神宮への奉納を果たし得ないことは、西行にとって大きな焦燥感の因となったにちがいない。そのために、『宮河歌合』の加判を督促した「御物円位仮名消息」[22]（宮内庁書陵部蔵）という西行自筆の書状が現存している。この「御物円位仮名消息」には、宛て先が記されていないため、萩谷朴氏は「文体は、定家直接に宛てたものであっても、側近者に伝言を依頼する間接話法を取っている[23]」とされ、

定家宛てだと考えられたが、目崎徳衛氏は「俊成に対して「御裳濯の歌合のこと、侍従殿によく申しをかれ候べし。（中略）」と懇願し」[24]と述べておられるので、俊成宛てだということが知られる。

　これに対し、久保田淳氏は、『宮河歌合』に慈円が介在していることと関連して、「定家に加判を依頼する際にも、また加判の遅延を督促する際にも、西行が慈円を介して定家に働きかけたのではないか」[25]とされ、慈円宛ての書状であると考えておられるが、注目すべき見解であろう。若し、「御物円位仮名消息」が慈円宛ての西行書状であったとするならば、『宮河歌合』の完成をめぐって慈円の果たした役割は、極めて大きいと言えよう。しかも、慈円は『御裳濯河歌合』『宮河歌合』の以外に、「諸社十二巻歌合」とも関わっている。

　又、諸社十二巻の歌合太神宮にまいらせんといとなみしを、うけとりてさたし侍き。外宮のは一筆にかきて、すでに見せ申てき。内宮のは時の手書共にかかせむとて、料紙などさたする事をおもひて、かく三首はよめるなり。

（校本拾玉集・五四七六左注）

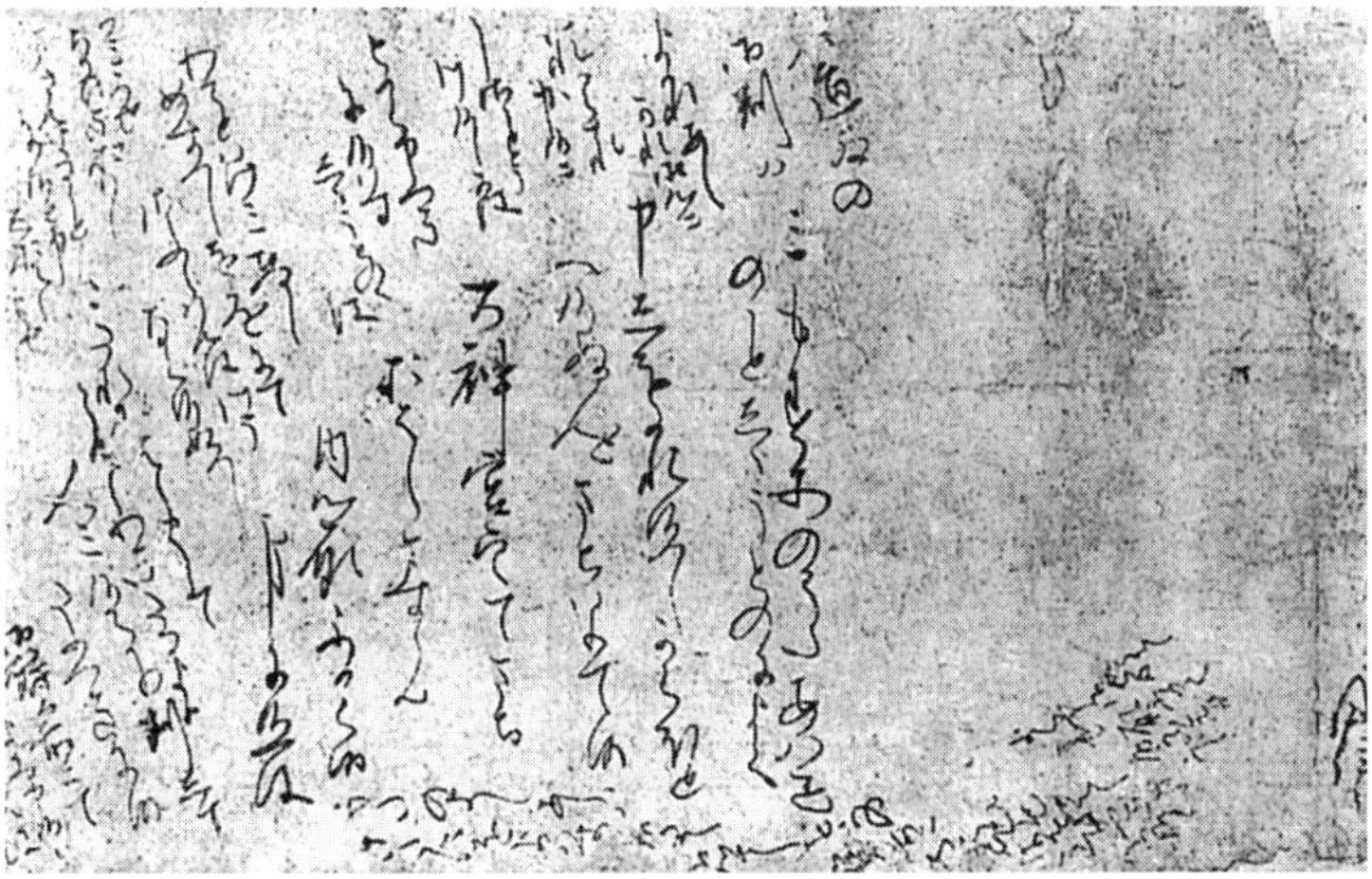

西行自筆の書状「御物円位仮名消息」（宮内庁書陵部蔵）

この左注の内容から推し量って、慈円は「諸社十二巻歌合」の清書者の手配[26]、料紙の調達など、諸事務一切の仕事を取り仕切っていたと思われるのである。この「諸社十二巻歌合」は、西行の生前には完成しなかったらしく（外宮の分のみ完成）、散逸して内容を知るすべもないが、これら自歌合全体の規模からすれば、生涯の自信作はほとんど含まれていたのではなかろうか。すでに、松野陽一氏[27]によって考証されたように、「諸社十二巻歌合」は、『御裳濯河歌合』『宮河歌合』に次いで、伊勢大神宮への奉納を目的として慈円に依頼された、西行の生涯最後の事跡だったと考えるべきであろう。こうした意味で、「御物円位仮名消息」は、西行が加判の遅れている定家への働きかけを（あるいは俊成への依頼さえも）、慈円に依頼した書状であると考えても、不自然ではないだろう。

これらの点を考え合わせると、『宮河歌合』の加判依頼から加判完成までに、西行が慈円を介して定家とやりとりを行なっていたのではないかと推測されるのである。一方、『宮河歌合』をめぐって、西行と定家との間には三首ずつの贈答が行なわれているが、『拾遺愚草』には、次の二組の贈答歌が収められている。

西行上人、みもすその哥合と申て、判すべきよし申ゝを、いふかひなくわかゝりし時にて、たびくかへさい申ゝを、あながちに申をしふるゆへ侍しかば、かきつけてつかはすとて

山水のふかゝれとてもかきやらずきみにちぎりをむすぶばかりぞ　（二七三四）

返し　　　　　　　　　　　　　上人

むすびながすゝゑを心にたゝふればふかく見ゆるを山川の水　（二七三五）

又

神路山松のこずゑにかくるふぢの花のさかえを思こそやれ　（二七三六）

又返し

かみぢ山きみが心のいろを見むしたばのふぢに花しひらけば　（二七三七）

と申をくり侍しころ、少将になりて、あくるとし思ゆへありてのぞみ申さゞりし四位して侍き

右の詞書に「みもすその哥合と申て、判すべきよし申ゝを、いふかひなくわかゝりし時にて、たび〳〵かへさい申し」たということから、判詞執筆における定家の苦慮を窺うことができる。これに対する西行の返信は、「贈定家卿文」（『群書類従』第九輯）と思われるが、その冒頭に「歌合かへしまいらせ候。勝負とく付おはしましてまいらせおはしませ。是をまたせ給て未調めされ候はず。御裳濯宮河に急ぎ披露し候べしと人も待ちいりて候」と見え、この時『宮河歌合』はまだ勝負の注記がなされていないまま、いったん西行の手元に返され、それが再び定家に返送されていることがわかり、二人の間に歌合の本が往復していたことが判明する。

これらの贈答歌も、おそらくこうした判詞をめぐる意見交換の際、行なわれたものと推測されるのである。すなわち、まず定家が判詞を付けて（この段階では、まだ勝負を確定していなかったのであろう）送った歌合の本を、西行が閲覧し、早く勝負を付けるように促した「贈定家卿文」を添えて返した際の贈答であろう。ここに、「又返し」とあるのは、前の西行の歌二首と対応関係を示し、定家の歌であると思われる。

この二組の贈答歌の配列について、久保田淳氏は、「定家・西行・西行・定家[28]」の順に並んでいるとされ、定家の「山水の」歌に対して、西行が「むすびながす」と、それに「又」「神路山松のこずゑに」の二首を返したので、今度は定家の方で「かみぢ山きみが心の」の歌を返したのであると考えておられる[29]。そして、定家が最終的に勝負を確定して記し、『宮河歌合』の本体に添えて西行に届けた歌が、その跋文の末尾に、

（定家）

君をまづ憂き世の夢をさめぬとも思ひ合わせむ後の春秋　（七三）

返し　　　　　　　　　　　　　　　　　　　　　　　　　　　（西行）

春秋を君おもひいでば我は又月と花とをながめおこせん　（七四）

と、付された贈答歌(30)であると考えられる。

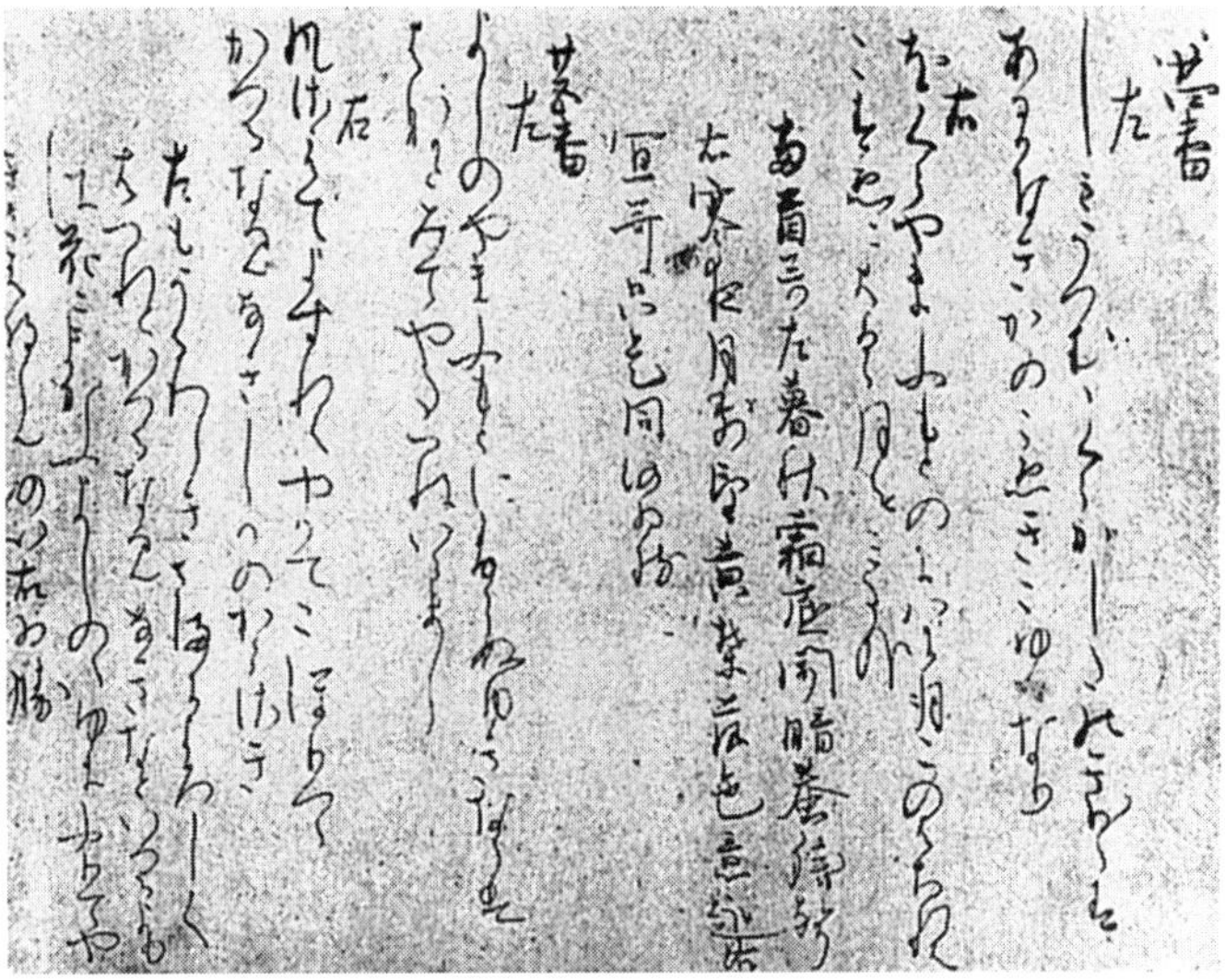

『宮河歌合』断簡（前田育徳会蔵）

ここで思い合わされるのは、『拾玉集』において、前引（A）の詞書に「定家侍従判して、おくに歌よみたりける」とあるのは、「君をまづ」の歌であろう。これに対して、「かへししたりければ」というのは、西行の「春秋を」の歌を指すのであり、「その文をつたへつかはし」たということは、おそらく慈円が使いの者を遣わして西行の「贈定家卿文」の「文」（「春秋を」と詠んだ西行の返歌も添えて）を、定家に届けさせたことを示したものであろう。とすると、『宮河歌合』をめぐって、西行と定家とのやりとりは、直接行なわれたのではなく、慈円が仲介していたということになる。西行が常に慈円を介してのみ連絡を取っていたとは考えにくいが、少なくとも『宮河歌合』の跋文に付された贈答歌は、慈円を経由していることは明らかである。

以上のように、晩年の西行と慈円との関係が深かった

ことは、（A）資料の詞書・左注からも知られる。特に『宮河歌合』の完成において、慈円の果たした役割は、ただ、使者を往復させる「仲介」といった単純な意味ではなく、西行の生涯最後の重要な行為に対する助力者として、捉えるべきであろう。勿論その裏面には、歌人として、仏道修行者としての大先輩西行に対する敬仰の念によっていることは、言うまでもない。さらに『宮河歌合』への慈円の積極的助力は、晩年の西行と慈円の交流の深さを窺わせるものとして、年齢・身分などの隔たりがあるにもかかわらず、極めて自然であったと思われる。

定家判詞の完成時、すなわち文治五年（一一八九）一〇月中旬頃には、西行はすでに弘川寺で病臥していたのだが、その判詞に付された歌（「君をまづ」の歌であろう）を見た西行は、この時「和歌起請」をしていたという。それ以前、西行は無動寺大乗院において、「和歌起請」という形で、「歌と申ことは思たえ」た旨を慈円に告げたのであるが、「和歌起請」の問題は（A）資料とも深く関わりがあるので、次にまとめて述べておきたい。

三　無動寺訪問と和歌起請

『拾玉集』第四冊に、西行がその晩年に比叡山無動寺の慈円を訪れ、帰ろうとする翌早朝、大乗院の放出から眼下の琵琶湖を見渡して詠んだ歌と、それに慈円が唱和したという返歌が、次のように収録されている。

（B）　円位上人無動寺へのぼりて、大乗院のはなちでにうみをみやりて

にほてるやなぎたる朝に見渡せばこぎ行く跡の浪だにもなし

かへりなんとてあしたの事にてほどもありしに、今は歌と申ことは思たえたれど、結句をばこれにてこそつかうまつるべかりけれとてよみたりしかば、ただにすぎがたくて和し侍し

ほのぐ\とあふみのうみをこぐ舟の跡なきかたに行こゝろかな　（拾玉集、五四二二・五四二三）

この贈答歌の作歌年次について、伊藤嘉夫氏は[31]『門葉記』によって、安元元年（一一七五）四月以降慈円二十一歳で、千日間比叡山無動寺に修行をした頃（西行五十八歳）とされた。これに対し、松野陽一氏は『拾玉集』の当該部分が詠作年次順に配列されていることから、「文治五年七月〜八月十五日の間の作品と見做して間違いない」[32]と推定されている。文治五年（一一八九）といえば、西行七十二歳、翌年建久元年二月十六日に河内の弘川寺で入寂するから、まさに最晩年の一首ということになる。

西行のこの一首は、詞書に「今は歌と申ことは思たえたれど、結句をばこれにてこそつかうまつるべかりけれ」と言ったとあるように、生涯和歌に執した西行がすでに「和歌起請」という形で、歌を断っていた驚くべき事実と、その歌断ちをみずから破ってあえて生涯の結句という意識で「にほてるや」の歌を詠んだことを何気なく提示しているわけである。このような事実は、何れも西行の晩年に関わる重要な出来事[33]である。

「和歌起請」とは、歌を詠作することを思い断つ誓いを神仏に立てることで、もしこれを破れば罰をこうむるという厳粛な約束である。歌を作り続けてきた西行が歌を断つことを決意したのは、彼の生涯にあっては「五十年前の遁世にも比すべき重要な一転換で[34]」あったと思われる。とすれば、西行が歌を断ったその背景と、また歌断ちの禁を破ってあえて結句として詠まれたこの一首の真意を明らかにすることによって、西行晩年の核心にせまることができるであろう。

なお、この贈答歌については、西行の「和歌起請」と関連して、諸氏の論考で言及されるところが多く、幾つかの問題点が提示されているので、前引（A）と共にその問題をまず考えてみたい。

さて、松野陽一氏は前引（A）資料を解説して、西行が「和歌起請」を立てたことの理由について、生命の残り火のもはや少ないことを予感した彼が、何としても生あるうちに奉納を実現したいために、彼に

とって非常に重要な意味を有っていた歌作行為そのものを代償としたのではないだろうか。この場合には、だから、目的そのものに添うことだったから、ちかいを破ってもやむを得なかったのである。[35]

とされ、一連の自歌合（あるいは、「諸社十二巻歌合」をも含む）を完成するためという点に求められた。この説を受けて、久保田淳氏は、松野氏の指摘を認めつつも、西行が自歌合の奉納を実現するために「彼にとって非常に重要な意味を有っていた歌作行為そのものを代償とした」という松野氏の見解については、「ストイックなものが余り感じられない」とされ、「もはや歌うべきものは歌い尽くしたという、一種の自足した心境に達していたこと[36]」が起請の背景にあったと考えておられる。

さらに目崎徳衛氏は、（A）資料の詞書の解釈によった松野氏の「和歌起請」の理解に対して、「『和歌起請』の目的ないし理由は、両宮歌合完成などに限定すべきではなく、より根本的に西行の生き方全般に関わるものと見るべきであろう[37]」と批判し、久保田氏説を評価しつつ、西行が「数奇の断念」を「起請」という形で行なったと述べておられる。一方、山木幸一氏は、（A）詞書中の「起請」の語は、『玉葉』（元暦元年十二月二十八日の条）の中の「和歌判起請」という語と同じ意で、慈円が「誓って引き受けた[38]」と独自の解釈によって、西行の起請ではなく、慈円の起請であると見ておられる。

このように、西行の「和歌起請」をめぐって、諸氏の見解が分かれるところなのだが、その問題の所在は、（A）（B）の解釈上の相違点にあると思われるので、検討してみたい。

まず、ここに言う「和歌起請」とは、（A）「上人和歌起請の後なれど」という内容が、それに続く「非可黙止」と対応し、また（B）「今は歌と申ことは思たえ」たというところから判断して、西行の歌断ちを意味していることは間違いないと思う。そして、西行はその誓いを破った理由として、「これは伊勢御かみの御事思企て

し事のひとつなごりにあらむ」と挙げているが、目崎氏はこれを「定家の官位昇進が唯一の懸案として残ったという意味」であると解釈された。

これに対して、山本一氏[39]は、「ひとつなごり」を、定家の官位昇進を神に訴える作の「今は伝わっていない西行の返歌」と想定する目崎氏の説を、「西行自身のさらなる主体的働きかけを要する、課題（〈懸案〉）として意識したわけではない」と批判し、『拾遺愚草』に収録されている二七三七番歌及び（A）の左注を取り上げて、「歌合加判に報いる神の恵みとして、定家の昇進を（当然のこととして）予告したのである」と指摘されている。

それは、『宮河歌合』の跋文に「くらゐ山のとゞこほるみちまでも、その御しるべや侍とて」とあって、定家の意向の明らかに見える箇所が、（A）の傍線部②「上人も判を見て、このめぐみにかならずおもふ事かなふべし」と慈円に語ったという部分に対応して、定家が少将に昇進したのは、加判完成に報いる神の恵みだと当時の人々は信じて疑わなかったことからも、山本氏の見解は支持できる。

なお、松野氏は「これ」の指示する意味を、伊勢大神宮への奉納企画の『宮河歌合』であり、「ひとつなごり」は、すでに完成済みの『御裳濯河歌合』に対しての表現とされた。山本氏は松野氏の説を最も妥当と支持しつつも、「これ」については、「定家の歌に対して返歌を詠まざるを得なくなった状況（もしくはその返歌）」を指し、「なごり」は「一連の自歌合奉納企画に揺曳するところの何かを指す」と推測された。しかし、（A）の傍線部①「おくに歌よみたりけるを、上人和歌起請の後なれど」とは、定家の贈歌に対して西行が返歌を詠まざるを得ない事情を示したものと考えられ、「これ」の指す意味を「西行の返歌」とするのは、少々無理がある。この場合は、文脈の前後関係から、松野氏の指摘されるごとく『宮河歌合』と見たほうが自然であろう。

また「ひとつなごり」の「なごり」は、ある事柄が起こり、その事がすぎ去った後に残る余韻・余情を表した

意味で、ここでは両自歌合奉納計画を完成する段階において、それと一つづきのものである「西行の返歌」に対しての表現であると考えたい。すなわち、自らの歌業の総決算として、両自歌合を伊勢の大神宮に奉献することによって、今後新たに歌を詠むことをやめるという「和歌起請」をしたものの、いま『宮河歌合』の加判が完成し、その奉納計画という事柄に附随する「ひとつなごり」として、西行は定家に返歌を詠まないわけには行かなかったものである。

このように理解して見ると、西行は両自歌合を大神宮への奉納完成のために区切りをつけ、今後一切の詠作をやめること、すなわち歌断ちを決意したものと思われるのである。なお『宮河歌合』の加判完成後、その跋文の末尾に付された定家との贈答歌は、そのような事情から歌われたもので、「ひとつなごり」として詠んだと見られる「西行の返歌」[40]は、これを指していると推定される。すでに山本氏が指摘されているように、起請破りを歌合奉納の「ひとつなごり」としてのみ、許容する西行の論理は、起請を歌合奉納完成のための単なる手段と見るより、やはり伊勢の大神宮に奉納することを思い立った、その内面的動機を先に考えた方がよいであろう。この場合は、起請はそれほど厳重なものではなく[41]、歌合奉納計画にあたって自分自身に課した一種の戒めのような、つまり「自戒」といった意味にふさわしい。実際、彼自身現に一度ならず、二度までもそれを破っているわけである。

ところで、西行の「和歌起請」はいつ頃からなされたのか、その時期についてはまだ明らかではない。先述したように、『宮河歌合』の加判完成は、(A)の左注に「その判の奥書に、ひさしく拾遺にて年へぬるうらみなどをほのめかしたりしに、其後三十日にだにもたらずやありけむに程なく少将になりたれば」とあり、定家が少将に任官されたのは、文治五年十一月一三日であることから逆算すれば、同年一月中旬頃と推定される。また、そ

れ以前西行が無動寺の慈円を訪ねた時、（B）の贈答歌を、文治五年七月から八月一五日の間と限定して推定される松野氏の見解に、山田昭全氏[42]も全面的に同意され、筆者もこれに従いたいと思う。この時期以前の西行の作品と確認されるのは、嵯峨に籠って詠んだという「たはぶれ歌」がある。

この「たはぶれ歌」の作歌年次について、窪田章一郎氏[43]は陸奥から帰洛後文治三年か四年の夏ごろとされたが、山木幸一氏[44]はこれを詳細に検討され、肯定されている。ここではこの見方に従って、定家への『宮河歌合』加判依頼は文治三年秋頃であったろうと推定すれば、「たはぶれ歌」を詠んだのはそれ以前ということになる。すなわち、西行は両自歌合の編集後、詠歌を断つ起請を行なったと考えてもよいではなかろうか。さらに言えば、西行は両自歌合の選歌終了と同時に、自ら詠歌を断つ起請をし、それによって、歌人としての総決算の意味をこの事業に与えたと考えるのである。歌うことに生命を実感し、確かめてきた西行が詠作を断つことは、決して容易ではなかったと思われる。生命の終わりの近いことを予感した彼が、何としても生あるうちに、両自歌合の奉納を実現したいという切実な願念貫徹のためと見る点で、私見は結論としては、松野氏説に近づくのである。

次に、（B）資料の無動寺大乗院において、西行が生涯の結句として詠んだという慈円との贈答歌は、殊に重要な内容を含んでいるようなので、検討してみたい。

まず、西行の「にほてるや」歌の解釈の問題から考えてみたい。この一首をめぐって、松野陽一氏は次のように述べておられる。

慈円を訪ねて夜を過し、いよいよ別れを告げんとする翌朝、「はなちで」から見晴らす琵琶湖は、あくまでも凪いで、さざ波一つ立てていない。西行は起請を破って一首を示した。「結句をばそれ《ママ》にてこそつかうまつるべかりけれ」は、勿論、沙彌満誓の無常歌「世の中を何にたとへむ朝ぼらけこぎゆく舟の跡の白波」に

よって心境をのべたものである。ただ、ここにあるのは無常観ではなく、もはや些少の心残りもない「明鏡止水」のそれである。(45)

万葉歌人沙弥満誓の歌に表れた無常観ではなく、「明鏡止水」の心境を詠んだものとされた。一方、目崎徳衛氏は、「人口に膾炙した沙弥満誓の歌を本歌として無常観を吐露したのである」(46)と見ておられる。これに対し、山田昭全氏は「西行最晩年の一首をめぐって」(47)において、「明鏡止水」とする松野氏説と、「無常観」を吐露したとする目崎氏説を否定した上で、

そのとき西行は期せずして朝なぎの琵琶湖を観望した。空は晴れ、明るい朝の光が青く澄みわたった湖面に満ち満ちている。動いているのかいないのか、ゆっくりと湖面を行く船は、あたかも虚空の中にぽつんと浮かぶごとく、航跡さえもとどめない。そのとき西行の心中に忽焉としてひらめくものがあった。この湖上を船の行くごとく、おのれは一切皆空の中に生きているという想いである。それは確信であり、開悟であった。

と述べられ、西行の最晩年の一首は、「空観を開陳」したものであるとされた。さらに山田氏は、この一首を「朝なぎの静寂な琵琶湖を観望すると、こぎ行く船のあとには浪さえもない。わが心源はかくのごとく空寂である」と、「空」というものを詠んだと通釈されている。

このように、諸氏の見解が分かれて相違しているのだが、問題の所在は西行のこの一首をどう理解するのかにあると思われる。「にほてるや」の歌は、『拾遺集』に、

世の中を何に喩へむ朝ぼらけ漕ぎ行く舟の跡の白波　（拾遺集・哀傷・一三二七）

とあるのを本歌としている。この満誓の歌は、『万葉集』巻三に「世の中を何に喩へむ朝開き漕ぎ去にし舟の跡なきごとし」（三五一）と見え、無常詠の先駆として有名であるが、山田氏は西行の歌は下の句が「こぎ行跡に浪《ママ》

だにもなし」とあることから、『万葉集』の形よりも『拾遺集』『和漢朗詠集』所載の形「跡のしら波」の方を意識して詠んだものと考えておられる。まさに、氏の言われる通りであろう。そして、初句「にほてるや」は、『喜撰式』に「若シ湖ヲ詠ム時、にほてるや卜云」とあるが、歌として実際に見出されるのは、

にほてるや矢橋の渡りする舟をいくたび見つつ瀬田の橋守　（永久百首・雑三十首・六六四）

にほてるや桜谷よりおちたぎる浪も花咲く宇治のあじろ木　（拾玉集・二三〇六・詠百首和歌・春二十首）

にほてるや志賀のうらわのさざ波に春をもよする風の音かな　（拾玉集・四五七七・百首題・春二十首）

などとあり、「永久百首」の源兼昌の歌が最も古い用例と見られるものである。『日本国語大辞典』（小学館刊）によると「琵琶湖周辺の地名『矢橋』『桜谷』『志賀』にかかる」とあるように、琵琶湖周辺の地名にかかる枕詞としての用例はあるが、一般の湖について用いた例は見当たらない。したがって、西行の歌は枕詞としてではなく、「にほてる」という動詞に、助詞「や」を伴ったものと考えられるのである。

こうした理由で、奥野陽子氏は、初句「にほてるや」の「にほ」は、「にほの海（琵琶湖）」の意が含まれており、二句目「なぎたる朝に」とあるところから、月光ではなく朝日の光であると考えられ、「にほの海に満ち溢れている金色の光は、この世を在らしめている仏の荘厳の光であり、又その光の中へ衆生をおさめとる摂取の光なのであった」(48)と解釈されている。それは、おそらく「にほてる」という語の中に「にほ（の海）が照る」という意味から、阿弥陀仏の荘厳の光を表わしたものと理解しているようである。しかし、奥野氏が阿弥陀仏の荘厳の光だと考えられている「朝日の光」は、たとえば『山家集』の中に、

遇教待竜花と云事を

あさひまつほどはやみにやまよはまし有明けの月のかげなかりせば　（山家集・八六八）

という用例がある。この歌は、小島裕子氏[49]によって詳しく検討が加えられている。「朝日」とは、まぎれもなく朝日の光というべき弥勒菩薩が、無仏の世に兜率天より娑婆世界に下生して、竜華樹の下で説法するということを意味するもので、朝日の光に西方浄土の阿弥陀仏を想定することは、無理がある。やはりここでは、下二句の「こぎ行く跡の浪だにもなし」をどう理解するのかが問題となろう。

山田氏はこれを「こぎ行く船の跡には浪さえもない」と訳され、「動いているのかいないのか、ゆっくりと湖面を行く船は、あたかも虚空の中にぽつんと浮かぶごとく、航跡さえもとどめない」と説明されている。つまり、「こぎ行く船の跡には浪さえもない」という景観に西行は、何を感知しているのかを問題としているようである。

また奥野氏は、これと関連して、次のように述べられている。

舟がこぎゆけば当然航跡として波が残る、しかもそれが「なぎたる朝」のことならばなおさらだ、とすれば、これはあるはずのものである。（中略）「こぎ行く跡の浪」は朝日の反射のために見えないのであった。

このように、山田・奥野両氏は「こぎ行く跡の浪だにもなし」を「こぎ行く舟があって、跡には浪さえもない、或いは見えない」と解釈されているわけである。ところが、「こぎ行く跡の浪だにもなし」という表現は、そのような意味を表わしているのだろうか。すなわち、文法的に「だにもなし」という表現からは、右の解釈は成り立たないということである。「だにもなし」とは、「だにもあらず」という否定を含んだ表現で、「全く何もない」「存在するものは何もない」という全部否定を意味する表現である。[50]この場合は、こぎ行く舟は勿論、その跡に残る白波さえも存在しないという意味をも含んでいるのである。

しかし、西行の歌において、「こぎ行く跡の浪」がないのは、「こぎ行く舟」自体がないからであると思われるかも知れないが、慈円の歌に目を転じてみると、慈円は西行を「舟」にたとえ、静かに跡なき方に進んで行くと

歌っているので、それは否定されるであろう。とすれば、朝なぎの湖面をこぎ行く舟があるのに、白波さえも残さないというこの舟は何とも不思議な舟で「幽霊船というような怪異な現象[51]」を起こしているのであろうか。あるはずのものがないというこの不思議な現象を、どのように考えればよいのか、疑問は深まるばかりである。

ここで、三句「見渡せば」に注意してみよう。この句は『万葉集』以来よく用いられ、和歌において一つの類型をなしているが、西行の歌「見渡せば」の句は、彼自身の家集の中で使われている用例とは、まったく変わった使い方をしている。

見わたせばさほのかはらにくりかけてかぜによらるゝあをやぎのいと　（山家集・五四）

たつた河きしのまがきを見わたせばゐぜきの浪にまがふうの花　（山家集・一七六）

こぎいでゝたかしの山をみわたせばまだひとむらもさかぬしらくも　（聞書集・五五）

ちどりなくふけゐのかたをみわたせば月かげさびしなにはづのうら　（聞書集・一二六）

見渡した結果、「かぜによらるゝあをやぎのいと」「ゐぜきの浪にまがふうの花」「ひとむらもさかぬしらくも」「月かげさびしなにはづのうら」とあるように、その風景を見ての心情を表わす句などが来るのが普通である。それなのに、西行はこの歌で「なぎたる朝に見渡せばこぎ行く跡の浪だにもなし」（傍点筆者）と表現しており、「見渡した結果、何もない」と言い切っているのである。そこでは、見るもの見られるものという対立観念が超えられていて、見るものが見られるものと一つになっているのである。この一つになるところにおいては、見るもの（主体）は「ものを見ない」のであり、見られるもの（客体）は「何もない」のである。

この「ものを見ない」とか、「何もない」ということが成立するのは、「空観《くうがん》」の認識に立つときであって、「一切皆空」という認識[52]は、あらゆる事象のありのままの真実・本質を如実に見た悟りの境地なのである。すな

わち、ものを対象として見ないことであって、実体化して行くことが根底から否定されている。西行はその時、あらゆるものは実体がない絶対の「空」[53]であることを直観して、「こぎ行く跡の浪だにもなし」と言っているにちがいない。

西行は無動寺の慈円を訪ねて夜を過し、いよいよ別れを告げようとする翌早朝、大乗院の放出から鳰の海（琵琶湖）を老若二人の僧が見晴らしている。明るい朝日の光が満ち溢れている朝凪ぎの湖面に、ゆっくりとこぎ去って行く舟は、航跡さえも残さない。さざ波一つ立てていない。西行はたしかに「空」を観ている。おそらく西行は、この湖上をこぎ行く舟のごとく、おのれは「一切皆空」の中で生きていることを実感したのであろう。そうした感動が、自ら立てた「起請」をあえて破り、わが生涯の結びの歌[54]を、今この場所で詠まずにはいられなかったのであろう。西行は慈円に、歌というものを詠作することを思い断っているのだが、生涯の結びの歌は「今この場所」で詠むべきであったよ、という旨を述べて、「にほてるや」の一首を口ずさむ。久保田淳氏は、「このような時と場でこのように歌う西行には、袋草紙に伝える源信の説話がイメージの裡にあったのではないか[55]」（傍点筆者）と指摘されている。すなわち、それは『袋草紙』上巻等（『発心集』第三、『沙石集』巻五）に、源信の説話が次のようにある。

恵心僧都は、和歌は狂言綺語なりとて読み給はざりけるを、恵心院にて曙に水うみを眺望し給ふに、沖より舟の行くを見て、ある人の、「こぎゆく舟のあとの白波」と云ふ歌を詠じけるを聞きて、めで給ひて、和歌は観念の助縁と成りぬべかりけりとて、それより読み給ふと云々。さて廿八品ならびに十楽の歌なども、その後詠み給ふと云々。

弟子が沙弥満誓の詠んだ古歌を口ずさんだのを源信が聞き、その後歌を詠み始めたと記している。西行はその

歌を本歌として、同じく比叡山の恵心院ならぬ大乗院という場所で、生涯の結びの歌を詠んでいるのである。その時も、丁度源信が「曙に水うみを眺望し」ているうちに、湖上より舟のこぎ行くその「朝」であった。このように西行の姿が源信の姿に重なることから、久保田氏は「西行においても和歌は観念の助縁となり得るという認識があり、少なくとも自身にとってはなり得たという自覚があったのであろう」と述べておられる。たしかに、西行が琵琶湖を観望した大乗院は、源信の恵心院に相当すると言ってよいであろう。ただ、この「にほてるや」の歌は、単なる美景の称賛ではなく、諸法皆空であることを直観した、まさしく彼の「生涯の結句」であった。

西行の生涯の結句をただ一人聞きとることになった慈円は、「ただにすぎがたくて」、次のように唱和したという。

ほの〴〵とあふみのうみをこぐ舟の跡なきかたに行こゝろかな

この慈円の歌は、「ほのぼのとあかしの浦の朝ぎりに島がくれゆく舟をしぞ思ふ」（四〇九）を本歌としている。この歌は『古今集』羇旅部の一首で、「ある人の曰、柿本人麿が歌なり」という左注がついている。『新撰和歌集』・『三十六人撰』などにも、伝人麿歌として収められ、一般に広く流布されたものである。西行が万葉歌人満誓の著名な歌を本歌として詠み込んで示したので、慈円もその意を汲んで、同じく万葉歌人人麿の歌を取り込んで返したと思われるが、その上三句までを序詞と見てよいであろう。

また慈円の返歌は、本歌に取り入れたものと考えられる歌聖人麿の旅情を、そのまま西行に重ね合わせ、敬仰の念を暗示するとともに、西行を舟に乗っている人、あるいは舟そのものに喩えて見送る思いを表している。下句の「跡なきかたに行こゝろかな」は、山田氏の指摘されるごとく、はるかな「空の世界」に向って進んで行く西行の心への讃嘆であるが、その究極の境地に導かれて行きたい慈円自身の心も込められていると思われる。

このように、（B）の贈答歌においても二人の心のつながりの深かったのを窺うことができる。西行はこの慈円との別離のあと、半年余りして七十三歳を一期に往生をとげるが、この時の無動寺訪問の目的を、松野氏は「諸社十二巻歌合」清書依頼のためと推測されている。まさしく、老西行が用事もなく、わざわざ比叡山まで登るはずがないし、時期的に見てもこの推測は何ら不都合でないと考えられる。

四　最晩年の新出歌との関わり

近年、『拾玉集』とは別の慈円自撰歌集断簡から、弘川寺における西行の詠と見られる歌二首が見出され、鹿野しのぶ氏によって紹介された。(56) それは、既に久保田淳氏の『西行』や山本一氏の『慈円の和歌と思想』などに取り上げられて、広く知られていると思われるが、この新出歌は西行の「和歌起請」の問題とも関わりがあるので、次のように挙げてみる。

円位上人十月許廣川の山寺へまかりてかれよりつかはしたりける

ふもとまてからくれなゐにみゆるかな
さかりしらるゝかつらきのみね
たつねきつるやどはこのはにうつもれて
けふりをたつるひろかはのさと

この二首の前に慈円自身の詠二首があり、『拾玉集』と照合して歌順は異なっているが、それらは建久元年（一一九〇）十月東大寺棟上御幸の折、藤原定家より送られた十首に対しての返歌十首中の二首ということが知ら

れる。久保田氏は、この慈円の詠二首の次に円位上人、すなわち西行の詠二首が位置することに注目して、詞書に見える「十月」は、「建久元年に最も近い年の十月、文治五年の十月である蓋然性が大であろう」[57]と推定された。

これによって、西行が文治五年河内の弘川寺で病臥中であり、定家のとどけた『宮河歌合』の判詞も病床で読んでいたことが（「贈定家卿文」）、この「十月」というより明確な記事によって、ほぼ確実と見てさしつかえないと思う。いずれにせよ、慈円の個人歌集の断簡から西行最晩年の歌二首が新たに見出され、知られるようになったことは、西行の伝記に新事実を加え得る貴重な資料として、極めて重要な意味を与えてくれる。ここで、新出歌の提起する問題について、少し言及しておきたい。

まず、詞書に「かれよりつかはしたりける」とあることから、この二首が西行の歌であることはまちがいない。「廣川の山寺」というのは、西行の晩年に庵を結び、円寂した地である弘川寺のことである。[58]それは、俊成の『長秋詠藻』に、

河内のひろかはといふ山寺にてわづらふ事ありときゝて、いそぎつかはしたりしかば、かぎりなくよろこび、つかはしてのちすこしよろしく成て、としのはてのころ京にのぼりたりと申しほどに、二月十六日になんかくれ侍りける。

とあり、定家の判詞を得て喜んだ西行は、一旦病状が回復して「としのはてのころ」上京したいと記されているが、判詞を読んだときの記事をみると、衰弱は相当であったと思われ、[59]ついに病床より起きないまま歳を越し、翌建久元年（一一九〇）二月十六日、享年七十三歳を一期にこの弘川寺で入滅に至ったのであろう。

なお、この断簡の歌は、慈円の返歌が見出されない限り、具体的な状況は推定できないが、おそらく弘川寺に

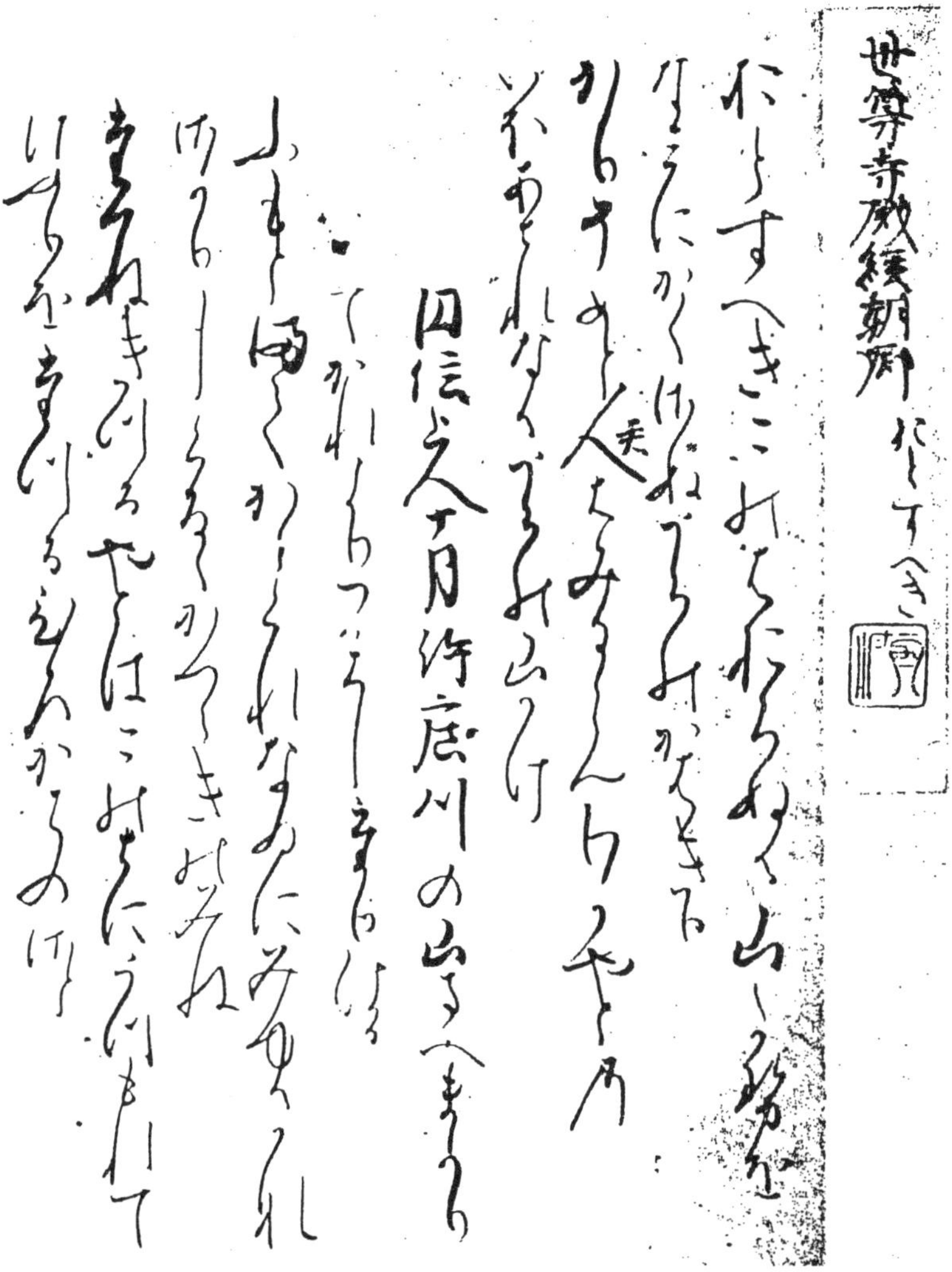

＊西行の新出歌二首（手鑑「藻塩草」所収の断簡、新潟県　星名四郎氏蔵）

入った西行が、慈円にその地の風景や自分の安否を兼ねて歌に詠み知らせたものと考えられる。山本氏は、二首目の歌で西行が「煙を立つる」と表現している点に注目し、「慈円から物質上の援助があったという推測[60]」と関連づけて捉えておられる。しかし、周知の通り、西行の家が富んでいたことは『台記』の記すところであり、弘川寺は「高野山や所領田仲庄への道中[61]」にあって、近いことなどを想像すれば、慈円よりもむしろゆかりのある一族から、経済的援助があったと考えた方が自然ではなかろうか。

そして、西行がいつ頃からこの弘川寺に草庵を結んだのかについては、まだ明らかではない。先学の推測では、文治五年半ば頃や同年の秋頃などとされた。特に、その中で安田章生氏[62]は、「文治五年八月」と明記しておられるが、その根拠は示されていない。ただし、文治五年（七十二歳）一〇月ごろ、『宮河歌合』の定家の判詞が完了して届けられたとき、西行は弘川寺で病臥していた時期と、この新出歌の詞書にいう「十月」とは一致している点から、やはり文治五年一〇月頃この寺に移ったと推定される。

次に、慈円の断簡から見出された新出歌と、西行の「和歌起請」との関わりについての問題である。筆者は、西行が伊勢大神宮への奉献のために両自歌合を編んだ後、自ら詠歌を断つ

弘川寺の本堂

「起請」を行なったと考えてみた。また、「和歌起請」を立てた時期を、西行が定家に『宮河歌合』加判を依頼する以前、すなわち文治三年夏から秋ごろであろうと推測した。

ところで、この新出歌の出現までは、西行が「和歌起請」を行なったことで、高橋英夫氏は「それなら弘川寺での詠はなかったのだろう(63)」とされたが、誰もこの地で詠じた和歌はないだろうと考えたはずである。無動寺における慈円との贈答と、自歌合の「ひとつなごり」とされた定家への返歌で、二度にわたって破られた西行の「和歌起請」は、二首の新出歌が出現したことで、その後弘川寺で入滅するまで守られなかったことが明らかになった。

しかし、この新事実によって、従来の西行の「和歌起請」をめぐる根本的な問題が大きく変わるとは思わない。すでに、久保田氏がこの「起請」を「ストイックなものが余り感じられない」と指摘されたのも、そのような印象を受けたからであろう。今後さらに、伝世尊寺経朝筆「慈円歌集切」は、別の西行の詠が見出される可能性もあり、「和歌起請」と関わりを有する資料が見出された場合、この問題を再検討する必要があると思われる。

五　おわりに

本節では、西行の晩年と「和歌起請」の問題をめぐって、伝記上における慈円との交渉を踏まえた上で、無動寺大乗院における二人の贈答歌を取り上げて述べてみた。

先述したように、西行の「和歌起請」の背景には、死期の近いことを感じとった西行が、伊勢大神宮の内宮と外宮に『御裳濯河歌合』『宮河歌合』をそれぞれ奉納完成のために区切りをつけ、歌断ちを決意したものと考えられる。さらに言えば、西行は両自歌合を編んだ後、詠歌を断つ起請を行ない、それによって、歌人としての総

決算の意味をこの事業に与えたと見てもよいであろう。歌うことに生命を実感し、確かめてきた西行がこの時期に自ら「和歌起請」を行なったことは、決して容易ではなかっただろう。

そして、一連の自歌合の完成をめぐって、慈円の積極的助力は、年齢・身分などの隔たりを超えた自然な交わりで、晩年の西行と慈円の心のつながりの深さを充分理解することができる。その裏面には、歌道と仏道両面から、老西行に対する尊敬の念によったものであると考えられる。ここでは、西行の「和歌起請」にかかわる伝記上の交流に限ったが、山田昭全氏は『四帖秘決』（続天台宗全書・密教3）に、西行が大峰修行の体験を慈円に語った一節を援用して「西行は思想や信仰の面でも慈円に対してかなり影響を及ぼす位置にいたようである[64]」と言及されたように、両者における仏教思想の同質性が想起される。

なお、西行は死の前年の文治五年（一一八九）に、居を嵯峨から弘川寺に移しているが、新出歌の詞書にいう「十月」を信ずるならば、この年の秋ごろということになる。その前に西行は、比叡山無動寺の慈円を訪ね、大乗院の放出から琵琶湖を観望し、今は歌を詠作することを、思い断っているという旨を述べて、「にほてるや」の一首を詠んだのである。この和歌の贈答は、これまでの二人の交流の深さから見て「社交辞令ではない、温かい共感に根ざした礼賛《オマージュ》の交換[65]」として考えるべきであろう。

もう一つ注目したいのは、この「こぎ行く跡の浪だにもなし」の句が、『栂尾明恵上人伝』に記されている、次の西行歌論部分と照合して、相通じる点である。

紅虹タナ引ハ虚空イロトレルニ似タリ、白日嚇《ケハ》虚空明《ラカニ》似タリ、然共虚空《ハ》本明ナル物《ニモ》非、又イロトレル物ニモ非、我又此虚空如ナル心《ノ》上《ニ》於種々《ノ》風情《ヲ》イロトルト雖更蹤跡《ニ》無[66]。

と語ったという。第四章一節のところでも触れたように、山田氏は西行歌論の典拠として、『大日経』と『大

日経疏』を挙げられているが、筆者はこの歌論の思想的背景を華厳教学の根本理念の一つである「法界縁起思想」に拠ったものと考えている。(67) 華厳教では、「空」の思想を踏まえつつ、真理そのものの現れとして「法界」といい、その見方の上から事法界・理法界・理事無礙法界・事事無礙法界の「四種法界」を立てる。ここに「我又此虚空如ナル心ノ上ニ」というのは、四種法界のうち、事事無礙法界観に基づく仏の智慧、悟りの智慧によって見られた絶対の境地なのである。そうした究極の境地によって、和歌を詠むのだから「種々ノ風情ヲイロトルト雖更ニ蹤跡無」と、西行は言っているのである。

この、「こぎ行く跡の浪だにもなし」の句を西行歌論の文脈中に置くと、大乗院放出から見晴らした琵琶湖の風景は、虹や太陽のごとく、「種々ノ風情ヲイロトルトト雖」、それは実体がないものであって、空観の認識に立って見ると、湖上にこぎ行く舟も、またその跡の白波も「蹤跡」が無いのである。すなわち、あらゆる事象のありのままの真実・本質を見たという悟りの境地を表したものである。筆者は、西行が「生涯の結句」として示した、大乗院での「にほてるや」の詠をこのように理解している。

以上のように、西行の「和歌起請」の問題を考え合わせれば、歌断ちの禁を破って「生涯の結句」として遺したこの「にほてるや」の一首（生涯最後の歌となる意味では、定家への返歌も同じ）に、その意義のすべてを求めるより、やはり歌人としての和歌生活の総決算の意味で、両自歌合を自分で編集し、伊勢大神宮に奉納することを思い立った、その内面的動機を先に重視すべきであろう。それらは、何れも西行の晩年にかかわる重要な出来事として、余命少なきを悟った彼が、一連の自歌合を本地仏である神に捧げることで、自らの後生と衆生の救済をも込めて祈願したものと思うのである。

【注】

(1) 伊藤嘉夫・久曽神昇編『西行全集』(ひたく書房、昭和五六) 四八三頁「西行文献叢刊解題」参照。

(2) 松野陽一「西行の『諸社十二巻歌合』をめぐって」(『平安朝文学研究』第二巻八号、昭和四四・一二)。なお、この論文は、後に『鳥帚　千載集時代和歌の研究』(風間書房、平成七・一一) に所載される。

(3) 伊藤嘉夫「慈円と西行」(『歌人西行』所収、第一書房、昭和六二・四)。

(4) 谷山茂「慈円の世界における西行の投影」(『仏教芸術』六一・昭和四一→後に谷山茂著作集五『新古今とその歌人』に所収、角川書店、昭和五八・一二)。

(5) 山木幸一「両宮歌合の成立と構想」(『西行の和歌の形成と受容』明治書院、昭和六二・五)。

(6) 山本一「西行晩年の面影―慈円との交流から―」(『論集西行』所収、笠間書院・平成二・九)。この論文は、後に修正・加筆を行ない、同『慈円の和歌と思想』(和泉書院、平成一一・一) に所載される。

(7) 久保田淳「『御裳濯河歌合』『宮河歌合』の成立」(『西行』新典社、平成八・四)。

(8) 注(5)前掲書、一九九～二〇〇頁参照。

(9) 多賀宗隼編『校本拾玉集』(吉川弘文館、昭和四六) 七六八頁「慈円略伝」参照。

(10) 石川一氏によると、慈円の千日入堂の開始時期は『華頂要略門主伝』に安元々年になっているとされ、「同年十一月廿六日 (『玉葉』同日の条) に慈円は兼実邸に参来しており、齟齬をきたす。下山時期の確実な治承三年三月から逆算すると、安元二年四月となる」と指摘されている (「慈円における西行歌受容考」『中世文学研究―論攷と資料―』所収、和泉書院、平成七)。

(11) 山田昭全『西行の和歌と仏教』(明治書院、昭和六二・五) 六二・八二・二一五頁参照。

(12) 本節において引用した西行の歌は、すべて久保田淳編『西行全集』(日本古典文学会、昭和五七) による。その他の歌の引用は、『新編国歌大観』によった。

(13) 谷山氏前掲論文、注(4)。

(14) 西行がいつ伊勢へ移ったのか確実な資料はないが、窪田章一郎氏は「西行はこの治承四年には、福原遷都を聞き、平

等院の戦を聞いて、歌をとどめているが、すでに伊勢にいたことが確かに知られる」と推定された(『西行の研究』東京堂、昭和三六・一、三二二頁)。次の歌は、伊勢に移ったことを推定させる詞書があり、西行がすでに伊勢にいたことは確実である。

福原へ都うつりあるときこえし比、伊勢にて月哥よみ侍しに
雲のうへやふるき都に成にけりすむらん月の影はかはらで　(西行上人集・四三五)

(15)　山本氏前掲論文、注(6)。
(16)　谷山氏前掲論文、注(4)。
(17)　久保田淳氏によると、『二見浦百首』の勧進に応じて結縁した歌人一三人の名が知られるとされ(『新古今歌人の研究』東京大学出版会、五五九頁)、また同氏の『藤原家隆集とその研究』研究編「藤原家隆作歌年次考」(四六八頁)には、『二見浦百首』の現存状態の一覧表がある。
(18)　これと関連して、久保田氏は「或いは何かの事情で慈円はやや遅れてこの試みを知り、追和するような形で参加したのかも知れない」とされたが(『新古今歌人の研究』五七二頁)、詳しい事情は定かではない。
(19)　山本氏前掲論文、注(6)。
(20)　本文の引用は、多賀宗隼編『校本拾玉集』によった。以下慈円の歌はこの書による。
(21)　萩谷朴氏は、「文治五年八月ではあまり間が空き過ぎるし、やはり拾玉集にいうように、十一月十三日を溯ること三十日に満たぬ十月中下旬のこと」と考えておられる(『平安朝歌合大成』第四巻、同朋舎、平成八・七、二六三一頁)。
(22)　この西行自筆の書状は、田村悦子氏によってはじめて全貌が紹介された(「西行の筆跡資料の検討―御物本円位仮名消息をめぐって―」「美術研究」二一四、昭和三六・一)参照。
(23)　注(21)前掲書、二六六六頁。
(24)　目崎徳衛『西行の思想史的研究』(吉川弘文館、昭和五三・一二)三九三頁。
(25)　久保田氏は、初めは『西行の研究』(日本放送出版協会、昭和五九)において、「西行は父俊成に宛てて督促の手紙を認めている」と考えられたが、後に「御物円位仮名消息」は「加判の遅れている定家を督促してくれるよう、慈円に依

頼した書状ではなかったか」と考えを改められた（注（7）前掲書、三〇四～三〇七頁参照）。

(26) 藤原実家も「諸社十二巻歌合」の清書者の一人であったことが、次に挙げる歌から知られる。

円位十二巻上人の歌合の滝原下巻書て遣すとて　　大納言実家

こゝろざしふかきにたへず水ぐきあささも見えぬあはれかけなん　（校本拾玉集・五六三九）

と詠んでいるのであって、「大納言実家」は『今鏡』（藤波の下第六）に和琴・今様などには才能があったと記されている。目崎氏によれば、「彼は徳大寺公能の二男（実定の同母弟）であるから（『尊卑分脈』）、西行と徳大寺家の浅からぬ縁からも、清書を依嘱されるにふさわしい人物である」と言われる（注（24）前掲書、三九六頁）。

(27) 注（2）前掲書、五一六頁。なお、この「諸社十二巻歌合」を伊藤嘉夫氏は、御裳濯河・宮河両歌合を含む十二巻と解されたが（注（3）前掲書、六九頁）、その後、久曽神昇氏はその存在を否定され（注（1）前掲書、四八三頁）、萩谷朴氏も「西行の自歌合とは関係なく、慈鎮ら自身の結構した歌合」と考えられた（注（21）前掲書、二六三一頁）。

ところが、近年は久保木秀夫氏によって、伝鴨長明筆の「伊勢瀧原社十七番哥合」（杉谷寿郎所蔵）という内題を持つ歌合断簡一葉が紹介され、それが『拾玉集』に見えるが散逸したとされる西行最晩年の「諸社十二巻歌合」の断簡である可能性が高いといわれる（「伝鴨長明筆『伊勢瀧原社十七番哥合』断簡－西行最晩年の自歌合『諸社十二巻歌合』か－」「国文学研究資料館紀要」二六号、平成一二・三）。

特に興味深いのは、「伊勢瀧原社十七番哥合」という内題を持っており、「諸社」の一つが「滝原社」であることを具体的に知り得る点である。松野氏の考察によって、「諸社十二巻歌合」の実在は大方の認めるところであり、当該断簡が「諸社十二巻歌合」の一部であることを解明するためには、西行の所収歌とされる六首を含めて、今後さらに精緻な検討が必要であろう。

(28) 久保田氏は、この定家と西行との間に交わされた贈答歌四首の内後二首について、冷泉為臣『藤原定家全歌集』、赤羽淑『藤原定家全歌集全句索引本文篇』、久保田淳『訳注藤原定家全歌集上』など、すべて贈答関係を取り違えていると指摘されている。すなわち、「神路山松のこずゑに」を定家の贈歌、「かみぢ山きみが心の」を西行の返歌と見なしているとされ、「神路山松のこずゑに」は「伊勢大神宮の神慮によって藤家に連なるあなた（定家）の繁栄されることを

期待します」の意（西行の歌）、そして「かみぢ山きみが心の」は「伊勢の御神に結縁されるあなた（西行）の深い信仰心を拝見しましょう、下葉の藤のようなわたし（定家）にも花が咲いたならば」の意（定家の歌）、と解釈されるべきであると、この四首のうち二首の配列を正しておられる（『中世和歌史の研究』明治書院、平成五・六、四一五頁）。

なお、佐藤恒雄氏は、『拾遺愚草』に収録されている二組の贈答歌の配列を、「定家・西行・定家・西行」の順に並んでいると考えて解釈されている（『藤原定家の研究』風間書院、平成一三・五、一〇三頁）が、筆者は久保田氏の見解に従いたい。

(29)　注（7）前掲書、三〇一〜三〇二頁参照。

(30)　西行の返歌「春秋を」の歌は、『宮河歌合』の原本である「桂宮旧蔵本」には記載がない。しかし、「北岡文庫蔵幽斎本」・「内閣文庫蔵浅草文庫本」・「群書類従本」等の諸本には、この歌が付載されているとされる（萩谷氏著前掲書、注(21)二六七二頁参照）。

(31)　伊藤嘉夫校註『山家集』［日本古典全書］（朝日新聞社、昭和二二）二九二頁。

(32)　注（2）前掲書、五一九頁。

(33)　窪田章一郎氏は、西行の生涯を第一期から第五期に区分され、そのうち第五期（六三歳〜七三歳）を「晩年大成期」として、「老境にはいって衰えをみせる歌人と対照して、著しい特質となるのである」とされ、作歌力は旺盛で、西行の代表作品というべきものが、この時期に豊富であると推定された（注（14）前掲書、三二三〜三二四頁参照）。というわけで、この時期に西行が自ら「和歌起請」を行なったのは、よくよくの決意であったろうと想像される。

(34)　注（24）前掲書、四〇三頁。

(35)　注（2）前掲書、五一九頁。

(36)　注（18）前掲書、九三頁。

(37)　注（24）前掲書、四〇五頁。

(38)　注（5）前掲書、二〇八頁。

(39)　山本氏前掲論文、注（6）。

(40) この「西行の返歌」は、当然「春秋を」の歌を指すが、臼田昭吾氏は、定家と西行との贈答歌を「歌断ち」の立場から、次のように通釈されている（「『宮河歌合』跋文付載贈答歌考」「弘前大学国語国文学」一三、平成三・三）。
〈定家の贈歌の通釈〉

あなたはひとまず歌断ちをなさって、歌を詠むなどというこの世における夢のようにはかない虚事から目ざめているとしても、今後においても、その虚事に賭ける私たち後輩歌人を教え導くことを思い合せてほしいものです。

〈西行の応答歌の通釈〉

あなたがいみじくもそれを春秋と表現し、今後のことを想起されるのであるなら、私は一旦歌断ちはしたものの、終生、私の心を捉えて離さなかった月と花とを眺めては、再び歌を詠んでお届けしましょう。

(41) 松野氏によると、藤原俊成の場合も寿永から文治にかけて約八年間、歌合判者となることを断つ起請をして、『千載集』の撰進に専念していたとされるが（『藤原俊成の研究』笠間書院、七二五頁）、その俊成は、西行に『御裳濯河歌合』の判者を依頼されて、破っていることが一つの例証となる。

(42) 注（11）前掲書、一八六〜一八七頁。

(43) 窪田氏は、川田順氏説の「強ひて推察するならば、文治三年以後すなわち大行脚後の伊勢仮偶から最後の河内弘川に移るまでの間の、或る暫時のことではなかつたか」（『西行の伝と歌』）とある部分を取り上げて肯定された上で、「西行年譜」の文治四年（一一八八）の項に「夏のころ嵯峨に住み『たはぶれ歌』を詠む。前年かこの年かと推定される」とされた（注（14）前掲書、三五五・七八〇頁）。

近年は、宇津木言行氏が「たはぶれ歌」の詠作時期を、西行の『聞書集』の成立と関連づけて、諸資料を詳細に検討して「安元末から治承三年頃までの間に西行は嵯峨の草庵を拠点として何度か比較的長期にわたる京都滞在を行ったこと」に注目し、「たはぶれ歌」はこの期間の詠作であると考えられ、西行伊勢移住以前の安元・治承頃と推定されている（「和歌文学研究」八七、平成一五・一二）。

(44) 注（5）前掲書、一七八〜一八〇頁参照。

(45) 注（2）前掲書、五二〇頁。

(46) 注(24)前掲書、四〇三頁。また目崎氏は、『西行』(吉川弘文館人物叢書、一五五頁)においても、沙弥満誓と同様に無常観によって、この一首を詠じたと見ておられる。
(47) 山田昭全「西行最晩年の一首をめぐって」(「国語と国文学」五九・一、昭和五七・一、→後に『西行の和歌と仏教』に所収)。
(48) 奥野陽子「にほてるや―西行生涯の結句について―」(「ことばとことのは」第一集、昭和五九・一〇)。
(49) 小島裕子「西行の和歌に見える歌謡的世界―『山家集』「朝日まつ程は闇にや迷はまし」の歌から―」(「和歌文学研究」六七、平成六・一)。
(50) 『学研国語大辞典』(学習研究社、平成二)によると、副助詞「だに」は、「〔多くは下に打消しを伴い〕最も実現の可能性の大きいものをあげて、それを否定することにより、他のすべてのものが実現不可能であることを表す。でさえ。」と解されている。従って、ここでは、こぎ行く舟とその跡の白波と、どちらが後に残る可能性が高いかとすれば、勿論先にこぎ去って行く舟よりも後に残る白波の方であり、その跡の白波さえも存在しないという、全部否定の意味を表しているのである。
(51) 奥野氏前掲論文、注(48)。
(52) 瓜生津隆真氏によると、『般若経』に般若波羅蜜(真実を見る智慧)を行じる菩薩は、「法を見ない」「仏を見ない」というように「一切法を見ない」ことが強調されているが、なぜ菩薩は一切法を見ないのかということは、「一切法は空であると知る」ことを意味しているとされ、真実を見る智慧が「不見」の智であり、現実の実相に即した認識なのであると述べておられる(「中観派の形成」『中観思想』〈講座大乗仏教7〉春秋社、昭和五七)。なお「空」に関しては、この他仏教思想研究会編『空』(上・下)(平楽寺書店、昭和五六)、梶山雄一『空の思想』(人文書院、昭和五八)、三枝充悳『縁起の思想』(法蔵館、平成一二)等を主に参照した。
(53) この「にほてるや」の歌は、早く谷山茂氏によって、「西行はそのとき絶対の『空』を観じとって」この一首を歌ったものと指摘された。谷山氏前掲論文、注(4)。
なお、西行には、空観にかかわる歌は、次のように三首あるが、いずれも山田氏によって詳しく検討され、「にほて

るや」の歌が「空」を詠んだものとなる傍証として取り上げられている（注（11）前掲書、一九八〜二〇〇頁参照）。

空
ちりもなき心のそらにとめつればむなしきかげもむなしからぬを　（松屋本山家集）

心経
なにごともむなしきのりの心にてつみある身とはつゆもおもはじ　（山家集・八九四）

心経
はなのいろに心をそめぬこのはるやまことのゝりのみはむすぶべき　（聞書集・三三）

（54）松野氏は、詞書の「結句をばこれにてこそつかうまつるべかりけれ」の「結句」に対して、「歌の下句をこの満誓の歌に依って詠むべきであった」と解されたが、慈円の『愚管抄』（巻四・後三条）に「ヒシト結句ヲバシロシメシツ、御サタハアル事ナレバ」の用例もあり、やはりこの「結句」を、「結びの歌」「しめくくり」「最後」という意味に理解する諸氏の説に従いたい。

（55）注（18）前掲書、九三頁。

（56）鹿野しのぶ「伝世寺尊経朝筆「慈円歌集切」―西行晩年の新出歌二首を含む断簡紹介―」（日本大学「語文」第九十三輯、平成七・一二）。

（57）注（7）前掲書、三一八頁。

（58）『西行物語』の諸本では、西行の終焉の地をいずれも「京の東山のほとり、双林寺の傍の庵」で往生を遂げたと伝えている。

（59）河内の弘川寺に病臥していた西行は、定家から届けられた『宮河歌合』の判詞を「手づから頭をもたげ候ひて、やすむ〳〵二日に見果て候ひぬ」（「贈定家卿文」）と言って、病床からやっと頭を起こして、休み休み二日がかりで見終わったということからも想像できる。

（60）山本氏前掲論文、注（6）。

（61）注（46）前掲書、一五九頁。

(62) 安田章生『西行』(彌生書房、平成五・)二五三頁参照。
(63) 高橋英夫『西行』(岩波書店、平成五・四)六頁。
(64) 注(11)前掲書、二八二頁参照。
(65) 山本氏前掲論文、注(6)。
(66) 高山寺典籍文書総合調査団編『明恵上人資料第一』所収(東京大学出版会、昭和四六)興福寺蔵本の本文による。
(67) 第四章第一節「西行の和歌観」参照。

結論

本書においては、主として仏教と関連する和歌、すなわち釈教歌に焦点をあて、その意味と思想的基底を探ってきた。また、西行の出家と当時の歌人たちには見られない異質ともいうべき大峰修行と特異な和歌観、そして西行の晩年と和歌起請などに関しても考察を試みた。

西行の釈教歌は、ここに取り上げたもの以外にも、まとまった釈教歌群としては、その家集の一つ『聞書集』に、「法華経二十八品歌」と、『菩提心論』・「地獄ゑを見て」を題とした作品群があり、その他『山家集』の巻末百首歌では「釈教十首」が収められているが、まず、以上の考察を整理してみると、どのようなことが得られるのであろうか。それをまとめて要約しておきたい。

藤原頼長の日記『台記』の記すところによると、西行は二十三歳の若さで出家し、当時の世人はそれを讃嘆したこと、また彼が在俗のころから仏道に心を寄せていたということで、西行の出家の持つ意味と、その独自性を示すものとして先学によって注目されてきた。いわゆる、西行の説話では何かの事件をきっかけにして突然の出家になされているが、実際西行自身の述懐の歌を検討して見ると、その出家はすでに予期されていたことがわか

る。鳥羽院の下北面の武士として世にあった義清は、東山のほとりの隠遁者たちが集まる草庵をたびたび訪れているが、その「東山の人々」と「あみだ房」というグループには、西行の出家の意図が知られていたことが彼の残した和歌から推測できる。

なお、その出家を決意させる要因の一つとして、『聞書残集』には空仁なる法師が登場する。出家以前の西行は、親友の源季政、後年の西住と同行して、法輪寺付近に籠っていた空仁を訪れていたことが、一連の贈答歌によって知られる。この一連の歌群では、西行が修行のため庵室に籠った空仁を通して、「求道」を実践する遁世者の具体的な姿を見てとったのであり、将来の自分自身の在り方も見ていたのであろう。すなわち、これらは西行の出家の動機が草庵生活への「数奇」というよりも、仏道を求める「道心」によったものであることを充分に思わせるのである。

また『井蛙抄』の巻六が伝える文覚の西行評も、西行が決して「数寄をたてゝ、こゝかしこに、うそぶきありく」「にくき法師」ではなかったことを証しているであろう。「あれは文覚にうたれんずる者の面様《つらやう》か、文覚をこそうちてんずる者なれ[1]」という文覚の言葉は、案に相違した西行の剛直さを示すだけではなく、かえって優れた仏道修行者として文覚を圧倒する面魂を具えた人物であったことを物語っているのではなかろうか。

西行が若くして心を仏道に惹かれていたことは、先の『台記』に限らず、『山家集』の中の「山ふかくこゝろはかねてをくりてき身こそうきよを出やられども」（二五〇四）という歌などからも充分に理解することができる。それならば、出家後の西行はいかなる信仰を持っていたのだろうか、という問題がよこたわっている。出家直後の西行の信仰情況を、その作品以外の伝記資料から究明することも一つの方法であるかも知れないが、西行は言うまでもなく歌人であり、和歌こそが彼自身の表白である以上、その和歌を手がかりとして求めたほうがより確

かであろうと思われる。そこで本研究では、西行と仏道との関わりについて、どのようなことが見えてきたのであろうか、それを改めて確認してみたい。

まず第一に、西行は出家当初から一宗一派にかたよらなく、自在な境界の中でわが道を歩んで行ったと考える。西行の宗教者像をめぐっては、従来より様々な検討がなされてきている。特に亀井勝一郎氏は、「密教の行者、浄土教の信者、法華経の持者、神々への畏敬者」(2)という四つの宗教的要素を指摘されているが、筆者は西行の生涯を考える時、「自在」という語が強く意識される。「自在」とは、煩悩などの束縛から離れた菩薩や釈迦の無礙なる境地をいうが、『聞書集』の「十題十首」などの歌は、西行が出家後にも教団の枠組にこだわることなく、自由な道を歩んで行ったことを明確に示していると思われる。

山田昭全氏は、西行がなぜ規制の外にあったのかについて、「ことさら教団の枠組の外に身を置き、絶対的な孤独のうちに、大師や、月や花やに縦横に心を馳せうるいわば魂の自由を彼は確保しておきたかったのではなかろうか」(3)と述べておられるが、この「魂の自由」こそは、西行が出家した際に、最も自分自身に要求していたことであったかも知れない。またそれは自己実現の道でもあったのであろう。もともと西行は専門の僧位僧官を志して出家したわけではなく、いわば世を捨て、心を澄ませ、執着を払った「自由無礙《じゆうむげ》」な境界に生きて行く道を求めていたのであろう。言い換えれば、西行は天台とか真言とか、あるいは浄土教とか華厳教とか、そのどちらかを深く傾斜していくことを、自らに許そうとはしなかったのではなかろうか。西行はすくなくとも、その一方を主体的に選びとるというような生き方はしなかったと思うのである。

第二に、西行は晩年に近い頃、華厳思想に開悟していたと推定される。

西行は『聞書集』「十題十首」のなかに、『華厳経』の核心をなす唯心縁起思想を端的に表している有名な偈文

である、「三界唯一心　心外無別法　心仏及衆生　是三無差別」を題として、

ひとつねに心のたねのをひいでゝ花さきみをばむすぶなりけり　（聞書集・四〇）

と歌っている。『宋高僧伝』によると、この偈に関する一つの逸話として、新羅の華厳僧であった元暁（六一七〜六八六）の事跡が記されている。(4) 新羅文武王元年（六六一）に元暁が義湘とともに入唐する途中、雨のために土龕に入り雨を凌ぎながら一夜過したそうである。翌日の朝、目がさめて見ると、それは古墳であり、そばには人骨があったと語られ、その時「一心」の原理を自ら体験し、この偈を以て仏法の根本を悟ったと伝えている。

西行もこうした話を当然認知していた上で、この歌を詠んでいると思われるが、「ひとつね」は、題の三句・四句を踏まえて、「心と仏と衆生」は無二であることを隠喩した表現である。すなわち、西行は三界においての、あらゆる現象は、心を離れて別に存在するのではなく、一つの心が種となって悟りの境地に至るのだと言っているのである。また、『華厳経』「如心偈」（唯心偈とも）の同じところに記された、「若人欲了知　三世一切仏　応当如是観　心造諸如来」といった「一心思想」に接したときに、

しられけりつみを心のつくるにておもひかへさばさとるべしとは　（聞書集・四一）

と詠んで、「罪を造るのも、如来を造るのも」すべてがこの「一心」(5) の上に求められているのである。西行は今まで「心」というものは、仏道修行を妨げる煩悩の因としてしか思わなかった。しかし、今やっと華厳思想と出会えて、この「心」が三世一切の諸仏を造るのと同じであることを、はじまて悟ることができた。それを西行は、歌の下句において「おもひかへさばさとるべしとは」と、一心の原理を今こそ思い知ったとその感激を披瀝しているわけである。この感激は、「心、諸々の如来を造る」といった華厳の「一心思想」について悟ったこと、および華厳教という宗教にめぐり合ったことに由来しているとしなければならない。

西行は、いつどこで、どの書物を目にして華厳思想や唯識説に目覚めたのか、それらの詳細については、まったくわからない。ただ、華厳教学の中心思想の論書である『大乗起信論』は、平安時代に入って仏教徒に盛んに愛読され、西行もその教学的な知識や教養を身につけていた可能性は十分考えられる。それにしても、当時「専門の学僧の間でも難解視された華厳経においてもしかりである」(6)という点で、西行の経典類に対する学習の深さを端的に示すものであると言えるだろう。

第三に、西行は浄土教思想に並々ならぬ関心を寄せていた。

西行は『山家集』と『聞書集』の中に、「六道」と「十楽」をそれぞれ歌題として取り上げているが、六道歌と十楽歌をワンセットにして歌っているのは、西行だけである。ところが、同時代の寂然・慈円・良経などは、天台の実相論とも関わりがある「十界」を題として詠歌しているのに対し、西行は六道までを歌って、それ以上の世界は切り捨てられている。その意味は、西行はさとりの世界である四聖界（声聞・縁覚・菩薩・仏）よりも、むしろ迷いの世界である六道により一層の関心をよせていたことが知られる。また、『聞書集』の中には「地獄ゑを見て」と題する二十七首の大連作があり、八大地獄の惨たらしい様相を自己さらに衆生の業因と照らし合わせながら詠み上げているのである。こうした、西行の悪道や地獄に対する関心は、自己の罪障への深い自省とともに、悪道に苦しむ罪人への共感から生まれたものと考えられる。

なお、『聞書集』の中に「十楽」を歌題に取り上げるにあたっては、『往生要集』、浄土教関連の経典・典籍、『華厳経』、「長恨歌」等をその典拠に使っている。しかも、白居易の「長恨歌」は当時、阿弥陀に極楽浄土を願う浄土教を背景とする仏教的立場からとらえていた点で、西行の浄土教思想によせる関心の深さを如実に示しているのである。西行は『往生要集』の説く「十楽」の題にとどまらず、浄土教思想と関連する重要経典・典籍を

次々と学習し、理解を深めていたことを示唆している。十楽歌では、当時の他歌人たちが西方極楽浄土の種々の具体的様相を言葉に再現して、詠歌による欣求浄土を目指そうとするのに対して、西行の場合は、

寄藤花述懐

にしをまつ心にふぢをかけてこそそのむらさきの雲をおもはめ (山家集・八六九)

と歌っている。西行にとっては、盲目的な極楽往生への救済ではなく、仏道に深く心を染め上げることによる信仰の確立、さとりの達成、仏道増進が極楽浄土への救済につながっているのである。いわば、貴族たちの美的静止的な観念とは対照的に、心のさとりを一歩一歩確かめようとする西行の思索の態度がこの十楽歌にはよく表れているのである。

第四に、西行は当時の歌人たちには見られない大峰修行を行なうなど、遁世者として異質とも言うべき修行体験を通して、独特の宗教的境地を示している。

西行の大峰入りの時期に関しては、西行が大峰修行中に「月輪観《がちりんかん》」を修したとする点で、高野入山(三十二歳頃)以後、二、三年の歳月が経過し、真言教理の学習を深化させたころと考えられる。そして、この話を伝えるものは、『古今著聞集』『西行物語』などがあり、当時の修験道の性格を窺い知る好個の資料として、早く西行研究・修験道研究両側から注目され、その信憑性がかなり認められている。

西行の大峰修行の際、先達をつとめた「宗南坊僧都行宗」は、修験道関係の史料にもその名が見え、実在の人物であることは明らかである。(7)『古今著聞集』の伝えるところによると、西行の大峰入りは、「山伏の礼法」という厳格な作法に従って、峰中修行を行なっているが、地獄・餓鬼・畜生といった三悪道の苦患を、身をもって体験し、峰中での修行が如何に苦しみの堪えがたいものであったかが実感される。例えば、『山家集』の中に、

みたけより生のいはやへまいりけるに、もらぬいはやももとありけんおり、おもひいでられて

露もらぬいはやもそではぬれけりときかずばいかゞあやしからまし　（九一七）

と歌っている。「生《しょう》の窟《いわや》」とは大普賢岳の中腹に開口する窟で、かつて行尊が三年間の山籠修行をしたところである。行尊僧正でさえも「もらぬいはやもそではぬれけり」と詠んだ歌を聞かなかったならば、この山籠の辛さに自分は耐えられなかっただろう、という自身の修行体験に基づいた深い感慨、そのものではなかろうか。

この西行の大峰修行は、『山家集』の中・雑二首、下・雑一六首、計一八首の峰中歌が収録されており、西行が大峰修行を直接体験したことを裏付けているのである。西行の大峰山中での歌には、具体的な修行内容について直接触れている歌は見られないが、宗教的深層を感じさせるものが少なくない。勿論、大峰は修験道の根本道場であったから、峰中歌が宗教的なものに結びつくのは、至極当然と言えるだろう。特に下・雑に収められている一六首の峰中歌のうち、はじめの一〇首は深仙、伯母が峰、小池、篠宿、平地、東屋、古屋の七箇所で、いずれも「月」を詠んだ歌がひとまとめにされており、それらすべて釈教歌の部立に属さなくても、宗教的意味を色濃くおびている歌がかなり窺える点で、その延長線上に捉えてみる必要があると思うのである。また、西行の大峰入りのルートについては、その峰中歌の検討によって、吉野から熊野へ出る「逆峰」であり、また中・雑二首と下・雑一六首は同一時期のものではなく、別々の峰入りの折り詠まれたもので、西行の入峰修行は少なくとも二度以上行なったと推定される。

第五に、西行の和歌観においては、和歌・仏道一如観のものになっている。

それを窺い知るものが、『栂尾明恵上人伝』に記されている「西行歌論」である。西行が晩年のときに高雄の神護寺を訪れ、華厳教学の若き学び手の明恵に、いままでの自分の和歌に対する姿勢を、

我又此虚空如ナル心《ノ》上《ニ》於種《ノ》々風情《ヲ》イロトルト雖更《ニ》蹤跡無、此哥即如来《ノ》真形《ノ》躰也、去《ハ》一首詠出テハ一躰《ノ》尊像《ヲ》造《ル》思ヲ成《ス》、一句《ヲ》思ツ、ケテハ秘密真言《ノ》唱《ヲ》同《ニ》、我此哥《ニ》依《テ》法《ヲ》得事有、若爰《ニ》不例《シテ》妄人此詞《ニ》学《ハ》大《ニ》可入邪路《ニ》云々。

と語ったという。和歌一首詠むのは、一躰の仏像を造るのと同じであり、一句を思い続けては秘密の真言を唱えるのと同じであることから、西行の和歌観と見做してよいであろう。西行の和歌に対する至りえた境地を伝えているが、筆者はこの西行歌論の思想的背景を華厳教学の根本理念で一つある「法界縁起思想」に基づき、自分の和歌観を披瀝したものと考えている。

華厳教学の「法界縁起思想」では、空の思想を踏まえつつ、縁起している一切のものは、縁起の理法によって成り立っていると見て、どこまでも実体を持たない、無自性・空として把握する。そうした無自性・空である理法が、現象界の事と真如随縁して相即無礙なる理事無礙法界が現われてくるのである。この「真如随縁」について、『大乗起信論』は「言説の極、言に因《よ》って言を遣《や》る」(8)と説いて、一切の言説の性格を示し、言説の極言として「真如」と名付け、真如の言語によって、他の言語を超えるのである。

西行歌論においても、「花を詠むとも実に花と思うことなく、月を詠ずれども実に月と思わず」という境地から発する言句は、仏が発する絶対表現の真如（言句）と変わるところがないことになるのである。すなわち、「虚空の如くなる心の上に」詠みだす歌句は、そのまま一躰の仏像であり、真言なのだという究極の和歌観を西行は語っているわけである。歌論部分で見られる西行晩年の和歌観が形成される根底には、こうした法界縁起思想を踏まえていると思うのである。

第六に、西行は最晩年に、歌人として自足した心境に達していた。

西行はその最晩年の時に「和歌起請」を行なっている。その背景には、己の死期の近いことを悟った西行が、

伊勢大神宮の内宮と外宮に『御裳濯河歌合』と『宮河歌合』を、それぞれ奉納完成のために区切りをつけ、歌断ちを決意したものと考えている。歌うことに生命を実感し、確かめてきた西行がこの時期に自ら「和歌起請」を決意したことは、決して容易ではなかったろう。西行は文治五年（一一八九）秋頃、比叡山無動寺の慈円を訪ね、大乗院の放出から琵琶湖を観望し、今は歌を詠作することを思い断っているという旨を述べて、

にほてるやなぎたる朝に見渡せばこぎ行く跡の浪だにもなし　（拾玉集・五四二二）

と、この一首を詠んだのである。明るい朝日の光が満ち溢れている朝凪ぎの湖面に、ゆっくりとこぎ去って行く舟は、航跡さえも残さない。さざ波一つ立てていない。西行はたしかに「空」を観ている。そうした感動が、自ら立てた「起請」をあえて破り、わが生涯の結びの歌を、今この場所で詠まずにはいられなかったのであろう。この、「こぎ行跡の浪だにもなし」の句は、『栂尾明恵上人伝』に記されている、「我又此虚空如ナル心ノ上ニ於種々ノ風情ヲイロトルト雖更ニ蹤跡無」という究極の境地と相通じるところがある。ここに、「我又此虚空如ナル心ノ上ニ」というのは、華厳の四種法界観のうち、「事事無礙法界観」に基づく仏の智慧、悟りの智慧によって見られた絶対の境地なのである。

すなわち、大乗院放出から見晴らした琵琶湖の風景は、「種々ノ風情ヲイロトルト雖」、それは実体がないものであって、空観の認識に立って見ると、湖上にこぎ行く舟も、またその跡の白波も「蹤跡」が無いのである。このような境地に至るのはまさに至難であって、西行にしてはじめて言える特殊なものであったろう。西行は最晩年において、和歌に対する自足した究極の境地を見出し、文治六年（一一九〇）二月一六日、河内国弘川寺で七十三歳を一期に往生を遂げたのである。

以上、西行の和歌、主に釈教歌を中心に仏教との関わりについて、概ね六項目にまとめて要約してみた。こう

した西行の和歌に見える仏教思想については、今後さらに検討を加えるべきであると思われるが、伊藤博之氏は[9]西行の場合、釈教歌に分類されない四季の歌でも釈教歌と同様の読みとりが可能であると言われる。まさしく西行の歌には、釈教の部立に属さない歌でも、宗教的な意味合いを感じさせるものが少なくないということである。その歌の中から、宗教意識がどのように働いているのか、それを明確に究明することはそう簡単な問題ではなかろう。

ただ筆者は本書で、西行の和歌における華厳思想の影響関係を、もっとも重視したいと思う。西行の信仰情況をめぐっては、これまで天台、真言、浄土教など多くの研究がなされてきた。にもかかわらず、西行の和歌に窺える華厳思想の影響の有無については、あまり考慮されなかったと言わなくてはならない。ところが、西行晩年の和歌観が形成される根底には、華厳教学の究極の理念である法界縁起思想から導かれたものと思うのである。このことは、西行の伝記を考える上で重大な問題を提起しているのである。

西行の和歌に対する仏教の影響、とりわけ真言密教との関わりについては、山田昭全氏や萩原昌好氏等の努力によって大幅に進んでいるが、西行の和歌に見える華厳思想や唯識説の解明については、ほとんど未開拓のまま放置されているように思われる。だが、臼田昭吾編『西行法師全歌集総索引』(本文は日本古典全書)によると、西行は「心」の語を含む歌を全歌数二一八六首のうち、三四六首を詠んこんでおり、全歌数の一五・八パーセントを占めている。これらの歌すべてが華厳思想に関わっているとは言い難いが、西行における「心」の追究にあたって、唯心・唯識説の影響を無視することはできない。

西行の釈教歌は、長い暗闇の中に埋もれて信仰や思想を語りたがっている。それらを究明するためには、それぞれの作品に対して厳密な検討を通して、その作品が語り出す状況、すなわち西行の生きた時代の歴史的潮流、

文学事象、仏教教説の理念などをどう探り出して行くのか、それこそが今後、われわれに課せられた研究課題となるのであろう。

【注】

（1）『井蛙抄』（日本歌学大系第五巻所収、風間書房、昭和三二）一〇六～一〇七頁。
（2）亀井勝一郎『中世の生死と宗教観』（文芸春秋新社、昭和三九）二〇頁。
（3）山田昭全「西行新論」（一二）（「明日香」、昭和五六・一）。
（4）『宋高僧伝』巻四「義湘伝」（大正蔵巻五〇、七二九頁）。高山寺の明恵は、『宋高僧伝』に収められている新羅の華厳僧元暁（六一七～六八六）と義湘（六二五～七〇二）の伝記を、『華厳宗祖師絵伝』（日本絵巻大成17）の絵巻にして描かせたのは有名である。この絵巻に関しては、八百谷孝保「華厳縁起絵詞とその錯簡に就いて」（「画説」第一六号）、梅津次郎「義湘・元暁絵の成立」（『絵巻物叢考』所収、中央公論美術出版）等に詳しい。
（5）この「一心」について、平川彰氏は「『一心』とは、二・三・四に対する一ではなく、全体という意味。故に『唯心』といっても同じであり、われわれの経験全体をいう。経験は心以外のものではない。自我意識だけが心ではなく、外界も心に認識されて、はじめて外界たり得る。心が絶えず変ってゆくことは明らかであるが、その変りつつある心に不変の性質があると見るのが『起信論』の立場である」と明快に説明されているが、『大乗起信論』においては、「真如」とも「自性清浄心」とも「如来蔵」とも呼ばれる（平川彰訳註『大乗起信論』仏典講座22、大蔵出版、六九～七〇頁・九九～一〇二頁参照）。
（6）山田昭全「佐藤義清と西行と―西行出家の意味」（「解釈と鑑賞」、昭和五一・六）。
（7）『山伏帳』巻下（日本大蔵経『修験道章疏』三所収）三八七・三八九・三九一頁参照。
（8）岩波文庫『大乗起信論』では、「言説之極因言遣言」について、「言説の極言として、あたかも多言騒音を留むるに黙れの言を以てする如く、真如の言によって他の言説を留むるのである。この一節によって真如の意味明瞭に解せらるる

であろう」と、解説されている（『大乗起信論』岩波書店、一一九～一二〇頁参照）。

（9）　伊藤博之「西行における詩心と道心」（「成城国文学論集」第八輯、昭和五一・一）。

あとがき

西行に関心を持つようになったのは、今から十余年前に私が博士課程二年の時、当時の指導教授大野順一先生から大学院の授業で、西行の「法華経二十八品歌」を教わっていた頃であった。西行の和歌の魅力に惹かれ、それに関連する資料を調べて行く内に、その個性豊かなひと西行をもっと知りたいという好奇心が、私の心の中で自然に芽生えてきた。

良い家柄に生まれながらも、二十三歳という若さで出家を遂げた西行は、「和歌」という形式を借りて後世に何を伝えようとしたのか、その「和歌」に託して表現された彼の人生観・宗教観とは如何なるものであったろうか。こうした素朴な疑問を、仏教と関係する歌、すなわち彼の釈教歌を通じて少しでも解明しようと思ったことが、西行研究の主な動機である。

しかし、それらの歌の中に宗教意識がどのように働いているのか、それを明確に究明することはそう簡単な問題ではなかった。およそ二年余り、西行の和歌と仏教に関する基礎的な知識を身につけてから、その後西行和歌と仏教思想との関連を中心に学会・研究会での研究発表を通して積極的に取り組んできた。西行と仏教との関わりにおいては、何よりも釈教歌の注釈的な作業が重要視されているが、西行の生きた時代や社会的背景等は、いま我々の時代とはまったく違うので、それを念頭に置きながら、できるだけ主観的な思い込みや思い入れを排除し、諸資料に基づいた客観的な分析によって、一首一首を的確に読み解いて行こうと常に心がけた。

本書は、全体の構成に注意して既発表の論文にかなりの加筆・補正を行った。したがって、どの論文も初出のものとは、その内容面において異なるものがある。
以下、その初出一覧を掲げるが、いずれも原題を示している。

西行の出家――空仁との関わりをめぐって――
『文学研究論集』15号、明治大学大学院、二〇〇一・九

西行の『聞書集』十題十首について
――出家直後の信仰情況を中心に――
『日本文芸思潮史論叢』所収（大野順一先生古稀記念論文集）、ぺりかん社、二〇〇一・三

西行の「六道哥」について
『文学研究論集』13号、明治大学大学院、二〇〇〇・九

西行の「十楽歌」について
『明治大学人文科学研究所紀要』51冊、二〇〇二・三、
後に『国文学年次別論文集中世 1』（平成15年版）再録

西行の大峰修行をめぐって――説話との関連を中心に――
『文学研究論集』16号、明治大学大学院、二〇〇二・二

西行の和歌と大峰修行――苛酷な修行の痕跡――
『韓日語文論集』9輯、韓日日本語文学会、二〇〇五・九

西行の旅――大峰修行をめぐって
『国文学解釈と鑑賞』71巻3号、至文堂、二〇〇六・三

西行の和歌観について――華厳思想との関わりを中心に――
『文学研究論集』14号、明治大学大学院、二〇〇一・二

西行の晩年――「和歌起請」をめぐって――
『文学研究論集』17号、明治大学大学院、二〇〇二・九、
後に『国文学年次別論文集中世 1』（平成14年版）再録

これらの研究論文をまとめ、平成十四年度明治大学大学院に『西行における釈教歌の研究』と題して学位請求

論文として提出し、同大学より博士（文学）の学位を授与された。西行和歌と仏教思想との関連をめぐって研究を積み重ねてきた私は、その学位論文の研究成果を一冊の本にまとめ、できるだけ早く世に公開することで、大方の御教示を乞うべきであると判断し、本書の刊行を決意した。

本書を成すにあたっては様々の学恩を蒙った。明治大学大学院に留学時、大野順一先生と原道生先生は私の指導教授として、長い間懇切な御指導をいただいた。両先生の御配慮なくして拙論の成果はあり得ない。その御高恩に深く感謝申し上げる。また、大学院生の時は久保田淳先生の講義を拝聴する幸運に恵まれ、西行の和歌研究に際しては、研究者自身の西行その人に対する思い入れを極力排除し、あくまでも歌の表現に即して、作品そのものの意味を解釈し、全体的に理解すべきであることを教わった。

幸いにも、原道生先生・日向一雅先生・久保田淳先生に学位論文の審査をしていただき、身にあまる御教示と御指導を賜った。とくに久保田先生は、御多忙の中で本書のために序文を書いてくださったことの御恩は忘れがたい。永藤靖先生には大学院で説話文学の研究方法について御指導を賜り、終始格別な激励の言葉を掛けてくださった。林雅彦先生には機会あるたびごとにアドバイスや学会発表の場を設けていただき、渡部泰明先生には東京大学外国人特別研究員として御世話になり、温かい励ましの言葉をいただいた。この他にも、和歌文学会・中世文学会・仏教文学会などの学会で山田昭全・小島孝之・高城功夫・錦仁・坂口博規の諸先生に懇切丁寧なる御教示をいただいた。改めて感謝申し上げたい。

さらに、大阪府南河内郡にある弘川寺の高志慈海御住職は、西行記念館に秘蔵する「西行法師像」（伝文覚作）と「消息」（伝西行筆）を本書の口絵として利用することを承諾してくださった。これらの御好意を記して謝辞を捧げたい。また、日本で滞在中、長い間いろいろと御世話になっているサンゼン堂グループの諸田幸徳会長、

イチオクの黒滝哲成会長、ブイ・ネットの金辰洪社長、島田一雄先生御夫妻に心より感謝申し上げる。

なお、韓国における学部時代の恩師で、学問の道へ私を導いてくださった林縕圭先生、そして林性哲先生・金文吉先生・金貞恵先生・鄭起永先生にも御礼申し上げたい。

末尾になってしまったが、私事を申し上げることをお許しいただけるなら、早くに両親を亡くした私を日本に来て陰で支えてくれた妻の李映姫、長女の金麗林にも感謝したい。

最後に、本書の出版にあたって、林雅彦先生から出版社を紹介していただき、刊行を快く承諾してくださった笠間書院の池田つや子社長と橋本孝編集長、重光徹氏に謝意を表したい。

本書は、平成十九年度文部科学省「科学研究費補助金（研究成果公開促進費）」により刊行されたものである。

二〇〇七年八月夏

金　任仲